W0462161

HAYMON verlag

Bettina Balàka

Unter Menschen

Roman

Gedruckt mit freundlicher Unterstützung durch die Kulturabteilungen der Stadt Wien und des Landes Salzburg.

Auflage:
4 3 2 1
2017 2016 2015 2014

© 2014
HAYMON verlag
Innsbruck-Wien
www.haymonverlag.at

Alle Rechte vorbehalten. Kein Teil des Werkes darf in irgendeiner Form (Druck, Fotokopie, Mikrofilm oder in einem anderen Verfahren) ohne schriftliche Genehmigung des Verlages reproduziert oder unter Verwendung elektronischer Systeme verarbeitet, vervielfältigt oder verbreitet werden.

ISBN 978-3-7099-7040-9

Umschlag- und Buchgestaltung, Satz:
hœretzeder grafische gestaltung, Scheffau/Tirol
Umschlagfoto: Pia Balàka
Autorenfoto: Kurt-Michael Westermann

Gedruckt auf umweltfreundlichem,
chlor- und säurefrei gebleichtem Papier.

„I have a theory that every time you make an important choice, the part of you left behind continues the other life you could have had."

Jeannette Winterson

Fekete

1.

Berti war gebürtiger Ungar. Seine Mama Pihe (was soviel wie „Flocke“ bedeutete) war ein schneeweißer Jack Russell Terrier mit einem lohfarbenen Abzeichen an der Schwanzwurzel und einem gleichfärbigen rechten Ohr. Mit fünf Jahren war sie noch nicht alt, hatte aber bereits sieben Würfe gehabt und fühlte eine Erschöpfung, von der kein Schlaf mehr Erholung brachte. Waren die Welpen fünf bis sechs Wochen alt, nahm man sie ihr weg und wartete, bis sie wieder läufig wurde. Dann ließ man den Rüden zu ihr.

Diesmal aber, infolge menschlicher Verstrickungen, die von sogenannten unvorhergesehenen Umständen rührten, wartete man einen halben Tag zu lang. Pihe war läufig, sie lag allein in ihrem Zwinger und ihr verführerischer Duft breitete sich in der ganzen Nachbarschaft aus.

Bertis Papa hatte, da er niemandem gehörte, keinen Namen. Seine Fortpflanzung und die Weitergabe seiner Gene waren von niemandem erwünscht, nicht nur, weil er ein Straßenhund, sondern auch, weil er das Ergebnis einer Kreuzung war, und zwar der eines Dackels und eines Schnauzers. Das Auge des Betrachters – insbesondere, wenn dieser von auswärts kam, sodass ihm die vertrauten Streuner nicht von Grund auf verhasst waren – vermochte in der äußeren Erscheinung des Rüden durchaus Schönheit zu entdecken: Er hatte den sprichwörtlichen Blick und die sprechenden Brauen des Dackels, ebenso wie – wenngleich auf höheren Beinen stehend – den langen Rücken und die dazugehörige lange Schnauze. Von der Nasen- bis zur Schwanzspitze war sein Fell kohlrabenschwarz. Wenn er rannte, klappten seine Hängeohren nach hinten und gaben die rosige, gekräuselte Innenseite frei. Vom Schnauzer hatte er das struppige Haar und am Kinn ein prächtiges Bärtchen. Seine Augen sahen aus wie glänzende Seifenblasen, in denen zwei braune Sterne gefangen waren.

Der Streuner folgte dem verführerischen Duft der unbekannten Hündin und trabte bis zu dem langen Lattenzaun am äußersten Rand des Dorfes, wo die Häuser schwarze Schlieren angenommen hatten, sodass sie aussahen wie verweinte Gesichter, wo die Straße nicht mehr asphaltiert war und sich bei Regen in einen ockerfarbigen Spiegel verwandelte, und wo zwischen den Obstbäumen ausrangierte Kühlschränke, Kaninchenställe und Autowracks verrotteten. Bertis Papa kannte die Gegend. Der Geruch vieler Hunde wehte über den langen Lattenzaun, von Französischen Bulldoggen, Toy Terriern, Papillons, Maltesern, Chihuahuas und Jack Russells, von Rüden, Hündinnen und vielen, sehr vielen Welpen. Man roch die hohe Note des Urins, die älteren Schichten und die täglich erneuerten, da die Hunde aus ihren Verschlägen nie herauskamen, man roch die tieferen Noten von Nachgeburten und Blut, von muffigem Fell und unbehandelten Geschwüren, man roch die säuerliche Note von verdorbenem Essen und die beklemmende von Aas. Man hörte die Hunde kläffen. Sie kläfften aus Langeweile, aus Zorn, oder weil die anderen kläfften. Der schwarze Streuner kläffte zurück, nur so aus Prinzip, und lief, die Nase knapp über dem Boden in einer Zickzack-Bewegung führend, den Lattenzaun entlang. Schließlich fand er, wonach er suchte: die Stelle, wo Pihes Geruch sich verdichtete, wo sie nur durch ein paar Bretter von ihm getrennt im Staub stand und nach allen Richtungen lauschte. Er kläffte wieder, aber diesmal mit einem liebenswürdigen Unterton, um die fremde, duftende Hündin zu begrüßen, und Pihe kläffte freundlich zurück.

Bertis Papa war, ohne es zu wissen, vor Kurzem zwei Jahre alt geworden. Er hatte gelernt, Mäuse und anderes

Getier zu fangen, was ihm einen Vorteil gegenüber den ewig hungernden Müllfressern verschaffte. Muskulös, ausdauernd, schnell und mit einem furchteinflößenden tiefen Knurren begabt, hatte er dem alten Erztyrann der Dorfgosse, einem sabbernden, übellaunigen Boxermischling, bereits eine empfindliche Verletzung am rechten Hinterlauf und an seinem Ego zugefügt. Es kam ihm vor, als würde seine Kraft täglich wachsen. Sein Körper, der sich so mühelos streckte und wand und in die schmalsten Öffnungen hineinbog, war ein Quell der Wonne. Und oh – die Hündinnen! Sie wurden auf ihn aufmerksam, sie wussten seine Leistungen zu schätzen, und immer öfter ließen sie es zu, dass er sie deckte. Bisher war er den langen Lattenzaun nur entlang gelaufen, hatte ihn als natürliche Grenze akzeptiert, aber heute war er bereit, etwas Neues zu wagen. Er brach aus der geraden Richtung aus, wandte sich seitwärts und begann, am unteren Ende der Bretter, wo sich eine schmale Ritze zwischen diesen und dem Erdboden befand, mit seinen mit kräftigen Krallen bewehrten Vorderpfoten zu graben.

Auf der anderen Seite des Zaunes legte sich Pihe ganz nahe zu der Stelle, wo das Scharren zu hören war, hielt den Kopf schief und lauschte. Seit die Läufigkeit eingesetzt hatte, war sie alleine in dem Zwinger und hatte kein Ziel für die wachsende Unruhe in ihrem Körper. Jeden zweiten oder dritten Tag kam die Frau, die ihr mit Wasser verdünnte Essensreste in eine alte Babybadewanne schüttete. Um zu fressen, musste die Hündin in die Wanne springen und in der Brühe stehen; wenn sie wieder herauskam, hingen Reiskörner und Krautfäden in ihren nassen Pfoten. Doch seit einigen Tagen schwand der Inhalt der Wanne nicht mehr. Als die Frau bemerkte, dass Pihe nicht fraß, hatte sie als Bonus ein paar Scheiben hartes Toastbrot ausgegeben, die aber ebenfalls nicht angerührt wurden. Pihe stand im Staub und witterte, den schwarzen, weichen Nasenspiegel in alle Richtungen biegend, mit geöffnetem Maul, sodass der Geruchsstrom auch über Zähne und Zahnfleisch glitt, sie biss sich in die lohfarbene Schwanzwurzel, sie drehte sich im Kreis. „Bald kommt der Rüde“, hatte die Frau gesagt, „er ist nur gerade ausgeliehen, aber bald kommt er zurück.“

Bertis Papa war ein versierter Gräber. Er grub die Kinderstuben der Wühlmäuse aus, er hatte Maulwürfe und sogar ein Kaninchen erwischt. Es kostete ihn nicht allzu viel Zeit, die schmale Ritze zu einem ausreichenden Durchgang zu erweitern, und sobald sie seine Pfoten unter dem Zaun hervorkommen sah, wurde auch Bertis Mama von der Grablust angesteckt und half von ihrer Seite aus mit. Dann trat sie zurück und beobachtete mit leise wedelnder Rute, wie der schwarze Rüde sich durch das Loch zwängte.

Er näherte sich ihr höflich, mit großem Umweg und von der Seite. Sie ließ ihn an ihrem Hinterteil schnüffeln und schnüffelte dann an seinem, wobei sie in vielen Umdrehungen tanzten. Sie forderte ihn zum Fangenspielen auf und Runde um Runde tollten sie durch den Zwinger. Sie legte sich auf den Rücken und ließ ihn an ihren Geschlechtsteilen schnuppern, dann sprang sie schnell auf und rannte weiter im Kreis vor ihm her. Sobald die Stimmung genügend angeregt war, paarten sie sich. Danach verloren sie umgehend das Interesse aneinander. Der schwarze Streuner verschlang die harten Toastbrotscheiben und erfrischte sich mit etwas Brühe aus der Babybadewanne. Er sah sich noch ein wenig im Zwinger um, fand nichts weiter Brauchbares und robbte durch das Loch unter den Zaunlatten wieder zurück auf die ockerfarbene, in den Lehm eingegrabene Straße. Obwohl kein anderer Hund zu sehen war, ging er im Imponiertrab davon und folgte der bitteren Geruchsmischung von Eichhörnchenkot, Schierling und siegreichen Kämpfen in den nahen Wald.

Pihe starrte eine Weile das Loch an, in dem er verschwunden war, beschnüffelte es ausgiebig, dann zwängte auch sie sich hindurch. Sie sah sich die fremde Welt an, in der Häuser mit schwarzen Schlieren in verwahrlosten Obstgärten standen, ein paar Krähen über die mit Pfützen gefüllte Straße hopsten, und in der Ferne, jenseits eines brachen Feldes, ein winziger schwarzer Schatten in einem großen schwarzen Schatten verschwand. Pihe trank aus einer Pfütze, dann kroch sie durch das Loch unter dem Lattenzaun wieder zurück in ihren Zwinger, legte sich auf den Stapel feuchter Zeitungen, der ihr als Bett diente, und schlief ein.

Am Nachmittag kamen die beiden Männer – der Mann und der Sohn der Frau, die das Essen brachte – und ließen den Jack Russell-Rüden, der Pihe schon die beiden letzten Male gedeckt hatte, in ihren Zwinger. Doch Pihe war unfreundlich. Sie schnappte nach ihm, knurrte ihn an, ließ ihn nicht einmal an sich schnuppern. Von ihrem Duft in zunehmende Aufregung versetzt, wurde er immer zudringlicher, duckte sich unter ihrem Schnappen hindurch, versuchte, sie von der Seite und sogar an ihrem Gesicht zu bespringen. Die beiden Männer schüttelten die Köpfe über so viel Ungeschick.

Die Hündin knurrte, schnappte, kläffte. Das Reißen ihres Geduldsfadens war von einem Aufwallen letzter Energiereserven begleitet, und sie ging in Angriffsposition. Fest stemmte sie die Vorderbeine auf den Boden und verlagerte das Gewicht nach vorne. Dabei war sie so angespannt, dass ein leichtes Zittern durch ihren Körper ging. Die Rute war waagrecht nach hinten gestreckt, ein Balancierstab. Das Nackenhaar war gesträubt, die Nase kräuselte sich. Pihe zog die Oberlippe hoch, bis man das Zahnfleisch sah. Ihr Knurren wurde leiser, und umso bedrohlicher dadurch.

Der Rüde war um einiges jünger und um vieles dümmer als sie. Als er wieder wie ein Zicklein auf sie zuhopste, griff Pihe an. Eine Fahne aus Kieseln und Staub spritzte auf die beiden Männer. Ineinander verkeilt drehten sich die Hunde wie ein rasender Kreisel. Dabei gurgelten sie aus den geöffneten Fängen, und wenn ein Biss saß, jaulte einer von ihnen auf. Als den Männern klar wurde, dass sich daraus keine Liebesgeschichte mehr entwickeln würde, beschlossen sie, die Hunde zu trennen. Mit einem Fußtritt ging der Sohn dazwischen, wodurch der Vater den Rüden zu fassen bekam, ihn hoch und höher hob, außer Reichweite von Pihe, die wie ein Gummiball an ihm hochsprang.

In diesem Moment entdeckte der Sohn das Loch unter dem Zaun. Mit einer Kette von Flüchen machte er seinen Vater darauf aufmerksam, kniete sich in den Staub, versuchte, durch das Loch nach draußen zu sehen. Der Vater klemmte sich den zappelnden Rüden unter den Arm und rannte aus dem Zwinger. Nachdem er den Hund in einem Verschlag deponiert hatte, stürzte er auf die Straße hinaus, um das Loch von der anderen Seite zu begutachten. Durch den Lattenzaun hindurch informierte er seinen Sohn, dass das Loch unzweifelhaft von außen gegraben worden war. Was das bedeutete, wussten sie nur zu gut: Nicht Pihe hatte einen Ausbruchsversuch gemacht, sondern ein Eindringling hatte sich Zutritt verschafft. Die Chancen, dass es sich dabei um einen Rüden gehandelt hatte, waren hoch. Die Chancen, dass dieser ein reinrassiger Jack Russell Terrier gewesen war, waren gering.

Von dem Geschrei angelockt, lief nun auch die Frau aus dem Haus und in Pihes Zwinger. Ihr Mann kam ebenfalls wieder herein, auf den Armen ein paar Ziegel, die er wütend in das Erdloch zu stopfen begann, während ihr

Sohn sie über die Details der unglückseligen Ereignisse informierte. Die Frau rang die Hände, rief herausragende katholische Heilige an und schimpfte mit Pihe, die einen fremden Streuner herein- und offenbar auch wieder hinausgelassen hatte, anstatt ihn zu vertreiben oder wenigstens in seine Einzelteile zu zerlegen. Die solchermaßen Angeklagte hatte sich indessen wieder auf ihren Zeitungsstapel verkrochen und hechelte erschöpft. Die Menschen berieten sich. Es gab nur eine Lösung: Die Hündin musste noch einmal gedeckt werden. Nur so bestand die Hoffnung, dass zumindest einige der Spermien des Jack Russell-Rüden den Wettlauf gegen jene des Streuners gewannen, Eizellen erreichten und sich mit diesen zu einwandfreien Jack Russell-Welpen verbanden. Wenn man Glück hatte, waren dann von sechs Welpen zwei oder drei vom gewünschten Vater. Dies konnte aber nur geschehen, wenn die Deckung möglichst bald vonstattenging, da anderenfalls alle Eizellen bereits von Streunerspermien besetzt waren und sich mit diesen zu scheußlichen Bastardkonglomeraten verbanden. Man beschloss, Pihe eine Viertelstunde Pause zu gewähren. Die Frau holte aus dem Haus ein Würstchen, um die Laune der Hündin zu heben. Es funktionierte. Der Rüde wurde wieder gebracht, und diesmal ließ Pihe ihn an sich heran.

2.

Mit höchster Anspannung war Pihes Wurf erwartet worden, und als man eines Morgens die fiependen Knäuel entdeckte, ließ man sie sogleich von Hand zu Hand gehen. Jack Russell oder Promenadenmischung, was würde aus ihnen wohl werden? Verwandte und Nachbarn erschienen, um ihre Meinung zu den blinden, noch undefinierten

Würmern abzugeben. Fünf Welpen hatte Pihe geworfen, weniger als sonst, und vier davon waren weiß mit winzigen lohfarbenen Abzeichen – für diese bestand Hoffnung. Der fünfte aber, ein kleiner Rüde, war von der Nasen- bis zur Schwanzspitze kohlrabenschwarz – hier war Hopfen und Malz verloren. Berti – denn um diesen handelte es sich – hörte nun jenes ungarische Wort, das er als den ersten seiner vielen Namen ansah: Fekete. Das bedeutete: Schwarz. Der Zufall wollte es, dass es sich dabei auch um den Familiennamen seiner Besitzer handelte, und man hätte nun den Schluss ziehen können, dass die Feketes ob dieses Umstandes eine besondere Verbindung zu Berti empfanden, aber das Gegenteil war der Fall. Nur den weißen Welpen schenkte man Aufmerksamkeit, nur für die weißen wurde Bertis Mama mit Rosinenbrötchen gefüttert, ja, es kam sogar vor, dass man Berti mitten im Saugen von der Zitze wegzog und einen weißen daran ansetzte.

„Vielleicht wird er ja noch ganz süß, und wir können ihn verkaufen", sagte Frau Fekete zweifelnd.

„Niemals", erwiderte ihr Mann, „er sieht aus wie etwas, das direkt aus der Hölle kommt. Wie ein kleiner Teufel."

„Wie diese scheußlichen südamerikanischen Fledermäuse", fügte der junge Fekete hinzu, der eine Dokumentation im Fernsehen gesehen hatte.

Schon bald aber fielen auch die weißen Welpen in Ungnade. Ihre Rücken wurden lang und länger, ebenso wie ihre Schnauzen, sie bekamen struppiges Fell und kleine Kinnbärtchen. Es bestand kein Zweifel: Zwar hatten sie die Färbung ihrer Mutter, davon abgesehen aber waren die Gene des Streuners zum Zug gekommen.

Hündin und Welpen wurden fortan sich selbst überlassen. Es gab auch keine Rosinenbrötchen mehr.

3.

Als die Welpen sechs Wochen alt waren, kam der junge Fekete mit einer Transportbox in den Zwinger. Pihe wusste, was nun folgte, und hektisch begann sie ihre Jungen abzuschlecken, als müsste sie sie für die Reise zurechtmachen.

Sie hatte nie jenen Zeitpunkt erlebt, zu dem eine Hundemutter ihren groß gewordenen Jungen klarmachte, dass diese Mutter-Kind-Sache nun vorbei sei und sie sie in Ruhe lassen sollten. Soweit war es nie gekommen. Bei ihren ersten beiden Würfen hatte Pihe Widerstand geleistet, hatte geknurrt, gebellt, die Zähne gefletscht, war immer wieder mit allen vieren seitlich gegen den Mann gesprungen, bis dieser aus der Hocke in den Staub kippte, und einmal hatte sie ihn sogar in den Finger gebissen. Das aber hatte sie mit Schlägen und längerer Haft in einem kleinen Käfig gebüßt, sodass sie in der Folge resignierte und dem Raub ihrer Welpen nur mehr mit unterdrücktem Winseln zusah.

Der junge Fekete brachte die vollgestopfte Transportbox zu dem klapprigen Passat, mit dem man die Hunde über die Grenze nach Österreich brachte (die besseren Autos wurden dafür nicht verwendet, da der Verkauf aus ihren Kofferräumen kaum funktionierte – der Kunde hatte wohl nicht das Gefühl, etwas Gutes zu tun, wenn er Welpen aus einem fabrikneuen Hyundai erwarb). Dann ging er, um einen Wurf Malteser und die erst fünf Wochen alten Französischen Bulldoggen zu holen. Frau Fekete erschien mit drei Wäschekörben, deren Böden mit Papierstreifen aus dem Schredder bedeckt waren – in diese würden die Welpen dann zum Verkauf gesetzt werden. Skeptisch betrachtete sie Berti, der eine winzige Pfote durch das Gitter der Transportbox steckte. Leider gelang es ihm nicht, die Pfote auch wieder hineinzuziehen, sodass er in reichlich ungemütlicher Position am Gitter hängen blieb. Frau Fekete machte keinerlei Anstalten, ihm zu helfen.

„Ich bin gespannt, ob den jemand will“, sagte sie. „Er ist so schwarz, dass man eigentlich gar kein Gesicht sieht. Er ist nur ein schwarzer Fleck.“

„Für Thailand wäre er perfekt“, erwiderte ihr Sohn, der einen Artikel im Internet gelesen hatte, „dort gilt schwarzer Hund als besonders wohlschmeckend und bekömmlich.“

4.

Die Feketes hatten drei Verkaufsargumente für ihre Welpen. Erstens: Sie waren niedlich, und zwar weitaus niedlicher als jene, die man beim regulären Züchter bekam. Dies lag daran, dass sie auch weitaus jünger waren als bei diesem. Der reguläre Züchter gab die Welpen – egoistisch, vermutlich, um selbst die niedlichste Zeit mit ihnen zu erleben – erst in einem Alter ab, in dem sie aus der Niedlichkeit bereits herausgewachsen waren. Was sollte das für einen Sinn haben? Der Mensch – und namentlich die Frau – wollte Hundebabys haben, die an Fingern nuckelten, aus Handtäschchen guckten und hilflos torkelten und tapsten, nicht muskelbepackte Teenager-Hunde, die schon Flausen bekamen.

Zweitens: Der Preis. Die Welpen der Feketes waren nicht nur niedlicher, sondern auch erheblich billiger als die vom regulären Züchter. Ungefähr halb so teuer. Und das, obwohl es sich um reinste Rassehunde handelte. Ein Spitzen-Preis-Leistungs-Verhältnis.

Der dritte verkaufsfördernde Faktor wirkte subtil und war von den Feketes mit feinem psychologischen Gespür in jahrelanger Beobachtung erkannt worden. Der österreichische Kunde, der ja nur zur Hälfte ein Ost-, zur anderen aber ein Westeuropäer war, schätzte das gute Gefühl, das mit dem Bewusstsein einherging, sich karitativ zu betätigen. Er – und namentlich sie – wollte nicht nur einen Hund haben, sondern ihn auch retten. Der Welpe sollte also nicht nur niedlich und billig sein, sondern auch aus düsteren Verhältnissen freigekauft werden können – daher der klapprige Passat. Als Verkäufer fungierten Vater und Sohn, die sich dafür eigens einen Dreitagebart stehen ließen und ausgebeulte Jogginganzüge anlegten. Sie gaben sich einen mürrischen Anschein und packten die Welpen hart an. Mutter Fekete im feinen Kostüm und mit frischgefönten Haaren hatte sich als verkaufshindernd erwiesen. Bei einer so netten, adretten Frau, dachten die Leute, hatten es die Hunde sicher gut.

5.

Sie fuhren über die Grenze nach Österreich und weiter nach Wien, wo sie des älteren Fekete Schwester besuchten, die dort als Sozialpädagogin am Jugendamt dafür sorgte, dass niemand seine Kinder vernachlässigte. Heute aber war Samstag und sie empfing die Verwandten zu Hause mit Kaffee, Kuchen und Energydrinks. Einen der Malteserwelpen übergab man ihr, sie würde ihn an eine Arbeitskollegin verkaufen, der Rest der Hunde wartete im Kofferraum. Nach guten zwei Stunden ging es weiter zur Westautobahn, auf dieser eine Stunde lang bis zu einem altbewährten Rastplatz mit Picknicktischen und Toiletten. Hier blieben die Leute gerne stehen, es war ein sauberer, gemütlicher Rastplatz mit landschaftlich schönem Hintergrund: Das Stift Melk lag auf seinem Hügel wie eine rotgoldene Brosche auf grünem Samt. Das Wetter war herrlich. Man hatte sehnsüchtig darauf gewartet, denn dass schönes Wetter auf den verkaufstechnisch günstigen Samstag fiel, kam nicht unbedingt nach Bedarf vor. Ein frischer, leuchtend blauer Himmel spannte sich über die Autobahn, eine Maisonne blitzte, die schon an den Juni denken ließ. Die Feketes parkten an einer gut einsehbaren Stelle, öffneten den Kofferraum und räumten die Welpen aus den Transportboxen in die Wäschekörbe um. Sie stellten zwei Campingstühle auf, in denen sie sich mit weiteren Energydrinks niederließen.

Die Kundschaft ließ nicht lange auf sich warten. Frauen flehten ihre Männer an, Kinder ihre Eltern: Bitte! Bitte! Er ist so süß. Er ist so billig. Man tut doch auch etwas Gutes, wenn man so einen kleinen Kerl aus Ungarn und aus dem Wäschekorb befreit. Wer weiß, was die mit denen machen, die nicht verkauft werden!

Am frühen Nachmittag hatten bereits zwei Drittel der Welpen den Besitzer gewechselt, waren in schützende Arme und an pochende Herzen gepresst davongetragen worden. Manche Leute, die nicht genügend Bargeld dabei hatten, fuhren sogar von der Autobahn ab, um einen Bankomaten zu suchen. Am besten gingen die Französischen Bulldoggen – laut Ansicht von Frau Fekete wurden sie deshalb so gerne von Frauen gekauft, da es ein Leichtes war, neben ihnen schön auszusehen. Aber auch Pihes weiße Welpen fanden ihre Abnehmer, der Begriff „Jack Russell-Mix“ wirkte auf die Kunden elektrisierend. Zum einen war es sympathisch, einen Mischling zu besitzen, wies man sich dadurch doch als tolerant und weltoffen aus, zum anderen waren Jack Russells sehr in Mode gekommen, nachdem einer ihrer akrobatisch besonders talentierten Vertreter eine deutsche Castingshow gewonnen hatte. Es lag also im Trend, sich einen Jack Russell oder zumindest Jack Russell-Mix zuzulegen. Die Enttäuschung war groß, wenn dieser auch noch nach Monaten keinerlei Anstalten machte, von sich aus drollige Kunststücke vorzuführen, und sich stattdessen in Ermangelung anderer Beschäftigung zum konsequentesten Kläffer der Nachbarschaft entwickelte.

Berti sah aus, als gehörte er nicht dazu. „Was ist denn das für einer?", fragten die Leute und konnten es kaum glauben, dass er mit den Jack Russell-färbigen Welpen verwandt sein sollte. Anfangs war er noch durch die geschredderten Papierstreifen gestakst wie ein Tiger durch den Dschungel, dann, als sie plattgetreten und von Ausscheidungen durchtränkt waren, wurde auch er schlapp. Er hatte seit vielen Stunden nicht mehr getrunken und spürte den Durst wie eine Naturkatastrophe, wie eine Krankheit: umfassend, existenzbestimmend. Jedes Mal, wenn eines seiner Geschwister verschwand, war es für ihn, als würde ein Loch aufbrechen, durch das der Wind hereinfuhr. Es wurde kälter und unwirtlicher um ihn, das Leben nahm einen lebensentziehenden Verlauf.

Für die Betrachter war Berti das, was er schon für Frau Fekete gewesen war: ein schwarzer Fleck. Nur ein einziges Mal hatte ihn ein Bub aufgehoben und genauer angesehen. „Iiihhh!", sagte der Bub und drehte Berti auf den Rücken, „der hat ja eine Warze am Kinn, aus der ein fettes Haar wächst!" Das war leider wahr und förderte Bertis Verkaufschancen nicht.

Als die Sonne tiefer in den Westen sank, packten die Feketes zufrieden ihre Jausenbrote aus. Breitbeinig, wie es der Ausdruck von Maskulinität verlangte, lümmelten sie in ihren Campingstühlen und kauten. Eine junge Frau näherte sich ihnen im Zickzack-Kurs, es sah fast ein wenig aus, als würde sie sich anpirschen. Sie trug Kleidung, die nach Abverkauf beim Textildiskonter aussah – geklaut beim Designer, hergestellt in einem Sweatshop in

Bangladesch –, eine Drahtbrille, lange, halb um den Hals gewickelte Haare. Typ: Studentin der Bodenkultur. Vater und Sohn Fekete erkannten sofort, dass hier keine potentielle Kundin auf sie zuging, sondern jemand, der Ärger machen wollte, und sie setzten sich noch breitbeiniger hin, um Haltung zu demonstrieren. Dann stand die junge Frau vor dem geöffneten Kofferraum und ließ die Augen von einem Wäschekorb zum anderen schnellen. In ihrem Gesicht stand nicht Entzücken, wie in jenen der anderen Betrachter, sondern Entsetzen. Sie seufzte und schüttelte den Kopf, als würde sie auf ein fürchterliches Gemetzel hinabsehen. Als die beiden Männer keinerlei Anstalten machten, ihren Zustand zu würdigen (der junge Fekete rülpste sogar laut, um seine Entspanntheit deutlich zu machen), begann sie laut zu schimpfen.

„Sie dürfen das nicht!“, rief sie, „Sie können doch hier nicht lebende Hunde verkaufen! Hören Sie auf damit, oder ich rufe die Polizei!“

Einen Moment lang überlegte Vater Fekete, ob es hier nun klüger wäre, des Deutschen mächtig zu sein oder eher nicht, und entschied sich für Ersteres. Sie irre sich leider, erklärte er der aufgeregten Frau, denn der Verkauf von Welpen am Straßenrand sei genauso legal wie der von Spargel, Erdbeeren, Honig oder Kirschen. Jeder dürfe seine eigenen Produkte verkaufen, ob sie das denn nicht wisse? Habe sie denn selbst noch nie etwas bei einem Straßenstand gekauft? Kürbisse? Marillen? Knoblauchketten? Die Frau bestand darauf, dass Tiere mit Obst und Gemüse nicht vergleichbar seien, aber man sah ihr an, dass sie unsicher wurde.

Tatsächlich hatten die Feketes bereits öfters Bekanntschaft mit aufgeregten Personen und der von diesen herbeigerufenen Polizei gemacht. Wenn die Beamten nichts Besseres zu tun hatten, machten sie ein bisschen Ärger, kontrollierten Ausweise, durchsuchten das Auto langwierig nach Drogen oder ließen die Hunde vom Amtstierarzt untersuchen. Es endete immer damit, dass man ihnen die Welpen wieder aushändigte und sie weiterfahren ließ – Eigentum war schließlich Eigentum und Freiheit war Freiheit –, aber so eine Amtshandlung kostete doch viel Zeit. Es empfahl sich also, nichts unversucht zu lassen, und Herr Fekete senior griff zu seiner wirksamsten Waffe: Er holte einen putzigen, flauschigen Malteserwelpen aus dem Korb und reichte ihn der jungen Frau: „Wollen Sie halten?" Sie konnte nicht widerstehen (wer konnte das schon?). Wie ein Schneeball saß das Hündchen auf ihren Handflächen, und als sie es an sich drückte, kletterte es hinter ihr Ohr, wo es etwas mit seiner Schnauze zu suchen schien.

„Ich kann sein Herz fühlen!", hauchte die Frau, und Herr Fekete lächelte.

„Fünfhundert Euro", sagte er, „Okkasion!"

„Es geht nicht", erwiderte die Frau, „mein Freund hat eine Tierhaarallergie."

„Wissen Sie was?", sagte Herr Fekete. „Ich mache für Sie Sonderpreis. Spezialpreis, bester Preis von ganze Tag. Dreihundertfünfzig Euro."

Der Welpe war auf die Handflächen der Frau zurückgekehrt. Plötzlich fielen ihm die Augen zu, der Kopf nickte zur Seite, er schlief ein. Was tatsächlich völlige Erschöpfung war, sah aus wie innigstes Vertrauen. Die junge Frau riss die Augen auf, man konnte sehen, wie es in ihr arbeitete. Wahrscheinlich zog sie gerade in Erwägung, ihren Freund umständehalber an einen guten Platz abzugeben. Sie bewegte lautlos die Lippen, als würde sie in Gedanken mit jemandem verhandeln. Dann fuhr plötzlich ein neuer Geist in sie, und entschlossen legte sie den Welpen in den Wäschekorb zurück.

„Es ist keine Frage des Preises“, sagte sie, „es geht einfach nicht.“ Wie betäubt ging sie über den Parkplatz zurück zu ihrem eigenen Wagen, und die Feketes berieten sich sotto voce, ob die Sache mit der Polizei wohl vergessen wäre. Man beschloss, das Risiko einzugehen. Die dösenden Welpen wurden angestupst, aufgehoben und fallengelassen, damit sie noch einmal muntere Drolligkeit zur Schau stellten, denn wie ein Raubtier reagierte der Kunde vor allem auf Bewegung – reglose Tiere konnte er leicht übersehen.

Als sich von Osten her erste Dämmerung über das Stift Melk zu schieben begann und im Westen früchtefarbene Wolkenrüschen die abstürzende Sonne schmückten, waren alle Welpen verkauft, mit Ausnahme jener beiden, für die man Unverkäuflichkeit prognostiziert hatte: Berti und ein Französisches Bulldoggenweibchen mit einer Augenentzündung, die selbst für die mildtätigsten Seelen nach zu hohen Tierarztkosten aussah. Die normalerweise weißen Halbmonde, die die Augäpfel links und rechts wie eine Klammer einfassten, waren blutigrot, an den Lidern klebte weißlicher Schleim, und trübe Tränenflüssigkeit tröpfelte über das Gesicht, bis sie im Fell kristallisierte.

6.

Sie hatten die Grenze nach Ungarn bereits wieder überquert, als Frau Fekete ihren Mann am Handy anrief, um sich nach dem Erfolg des Verkaufstages zu erkundigen. Er schilderte ihr das herrliche Wetter, das dazu beigetragen hatte, dass viele Menschen am Parkplatz umherschlenderten und die Blicke schweifen ließen, die sie schließlich zu der geballten Ladung Kindchenschema führten, das sich in den ausgestellten Wäschekörben befand. Obwohl einige harte Feilscher unter den Kunden gewesen waren, hatte man mehr als achttausend Euro eingenommen. Nur jene beiden Welpen, für die man ohnehin nichts anderes erwartet habe, erzählte Herr Fekete, seien übriggeblieben: die Triefäugige und der Schwarze.

„Bist du sie schon losgeworden?“, fragte Frau Fekete. Ihr Mann, dem Verschwendung zuwider war, protestierte wie immer in solchen Fällen: Vielleicht werde die eine ja noch gesund und der andere noch niedlich, sodass man am Ende doch ein gutes Geschäft mit ihnen machen würde. Aber seine Frau hatte für Mängelexemplare, Ladenhüter und Restposten nichts übrig. Entweder man retournierte die Welpen an ihre Mütter, dann dauerte es länger, bis diese wieder läufig wurden, oder man kümmerte sich selbst um sie, und dafür hatte man keine Zeit. Also gab es nur eine Lösung.

Seufzend legte Herr Fekete das Handy weg und hielt am Straßenrand. Hier befand sich ein Zuckerrübenfeld, auf der gegenüberliegenden Seite ein Sonnenblumenfeld. Die Pflänzchen waren noch hellgrün und taumelten unbeholfen aus den gepflügten Furchen. Die Straße, die durch das weite, flache Land schnitt, war von Sanddornbüschen gesäumt.

„Schmeiß sie raus“, sagte Herr Fekete zu seinem Sohn.

„Hab ich doch gleich gesagt, dass wir die loswerden müssen“, erwiderte jener, obwohl er zwar nichts gesagt, aber an die Notwendigkeit einer solchen Maßnahme gedacht hatte. Er stieg aus und ging zum Kofferraum.

„Du musst auf den Knopf drücken!“, schrie er nach vorne zu seinem Vater, der in Gedanken versunken war. Der Wind, der sich gerade zu einem abendlichen Sturm aufbaute, pfiff so laut, dass man das Klicken der Entriegelung nicht hörte. Die beiden Welpen lagen aneinandergeschmiegt in einer der Transportboxen und schliefen.

Der junge Fekete nahm einen in jede Hand und überlegte, sie in hohem Bogen in den Zuckerrübenacker zu werfen. Dann wirkte auch auf ihn das Kindchenschema, gegen das er noch nicht ganz immun war, und er ging einige Schritte einen Feldweg hinein, an dessen Saum aus hohem, strohigem Gras er die Welpen absetzte. Er ging zum Wagen zurück, und kaum hatte er die Türe hinter sich zugeschlagen, stieg sein Vater aufs Gas.

Lange dauerte die Dämmerung über der Ebene, wo weder Hügel noch Berg die chemischen Reaktionen in der Atmosphäre überdeckten. Berti lauschte dem Pfeifen, Hochrauschen und Zusammenstürzen des Windes, den Halbtonverschiebungen im Brummen der vorbeifahrenden Autos. Es roch überwiegend nach Erde, vereinzelt nach Vögeln, leider aber aus keiner Richtung nach Wasser. Erst als die Sonne untergegangen und Nebel eingefallen war, konnte Berti von den Halmen Wassertropfen lecken. Die kleine Französische Bulldogge hatte sich ins Gras verkrochen und dämmerte vor sich hin, sie hatte keine Kraft mehr, ihren Durst zu stillen. Es wurde kälter, Berti schmiegte sich an seine winzige Leidensgenossin und vermisste die große, warme, atmende Flanke seiner Mama Pihe.

In der Nacht wachte er durch einen scharfen, beängstigenden Geruch auf. Jemand war da, jemand, der nach Hund roch, aber mit der Note des Einzelgängertums, der Gesetzlosigkeit. Instinktiv richtete sich Berti auf und sträubte das Nackenfell. Der Fuchs kam näher, um die Fremden zu beschnüffeln. Da stieg aus Bertis Kehle das erste Knurren seines Lebens. Wie Geröll, das vom reißenden Wasser über den Grund eines Wildbaches geschliffen wurde, klang die Abfolge tiefer, bedrohlicher Töne. Der Fuchs, der keinen großen Hunger hatte, beschloss, sich die Stelle für eine spätere Rückkehr zu merken, und trollte sich.

7.

Der Bauer János Hatvany war Spiegeltrinker. Dies bewirkte, dass er die Welt in angenehmen Farben und wohltuend unklaren Schattierungen sah. Als er an jenem Morgen kurz nach fünf Uhr über den Feldweg schritt, sah er über den ganzen weiten Himmel ein herrliches Aquarell in blassen Gelb-, Blau- und Weißtönen gespannt, das im Osten von der Frühsonne geklärt wurde, während im Westen noch ein grauvioletter Streifen Nacht hing. Er liebte diese frühe Stunde, nie war die Welt verzauberter. Die Sanddornbüsche, die den Verlauf der Schnellstraße markierten, waren vom Wind zu bizarren Gestalten geformt und erschienen wie Unglückliche, die mitten in der Bewegung versteinert waren. Die empfindlichen Rübenpflänzchen dagegen sahen frisch und gesund aus, keine Spur von Schädlingen oder dem gefürchteten Pilz. Wenn es den Sonnenblumenkeimlingen ebenso gut ging, konnte er zufrieden sein. Schnecken und Raupen waren es auch dort, auf die man achten musste, später dann, wenn die Kerne ausgereift waren, plündernde Vögel.

Plötzlich sah Hatvany vor sich auf dem Weg einen schwarzen Fleck, der ungefähr dreieckige Form hatte. Er war schwärzer, als jeder Stein und jeder Baumstrunk es je sein konnten, schwärzer selbst als ein Stück von einem geplatzten Autoreifen. Dann bewegte sich der Fleck und nahm eine andere Form an. Ein Tier? Aber welches? Weder Hase noch Fuchs noch Dachs waren schwarz; das schwärzeste Tier, das es in diesen Breiten gab, war der Maulwurf, aber der war erheblich kleiner als das hier. Der Bauer ging weiter auf das Tier zu, dann bemerkte er, dass es seinerseits auf ihn zukam, und dann hatte er die kritische Entfernung erreicht, ab der er erkannte, worum es sich handelte: einen Hundewelpen. Daran hätte er gleich denken können, schließlich war es nicht das erste Mal, dass er einen Hund auf einem seiner Felder fand. Die Schnellstraße, die zum Grenzübergang nach Österreich führte, war eine übliche Route der Welpenhändler. Auch erwachsene Hunde, derer man überdrüssig geworden war, wurden gerne auf der menschenleeren Strecke ausgesetzt und an einer der verkümmerten Zerreichen entlang des Feldwegs angebunden.

Der Bauer ging weiter auf den Welpen zu und blieb wenige Zentimeter vor ihm stehen. Der kleine Kerl schnupperte interessiert an seinen erdverkrusteten Gummistiefeln und zuckte mit dem Schwänzchen in einem unbeholfenen Versuch zu wedeln. Hatvany hob ihn auf und begutachtete seine Unterseite.

„Junge", stellte er fest, dann bemerkte er, dass der Welpe vor Kälte zitterte. Er steckte ihn in die Brustinnentasche seiner Jacke und ließ den Blick schweifen: Oft waren es mehrere Welpen, die auf einmal ausgesetzt wurden. Doch am Weg fanden sich keine weiteren auffälligen Flecken, der Grassaum bildete einen durchgängigen Ockerstreif, am Zuckerrübenacker gab es keine Bewegung. Der Bauer ging weiter auf die Schnellstraße zu, um nach seinen Sonnenblumen zu sehen.

Nachts kehrte der Fuchs zurück, und diesmal hatte er Hunger. Im hohen Gras fand er die dehydrierte und halb erfrorene Französische Bulldoggenhündin. Sie hatte sich kaum von der Stelle bewegt, seit er sie zuletzt gesehen hatte. Als ihr sein scharfer Geruch in die Nase stieg, öffnete sie einen Spaltbreit die Augen. Der Fuchs tötete sie mit einem schnellen Biss in den Nacken, dann brach er sie auf und fraß das warme Eingeweide. Anschließend kaute er an den kurzen Beinchen, gemächlich wie ein Cocktailgast, der an einer Selleriestange nagt, dann verschlang er den Rest. Nur den Kopf mit seiner runden, harten Schädeldecke ließ er liegen.

Der Fuchs sollte seine Mahlzeit bereuen – oder er hätte sie bereut, wenn er einen Zusammenhang zwischen ihr und seinem bald eintretenden Leiden herstellen hätte können. Der Welpe trug nämlich einen Virus in sich, der Hunde nur bisweilen, Füchse jedoch immer tötete, und das sehr schnell. Schon nach wenigen Stunden fühlte der Fuchs sich abgeschlagen von hohem Fieber, er erbrach, und bald darauf setzte Durchfall ein. Nach zehn Tagen schleppte er sich aus dem Bau, den er sich mit einem Dachs teilte, und legte sich zum Sterben an den Feldrain, wo die Sonne das Frösteln ein wenig linderte.

Robert Pattinson

1.

Alexandra Székely wusste genau, was ihr bevorstand, als sie aus dem Küchenfenster blickte und die leicht schwankende Gestalt des Bauern Hatvany die Straße entlang kommen sah.

„Oh nein, bitte nicht heute", sagte sie laut, obwohl niemand da war außer Oszkár, ihrem alten Golden Retriever, der auf seiner Decke lag. Sie hatte im Büro eine volle Mailbox abzuarbeiten und Kunden, die bereits ungeduldig anriefen.

Es gab zwar einen Gehsteig, doch benutzte Hatvany ihn nicht – wahrscheinlich, weil er das Gehen auf Landstraßen gewohnt war. Sie konnte keinen Hund an seiner Seite erkennen, also trug er wohl einen, vielleicht auch mehrere sehr kleine Welpen in den Jackentaschen bei sich. Alexandra Székelys Tochter hatte eben das Haus verlassen, um mit dem Fahrrad zur Schule zu fahren, und sie selbst hatte vorgehabt, nachdem die Frühstückssachen weggeräumt waren, auf schnellstem Weg in die Arbeit zu fahren. Das konnte sie nun vergessen. Seit dem Tag, an dem sie den Bauern davon abgehalten hatte, einen Sack voller Steine mit ein paar Welpen aufzufüllen und in den Bach zu werfen, hatten sie einen Deal: Er brachte ihr alle Hunde, die er auf seinen Feldern auffand, und bekam dafür die Gewissheit, zum zivilisierten Teil der Menschheit zu gehören, sowie ab und zu ein Päckchen Zigaretten.

Tatsächlich bog János Hatvany in ihre Auffahrt ein und ging auf die Haustür zu. Noch immer konnte sie nirgends ein Welpenschnäuzchen entdecken. Alexandra Székely stellte den Toaster hin, den sie von Krümeln gesäubert hatte, und ging zur Tür, noch ehe es klingelte.

„Junge oder Mädchen?", fragte sie, nachdem sie einander durch wortloses Kopfnicken begrüßt hatten. Der

Bauer bestand darauf, erst in den warmen Flur einzutreten und die Tür hinter sich zu schließen, ehe er ihr seinen Fund zeigte. Im Lauf der Jahre war er fürsorglich geworden und keiner seiner Schützlinge sollte von einem kalten Luftzug geschädigt werden.

„Ein Junge", sagte er dann, holte Berti aus seiner Brusttasche und hielt ihn Frau Székely so vor die Nase, dass sie die Beweisstücke an dessen Unterleib direkt in Augenschein nehmen konnte. Sie nahm den schwarzen Welpen in die Hände und begutachtete ihn von allen Seiten.

„Oje, das ist keine Rasse", meinte sie. „War er alleine?"

„Hab keinen anderen gesehen", erwiderte der Bauer.

„Wo hast du ihn gefunden?"

„In den Zuckerrüben. Nicht weit von der Straße."

Frau Székely trug Berti in die Küche, wo sie ihn auf den Boden setzte, damit er und Oszkár einander beschnüffeln konnten. Berti war außer sich vor Freude, einen anderen Hund kennenzulernen. Einen großen, wunderbaren Hund, fast so wunderbar wie seine Mama Pihe! Immer wieder versuchte er, auf den alten Graubart hinaufzuklettern, und tappte ihm mit den Pfoten ins Gesicht. Dieser aber war wenig geneigt zu spielen. Er war alt, er war träge, er war ein Golden Retriever: Seine Aufgabe war es, Ruhe auszustrahlen. Als es ihm zu bunt wurde, hob er seine mächtige Pranke und hielt Berti damit am Fußboden fest.

Der Bauer war in der Küchentür stehengeblieben. „Also, dann ...", sagte er.

„Warte noch, ich habe Kirschkuchen!", rief Alexandra Székely. Sie wusste, dass die Frau des Bauern Krebs hatte und öfter im Spital war als zu Hause, um zu backen. Hastig öffnete sie das Rohr und holte ein Blech Kuchen heraus. Sie schnitt ein großes Stück ab, wickelte es in Alufolie und drückte es János Hatvany in die Hand.

„Danke", sagte er, „also ..."

„Warte!“, rief sie und riss eine Schublade auf, aus der sie ein Päckchen Zigaretten nahm. „Ich danke *dir*“, sagte sie, als sie es dem Bauern überreichte.

Nachdem die Tür hinter ihm ins Schloss gefallen war, ging sie in die Küche zurück. Der schwarze Welpe lag auf der Hundedecke neben Oszkár, der ihn mit seiner großen, flatternden Zunge abschleckte. Es sah aus, als würde der Pfleger einer psychiatrischen Anstalt versuchen, einen hyperaktiven Patienten zu kalmieren.

Frau Székely hob den Kleinen auf und setzte ihn auf die Anrichte. In eine Untertasse füllte sie eine Pfütze Wasser und stellte sie vor ihn hin. Gierig schleckte er alles auf. Währenddessen griff sie zum Telefon und rief bei ihrer Arbeitsstelle an, um mitzuteilen, dass sie sich aufgrund eines Notfalls den Vormittag freinehmen müsse. Sobald die Untertasse leer war, füllte sie etwas Joghurt hinein, das Berti ebenfalls aufschleckte. Sie rief bei der Tierschutzorganisation an, der sie all die Zeit widmete, die sie gar nicht hatte, und gab bekannt, dass es einen Neuzugang gab. Welpe, männlich, allem Anschein nach gesund. Rasse Mischling, wahrscheinlich irgendwas mit Dackel, schwarz. Vermittlungschancen gut. Sehr gut. Aufgeweckt und kontaktfreudig.

Berti versuchte ungeschickt, seine joghurtbeschmierte Schnauze sauber zu lecken, und blickte sie erwartungsvoll an.

„Noch immer hungrig?“, fragte Frau Székely. Sie öffnete eine Dose Hundefutter und gab einen Löffel davon auf die Untertasse. Als hätte er bereits sein Leben lang feste Nahrung zu sich genommen, fraß Berti alles auf. An seinem Blick erkannte Frau Székely, dass es nun eilte. Sie hob ihn auf und rannte mit ihm vor das Haus, einige Meter weg von ihrem Grundstück, wo sie ihn auf den Grasstreifen neben dem Gehsteig setzte. Prompt erleichterte sich Berti, als wäre alles, was er zu sich genommen hatte, einfach durch ihn hindurchgeronnen.

2.

Der Tierarzt leuchtete Berti in den Rachen, in die Augen und in die Ohren. Er maß seine Temperatur, indem er ihm ein kaltes Thermometer in den After schob, und hörte ihn mit dem harten Bruststück seines Stethoskops ab. Er zwang Berti, eine zerdrückte, nach Erbrochenem schmeckende Wurmtablette zu schlucken und reinigte seine milbenbefallenen Ohren mit Wattestäbchen, die er in eine stinkende Flüssigkeit getaucht hatte. Er stach ihm eine Spritze mit einem Cocktail an Impfseren ins Hinterteil, sowie eine weitere mit Antibiotika, für alle Fälle. Berti merkte sich, dass Menschen in weißen Kitteln böse waren – sehr böse.

„Und, wie soll er heißen?", fragte der Tierarzt, der sich an seinen Tisch gesetzt hatte, um Berti einen EU-Pass auszustellen. Frau Székely war es schon seit geraumer Zeit leid, den von ihr aufgenommenen Hunden Namen wie Borzi oder Laska oder Piros zu geben, und nicht zuletzt in der Hoffnung, dadurch ihre Vermittlungschancen zu erhöhen, war sie dazu übergegangen, ihnen die Namen von berühmten Hollywood-Schauspielern zu verleihen. Der Erfolg gab ihr recht – immerhin hatten Sandra Bullock, Katherine Heigl, Daniel Craig und selbst eine humpelnde Dogge namens Alec Baldwin bereits gute Plätze gefunden. Nachdenklich betrachtete sie den kleinen schwarzen Rüden.

„Er sieht wie eine Fledermaus aus", bemerkte der Tierarzt, um ihr zu helfen. Sie dachte an Fledermäuse, an Vampire, an die Vampirfilme, für die ihre Tochter so schwärmte. Und dann wusste sie es.

„Robert Pattinson", sagte sie.

3.

Binnen einem Tag war Berti von der Hölle des Rübenackers in ein Paradies gelangt, von dem er niemals träumen hätte können. Das Futter war herrlich und wurde in schöner Regelmäßigkeit dargereicht, sodass erst gar kein quälender Hunger aufkam. Das Haus war groß und warm und hatte viele kuschelige Ecken. Es duftete gut nach Hund, was Oszkár zu verdanken war, der zwar an einem bedauerlichen Mangel an Bewegungsdrang litt, dafür aber auch deutlich weniger zum Maßregelungsschnappen neigte als Pihe. Das Beste aber war Gréta, die zwölfjährige Tochter der Frau Székely. Sie roch nach vielerlei Früchten, Schokolade oder Vanille, je nachdem, welche Kosmetika sie auf ihre Haut auftrug, und darunter lag ihr eigener warmer, leicht nussiger Menschengeruch. Er ähnelte jenem der Sonnenblumenkerne, die die Vögel viele Wochen später in einem anderen Land von den Feldern in den Garten tragen würden, um damit ihre Jungen zu füttern. Sie würden die Kerne aus den Schalen picken, die Schalen zu Boden fallen lassen, Berti würde daran schnuppern und sich an Gréta erinnert fühlen.

Gréta war über die Maßen entzückt, als sie von der Schule nach Hause kam und dort Robert Pattinson vorfand. Endlich einmal hatte ihre Mutter einen guten Namen ausgewählt! Sie trug den Welpen in ihr Bett und ließ ihn dort auf ihrem Bauch liegen, während sie alle ihre Freundinnen anrief. Zwei derselben kamen gleich herüber und quiekten und herzten den Kleinen, der fand, dass er endlich als der Prachtkerl gewürdigt wurde, der er im Grunde war. Menschen waren fantastisch. Während Gréta ihre Hausaufgaben machte, durfte Berti über den Schreibtisch spazieren, an den Stiften nagen und aus ihrem Wasserglas trinken. Gréta kannte das Procedere, wie ihre Mutter trug sie ihn danach ins Freie, damit er sich entleeren konnte.

„Oh wie süß!“, rief sie, „du pinkelst ja noch wie ein Mädchen!“ Noch hatte Berti nicht gelernt, wie ein richtiger Rüde das Hinterbein anzuheben, sondern senkte beim Pinkeln einfach das Becken ein wenig ab.

Natürlich wusste Gréta, dass die Hunde, die ihre Mutter aufnahm, nie lange blieben. Als sie klein war, hatte sie so manche Träne darüber vergossen und sich lange, verschwurbelte und generell vollkommen unlogische Erklärungen ihrer Mutter anhören müssen. „Wir können sie nicht alle behalten.“ Wer redete denn von allen, um den Einen ging es, nur den Einen! Aber der Eine wurde immer weitervermittelt, und dann gab es den nächsten Einen, der ebenfalls ging. Einige Jahre lang hatte Gréta die Hunde sogar völlig ignoriert, nicht mit ihnen gespielt, sie nicht gestreichelt oder gefüttert, nur um aus diesem Mühlrad der Enttäuschung herauszukommen. Nur Oszkár blieb, und erst, wenn Oszkár tot war, würde es einen neuen Hund geben. Bisweilen hatte sie Oszkár deshalb sogar den Tod gewünscht, was sie dann durch das geheime Zustecken von Wurstscheiben wieder gutzumachen versuchte. Er konnte ja nichts dafür, dass er zu groß war, um herumgetragen zu werden, zu faul, um bei Apportierspielen eine gute Figur zu machen, und zu alt, um noch Muttergefühle auszulösen. Es war nicht seine Schuld, dass er nicht der Eine war. Ihr Hund, ihr ständiger Begleiter, ihr bester Freund. Aber Robert Pattinson hatte das Zeug dazu, für ihn würde sie noch einmal in die Bresche springen, sie würde um ihn kämpfen, dafür war sie nun alt und stark genug.

„Bei der Heiligen Muttergottes“, sagte sie – sie war kürzlich religiös geworden, hauptsächlich aus dem Grund, weil ihre Mutter antireligiös war – „eines verspreche ich dir, Robert Pattinson: Uns wird sie nicht trennen.“

4.

Alexandra Székely kannte ihre Tochter gut genug um zu wissen, dass sie zwar zahllose Schlachten gewonnen hatte, aber noch lange nicht den Krieg. Eine große Liebe bahnte sich an zwischen Gréta und Robert Pattinson. Frau Székely konnte ihn nicht weggeben, ehe er nicht alt genug war, um gechippt zu werden. Er musste noch etliche Tierarztbesuche absolvieren, seine Gesundheit und sein Impfschutz mussten absolut sichergestellt sein. Erst dann würde er zu einer Pflegefamilie nach Österreich gebracht werden, die seine endgültige Vermittlung in die Hand nahm. Überdies litt er gerade an einer Kehlkopfentzündung und spuckte weißlichen, schaumigen Schleim, was seine Ausreise wohl noch weiter verzögern würde. (Der Virus, der den Fuchs getötet hatte, versuchte sich auch Bertis Organismus’ zu bemächtigen, dank dessen guter Konstitution sollte es ihm aber nicht gelingen.)

Seit ihr Mann, Grétas Vater, weggegangen war, um mit einer anderen Frau andere Kinder zu bekommen, litt sie an Schuldgefühlen. Gréta war noch kein halbes Jahr alt gewesen. Er halte das Leben mit einem Baby einfach nicht aus, hatte er Alexandra erklärt.

„Und das fällt dir *jetzt* ein?“, hatte sie gekreischt, was nicht ganz unverständlich war angesichts dessen, dass Gréta keineswegs das Ergebnis eines „Unfalls“ war. Vielmehr waren ihrer Entstehung eineinhalb Jahre an Hormonkuren, Temperaturmessungen und angestrengtem Zeugungssex vorausgegangen. Neun Jahre hatte Alexandra mit ihrem Mann geteilt, fünf davon verheiratet.

„Hätte dir das nicht früher einfallen können?“, hatte sie gekreischt, immer wieder, aber ihr Mann hatte sich nicht aus der Ruhe bringen lassen. Manche Dinge müsse man eben ausprobieren, sagte er, ehe man mit absoluter Sicherheit wisse, dass sie für einen nicht das Richtige seien. Als Alexandra ihn ein Jahr später im Supermarkt mit einem Baby in der Bauchtrage sah, blieben ihr Luft, Spucke und der Glaube an Gott mit einem Schlag weg.

Nicht lange nach seinem Auszug hatte sie mit der Arbeit für die Tierschutzorganisation begonnen. Es hatte etwas damit zu tun, dass sie den Hunden das geben wollte, was ihr – so schien es zunächst – zerschlagen worden war: eine Familie, ein Zuhause. Es hatte sich aber bald herausgestellt, dass Familie und Zuhause auch ohne ihren Mann weiterbestanden. Sie hatte geschuftet, um den Kredit für das Haus abzubezahlen, sie hatte sogar ein wenig Karriere gemacht. Gréta entwickelte sich mit Unterstützung der Großeltern prächtig.

„Ist er wegen mir gegangen?“, fragte sie manchmal, als sie älter wurde.

„Nein“, antwortete Alexandra, „die Liebe kommt, die Liebe geht. Das ist ganz normal.“ Was Männer anging, hatte sie beschlossen, nicht länger mit Partnern, sondern nur noch mit Liebhabern zusammen zu sein. Es funktionierte gut. Das Herzenbrechen war nun Alexandras Sache geworden.

Die Schuldgefühle ihrer Tochter gegenüber aber kehrten immer wieder. Hätte sie etwas anders, besser machen können, um zu verhindern, dass ihr Mann ging? Hätte sie nicht wenigstens einen stabilen Ersatz-Papa in ihr Leben integrieren müssen? Und auch die Sache mit den Hunden, die kamen und gingen, war selbstverständlich schwierig. Aber Alexandra hatte sich nun einmal vorgenommen, vielen zu helfen. Und vielen konnte man nur helfen, wenn man sich nicht an sie band. Bei manch einer ihrer Kolleginnen in der Tierschutzorganisation hatte sie sehen können, wohin es führte, wenn man einmal von diesem Prinzip abwich. Plötzlich hatte man drei, vier, fünf Hunde, Katzen kamen dazu, und schließlich begann man auch Nymphensittiche, Schildkröten und Dsungarische Zwerghamster aufzunehmen, die kein anderer haben wollte. Man musste Überstunden reduzieren, halbtags arbeiten, den Job kündigen, Schulden und Scheidungen waren die Folge, und nicht zuletzt Kinder, die sich darüber beklagten, dass ihr Leben ein Jammertal ohne Urlaube und Markenkleidung war.

Dennoch war Alexandra manchmal kurz davor gewesen, weich zu werden, und jetzt war es wieder soweit. Robert Pattinson war ohne Zweifel eine Bereicherung des Haushalts. Er war so gutgelaunt, dass man unweigerlich davon angesteckt wurde. Er machte Gréta glücklich, und musste man nicht jede Gelegenheit nutzen, sein Kind glücklich zu machen, ehe es erwachsen wurde und einsam wie ein Berggipfel in erodierender Witterung stand? Natürlich hätte Alexandra den schwarzen Rüden niemals Robert Pattinson nennen dürfen. Womöglich hätte ein Name wie Danny DeVito von Anfang an eine engere Bindung verhindert? Jeden Tag bettelte Gréta sie an, den Welpen behalten zu dürfen. Jeden Tag betete sie laut zur Muttergottes darum. Als Alexandra hart blieb, wurde auch Gréta härter und erklärte, dass sie Robert Pattinson keinesfalls hergeben würde. Sie drohte schreckliche Konsequenzen für den Fall an, dass er ihr genommen würde, darunter Schulverweigerung, Übersiedlung zu ihrem

Vater, ein Leben als Hikikomori. Und manchmal fragte sich Alexandra: Ist es das alles wert? Soll ich ein Mal, ein einziges Mal nachgeben, um ihr eine Freude zu machen?

Zuletzt siegte die Vernunft. Alexandra Székely machte sich bereit für Geschrei, Tränen, Türenknallen, Hass und Entfremdung – vielleicht auf Jahre. Robert Pattinson wurde abgeholt, wie er gebracht worden war: während Gréta sich in der Schule aufhielt.

Ricky

1.

Zum zweiten Mal in seinem Leben überquerte Berti die Grenze nach Österreich. Die Fahrt dauerte nicht allzu lange: Seine neue Unterkunft lag dort, wo Wien nicht mehr war, aber immer noch wirkte, nicht weit von den Einkaufszentren, aber nahe bei der Au. Das Rudel, in das er sich nun einfügen musste, bestand zum überwiegenden Teil aus Hunden. Vier Stück waren es, und selbst, wenn er ausgewachsen gewesen wäre, wäre jeder Einzelne von ihnen größer gewesen als er. Dazu kamen Herr und Frau Michalek. Beide zählten bereits die Jahre bis zu ihrem Pensionsantritt, denn dann, so der Plan, würden sie zu den Hot Spots des Hundejammers in Ost- und Südeuropa reisen und ihre Tierschützerkollegen vor Ort unterstützen. Nicht, dass sie es nicht für bequemer gehalten hätten, an den Zweigen des Übels zu arbeiten als an seinen Wurzeln. Sie hatten nur Sorge, dass der Markt für Hundevermittlung irgendwann gesättigt sein könnte. Fast alle Hundebesitzer, die sie kannten, und viele von denen, die ihnen auf Spaziergängen oder am Hundeplatz begegneten, hatten Tiere, die aus Tötungsstationen, Hundefängeranlagen und Auffanglagern im Ausland stammten. Ungarische, slowakische, tschechische, ukrainische, rumänische, kroatische, griechische, spanische Hunde. Hundeflüchtlinge, Hundeasylanten, Hundemigranten. Im Laufe der Jahre hatten die Michaleks den Eindruck gewonnen, dass sie in ein Fass ohne Boden schöpften, wenn sie mehr und mehr Hunde in Österreich vermittelten, anstatt dort, wo sie herkamen, für Kastrationen und Bewusstseinsbildung zu sorgen.

„Was die Székely nur mit ihren verrückten Namen hat", sagte Frau Michalek zu ihrem Mann, als sie auf dem Wohnzimmersofa saßen und in Bertis EU-Pass blätterten.

„Robert Pattinson! Soll ich vielleicht rufen: Robert Pattinson, hierher! Robert Pattinson, sitz! Robert Pattinson: Aus! Erstens krieg ich da Zungenprobleme, und zweitens lacht mich jeder aus." Frau Michalek war eine klare Befürworterin des zweisilbigen Hundenamens. Vor ihr tanzten Lotte, Coco und Pavel mit dem schwarzen Welpen ihr Kennenlern-Menuett. Nur Trevor, der Älteste, lag auf dem zweiten Sofa, das den Hunden gehörte, und schaute zu.

„Wie wäre es mit Ricky?", schlug Herr Michalek vor, „das klingt frech." Berti war nun fünfzehn Wochen alt und spielte für sein Leben gern Fangen. Hunde, die dabei nach seinem Geschmack zu wenig Tempo aufnahmen – was bei Lotte und Coco der Fall war –, kläffte er herausfordernd an.

„Ricky ist gut", sagte Frau Michalek.

Nur Pavel, der langbeinige junge Schäfermischling, war bereit, die wilde Jagd mitzumachen. Pavel war ein „Langsitzerhund", was bedeutete, dass er länger als ein Jahr nicht vermittelt werden hatte können. Dies lag daran, dass er Menschen gewissermaßen zu viel Aufmerksamkeit schenkte. Er sprang an ihnen hoch, versperrte ihnen den Weg oder versuchte, ihnen ungeachtet seiner beträchtlichen Größe auf den Schoß zu klettern. Kam eine Familie, um sich Pavel anzusehen, warf er zur Begrüßung die Kinder um, verschmutzte mit seinen Pfoten das Kleid der Frau und schleckte die Hand des Mannes so inbrünstig ab, dass sie vor Sabber klebte. Man attestierte ihm jedes Mal ein „sehr freundliches Gemüt" und versprach, sich seinetwegen wieder zu melden, meldete sich aber nie.

Auch Lotte und Coco – beide mit Schönheitsdefiziten, schwierigem Charakter und fortgeschrittenem Alter belastet – waren Langsitzerhunde gewesen, bevor sie offiziell in den Besitz der Michaleks übergegangen waren. Nur Trevor, der gelbe Labradormischling, war von Anfang an zum Bleiben bestimmt gewesen.

2.

Die Michaleks hatten jung geheiratet und vier Söhne bekommen, denen sie ein gutes Vierteljahrhundert lang jede Minute ihres Daseins gewidmet hatten. Sie hatten Fläschchen gegeben, Windeln gewechselt, an Krankenbetten gesessen, Hausaufgaben betreut, am Rand von Fußballfeldern gejubelt, drei Mal täglich Mahlzeiten zelebriert, Monopoly gespielt, Schutzausrüstungen zum Fahrrad-, Skateboard- und Skifahren angelegt, unzählige verlorengegangene Sachen wiedergefunden, unzählige Fragen beantwortet, unzählige Male „Im Haus wird nicht Ball gespielt!" gebrüllt, Feste gefeiert, Trost gespendet, Stolz empfunden, geküsst und umarmt. Und dann war alles, so schien es, plötzlich vorbei. Die Kinder waren erwachsen geworden.

Zu allem Überfluss zogen sie nicht nur aus, sondern verstreuten sich in alle Winde. Die Zwillinge, die beiden Ältesten, waren nach Kalifornien gegangen, um dort eine erfolgreiche Softwarefirma zu gründen. Sie arbeiteten hart, verdienten gut, und nützten ihre Freizeit zu einem ausschweifenden Partyleben, das zum Ziel hatte, sie aus der Realität, die sie so gut zu beherrschen wussten, vorübergehend auszuklinken. Zu den Dingen, von denen ihre Eltern, die auf Schwiegertöchter und Enkel hofften, keine Ahnung hatten, gehörte die Strategie: „Aus einem One-Night-Stand mach zwei". Hatte einer der beiden die Nacht mit einer Frau verbracht, bat er um ein Wiedersehen und ihre Telefonnummer. Der andere Zwillingsbruder rief sie dann an und gab sich als der erste aus. Die Frau freute sich im Allgemeinen und ließ sich zu einem vermeintlich zweiten Date überreden. Auf diese Weise verbrachte der Zwilling ohne großen Kennenlernaufwand ebenfalls eine Nacht mit ihr. Es kam vor, dass die Frau sagte: „Du bist so ganz anders als letztes Mal“, aber auf die Schliche kam ihnen keine.

Der mittlere Sohn war das Sorgenkind. Als er bekannt gegeben hatte, dass er Schauspieler werden wollte, hatte man sich noch gefreut und gehofft, ihn bald in einer beliebten Fernsehserie zu sehen. Nun aber spielte er in Berlin an existentialistischen Kellertheatern unverständliche Stücke vor erlesenem Publikum – was bedeutete, dass sich auf der Bühne meist mehr Personen aufhielten als im Zuschauerraum. Eines dieser Stücke hatten seine Eltern gesehen (oder vielmehr: mitansehen müssen): Zwei Stunden lang hatte ihr Sohn gespuckt, gewimmert, gebrüllt, Sexualstraftaten überzeugend simuliert, sich geprügelt, mit Essen beschmiert und am Boden gewälzt, und all das splitternackt. Danach hatte ihn sein Vater angefleht, seine kategorische Entscheidung, niemals am Theater in der Josefstadt auftreten zu wollen (nicht, dass man ihn dort je um einen Auftritt gebeten hätte), auf jeden Fall noch einmal zu überdenken.

Der jüngste Sohn hatte Romanistik studiert, war mit einem Erasmus-Stipendium nach Paris gegangen und als Lektor an der Sorbonne geblieben. Mit seiner französischen Freundin lebte er „ganz nach Pariser Art“, nämlich in einer Wohnung, die kleiner war als das Badezimmer im Haus seiner Eltern. Das Leben in Frankreich hatte dazu geführt, dass er sich obsessiv mit Essen beschäftigte. Kam er zu Besuch, veranstaltete er Wettbewerbe zwischen Foie gras und Kalbsleberstreichwurst (welche nach Ansicht seines Vaters allesamt zu Gunsten Letzterer ausfielen) oder rätselte über die Frage, weshalb in Österreich keine Crème double zu bekommen sei, in Frankreich dagegen kein Topfen, und wann die EU hier endlich einmal zu Verbesserungen führen würde! Es schien ihm gut zu gehen.

Zu seiner eigenen Überraschung hatte der Auszug der Söhne Herrn Michalek härter getroffen als seine Frau. An dem Tag, an dem er seinen jüngsten, den letzten verbliebenen Sohn zum Flughafen fuhr, um ihn für viele Monate nicht mehr zu sehen, begann sein Gehör empfindlich zu werden. Auf der einsamen Rückfahrt hatte er den deutlichen Eindruck, dass der Motor seines Wagens seltsam klang. Kaum war er wieder zu Hause, zog er seinen Blaumann an, öffnete die Motorhaube und begann mit der grauen, staubigen Welt darunter zu kämpfen. Er schraubte, putzte, hämmerte, drehte, stocherte und änderte, bis ihm die Tränen herabliefen und seine Frau kam, um ihn und sein dreckverschmiertes, nasses Gesicht an sich zu drücken.

„Ich kann nur hoffen, dass sie uns bald Enkel bringen", sagte sie, und sie mussten beide lachen. Am Ende des Tages fuhr der Wagen gar nicht mehr und musste in die Werkstatt abgeschleppt werden.

Solange die Kinder Kinder gewesen waren, hatte es eine eiserne Regel gegeben: Keine Haustiere. Natürlich hatten sich die Buben dadurch beholfen, dass sie heimlich Kaulquappen, Schnecken, Marienkäfer und Feldmäuse einfingen. In den ersteren Fällen führte dies zum baldigen Tod der unter unzureichenden Bedingungen unter Betten oder am Dachboden gehaltenen Tiere, im letzteren dagegen zur mühelosen Vergrößerung der Population. Haustiere im klassischen Sinn jedoch waren durch kein Betteln, Flehen, Toben und Trotzen zu erlangen. Vier Kinder und beide Eltern berufstätig, sagten die Michaleks, da bleibt keine Sekunde Zeit für ein Tier. Auch machten sie sich keinerlei Illusionen darüber, dass heftige Beteuerungen, man würde den Hund ausführen, das Katzenklo reinigen oder das Meerschweinchen artgerecht beschäftigen, jemals in die Tat umgesetzt werden würden.

Dann aber, nachdem die Buben über Nacht Männer geworden und fortgegangen waren, gab es Zeit. Stille Stunden am Abend, Wochenenden, an denen man keine Pläne hatte. Zwei Jahre lang beschäftigten sich die Michaleks damit, das Haus instand zu setzen und auszumisten. Dinge waren aufgehoben worden, an die man sich nicht mehr erinnerte und die Schränke und Kellerräume verstopften, Möbel waren morsch, dübellos und nur noch durch die Konservativität der Physik vor dem Zusammenbruch bewahrt, alte Hobbys blockierten Räume, in die man eine Sauna und einen Whirlpool einbauen konnte. Kostbare Erinnerungen mussten getrennt werden von wertlosem Ramsch, und das Urteilsvermögen, mit dem man das eine vom anderen unterschied, bedurfte ständiger Justierung. Sollte man die Umstandshose, die einen durch vier Schwangerschaften begleitet hatte, für die Ewigkeit als Memento aufbewahren? Gab es wirklich Hoffnung, die VHS-Videokamera noch gewinnbringend zu verkaufen?

Im Laufe der Zeit wurde es wieder ruhiger, das Hämmern und Streichen, Schleppen und Bohren, Montieren und Fluchen nahm ab. Herr und Frau Michalek hatten nun jeder einen eigenen Rückzugsraum. Sie nannte den ihren „Lesezimmer“, er den seinen „Arbeitszimmer“. Manchmal trafen sie sich in einem der beiden, um gemeinsam mit den Söhnen zu skypen. Als ihr Mann sich immer öfter alleine an seinen Computer zurückzog, vermutete Frau Michalek, dass er sich dem Besuch von Erotikseiten widmete, um seinen Kreislauf in Schwung zu bringen. Tatsächlich aber hatte er sich auf die Suche nach dem perfekten Hund gemacht. Er beschäftigte sich mit Rassen und deren Eigenschaften, machte sich mit Kosten, Ernährung und Trainingsmethoden vertraut. Sobald er alles Nötige wusste, begann er die Seiten der Tierheime, Züchter und Haustierbörsen zu studieren. Ein Welpe sollte es sein – Stubenunreinheit hin oder her –, und zwar einer, der recht groß werden würde. Ein richtiger Hund eben, wie er zu einem Haus mit Garten passte. Er sollte auf keinen Fall ängstlich sein, aber auch nicht zu forsch. Ein treuer, ruhiger Durchschnittshund, der Einbrecher in die Flucht schlug und zu Besuchern freundlich war.

Je länger Herr Michalek sich heimlich mit der Hundesache beschäftigte, desto mehr wuchs in ihm die Überzeugung, seine Frau auf keinen Fall einweihen zu können. Lange Jahre hatten sie sich in Gesprächskultur und Kompromissfähigkeit geübt, aber nun steigerte er sich in das Abenteuer seines Alleingangs hinein. Sie würde ihn niemals verstehen oder gar bei seiner Suche unterstützen. Sie würde betonen, wie froh sie sei, endlich keine Betreuungspflichten mehr zu haben – von der Mehrarbeit im Haushalt ganz zu schweigen – und sich wie eine Furie gegen ihn stellen. Und selbst wenn sie sich nicht wie eine Furie gegen ihn stellen würde – konnte man darauf vertrauen, dass sie sich in der Auswahl des Hundes seiner Meinung anschloss? Vielleicht wollte sie ja einen Chihuahua oder einen Yorkshire Terrier oder einen Chinesischen Nackthund?

Manchmal machte Herr Michalek nach der Arbeit noch einen Umweg, um sich Hunde anzusehen, aber der richtige war nie dabei. Offenbar war es einfacher, die richtige Frau zu finden als den richtigen Hund. In die Tanzschule gehen, sich umsehen, fertig. So war das in den Siebzigern. Bei den Hunden aber war die Auswahl unendlich, und das bedeutete, dass der Heuhaufen, in dem sich die Stecknadel verbarg, vielleicht nie letztgültig durchsucht werden konnte.

Und dann geschah etwas, womit er nie gerechnet hätte. Er kam nach Hause und fand seine Frau auf dem Sofa sitzend vor, wo sie ein Baby im Arm hielt. Es war in eine hellblaue Fleecedecke gewickelt und sie kitzelte es am Kinn und gurrte: „Oh, bist du süß! Bist du süß? Ja, du bist süß!“, so wie sie es bei allen Babys machte. Sollte etwa überraschend das erste Enkelkind abgegeben worden sein?

Im Näherkommen stellte Herr Michalek fest, dass es sich möglicherweise doch nicht um ein Baby handelte. Zumindest nicht um ein menschliches Baby. Aus dem hellblauen Stoff ragte eine gelbe Schnauze mit einem schwarzen Knopf vorne dran, und Herrn Michalek traf ein Blick aus zwei Bernsteinaugen mit weiten, wie Lack glänzenden Pupillen. Die Pupillen seiner Frau waren mindestens ebenso groß, als sie zu ihm aufschaute.

„Bitte sag, dass wir ihn behalten!“, lächelte sie. „Er heißt Trevor.“ Sie schälte den Welpen aus seiner Babydecke, damit ihr Mann ihn begutachten konnte.

„Wie groß wird der?“, fragte er.

„Er ist ein Labradormischling, also ziemlich groß.“ Herr Michalek versuchte, misstrauisch zu sein oder zumindest so zu wirken. Der Welpe kletterte auf seinen Schoß, rollte sich ein und legte das Kinn auf seine Hand. Er konnte es kaum fassen: Der Kleine war genau das, was er seit Monaten vergeblich gesucht hatte.

3.

Wie sich herausstellte, hatte auch Frau Michalek nach der Arbeit einen Umweg gemacht, und zwar, um ihre Freundin Brigitte zu besuchen. Brigitte gehörte zu jenen Menschen, die die Michaleks als „Hundewahnsinnige“ bezeichneten. Nicht nur, dass sie selbst zwei Border Collies besaß, die ständiger Animation bedurften, um halbwegs ausgelastet zu sein, hatte sie vor einiger Zeit auch noch begonnen, für eine ungarisch-österreichische Tierschutzorganisation herrenlose Hunde in Pflege zu nehmen und zu vermitteln. Und als Frau Michalek an jenem Tag vorbeikam, war da eben Trevor gewesen. Und Trevor suchte dringend ein neues Zuhause. (Der Grund, weshalb Herr Michalek bei seiner Hundesuche nicht an Brigitte gedacht hatte, war der, dass er die Freundinnen seiner Frau generell aus seinem Bewusstsein ausblendete. Eine Vorsichtsmaßnahme, seit er vor Jahren einmal durch gefährliche Nähe begonnen hatte, zu viel an eine von diesen zu denken und dabei Wünsche zu entwickeln, deren Erfüllung seine Lebensplanung vollkommen über den Haufen geworfen hätte.)

Natürlich war Trevor nicht einfach nur dagewesen, sondern hatte mit allen einem Welpen zur Verfügung stehenden Mitteln gespielt. Er hatte Frau Michalek begrüßt, als wäre sie das wunderbarste Wesen, dessen er je ansichtig geworden war, hatte ihr schmachtende Blicke zugeworfen und hingebungsvoll das Gesicht abgeschleckt. Zwischen dem erstmaligen Auftreffen von Trevors Zunge auf ihrer Haut und dem Einsetzen der Adoptionsüberlegungen in ihrem Gehirn lag nicht einmal eine Nanosekunde.

Vielleicht war es ja an der Zeit, die „Keine Haustiere"-Regel aufzuheben. Im Grunde hatte sie doch ohnehin nur für die Kinder gegolten. Oder für die Lebensphase, in der die Kinder noch zu Hause gewohnt hatten. Aber nun hatte man Platz, man hatte Muße, und ja, man hatte Hegebedürfnisse. Ihr Mann konnte unmöglich etwas gegen einen Hund einzuwenden haben. Sie gingen ohnehin beide gerne in der Au spazieren. Es war ihr auch nicht entgangen, dass er in letzter Zeit bei solchen Gelegenheiten des Öfteren stehengeblieben war, um vorbeikommende Hunde zu betrachten und zu kommentieren. „Das ist ja ein freundlicher Kerl", sagte er dann, oder: „Schau mal, wie brav der folgt." Wahrscheinlich hatte er selbst schon daran gedacht, einen Hund anzuschaffen.

Während Trevor sich einladend auf den Rücken rollte, um sich von ihr den Bauch kraulen zu lassen, überlegte sie weiter. Welche Art von Hund würde ihrem Mann wohl zusagen? Bestimmt sollte es ein Welpe sein – Stubenunreinheit hin oder her –, und zwar einer, der recht groß werden würde. Ein richtiger Hund eben, wie er zu einem Haus mit Garten passte. Auf keinen Fall ängstlich, aber auch nicht zu forsch. Ein treuer, ruhiger Durchschnittshund, der Einbrecher in die Flucht schlug und zu Besuchern freundlich war. Hatte Trevor nicht alle Voraussetzungen? Natürlich würde man diese noch durch vorbildliche Erziehung ergänzen. Man würde Kurse belegen und Bücher lesen. Zu dem Hund würde man eine sachliche, vernünftige Beziehung aufbauen, so, wie man sie auch den „Hundewahnsinnigen" wünschte.

„Hundewahnsinnige" waren, nach Erfahrung der Michaleks, Besessene. Unermüdlich konnten sie von den schier unglaublichen kognitiven und sozialen Fähigkeiten dieser Tiere schwärmen, ihrer Nasenleistung, ihrem Heldenmut, ihrer Hellsichtigkeit. (Besonders beliebt waren dabei die Schilderungen von Experimenten, in denen Hunde besser abgeschnitten hatten als Schimpansen, Keas oder Kleinkinder.) Sie führten einschlägige Zitate auf den Lippen wie: „Natürlich kann man ohne Hund leben! Aber es lohnt sich nicht", oder: „Je besser ich die Menschen kenne, desto mehr bewundere ich Hunde", oder: „Von hundert Menschen mag ich einen. Von hundert Hunden neunundneunzig", und scheuten auch nicht davor zurück, damit ihre E-Mails zu signieren. Sie gaben heitere Hundeschnurren zum Besten, die nicht selten auch die Ausscheidungen ihres Lieblings zum Inhalt hatten: „Mimi kackt vorzugsweise auf ganz hohe Schneehaufen. Die Kacke sinkt dann, da heiß, blitzartig ein, und man muss mit dem Arm tief in das Loch greifen, bis zur Achsel, um sie wieder herauszuholen. Zum Schreien!" Sie gaben ein Vermögen aus für ergonomische Schlafplätze, wattierte Brustgeschirre, perlenbestickte Halsbänder aus Wasserbüffelleder, Regenmäntelchen, Norwegerpullis und T-Shirts mit lustigen Aufschriften, Transportboxen, Autoschutzgitter, Leinensortimente, Quietschspielzeuge, Intelligenzspielzeuge, Wurfspielzeuge, Reizangeln, Hasenfelldummys, Designerfutternäpfe aus Finnland, Spezialshampoo, Spezialbalsam und Spezialzahncreme, Pheromondispensoren mit beruhigender Wirkung, CDs mit Hundemusik sowie Urlaube, die ganz auf die Bedürfnisse des Hundes zugeschnitten waren. Sich selbst begannen Hundewahnsinnige meist modisch zu vernachlässigen, man traf sie vorwiegend in Gummistiefeln und wetterfester Funktionsbekleidung an, wobei aus ihren Jackentaschen ganze Büschel von Kotsäckchen herausschauten. Ihre Vorzimmer waren mit einem wasserfesten Anstrich versehen, für den Fall, dass sich der Hund dort nach einem Regenspaziergang oder Badeausflug trockenschütteln wollte. Ihre Autos und ihre Wohnzimmer stanken nach Hund, was oft noch durch den Uringeruch von Ochsenziemern oder die fauligen Mülldüfte getrockneter Tiereingeweide verschärft wurde. Die Hundewahnsinnigen selbst waren vom Räucherspeckaroma der Leckerlis umweht, die sie stets in großen Mengen bei sich trugen. Überhaupt, das Futter! Sie kochten entweder selbst nach streng wissenschaftlichen Prinzipien oder fütterten grundsätzlich nur der wölfischen Verdauung angemessenes rohes Fleisch oder kauften das edelste Trockenfutter, das für Geld zu bekommen war. Aus obskuren Quellen wussten sie frischen grünen Blättermagen zu beziehen, im eigens angeschafften Dörrofen verarbeiteten sie Großladungen von Hühnerherzen zu Trockenfleisch. Hundewahnsinnige schossen, kurz gesagt, einfach über das Ziel hinaus.

Es verstand sich von selbst, dass es in Trevors hinreißender Gegenwart keine zwei Tage dauerte, bis auch die Michaleks dieser Spezies angehörten.

4.

Berti gelang es schnell, sich an seine neue Umgebung anzupassen. Er verstand, dass Trevor der Chef war, eine Art großmütiger König, der auch einmal darüber hinwegsehen konnte, wenn man aus seinem Futternapf stahl – ein Vergehen, dass die beiden Hündinnen Lotte und Coco strengstens ahndeten. Kannte man aber erst ihre Regeln (und hielt sich daran), lief alles gut mit ihnen. Der ungestüme Pavel teilte Bertis Liebe zum Raufen, Laufen und Herumtollen am meisten, nur in Bezug auf Menschen schien er ein bisschen durch den Wind zu sein. Zwar verhielt er sich den Michaleks gegenüber vollkommen normal, kamen aber Besucher – und insbesondere solche, die er nicht kannte –, führte er sich auf, als wären seine lang erwarteten Erlöser erschienen.

Auch Berti wartete auf einen ganz besonderen Menschen, *seinen* Menschen: Gréta. Mit ihr war er verbunden wie ein Ast mit dem Baum. Jeden Moment würde sie bei der Tür hereinkommen, von früh bis spät rechnete er damit. Er würde einen Freudentanz aufführen, Quieklaute ausstoßen, an ihr hochspringen. Er würde die Schnauze in ihre Hände hineinschieben, die ihn streicheln und tätscheln würden. Er würde sie einatmen, bis er randvoll war von ihrem Geruch nach Erdbeer-Lipgloss und Vanilledeo und Kokoslotion. Und unter all dem Parfum würde der Gréta-Geruch aufströmen, der warm und leicht nussig war wie frisch aus der Blüte gebrochene Sonnenblumenkerne. Jedes Mal, wenn es an der Tür klingelte, rannte er los und überschlug sich in dem Versuch, Pavel zuvorzukommen, aber dann war es immer ein Fremder, der Pavel alles bedeutete, ihm aber nichts. Berti setzte sich still in ein Eck und spürte, wie die Enttäuschung seinen Kopf schwerer und schwerer werden ließ, bis er sich hinlegen musste und sein Kinn auf die Vorderpfoten sank. Der Wind schlug auf den Ast, versuchte ihn abzureißen, fortzuschleudern, weit hinaus in die Welt.

Zum Glück gab es Ablenkung. Frau Michalek hatte ihren Sommerurlaub angetreten, um sich ganz der Erziehung und somit Vermittelbarkeit des Welpen zu widmen. Vordringlich war dabei das Thema Stubenreinheit – zwar hatten die Székelys hier schon erste Maßnahmen gesetzt, aber durch Veränderung und Verlust war einiges in Vergessenheit geraten. Wann immer sich Berti im Freien entleerte, brach Frau Michalek in Jubel aus und kraulte ausgiebig seinen Steiß (das mochte er besonders), tat er es jedoch im Haus, wischte sie wortlos und mit finsterer Miene alles auf. Berti mochte es nicht, ignoriert zu werden. Wenn er große Taten setzte, dann also nur mehr im Freien.

Im Freien war man, nachzumal jetzt im Sommer, wann immer es ging. Es gab einen großen Morgenspaziergang durch den nahegelegenen Park eines verfallenden Schlosses und einen großen Abendspaziergang durch die Au. Im Schlosspark musste an der Leine gegangen werden, da das Rudel eine besondere Regel hatte: Wir mögen alle Hunde, mit der dezidierten Ausnahme von Möpsen und Chihuahuas. Möpse rochen wie Hunde, sahen mit ihren runden, schnauzenlosen Gesichtern aber aus wie Katzen. Chihuahuas rochen wie Hunde, hatten aber hohe, durchdringende Stimmen wie Raubvögel. Wenn sich irgendwo ein Exemplar dieser verdächtigen Zwitterwesen zeigte, musste an den Leinen gezerrt, herumgesprungen und gebellt werden, als hätte man einen leibhaftigen Puma vor sich. Den diesbezüglichen Ansichten der Gruppe schloss sich Berti vorbehaltlos an, und schon beim ersten Mops, der o-beinig hinter einem Buchsbaum hervortrippelte, zeigte er, was in ihm steckte, wenn es zum Springen, Bellen und Pumaverjagen kam.

In die Au verirrten sich Chihuahuas und Möpse nur selten, dort gab es Freilauf. Vögel flatterten auf, Mäuse raschelten durch das Laub, überall lagen Fährten von Tieren. Am schönsten war es, einen Biber aus seinem Versteck aufzustöbern, sodass er mit einem lauten Platschen ins Wasser sprang, und hinter seinem glänzenden, öligen Skalp her zu schwimmen. Manchmal machte sich der Biber einen Spaß daraus, die Meute herankommen zu lassen, um dann in letzter Sekunde abzutauchen. Während die Hunde noch ratlos um den Ort seines rätselhaften Verschwindens paddelten, tauchte er in sicherer Entfernung wieder auf und sah ihnen unbemerkt zu.

Es waren Bertis erste Schwimmerfahrungen. Da er Wasser bis dahin nur aus unschönen Begegnungen mit Frau Székelys Duschkopf gekannt hatte, hatte er eigentlich keinen Wert aufs Nasswerden gelegt. Doch dann war er hinter dem Biber die Uferböschung hinabgerutscht und ins Wasser geplumpst, seine Beine hatten etwas gemacht, von dem er gar nicht gewusst hatte, dass sie es konnten, sein Kinn war über den Wasserspiegel gestreift – er war geschwommen.

Untertags konnten sich die Hunde frei zwischen Haus und Garten bewegen. Es gab eine Hundeklappe, die so groß war, dass auch ein Einbrecher bequem hindurchgepasst hätte – vorausgesetzt, er hätte sich an der Meute vorbeigewagt. Im Garten hatte Herr Michalek aus Brettern und Baumstämmen eine Kletterlandschaft mit Plattformen errichtet, wo die Hunde gerne im Schatten der Linde lagen und die Umgebung im Auge behielten. Im Allgemeinen war es ruhig, da der Garten von anderen Gärten eingegrenzt war und sich hinter den Zäunen wenig bewegte. Nur einmal rastete Berti hinten bei den Ribiselstauden völlig aus, sodass nicht nur die anderen Hunde, sondern auch die Michaleks herbeiliefen. Er kläffte und kläffte und sprang gegen den Zaun, ohne dass man einen Grund dafür entdecken konnte. Tatsächlich saß tief im dunkelblauen Schatten unter dem nachbarlichen Rhododendron ein Fuchs, wohl wissend, dass der Feind hinter dem Maschendrahtzaun seiner nicht habhaft werden konnte.

Abends saßen alle gemütlich vor dem Fernseher: die Menschen auf dem einen Sofa, die Hunde auf dem anderen.

5.

Jeden Samstag fuhren die Michaleks mit Berti in die Stadt, damit er sich an Menschenmassen und öffentliche Verkehrsmittel gewöhnte. Er lernte Wörter, zuallererst das Wort „Ricky“, das nun ihn bezeichnete. Dann gab es Wörter, die in Verbindung mit Gesten ausgesprochen wurden und eine bestimmte Handlung seinerseits zur Folge haben wollten, welche, war sie korrekt ausgeführt, mit einem Happen belohnt wurde. Er lernte „Hierher“ in Verbindung mit einer neben den menschlichen Oberschenkel geführten Handfläche, „Sitz“ mit einem waagrecht ausgestreckten Zeigefinger, „Bleib“ mit einer wie ein Schild nach vorne gerichteten Handfläche. Berti fand heraus, dass er die Qualität der Leckerchen verbessern konnte, indem er sich begriffsstutzig gab. Blieb sein Einsatz für trockene Kekse gering, gab es schon bald Extrawurstwürfel, ließ sein Engagement für diese nach, wurde mit Schinken aufgefahren. Bald konnte Frau Michalek in ihre Kurzbeschreibung des Rüden die Formel: „Beherrscht die Grundkommandos" aufnehmen.

Die Kurzbeschreibung sollte demnächst dazu dienen, Bertis Vermittlung über das Internet herbeizuführen. Den ersten Satz (der später den fulminanten Schlusssatz des Textes bilden würde) hatte Frau Michalek bereits wenige Stunden nach seinem Eintreffen formuliert: „Ricky ist ein lustiger, unkomplizierter Bub, der seinem Besitzer viel Freude machen wird." Doch noch waren Dinge abzuklären, und vor allem: Fotos zu machen.

Die erste Serie nahm Frau Michalek mit ihrer Handykamera auf. Einen halben Tag lang verfolgte sie Berti auf Schritt und Tritt, um ihn in möglichst ansprechenden Posen zu fotografieren. Doch es war deutlich zu sehen, dass Berti gewissermaßen unsichtbar war: Auf allen Aufnahmen erschien er nur als schwarzer Fleck. Als wäre in die Bilder des Tages ein Stück Nacht hineinmontiert. Frau Michalek lud die Fotos auf ihren Computer, vergrößerte und bearbeitete sie, aber sie wurden nicht besser. Berti blieb ein Schatten ohne Kontraste, selbst die braunen Augen versanken im Schwarz.

Er war zu einem Ebenbild seines Vaters herangewachsen, zu einer etwas kleineren, tapsigeren Ausgabe von ihm. Seine Schnauze war lang und länger geworden, auch sein Rücken hatte sich zu Dackelmaßen gedehnt. Von der Nasen- bis zur Schwanzspitze war er kohlrabenschwarz, nur am linken Vorderfußwurzelgelenk (dort, wo die Menschen ein Knie sahen), hatte er acht schneeweiße Haare, die an seine Mama Pihe erinnerten. Sein Fell war kurz, bis auf die prächtigen Strähnen, die links und rechts von seinem Kinn herabhingen, und eine struppig abstehende Linie entlang des Rückenkamms, deretwegen Herr Michalek „kleiner Punk" zu ihm sagte. Berti hatte buschige Augenbrauen, die er unabhängig voneinander bewegen konnte, wodurch er einer Vielzahl von Appellen und Gefühlsregungen Ausdruck verlieh. Seine Stimme schien zu einem größeren Hund zu gehören, er knurrte und bellte in tiefem Bass. Dazu hatte er die liebenswürdige Angewohnheit, mit einem lauten Quietschgeräusch zu gähnen.

„Ein entzückender Dackel-Schnauzer-Mix", hatte Frau Michalek im ersten Entwurf geschrieben, später dann, nach Beobachtung seines Temperaments und seiner Ausdauer, hatte sie hinzugefügt: „vermutlich mit einem kräftigen Schuss Terrierblut".

Die zweite Fotoserie machte Herr Michalek mit der neuen Digitalkamera. Berti blieb weiterhin flüchtig, ein schwarzes Loch gewissermaßen, das sich selber verschluckte, ein Tarnkappenhund. Erst nach elaborierten Experimenten mit verschiedenen Beleuchtungskörpern sowie einem Zusammentreffen von Glück und gleißendem Sonnenlicht gelang es, von ihm ein paar Fotos zu machen, die sich ins Internet stellen ließen. Bertis vielschichtigen Charakter, seinen Mut, seine Anpassungsfähigkeit und seine bewundernswerte Neigung, sich über geringste Kleinigkeiten ekstatisch zu freuen, zeigten sie nicht.

Die Michaleks luden Kinder verschiedener Altersgruppen ein, um Bertis Reaktion auf sie zu testen. Kleine Kinder mit ihrem torkelnden Gang, den fahrigen Gesten und schrillen Stimmen machten ihm Angst. Er zog den Schwanz ein, duckte sich und wich aus, wenn sie sich ihm mit ihren Patschhändchen näherten. „Nicht zu Kleinkindern", schrieb Frau Michalek in ihre Kurzbeschreibung, „mit Kindern ab dem Volksschulalter versteht Ricky sich jedoch bestens." Am liebsten schien er größere Mädchen zu mögen, so wie Brigittes dreizehnjährige Tochter Emma und deren Freundinnen. Ihr Kreischen und Toben störte ihn nicht. Selbst als sie ihn mit einer Hello-Kitty-Unterhose, einem rosa Tütü und einem Kopftuch ausstatteten, wirkte er erstaunlich vergnügt.

Bertis Verhältnis zu Katzen konnte erforscht werden, als einmal eine am Wegrand saß. Freundlich lief er zu ihr hin und forderte sie zum Fangenspielen auf, indem er direkt vor ihrer Nase die Vorderbeine nach vorne warf und die Brust auf den Boden drückte. Die Katze hob warnend eine Pfote, was Berti als wohlwollenden Spielbeitrag interpretierte, sodass er mit noch größerer Begeisterung um sie herumsprang. Immer wieder senkte er ruckartig den Vorderkörper ab: Fang mich! Spiel mit mir! Die Katze aber verstand kein Hündisch, und obwohl Frau Michalek ein beruhigendes „Schau Mietzi Mietzi, da will wer mit dir spielen!“ aussprach, gelang der Dolmetschversuch nicht. Die Botschaft, die die Katze empfing, war: Ich bin ein nerviger Typ und umkreise dich, um dich zu ärgern! Vielleicht greife ich auch noch an! Sobald Berti direkt vor ihr stand, schlug sie ihm mit ausgefahrenen Krallen über die Nase. Er jaulte auf, die Katze fauchte, er flüchtete hinter Frau Michaleks Beine. „Versteht sich gut mit Katzen“, schrieb diese in ihre Kurzbeschreibung. Ob die jeweilige Katze sich auch gut mit ihm verstand, war eine andere Frage.

Die Kurzbeschreibung, zusammen mit den beiden besten Fotos, ging online. Der Sommer schritt voran, die Frösche quakten und die Gelsen surrten in der Au, Frau Michalek musste wieder arbeiten und Berti lernte nach einigen Fehlversuchen, bei denen er vornüber auf die Nase gekippt war, wie ein Rüde auf drei Beinen zu pinkeln. Niemand antwortete auf das Inserat.

„Der Sommer ist immer eine schlechte Zeit für die Vermittlung“, tröstete Brigitte. „Die Leute haben Pauschalurlaube in Hotels gebucht, wo bestimmt kein Hund mit an den Pool darf.“ Frau Michalek ging noch einmal ihren Text durch und fügte zu dem Wort „stubenrein“ ein

„hundertprozentig" hinzu; ihrem Mann gelang es, ein besonders charaktervolles Porträtfoto zu schießen, auf dem Berti wie ein edler Jagdhund aussah. Es war schon Mitte August, als sich endlich jemand meldete. Ein junges Paar kam, um sich den schwarzen Rüden anzusehen, der gerade im Garten rannte. Rennen war es, was ihn am glücklichsten machte. Er hatte den Eindruck zu fliegen, und wie ein schwarzer Komet schoss er an den Besuchern vorbei und vorbei und vorbei.

„Um Gottes Willen", sagte die Frau, „wir haben schon zwei Kinder mit ADHS." Sie und ihr Mann waren wieder fort, noch ehe Berti zum Stillstand gekommen war.

Rocco

1.

Obwohl er in diesem Fach nie gearbeitet hatte (und sehr lange schon überhaupt nicht mehr gearbeitet hatte), sah sich Marcel Lilienfeld als Physiker. Er hatte Physik studiert und das Studium abgeschlossen, ehe sein Leben außer Plan verlaufen und den Bach hinuntergegangen war. Die Physik, so war er überzeugt, bot das beste Rüstzeug im Umgang mit der Realität. Sie erklärte, warum Popcorn poppte, ohne das Wirken eines Geistes darin zu sehen, sie bewahrte vor Aberglauben und Glauben. Wenn ein Physiker eine waghalsige Idee hatte, hatte er immerhin die Güte, sie als „Theorie" zu bezeichnen; wenn er bei einem Experiment überraschende Ergebnisse erhielt, dachte er nicht an ein Wunder, sondern an einen Messfehler. Mediziner fantasierten von Intuition und dem, was sie für Psychologie hielten, Zoologen fantasierten von Prostitution und bürgerlichem Kleinfamilienidyll im Tierreich, Theologen fantasierten ohnehin nur. Von allen Wissenschaftlern waren Physiker die rationalsten. Und Rationalität war etwas, das er unbedingt besitzen wollte, seit seine Mutter gekippt war.

Bis zu seinem siebzehnten Lebensjahr hatte er seine Mutter für vollkommen normal gehalten. Zwar hatte sie ihre milden Schrullen und Gebote – wenn sie einen Rauchfangkehrer sah, hielt sie einen Knopf ihrer Kleidung so lange fest, bis ein Hund des Weges kam (bringt Glück), oder sie bestand darauf, dass man keinesfalls unter einer Leiter durchgehen dürfe (bringt Unglück) –, aber nichts davon war so, dass es einem Angst machte. Doch dann, im Jahr vor der Matura, kam Marcel eines Tages von der Schule nach Hause und es stand kein Essen auf dem Tisch. In einer anderen Familie wäre das vielleicht nichts Besonderes gewesen, aber im Fall seiner Mutter, die für akribische

Einhaltung der Mahlzeiten sorgte, musste es bedeuten, dass etwas Schreckliches geschehen war. Dieser Eindruck wurde noch durch die Tatsache verstärkt, dass sie haltlos schluchzend am Esstisch saß. Vor ihr stand ein nagelneuer Messerblock aus rötlich glänzendem Mahagoni, in dem fünf teuer aussehende Messer steckten.

„Es ist alles vorbei", wimmerte sie, „die Messer töten die Liebe."

In diesem Moment kam das Objekt ihrer Liebe bei der Tür herein: ihr Mann.

„Zwanzig Jahre Ehe!", schrie sie auf und hielt ihm anklagend den Messerblock entgegen, „alles in den Sand gesetzt!" Marcels Vater war, gelinde gesagt, verdattert.

Es stellte sich heraus, dass ihr eine mit den Mysterien des Aberglaubens wenig vertraute Freundin (nunmehr Feindin) ein Dankesgeschenk für einen Gefallen gebracht hatte. Die Mutter hatte es geöffnet – was bedeutete, dass sie es angenommen hatte – und zu ihrem namenlosen Entsetzen den Messerblock gesehen. Niemals dürfe man – erklärte die Mutter, was offenbar niemand außer ihr wusste – niemals, niemals dürfe man jemandem Messer schenken. Denn Messer töteten die Liebe. Ihre Ehe war ruiniert.

Sogleich versuchte ihr Mann sie zu umarmen und ihr zu versichern, dass seine Liebe aufrecht, intakt und untötbar sei. Schon gar nicht von einem Messerblock.

„Ach was!", schrie sie, „wahrscheinlich hast du schon längst eine Geliebte!" Er habe keine Geliebte, erwiderte er, nun seinerseits ein wenig aufgebracht, bis hierher habe er auch keine Veranlassung gesehen, sich eine zu suchen.

„Oh Gott", stöhnte sie, „es geht schon los. So etwas Furchtbares hast du noch nie zu mir gesagt."

Wie es schien, war die Situation außerordentlich verfahren. Nach langen Diskussionen einigte man sich darauf, dass sie ihrer Ex-Freundin einen symbolischen Schilling für den Messerblock geben würde, um damit das Geschenk in einen Kauf umzuwandeln. Vielleicht ließen sich die Geister des Messer-Voodoo ja davon täuschen.

Dann aber geschah etwas, womit niemand gerechnet hätte, nicht einmal die Mutter in ihren schlimmsten Visionen. Drei Monate (drei Monate!) nach dem schrecklichen Messerzwischenfall starb Lionel Lilienfeld, ihr nichtrauchender, sportlicher und im Besitz von vorbildlichen Cholesterinwerten befindlicher Mann, beim Stiegensteigen an einem Herzinfarkt. Stiegensteigen hatte er müssen, da im Bürogebäude seiner Firma der Lift ausgefallen war, und angesichts seiner fünfundvierzig Jahre und allgemeinen Fitness hätte dies eigentlich unfallfrei vonstattengehen sollen.

Das war der Moment, in dem die Mutter kippte. Dass der Tod ihrer Liebe (in einem so wörtlichen Sinn!) durch den Fluch des unseligen Geschenkes herbeigeführt worden war, stand für sie außer Zweifel. Sie besorgte sich eine Wassermelone, die sie vor die Wohnungstür der Messerblockhexe legte und mit einem riesigen Tranchiermesser aus Damaszenerstahl an die Fußmatte nagelte. („Warum Wassermelone?", fragte Marcel. „Weil sie die Größe eines Kopfes hat und innen rot ist", antwortete die Mutter.) Und obwohl eine Steigerung kaum vorstellbar schien, sollte es noch wesentlich schlimmer kommen.

Marcels Entsetzen über den Zustand seiner Mutter war so groß, dass es beinahe das über den plötzlichen Tod des Vaters überdeckte. Sie war untröstlich. Sie aß nicht, sie schlief nicht, und ob sie sich wusch, war auch nicht unbedingt sicher. Marcel begriff erst jetzt, wie sehr sie sich als mit ihrem Mann verschmolzen verstanden hatte. Sie hatte ihn immer schon ihren „Lebensmenschen" genannt, aber dass das bedeutete, dass es einen Plan B für ein Leben ohne ihn nicht gab, hatte der Sohn nicht geahnt.

Er war groß, größer noch als sein Vater, ein junger Mann mit Muskeln und einer breiten Brust, die er der Mutter nun zum Ausweinen zur Verfügung zu stellen versuchte. War er denn gar nichts wert? Gab er ihr keinen Halt? Aber sie riss sich nur los, lief davon und schlug irgendeine Türe hinter sich zu.

Erst am Tag vor dem Begräbnis griff sie im Vorbeigehen nach seinem Handgelenk und sagte: „Ich brauche deine Hilfe.“ Marcel war froh, dass er endlich etwas tun konnte.

„Ich habe einen Nekromanten kontaktiert. Er kennt ein Ritual, mit dem wir deinen Vater wieder zum Leben erwecken können. Wir brauchen dazu aber den kleinen Finger seiner linken Hand. Wir müssen in die Aufbahrungshalle gehen und ihn abschneiden.“ Sie hatte schwarze Ringe unter den Augen und ihre Haare waren unfrisiert, aber davon abgesehen wirkte sie nicht verwirrter, als wenn sie ihn zum Erledigen der Hausaufgaben anhielt.

„Am besten, wir nehmen das Küchenbeil, mit dem ich immer die Koteletts auseinanderhacke. Ich werde den Menschen vom Bestattungsunternehmen ablenken, du holst den Finger.“

„Okay“, sagte Marcel, „ich zieh mir nur noch etwas anderes an“, und ging in sein Zimmer. Eine Weile saß er reglos auf dem Bett und ließ sich in die Welt seiner Mutter hineinfallen. Was, wenn sie recht hatte? Wenn es das alles wirklich gab? Flüche, Nekromanten, Marienerscheinungen, Glück durch Rauchfangkehrer und Unglück durch Leitern, Engel, Geister, Elfen, Werwölfe, Ektoplasma und Levitationen? Durch seinen Kopf rasten Ouija-Boards, Kristallkugeln, Schrumpfköpfe, Talismane aus Zähnen und Klauen, Gregorianische Choräle, Tamtams, Totems, Kreuze und blutige Hühner mit abgerissenem Kopf. Dann schlich er sich die Treppe hinunter zum Telefon und rief Tante Monika, die Schwester seines Vaters an.

„Du musst sofort kommen“, sagte er, „Mama verliert den Verstand.“

2.

So hatte Marcel Lilienfeld also Physik studiert. Sobald er das Doktorat in der Tasche hatte, wusste er allerdings nicht so recht, was er damit anfangen sollte. Forschung und Lehre interessierten ihn nicht, ihm gefiel jedoch die Universität, in der er sich geborgen fühlte. Er mochte das Raschelnde, Papierene in der Luft der hohen Räume, auch wenn sie wie ausgestorben dalagen, ebenso wie die plötzlichen Schübe an jungen Menschen, die sich hineindrängten, um Wörter von den Lippen des Professors in ihre Collegeblöcke zu kopieren. Am liebsten arbeitete er in einem kleinen Kabuff mit einem Wasserkocher und einem Computer, also ging er an das Department für Bibliometrie, wo er dafür sorgte, dass die wissenschaftlichen Arbeiten anderer ordentlich verwaltet wurden. Von der Erbschaft seines Vaters konnte er sich eine schöne Eigentumswohnung kaufen, die Kollegen waren nett, Freundinnen kamen und gingen, das Leben war geregelt, schmerzfrei und gut. Er fuhr nicht Auto, um sich nicht dem Risiko eines Unfalles auszusetzen, er betrieb nur Sportarten, bei denen die Verletzungsgefahr gering war, er machte keine Schulden, sorgte beim Sex für ordentliche Verhütung, trank nie über den Durst und hielt sich an jede erdenkliche Regel und Vorschrift. Mit zweiunddreißig hatte er das Gefühl, dass ihm nichts sonderlich Aufregendes mehr passieren würde. Es war Zeit, zumindest ein kleines Abenteuer zu wagen.

Im Internet fand Marcel eine Liste von „hundert Dingen, die man im Leben gemacht haben sollte.“ Bungee-Jumping reizte ihn allerdings ebenso wenig wie die Aussicht, an einer Schlägerei teilzunehmen, eine Kakerlake zu streicheln oder Sex auf einer Flugzeugtoilette zu haben. Auch das klassische „Baum pflanzen – Sohn zeugen – Haus bauen“ kam für ihn im Augenblick nicht in Frage. Am besten gefiel ihm die Idee, zum Karneval nach Rio zu fahren. Ja, das wollte er tun, eine Reise in ein fernes Land machen, aber in ein Hotel mit Room Service und in eine Stadt, in der es Banken, Beleuchtung und Buslinien gab. Und zwar alleine, mutterseelenalleine. Nicht nur, weil er ohnehin gerade single war, sondern auch, um die Aufregung noch ein klein wenig zu erhöhen.

Mit umfangreichen Impfungen und einer gut sortierten Reiseapotheke ausgestattet flog Marcel nach Rio de Janeiro. Er war noch nie alleine im Ausland gewesen und hatte Europa noch nie verlassen. Er fand, dass die Luft in Brasilien ganz anders war als in Italien oder Südfrankreich oder Malta, wo er schon Urlaub gemacht hatte, ganz anders auch als in Griechenland oder Spanien, wo er auf Konferenzen gewesen war. Sie war feucht und vielversprechend und verursachte ein Prickeln auf seiner Haut. Im einen Moment roch es nach Blüten, im nächsten nach schwefeligem Smog, im dritten nach gärendem Müll, dann wieder nach frischer Brise vom Meer. Die schiere Menge an schönen Frauen, die er in dieser Stadt sah, führte dazu, dass er ständig schlucken musste – offensichtlich führte die erotische Reizüberflutung in einer Art Pawlow'schem Reflex zu vermehrtem Speichelfluss. Bedauerlicherweise standen die brasilianischen Männer den Frauen in nichts nach, und Marcel begann, sich wegen seines käsigen Schreibtischteints und des kleinen Bauches, den er angesetzt hatte, zunehmend unwohl zu fühlen. Er schämte sich seiner ausgeleierten T-Shirts und der verwaschenen Shorts – um nicht infolge allzu edler Garderobe ausgeraubt zu werden, hatte er nur zum Wegwerfen bestimmte Kleidung mitgebracht. Am Strand saß er einsam auf seinem Handtuch und beobachtete das Schauspiel kokosnussbrauner Pobacken in String-Bikinis mit dem Gefühl des kraftlosen hässlichen Entleins. Ins Wasser ging er nicht, da ihm die Wellen zu hoch, zu wild und zu trübe erschienen.

Er besuchte den Botanischen Garten und das Brasilianische Nationalmuseum. Er fuhr mit der Zahnradbahn auf den Corcovado und mit der Seilbahn auf den Zuckerhut. Einmal sah er mitten in der Stadt einen handtellergroßen blauschimmernden Schmetterling. Wie ein Blatt, das vom unsichtbaren Dachgarten eines Hochhauses herabfiel, segelte er im Spiralflug nach unten, bis er vom Luftzug eines vorbeifahrenden Autos mitgerissen wurde und verschwand.

Abends gelte Marcel sein Haar, und dann ging er zu den Karnevalsumzügen. Er sah zu, wie alte Frauen und kleine Kinder grazil tanzten, und versuchte selbst, ein paar Schritte und Hüftschwünge zu machen. Doch der Samba wollte nicht in sein Blut. Er stolperte, taumelte, verkrampfte sich und hatte den Eindruck, verächtlich angestarrt zu werden.

Er aß alleine in Restaurants, an deren Tischen brasilianische Großfamilien oder ganze Reisegruppen saßen. Danach nahm er noch einen Drink in einer Bar, in der Pärchen flirteten, aber keine Frau alleine zu sein schien. Auf der Straße sprachen ihn Prostituierte an, auch schöne, schönere, als er je in seinem Leben gesehen hatte, aber er ging mit keiner mit, aus Angst, sich etwas einzufangen. Nachts sah er Menschen auf den Gehsteigen schlafen, Mütter mit ihren Babys, die auf Pappkartons lagen.

Und dann, am vierten Tag, sah er sie. Er schlenderte gerade die Avenida Atlantica entlang, die die Copacabana von den Häusern trennte, und beobachtete die Sandfahnen, die der Wind auf die Wellenmosaike des Bürgersteigs trug. Er wusste nicht so recht, was er tun sollte. Es war zu früh, um essen zu gehen, zu spät für Sightseeing, und vom Karneval hatte er genug. Links von ihm rauschte der Verkehr, rechts das ständig aufgewühlte Meer, dazu vermeinte er die Stimmen von Millionen von Menschen zu hören, die lachten und palaverten und schrien.

Zunächst sah er sie nur als eine von Millionen Frauen mit langen braunen Beinen und langen braunen Haaren, in Hot Pants und knallengen Tops. Sie hatte einen Fuß auf ein Mäuerchen gestellt, stützte sich auf dem dadurch erhöhten Knie mit dem Ellbogen ab und tippte etwas in ihr Handy. Als Marcel näher kam, schob sie ihre Sonnenbrille nach oben in die Haare, und er konnte ihre lang bewimperten, jetschwarzen Augen sehen. Ihre Haut war samtig und ebenmäßig, als hätte sie nie in ihrem Leben Windpocken, Kratzer oder Pickel gehabt. Das alles war es jedoch nicht, was ihn stehenbleiben ließ, sondern die Art, wie sie plötzlich von ihrem Handy aufsah und auf den silbrigen Horizont über dem Atlantik hinausblickte. Sie schien genauso verloren zu sein wie er.

Marcel räusperte sich, um sie nicht zu erschrecken, und trat mit einer angedeuteten Verbeugung auf sie zu.

„Hi", sagte er, „my name is Marcel."

Es war wie ein Wunder, dass sie darauf etwas sagte, woraufhin er wieder etwas sagte, und dann sagte sie wieder etwas, und dann lachten sie beide. Plötzlich war er in einer anderen Welt, er stand nicht mehr vor den verschlossenen Toren Brasiliens, sondern war hineingegangen, aufgenommen worden und durfte sich umsehen. Als er sie fragte, ob er sie auf einen Drink einladen dürfe, warf sie einen letzten Blick auf ihr Handy, als könnte es in diesem Augenblick noch eine andere Verabredung preisgeben, doch da es schwieg, steckte sie es in ihre Handtasche und sagte ja.

3.

Sie hieß Jacintha. Von all den schönen weiblichen Vornamen Brasiliens war dies ohne Zweifel der schönste. In ihm steckten Blumen, Schmetterlinge, Tucane, Jaguare, Regenwälder und Strände. Je länger Marcel Jacinthas Akzent lauschte, der ihr erstaunlich gutes Englisch mit charmanten Nasalen versah, desto mehr gelangte er zu der Überzeugung, dass das brasilianische Portugiesisch möglicherweise die schönste Sprache der Welt war. Nein, es war definitiv die schönste Sprache der Welt.

Jacintha war Dienstmädchen bei einer wohlhabenden Professorenfamilie (der Wohlstand war weniger auf die universitären Einkünfte des Professors zurückzuführen als auf den Diamanthandel seines Schwiegervaters), die in einem Penthouse an der Copacabana wohnte. Auch Jacintha wohnte dort, in ihrem eigenen kleinen Zimmer. Ob sie denn von ihrem Fenster aus die Copacabana sehen könne, fragte Marcel. Sie sah ihn an, als befürchtete sie, er würde sich über sie lustig machen. Natürlich nicht, sagte sie, ihr Zimmer gehe nach hinten hinaus, auf die Straße. Ihr Lohn war so gering, dass es Marcel den Atem verschlug. Er stellte sich vor, in Brasilien zu leben und Personal zu haben wie ein Fürst.

Jacintha stammte aus einem kleinen Dorf am Amazonas, das auf keiner Landkarte verzeichnet war. Es handle sich um eines jener Dörfer, erklärte sie, die im Dschungel über Nacht entstünden und ebenso schnell wieder verlassen werden konnten. Wie lange es ihr Dorf denn schon gebe, fragte Marcel. Dreißig Jahre, sagte sie. Sie selbst war sechsundzwanzig. Ob sie denn indianisches Blut habe, fragte er. Natürlich, sagte sie, um kein indianisches Blut zu haben, müsste man ja Vorfahren besitzen, die über Generationen hinweg stets darauf geachtet hätten, sich nur mit Menschen fortzupflanzen, die ihrerseits kein indianisches Blut hätten. Also ja, natürlich habe sie indianisches Blut. Er ziehe die Frage zurück, sagte Marcel, und sie lachte. Sie hatte achtzehn Geschwister – acht von ihrer Mutter, zehn von ihrem Vater. Also Halbgeschwister?, fragte Marcel. Vier Geschwister, vierzehn Halbgeschwister, spezifizierte Jacintha. Marcel hatte keine Geschwister, weder halbe noch ganze. Jacintha bedauerte ihn, und er, der sich als Einzelkind immer glücklich geschätzt hatte (allein, wenn man das Erbrecht bedachte!), ließ sie gerne in dem Glauben, dass Bedauern hier angebracht sei.

4.

Das zweite Date war ein Fiasko. Marcel war sich nicht einmal sicher, dass es überhaupt ein Date war. Hatte Jacintha wirklich mit ihm geflirtet? Die Brasilianer schienen ständig zu flirten, auch in Situationen, wo dies schwerlich der Fall sein konnte. War es vielleicht ganz normale Freundlichkeit gewesen, die sie ihm entgegengebracht hatte, so wie sie dies auch bei einem Kind tun würde, einem Greis oder einem schwulen Kumpel? Zwei volle Tage hatte er auf das zweite Date warten müssen – Jacinthas Dienstgeber veranstalteten Abendgesellschaften und gaben ihr keinen Ausgang. Und dann musste er noch einen weiteren Tag bis zum Abend totschlagen. Erst lange nach Einbruch der Dunkelheit durfte er sie an dem Mäuerchen am Strand treffen, wo sie einander zum ersten Mal begegnet waren.

Gleich nach dem Aufstehen hatte er ein flaues Gefühl gehabt, nicht nur im Magen, sondern auch in Beinen und Kopf. Er war sich nicht sicher, ob es sich um eine beginnende Depression handelte oder um beginnendes Fieber. Das vorsorglich mitgebrachte Ohrthermometer zeigte

Normaltemperatur. Wahrscheinlich war es die Aufregung, die Versagensangst, der ungeheure evolutionäre Stress, der jedes Männchen bei der Balz schier zerfleischte. Oder er hatte sich einen Virus eingefangen, der gerade erst anfing, in seinem Körper Dinge aus dem Gleis zu bringen.

Dass Jacintha überhaupt kam, überraschte ihn nicht weniger, als wäre Manna vom Himmel gefallen. Sie war scheu, zurückhaltend, was er dahingehend interpretierte, dass er aus ihrem Erscheinen nicht den Schluss ziehen sollte, sie wäre leicht zu haben. Immer wieder konsultierte sie ihr schweigsames Handy, als erwartete sie Anweisungen von einem Coach, der im Hintergrund stand. Marcel hatte nicht den geringsten Hunger.

Sie führte ihn in ein Lokal, in dem riesige Fleischstücke auf Lanzen gegrillt und am Tisch mit Hellebarden und Schwertern zerteilt wurden. Am Teller jedoch vermochte er es kaum zu schneiden. Nicht weil das Fleisch zäh oder das Messer stumpf war, sondern weil seine Hand bebte wie die eines Kranken. Er stocherte in seinem Püree aus schwarzen Bohnen – wie er fürchtete, in sehr unmännlicher Weise.

Was gab es noch zu sagen? Nachdem man die Eckdaten beim ersten Date geklärt hatte (Name, Alter, Herkunft, Beruf), offenbar nicht viel. Jede Frage, die er Jacintha noch stellen hätte können, wäre ihm gewaltsam erschienen, als wäre er ein korrupter Polizist, der sie unter falschem Vorwand verhörte. Sie lächelte keineswegs weniger, eher noch mehr als beim letzten Mal, warf ihre glatten braunen Haare über die Schulter, dass sie aneinanderknisterten, doch wenn der Kellner mit seinem Wagen voller Fleischklumpen wieder fortging, sah sie ihm nach, als würde sie ihn vermissen. Kein Zweifel, sie langweilte sich, und keine noch so schnell geleerte Flasche Espumante konnte daran etwas ändern. Was war nur mit ihm los? Er war doch kein Anfänger, er wusste doch, dass das zweite Date immer das schwierigste war. Man hatte Zeit gehabt nachzudenken, man war unsicher geworden, ja, beinahe schämte man sich, beim ersten Date so aus sich herausgegangen zu sein, dass es zu einem zweiten gekommen war. Man hatte Erwartungen, die man weder zeigen, noch enttäuscht sehen, noch überhaupt haben wollte. Man fand, dass sich der andere ins Zeug legen sollte, aber nicht zu sehr – das heißt, der weniger interessierte Part fand das, oder, wenn keiner so recht überzeugt war, beide. In diesem Fall war Marcel eindeutig der interessiertere Part.

„Brasilianische Frauen erwarten, dass der Mann die Initiative ergreift", hatte er irgendwo gelesen. Er ent- und verwarf eine Frage nach der anderen: Ob sie ihm wohl in Rio einen besonderen Ort zeigen konnte, einen, der noch schöner war als alles andere? Wie kam es, dass sie so gut Englisch sprach, also verhältnismäßig gut, für jemanden, der im Dschungel aufgewachsen war? Hatte sie einen Freund? Warum schaute sie so oft auf ihr Handy und warum klingelte es nie?

Die Fragen, von denen er keine einzige aussprach, vermengten sich mit blutigem und verkohltem Fleisch, mit Reis und Tacacá, tanzenden Samba-Schönheiten mit meterhohem, immer höher wachsenden Kopfschmuck, nackten Brüsten mit kreisenden Quasten daran, nackten, sich schüttelnden Oberschenkeln und schrecklichen, dröhnenden Geisterstimmen in seinem Kopf, was sich auch auf den Magen auszuwirken schien. Plötzlich war Marcel unter Wasser: Die Umgebung entfernte und vergrößerte sich, Bewegungen wurden langsamer, Stimmen und Geräusche sanken tiefer, waren umflort von einem trägen Hall.

Als er wieder zu sich kam, lag er unter dem Tisch in seinem eigenen Erbrochenen. Jacintha kniete neben ihm, drückte seine Hand so fest, dass es weh tat. Jemand hielt ihm ein Glas Wasser an die Lippen, jemand rieb mit einem Putzfetzen an seiner Kleidung. Er fühlte das Unermessliche seiner Schmach und gleichzeitig die Angst vor einem grausamen tropischen Tod. Er rappelte sich auf. Mit zitternden Händen öffnete er den Reißverschluss seiner Bauchtasche, holte die Brieftasche heraus und legte etliche Geldscheine neben die kaum angerührten Teller. Von den Nachbartischen trafen ihn die Blicke von Leuten, denen er den Appetit wohl gründlich verdorben hatte.

Im Taxi unterhielt sich Jacintha mit dem Fahrer aufgeregt auf Portugiesisch. Vielleicht hatte sie Marcel ja etwas in sein Glas getan, als er am Buffet war, um die Beilagen zu holen, und besprach nun mit ihrem Komplizen seine Entführung in die Favelas. Doch das Taxi hielt vor seinem Hotel. Marcel holte wieder die Brieftasche aus der Bauchtasche, die er mit beiden Händen umklammert hatte, und nahm ein paar Scheine heraus. Jacintha nahm das Wechselgeld vom Fahrer entgegen und reichte es ihm. Als sie in der Hotellobby auf den Aufzug warteten, sprang der Rezeptionist hinter seinem Tresen hervor, um sie aufzuhalten. Laut und gestikulierend redete er auf Jacintha ein. Sie wandte sich zu Marcel und erklärte ihm, dass sie nicht mit auf sein Zimmer gehen dürfe – es sei denn, man bezahle dafür. Dabei schaute sie auf den Boden, Röte kletterte ihre Wangenknochen hinauf. Langsam dämmerte es ihm. Der Mann hielt Jacintha für eine Prostituierte, die im Begriff war, mit einem kreidebleichen Hotelgast, der sich kaum auf den Beinen halten konnte (was möglicherweise auf Trunkenheit zurückzuführen war), auf sein Zimmer zu gehen, um ein gutes Geschäft zu machen – und er wollte seinen Anteil. Marcel fühlte sich zu schwach für eine Richtigstellung und kramte zum wiederholten Male seine Brieftasche hervor.

Jacintha half ihm ins Bett und legte ihm ein eingerolltes feuchtes Handtuch auf die Stirn. Aus der Minibar holte sie ein Fläschchen Bitter Lemon und schenkte ihm ein Glas ein. „Really?“, fragte er zweifelnd. Ein altes Hausmittel ihrer Großmutter, lächelte sie, und da ihre Großmutter ohne Zweifel wusste, wie man im Dschungel überlebte, ließ er sich auf ein paar Schlucke ein.

Um sieben Uhr morgens weckte ihn der Radiowecker. Ein Blick genügte, um sicher zu sein, dass Jacintha weg war. Seine Augen wanderten durch das Zimmer auf der hoffnungslosen Suche nach der Bauchtasche mit der Brieftasche. Doch da lag sie, neben ihm auf dem Nachtkästchen. Hastig öffnete er sie. Die Brieftasche war da. Er öffnete auch diese. Soweit er es nach den chaotischen Zahlungsvorgängen des Vorabends beurteilen konnte, fehlte von seinem Geld nichts. Die Kreditkarten lagen vollzählig in ihren Plastikhüllen. Er stand auf, um nach seinen anderen Wertsachen zu sehen. Handy, Reisepass, Fotoapparat, die dünne Goldkette mit dem Schutzengelanhänger, die er seiner Mutter zuliebe trug – alles war da. Jacintha schien aus einem gänzlich anderen Holz geschnitzt zu sein, als er noch vor wenigen Stunden gedacht hatte.

Beim Frühstück stellte er fest, dass es ihm wesentlich besser ging. Einerseits war er darüber erleichtert, andererseits ärgerte er sich – wozu war das Ganze überhaupt notwendig gewesen, wenn es nicht wenigstens der Beginn einer fürchterlichen Krankheit gewesen war? Er war schon bei der zweiten Portion Cornflakes, als sein Handy klingelte. Es war Jacintha. Flüsternd erkundigte sie sich, wie es ihm ging. Da sie während der Arbeitszeit nicht telefonieren dürfe, habe sie sich auf der Toilette versteckt, wo sie nun mit ihm flüstere. Unwillkürlich flüsterte er auch. Sie verabredeten sich für den Abend. „We’ll go to a different restaurant!“, lachte Jacintha so leise, dass er es gerade noch verstand.

Und so erwies sich das zweite Date, das zunächst als Fiasko erschienen war, als das Beste, was Marcel Lilienfeld hatte passieren können. Das Eis war gebrochen. Am Tag seines Abflugs hatte er keinen Zweifel daran, dass er die Liebe seines Lebens gefunden hatte.

5.

Fast ein ganzes Jahr später, zur Weihnachtszeit – Hochsommer in Rio –, kam er wieder. Er hatte Jacintha Geld überwiesen, damit sie mit dem Taxi zum Flughafen fahren konnte, um ihn persönlich zu empfangen – „plus pretty dresses or whatever you may need.“ Wenige Stunden nach seiner Ankunft bat er sie, ihren Job aufzugeben, damit sie mehr Zeit für ihn hätte. Er würde ihr monatlich das Doppelte von dem überweisen, was sie jetzt bekäme – nein, das Dreifache!

Sie streichelte seine Hand, küsste seine Schläfe und sagte nein. Dann wäre sie ja *seine* Angestellte, das wolle sie nicht sein. Und was, wenn er zu Hause in Österreich eine andere Frau kennenlernte und sein Versprechen vergaß? Dann hätte sie keine Arbeit mehr und müsste zurück in den Dschungel.

Nachdem Marcel den Heiligen Abend und Silvester alleine verbracht hatte, da Jacintha unabkömmlich war, wusste er, dass er Nägel mit Köpfen machen musste. Er erwarb einen angemessen kostspieligen Ring und machte ihr einen Heiratsantrag. Sie wischte sich gerührt ein paar Tränen aus den Augen und schüttelte den Kopf. Sie könne nicht in Österreich leben, wo sie die Sprache nicht verstand, keinen Menschen kannte und es außerdem fürchterlich kalt war! Also gut, sagte Marcel. Dann würde er eben nach Brasilien ziehen, Portugiesisch lernen – das alles würde er für sie tun. Ihr Chef war doch Professor, vielleicht konnte er Marcel einen Job an der Universität organisieren? Und falls nicht, würde er ein Café eröffnen, ein Wiener Kaffeehaus, mit Sachertorte und Gugelhupf. Jacintha könnte im Service arbeiten, während er sich um das Geschäftliche kümmerte.

Erst Wochen später, als er schon längst wieder zu Hause war, gab ihm Jacintha per E-Mail ihr Jawort. „You promise?“, hakte er nach. Es dauerte weitere vier Tage, bis die Antwort kam – Jacintha besaß keinen eigenen Computer und musste auf einen freien Abend warten, um in ein Internetcafé zu gehen. „I promise“, schrieb sie. Marcel schickte ihr ein Paket mit hundert Mozartkugeln, unter denen ein brandneues Notebook versteckt war. Er belegte einen Kurs für brasilianisches Portugiesisch und ging daran, seine Besitztümer zu verkaufen. Das Mountainbike, die Hifi-Anlage, die Waschmaschine, die Möbel. Als die Wohnung so gut wie leer war, verkaufte er auch sie. Vorübergehend zog er wieder bei seiner Mutter ein, die eine Ausbildung zur Sozial- und Lebensberaterin absolviert hatte und tagsüber im unteren Stockwerk ihres Hauses Klienten empfing. Sein ehemaliges Jugendzimmer hatte sie unverändert gelassen, die Poster von schönen Popsängerinnen, die im wirklichen Leben in die Jahre gekommen waren, hingen noch an der Wand. Bis zum Ende des Sommersemesters musste Marcel an der Universität arbeiten, dann lief sein Dienstvertrag aus. Er konnte sehen, wie ihn die Kollegen beneideten, wenn er ihnen das Foto seiner Verlobten zeigte.

Jacintha machte sich in Rio auf Wohnungssuche und schickte ihm Fotos, die sie bei den Besichtigungen machte.

Eingehend berieten sie sich über Lage, Aufteilung der Räume, Größe und Preis. Dann endlich hatte man das Richtige gefunden: eine hübsche Vierzimmerwohnung in einem guten Viertel, mit zwei Balkonen, von denen einer zu einem kleinen Garten hinausging. Marcel überwies Jacintha das Geld, und sie unterschrieb den Vertrag. Es stellte sich heraus, dass noch einiges renoviert werden musste, und er überwies ihr auch dafür das Geld. Dann endlich konnte sie beginnen, sich nach der passenden Einrichtung umzusehen. Es folgten Fotos von und Beratungen hinsichtlich Betten, Sofas, Esstischen, Küchenzeilen, Vorhängen und Lampen. Damit Jacintha ihn nicht wegen jeden kleinen Betrages bitten musste, überwies er ihr einfach sein gesamtes restliches Geld. Er behielt nur dreitausend Euro, die er für die Lebenshaltungskosten der ersten Monate verwenden wollte, bis das Wiener Kaffeehaus einigermaßen lief.

Was für ein Leben!, dachte er. Ein aufregendes, exotisches, romantisches Leben führte er jetzt, und ein noch viel aufregenderes, exotischeres und romantischeres wartete auf ihn – wer hätte das gedacht. Auch Jacintha erwies sich als patentere Frau, als er je gedacht hätte: Bald hatte sie ein geeignetes Lokal für das Kaffeehaus entdeckt, nur zehn Minuten vom Strand entfernt und doch erschwinglich! Für Kaution, Maklergebühren und die Anzahlung von mehreren Monatsmieten brauchte sie allerdings so schnell wie möglich Geld. Marcel aber hatte keines mehr, sofern er nicht seine Rücklagen für Strom, Bustickets und Essen angreifen wollte. Er beriet sich mit seiner Mutter, die stolz auf ihn war und sich schon darauf freute, ihn und ihre zukünftige Schwiegertochter in Rio zu besuchen. Sie lächelte, tat ein wenig geheimnisvoll und ging dann, um ihm ein Sparbuch zu bringen. Die Einlage betrug fast vierzigtausend Euro.

„Wir haben das einmal für dich angelegt, noch zu Schillingzeiten. Auch nach dem Tod deines Vaters hab ich immer wieder etwas daraufgelegt. Ich hab ihm versprechen müssen, es dir erst dann zu geben, wenn du es wirklich, wirklich brauchst. Ich glaube, dieser Zeitpunkt ist jetzt gekommen!“ Marcel ging zur Bank, löste das Sparbuch auf und überwies das Geld Jacintha. Nun war alles unter Dach und Fach. Bald konnte sie ihm die Mitteilung machen, dass sie mit einem begabten jungen Patissier im Gespräch sei. Marcel mailte Rezepte für Sachertorte, Gugelhupf, Kardinalschnitten und Linzer Augen, damit Prototypen angefertigt werden konnten. Die ersten Resultate waren, laut Jacintha, äußerst vielversprechend.

6.

Endlich kam der Tag, an dem Marcel Lilienfeld mit zwei großen Koffern, die alles enthielten, was er noch sein Eigen nannte, nach Rio de Janeiro aufbrach. Seine Verlobte würde ihn vom Flughafen abholen und sie hatte versprochen, zu diesem Anlass eine Hibiscusblüte in ihrem Haar zu tragen – ein Schmuck, der ihm besonders gefiel.

Am Flughafenausgang traf eine große Menge an Ankommenden auf eine ebensolche an Wartenden. Reiseführer holten Touristen ab, Chauffeure Geschäftsleute, Verwandte Verwandte. Schilder mit Namen wurden in die Luft gereckt, lustige Hüte wurden getragen, langstielige Rosen wurden geschwenkt. Doch nirgends eine Hibiscusblüte. Nirgends Jacintha. Wahrscheinlich war ihr Taxi im Stau hängengeblieben. Marcel setzte sich auf einen seiner Koffer und wartete. Nach einer halben Stunde rief er sie am Handy an. Eine computergenerierte Frauenstimme erklärte, dass es unter dieser Nummer leider keinen Anschluss gab – so viel Portugiesisch verstand er nun. Hatte Jacintha ihre Nummer gewechselt, ohne ihm etwas zu sagen? Er war wütend, aber nicht lange. Mit Kleinlichkeit wollte er das gemeinsame Leben nicht beginnen.

Er wartete eine Stunde, zwei Stunden, drei Stunden. Sein Magen knurrte und er aß einen eingeschweißten Cracker aus dem Flugzeug. Schlimmer war der Durst, den der klebrige Kaffee aus dem Automaten noch zu verstärken schien. Schließlich zog er seine beiden Koffer ins Freie und stieg in ein Taxi. Wahrscheinlich handelte es sich um ein Missverständnis und Jacintha und die Hibiscusblüte warteten auf ihn in der Wohnung. Er gab dem Fahrer die Adresse. Das Handy behielt er in der Hand, um keine Nachricht zu verpassen.

Die Wohnung lag in einem sehr schönen Viertel, schöner noch, als Marcel es sich vorgestellt hatte. Ruhige Boulevards führten an Restaurants mit überdachten Gastgärten vorbei, zwischen modernen Appartmenthäusern schauten vereinzelte alte Villen aus ihren verwucherten Gärten. Das Haus, vor dem ihn das Taxi absetzte, war dasselbe, das Marcel von vielen Fotos schon kannte, und er begann sich auf der Stelle zu Hause zu fühlen. Der Balkon im dritten Stock, das musste sein Balkon sein.

Er klingelte bei der Nummer vierzehn (Ein Glück, dass es nicht die Dreizehn ist!, hatte seine Mutter gesagt) und beschloss gleichzeitig, Jacintha nicht den geringsten Vorwurf zu machen, wenn sie sich gleich über die Gegensprechanlage melden würde. Doch sie meldete sich nicht. Er klingelte noch einmal und noch einmal. Die Gegensprechanlage blieb stumm. Schließlich läutete er Sturm in der wachsenden Überzeugung, dass vielleicht ein kleiner Vorwurf doch angebracht sei.

Ein älterer Herr näherte sich, sah Marcel eine Weile zu und fragte ihn dann, wer er sei und was er von ihm wolle.

„Von Ihnen? Wieso denn von Ihnen?“, fragte Marcel.

„Sie haben doch bei mir angeläutet“, sagte der Herr.

„Sie wohnen im dritten Stock? In der Nummer vierzehn?“

„Ganz recht.“

„Das kann nicht sein. Das muss ein Irrtum sein.“ Das sei ganz gewiss kein Irrtum, erklärte der Herr, er wohne im dritten Stock in der Nummer vierzehn schon seit beinahe zehn Jahren, das stehe fest. Marcel blinzelte heftig, es fiel ihm kein einziges portugiesisches Wort mehr ein, das er noch hätte sagen können. Der Herr tippte eine Nummernkombination in den Türöffner, die Tür surrte, klickte und ging auf. Dann wandte er sich noch einmal zu Marcel um. Er könne gerne mit ihm nach oben kommen und seine Frau kennenlernen, um sich persönlich zu vergewissern, sagte der Herr freundlich und mit einem Hauch Mitleid. Marcel zog seine beiden Koffer in den Hausflur und stieg hinter ihm die Treppe hinauf. Oben öffnete der Herr mit einem Schlüssel die Tür der Nummer vierzehn. Eine elegante grauhaarige Dame kam, um ihn zu begrüßen.

„Sehen Sie?“, sagte der Herr zu Marcel, „es hat alles seine Ordnung.“

Marcel kramte aus seiner Bauchtasche die Brieftasche hervor und aus dieser Jacinthas Foto.

„Ah!“, sagte das freundliche Ehepaar, „eine wirklich schöne Frau! Leider kennen wir sie nicht.“

Wahrscheinlich handelte es sich um einen Kommunikationsfehler. Das Haus war das richtige, das wusste Marcel mit Sicherheit, aber Jacintha hatte ihm wohl eine falsche Türnummer genannt. Oder er hatte eine falsche Nummer gelesen. Von Tür zu Tür ging er, klingelte, nannte Jacinthas Namen, zeigte ihr Foto, vom ersten bis in den sechsten Stock. Niemand hatte sie je gesehen, niemand hatte je von ihr gehört. Zu guter Letzt zog er seine beiden

Koffer wieder hinaus auf die Straße. Mit dem Handrücken wischte er sich den Schweiß von der Stirn. Es dämmerte schon, die ersten Lichter gingen an. Fünfzehn Stunden Flug, drei Stunden Warten, drei weitere Stunden bis jetzt. Jacintha konnte sich auf etwas gefasst machen.

Plötzlich war er von einer Schar Kinder umringt, die ihn um „Geld oder Bonbons“ anbettelten. Er durfte nichts geben, das hatte er von Jacintha gelernt. Wenn du etwas gibst, hatte sie gesagt, wirst du sie nicht mehr los. Sie verfolgen dich, bis sie dir die letzte Münze aus der Tasche gezogen haben. Die Koffer hinter sich herzerrend ging er weiter und versuchte, die flinken kleinen Hände, die ihn überall anfassten, abzuschütteln. Er erwog, einen Haufen Münzen mitten auf die Straße zu werfen, damit die Kinder alle Mühe hatten, sie zwischen den fahrenden Autos herauszufischen. Dann waren sie mit einem Schlag verschwunden.

Marcel blieb stehen, wischte sich die schweißnassen Hände an der Hose ab, sah sich um. Wohin sollte er gehen? Was sollte er tun? Plötzlich kam ihm das charmante Pärchen auf Nummer vierzehn verdächtig vor. Waren sie nicht viel zu entgegenkommend, viel zu elegant, viel zu alles Mögliche gewesen? Was, wenn sie zu einer Verbrecherbande gehörten, die Jacintha entführt hatte und irgendwo gefangen hielt? Wenn man ihr die Wohnungsschlüssel abgenommen hatte, um die Wohnung als gut getarnte Räuberhöhle zu verwenden?

Er musste sich ausruhen. Er brauchte dringend ein Bett. Sein Blick fiel auf ein altes Haus auf der gegenüberliegenden Straßenseite. Etwas versetzt stand es in einem Gewucher von Hibiscusbüschen. Sie waren voll von den leuchtend roten trompetenförmigen Blüten, die er so gerne in Jacinthas Haar sah. Verwaschen und verwittert stand auf der Stirn des Hauses das Wort „Hotel“.

Marcel hatte Glück. Er hätte die beiden Koffer, die die Effekten für ein ganzes Leben enthielten, keinen Meter weiter ziehen können. Das Zimmer war groß und hatte einen schönen Boden aus rohen, altersdunklen Holzbohlen. Vor dem offenen Fenster stand ein smaragdgrüner Kolibri in der Luft und steckte seinen Pipettenschnabel immer wieder in eine Blüte. Marcel legte sich auf das knarrende Bett und schloss die Augen. Was war schiefgelaufen? Sollte er gleich zur Polizei gehen? Oder erst die Krankenhäuser durchtelefonieren? Der Kolibri machte ein summendes Geräusch wie eine Hummel. Marcel rief bei der Rezeption an, um zu fragen, ob es im Haus etwas zu essen gäbe. Es gab nichts. Und als er die Augen ein weiteres Mal schloss, fiel ihm ein, was er übersehen hatte.

Jacintha war in der Arbeit! Sie hatte erst kündigen wollen, wenn er wirklich angekommen war. Und nun hatte sie, wie schon so oft, infolge einer spontanen Entscheidung ihrer Arbeitgeber nicht frei bekommen, sodass sie ihn nicht vom Flughafen hatte abholen können. Natürlich hatte sie ihn auch nicht anrufen können – wenn viel zu tun war und sie unter Beobachtung stand, konnte sie sich ja nicht einfach auf die Toilette zurückziehen, um ein heimliches Telefonat zu führen. Und ihre Nummer war vielleicht erst heute umgestellt worden, sodass sie noch keine Zeit gehabt hatte, ihn zu informieren. Die Ereignisse hatten sich wohl überstürzt. Durfte er sie stören? Sie hatte ihm immer verboten, sie direkt von ihrem Arbeitsplatz abzuholen und im Penthouse anzuklingeln, aber er kannte das Haus.

Er ließ sich an der Rezeption den Weg zur Copacabana beschreiben und stieg in einen überfüllten Bus. Keine Taxis mehr, es musste gespart werden. Er stieg um in einen noch überfüllteren Bus, die Rushhour war in vollem Gang.

An der Copacabana angekommen, ging er zehn Minuten in die falsche Richtung, bis es ihm auffiel. Er kehrte um, war sich nicht mehr sicher, dann stand er auf einmal vor dem Haus. Er musste anläuten, Jacintha wenigstens kurz sehen, fragen, was mit der Wohnung los war.

„Quem é?“, fragte eine elektronisch verzerrte Frauenstimme aus der Gegensprechanlage. „Wer ist da?“

„Jacintha?“, rief Marcel, „Jacintha!“ Die Türe ging auf.

In einem verglasten Schacht an der Meerseite des Hauses war ein Panoramalift eingebaut. Triumphaler hätte ein Aufstieg nicht sein können. Vor Marcel bog sich die in der elektrischen Beleuchtung grünlich schimmernde Sichel des Strandes, links ragte der ebenso grün angestrahlte Zuckerhut in eine rosa Kruste aus Wolken, rechts funkelten auf den Hügeln die bunten Lichter der von ferne so malerisch aussehenden Favelas. Rio de Janeiro, Heimat von Marcel Lilienfeld.

Der Lift öffnete sich in einen mit cremefarbenem Teppichboden ausgelegten, wie ein Hotelflur wirkenden Raum. Es gab nur zwei Türen. An der einen stand eine Frau in einer Dienstmädchenuniform, wie Marcel sie aus alten Filmen kannte: schwarzes wadenlanges Kleid mit weißen Manschetten, darüber eine weiße Trägerschürze. Es war nicht Jacintha. Jacintha, erklärte die Frau, sei ihre Vorgängerin gewesen. Sie habe vor zwei Wochen gekündigt – soweit sie wisse, um zu heiraten.

„Ja!“, rief Marcel, „*mich* wollte sie heiraten, aber wo ist sie?“ In diesem Moment kam der Hausherr herbei, um nachzusehen, wer gekommen war.

„Ich bin Jacinthas Verlobter, ich muss sie unbedingt finden“, erklärte Marcel. Nach kurzem Zögern bat ihn der Mann herein und führte ihn in ein großes Wohnzimmer, das an einer Längsseite vollkommen verglast war und denselben spektakulären Blick freigab wie der Lift. Eigentlich sah es wie zwei Wohnzimmer aus – zwei Sitzgruppen, zwei offene Kamine, darüber zwei riesige Flachbildfernseher.

„Bitte, setzen Sie sich", sagte Jacinthas Arbeitgeber, der Professor. Er war groß, hager, braungebrannt und trug ein blitzweißes Poloshirt und Jeans, denen man ansah, dass sie teuer gewesen waren. Er sah aus, als wäre er eben vom Golfplatz gekommen. Marcel raffte sein ganzes Portugiesisch zusammen und erzählte ihm seine Geschichte. Wie er Jacintha im Karneval des Vorjahres kennengelernt hatte, wie er zu Weihnachten wiedergekommen war, wie sie sich verlobt hatten, eine Wohnung gesucht, Möbel für die Wohnung, ein Lokal für das Kaffeehaus, das sie eröffnen wollten. Wie er all sein Hab und Gut in Österreich verkauft und das Geld Jacintha geschickt hatte. Wie er am Flughafen vergebens auf sie gewartet hatte, wie er zu der Wohnung mit der Nummer vierzehn gefahren war und in ihr Fremde vorgefunden hatte.

Der Professor hatte aufmerksam zugehört und immer wieder genickt, nun stand er auf und schenkte ein Glas Brandy ein, das er Marcel reichte.

„Bitte, trinken Sie", sagte er. Sobald er sich davon überzeugt hatte, dass sein Gast hinreichend gestärkt war, holte er ein wenig aus. Jacintha habe etwas mehr als drei Jahre lang für ihn und seine Familie gearbeitet. Davor sei sie zwei Jahre bei einer amerikanischen Familie angestellt gewesen und habe daher ziemlich gut Englisch gesprochen. Das sei ihm wichtig gewesen, da er viele ausländische Gäste habe. Als die Familie zurück in die USA ging, habe er Jacintha mit den besten Referenzen übernommen. Sie sei eine erstklassige Kraft gewesen, habe oft Extraleistungen erbracht, ohne dass man dies von ihr verlangt hätte. Er habe gedacht, sie recht gut zu kennen – soweit man eine Hausangestellte eben kennen könne. Marcels Geschichte verwundere ihn nun aber doch sehr. Er habe gewusst, dass Jacintha einen Verlobten hatte, allerdings habe es sich bei diesem (und bitte, regen Sie sich nicht auf!) um einen gewissen Matheus gehandelt. Die beiden kannten sich schon seit Kindertagen, waren in demselben Nest im Dschungel aufgewachsen. Sie waren gemeinsam nach Rio gekommen, wo sie arbeiten wollten, um sich das Geld für ihre Heirat zusammenzusparen. Matheus sei in irgendeinem Hotel beschäftigt gewesen, in welchem, wisse er nicht.

„Haben Sie diesen Matheus denn jemals gesehen?“, fiel ihm Marcel nun ins Wort.

„Aber natürlich“, sagte sein Gastgeber, „er hat Jacintha schließlich oft genug von hier abgeholt. Bis zum Schluss, bis zu ihrer Kündigung vor zwei Wochen.“ Gemeinsam hätten sie hier vor ihm auf dem Sofa gesessen und ihm glücksstrahlend erzählt, dass sie das Geld für die Heirat nun beisammen hätten. Sie wollten irgendwohin ins Landesinnere ziehen, ein Haus bauen und eine Familie gründen.

„Wohin?“, fragte Marcel heiser. Sein Kopf fühlte sich eiskalt an. Er wisse es nicht, sagte der Professor, er habe nicht danach gefragt, es sei für ihn ja auch ohne Belang gewesen.

Marcel leerte den Rest des Brandys in einem Zug und hatte sofort das Gefühl, sich übergeben zu müssen. Er erhob sich und tastete sich an der Sofalehne entlang Richtung Tür. Der Professor sprang ebenfalls auf und legte ihm eine Hand auf die Schulter, während er ihn hinausgeleitete.

„Sie sind alle Diebe“, sagte der Professor kopfschüttelnd zum Abschied, und es war nicht klar, ob er Menschen aus dem Dschungel oder Hausangestellte meinte.

7.

Einen Tag später hatte sich Jacintha noch immer nicht gemeldet, und Marcel Lilienfeld ging zur Polizei. Erst war es nur ein Beamter, dem er von seiner Notlage berichtete, doch nach und nach kamen weitere, die an der offen stehenden Tür vorbeigingen, mithörten und sich dazu setzten, bis es schließlich fünf waren. Seine Geschichte schien einer gewissen Faszination nicht zu entbehren. Als er geendet hatte, sah es aus, als würden die Polizisten angestrengt nachdenken. Was genau sich Marcel denn nun von der Polizei erwarte, fragte schließlich einer – dass man eine Frau einfange und sie zwinge, ihn zu heiraten? Nun dachte Marcel angestrengt nach. Er wolle eine Vermisstenanzeige aufgeben, erklärte er. Die Polizisten diskutierten untereinander, dann teilten sie ihm das Ergebnis der Beratungen mit. Eine Vermisstenanzeige könne nur von jemandem aufgegeben werden, der mit der vermissten Person unter einem Dach lebe. Oder aber von einem nahen Angehörigen.

„Aber ich *bin* ein naher Angehöriger!“, rief Marcel.

„Nicht vor dem Gesetz“, sagten die Beamten. Davon abgesehen (und vielleicht tröste ihn das ja ein bisschen) sei in einem Land wie Brasilien eine Vermisstenanzeige generell eine eher aussichtlose Sache. Leute konnten von einem Tag auf den anderen auftauchen und genauso schnell wieder verschwinden. Sie verschwanden in den Favelas, im Dschungel, überall. Zweihundert Millionen Einwohner! Grob geschätzt, die genaue Zahl kenne niemand.

„Also gut“, sagte Marcel, „dann möchte ich eine Diebstahlsanzeige aufgeben.“ Wieder diskutierten die Polizisten untereinander, bevor einer erklärte: Ob es sich hier tatsächlich um einen Diebstahl handle, sei fraglich –

immerhin habe Marcel der Frau das Geld ja ganz freiwillig überwiesen.

Man einigte sich schließlich darauf, die wichtigsten Fakten in einem Protokoll festzuhalten. In einer Woche sollte Marcel noch einmal vorbeikommen – man werde sehen, was man tun könne. Bevor er unterschrieb, durfte er das Protokoll durchlesen. Der Beamte, der es in seinen Achtzigerjahre-Computer getippt hatte, besaß offenbar eine poetische Ader. Er hatte es mit blumigen Sätzen ausgeschmückt wie: „In hemmungsloser Leidenschaft gaben wir uns einander hin." Marcel unterschrieb.

8.

Sechs Tage lang irrte er durch Rio, auf der Suche nach Jacintha. Er ging auf den psychedelischen Wellenmosaiken des Gehsteigs an der Copacabana und hatte plötzlich das Gefühl, dass es Unglück bringen könnte, die dunklen Wellen zu betreten, sodass er es vorzog, über diese sorgsam hinwegzuspringen und sich nur auf den hellen zu bewegen. Unzählige Male ging er an dem Mäuerchen vorbei, auf das Jacintha bei ihrer ersten Begegnung ihren Fuß gestellt hatte, umkreiste es, beschwor sie in Gedanken: Komm, komm. Viele Frauen sahen ihr ähnlich, viele hatten dieselbe Figur, dasselbe Haar, trugen denselben Bikini wie sie. Er rannte ihnen nach, er schrie: „Jacintha! Jacintha!", er fasste sie am Arm, er blickte in ein fremdes, erstauntes Gesicht. Er aß in den Restaurants, in denen er mit ihr gegessen, trank in den Bars, in denen er mit ihr getrunken hatte. Das Trinken erwies sich als heilsam, es verschaffte ihm wenigstens ein paar Stunden Schlaf. Morgens, wenn es noch kühl war, und abends, wenn es dämmerte, summte der Kolibri vor seinem Fenster.

Marcel umkreiste das Haus, in dem sich seine neue Wohnung befinden sollte, und wich in einen Schatten zurück, wenn er den netten älteren Herrn oder dessen elegante, reizende Gattin sah, die dort ein und aus gingen. Er legte sich auf die Lauer vor dem Haus, in dem Jacintha gearbeitet hatte, und schob sich den Schirm der Baseballkappe ins Gesicht, wenn der Professor oder das neue Dienstmädchen kamen und gingen. Wenn sein Handy klingelte, traf es ihn jedes Mal wie ein Schock, er zitterte und schwitzte, riss es aus der Bauchtasche, nur um jedes Mal auf dem Display zu sehen, dass der Anruf von seiner Mutter kam, oder von einem Freund, oder von einem ehemaligen Arbeitskollegen. Manchmal verspürte er das Bedürfnis, mit jemandem zu reden, deutsch zu sprechen, vertraute Stimmen zu hören, aber dann erschien es ihm doch zu schwierig, die Enttäuschung der anderen zu der eigenen noch mitzutragen, und er ging nicht ran.

Er wanderte von Hotel zu Hotel, in der Hoffnung, auf jenes zu treffen, in dem Matheus gearbeitet hatte, und darauf, dass sich der Professor geirrt hatte und Matheus noch immer dort arbeitete und Jacintha ihn abholen würde. Es gab unglaublich viele Hotels, und unglaublich viele Männer in Pagen- oder Kellneruniformen, die so aussahen, wie er sich Matheus vorstellte, und unglaublich viele Jacinthas. Er durchkämmte Viertel, in denen er noch nie gewesen war, systematisch, Straße um Straße, Block um Block. Er ging in jedes Geschäft, das Kleider und Schuhe führte, wie Jacintha sie trug. Er sprach wildfremde Menschen an, egal wo, und zeigte ihnen das Foto Jacinthas, bis er plötzlich feststellte, dass er es irgendwo im Trubel verloren hatte. Er verfolgte seine Schritte zurück, Meter für Meter, Straße für Straße, und suchte das Foto.

Am siebten Tag ging Marcel wie vereinbart wieder zur Polizei. Man teilte ihm mit, dass man das Konto, auf das er das Geld überwiesen hatte, überprüft hatte: Es war drei Wochen zuvor aufgelöst worden. Man riet ihm, sich einen brasilianischen Anwalt zu nehmen, der eine Betrugsklage vorbereiten und weitere Schritte zur Auffindung der Flüchtigen in die Wege leiten konnte. Das würde allerdings sehr lange Zeit in Anspruch nehmen, man empfahl ihm daher, fürs Erste nach Hause zu fliegen.

Marcel nahm sich keinen Anwalt. Er hatte keine Hoffnung, mit dem, was ihm nach Bezahlung des Hotels und des Rückflugs noch blieb, einen solchen allzu lange zufrieden zu stellen.

9.

Da er den Hausschlüssel bei der Abreise seiner Mutter zurückgegeben hatte, musste er nun anklingeln. Als sie ihn mit seinen zwei Koffern dastehen sah, fahrig, fremd geworden, ihrem Blick ausweichend, schlug sie die Hände vor den Mund. Marcel versuchte, sich wortlos an ihr vorbeizudrängen und in sein Zimmer zu gelangen, aber sie stellte sich ihm in den Weg und nötigte ihn, in der Küche Platz zu nehmen.

Was für eine unglaubliche Koinzidenz, sagte sie. „Koinzidenz" bedeutete für sie das zeitliche Zusammentreffen zweier Ereignisse, die unabhängig voneinander stattfanden, daher nach wissenschaftlichem Ermessen keinen Kausalzusammenhang haben konnten, nach parawissenschaftlichem aber sehr wohl. Sie habe heute so intensiv an ihn denken müssen, sagte sie, dass sie sein Lieblingsessen gekocht habe: Kalbsrahmgulasch mit Nockerl! Sie habe das Kalbsrahmgulasch gegessen und sich ihm dabei ganz nahe gefühlt, verkabelt über jene geheimnisvolle Verbindung, wie sie zwischen „fühligen" Menschen und jenen, um die ihre Gedanken kreisten, bestand. Und nun war er da! Als hätte sie es geahnt!

Sie wärmte das Essen auf und bestreute seinen Teller mit gehackter Petersilie, so wie er es mochte. Wenn er noch eine einzige menschliche Regung in sich übrig gehabt hätte, wäre er gerührt gewesen. Natürlich habe sie, sagte die Mutter, sich auch schon Sorgen gemacht, weil er nie ans Telefon gegangen sei. Auch wenn sie sich selbst zu positivem Denken angehalten habe, sei es ihr nicht immer gelungen.

Marcel saß an demselben Tisch, auf dem einst der unheilvolle Messerblock gestanden war, aß und fand, dass ihm das Essen guttat. Wahrscheinlich war Essen überhaupt das Beste, was das Leben für einen Menschen zu bieten hatte. Abgesehen vom Trinken. Er erzählte seine Geschichte so mechanisch und gleichgültig wie ein Schauspieler, der seine Rolle herunterleierte. Die Mutter schlug noch mehrmals die Hände vor den Mund, atmete heftig, stürzte von einem Eck der Küche in das andere wie ein Vogel, der sich an einem viel zu kleinen Käfig verletzte. Als Marcel fertig war, erklärte sie: „Es ist noch nicht aller Tage Abend. Ich werde ein Ritual für einen sehr wirkungsvollen Liebeszauber durchführen. Du wirst sehen, alles renkt sich wieder ein."

10.

Marcel Lilienfeld legte sich in seinem Jugendzimmer ins Bett und fand so schnell keinen Grund, wieder aufzustehen. Mit Fernbedienungen befehligte er Kabelfernsehen, Pay TV und Musikanlage, zum Surfen stellte er sich das Notebook auf den Bauch. Die Mutter brachte ihm Speisen und Getränke auf einem Betttablett wie einem Kranken, seiner Bitte nach einem Minikühlschrank in Ersatz des Nachtkästchens kam sie nach. Manchmal konnte er wie eine Katze tagelang dösen und schlafen, immer nur aufwachend, um sich mehr einschläferndes Essen zuzuführen, in tiefer, zufriedener Trance. Mit der Welt war er fertig. Er hatte kein Interesse mehr an sogenannter Bewegung und sogenannter frischer Luft und sogenannten Freundeskreisen. Was ihn an Frauen noch interessierte, fand er im Internet zur Genüge. Er entwickelte eine nach eigener Einschätzung leichte Masturbationssucht, die durch den bedauerlichen Umstand eingeschränkt war, dass ihm sein Körper nur eine gewisse Anzahl an Orgasmen pro Tag erlaubte. Seine Fähigkeit zu essen dagegen konnte er Stück für Stück, Bissen für Bissen ausbauen. Sein Bauch wurde größer und weicher, die Muskulatur ging auf das Nötigste zurück, bald geriet er außer Atem, wenn er nur etwas vom Boden aufhob.

„Und, hat sie schon angerufen?", fragte seine Mutter manchmal, dann wusste er, dass sie wieder ihren Liebeszauber durchgeführt hatte.

„Dein Liebeszauber ist Mist", sagte Marcel, denn Jacintha hatte nicht angerufen. Freunde riefen an, Bekannte, sogar Ex-Freundinnen, aber er sprach mit niemandem.

„Vielleicht ist ja *deine* Liebe erloschen", sagte die Mutter, „dann kann es nicht funktionieren."

War seine Liebe erloschen? Nein, sie glühte in einer versteckten Kammer, die er nur selten besuchte. Noch immer schlug sein Herz schneller, wenn das Handy klingelte oder eine SMS kam, aber nach und nach stumpfte er ab. Irgendwann hatte er die Kraft, einen großen Kübel Wasser auf die Glut in der Kammer zu schütten: Er kündigte den Handyvertrag. In der Folge wechselten Panik und Genugtuung einander ab. Er hatte Jacintha den Laufpass gegeben.

Wenn seine Mutter verhindert war und jemand anderen bestellte, um ihn zu versorgen, schloss Marcel sich ein und nahm kein Essen an. Er hatte das Gefühl (eine Ahnung, die der Gewissheit sehr nahe kam), dass seine Mutter ihn vergiften wollte, es selbst aber nicht konnte und daher einen Auftragskiller engagierte. So verständnisvoll sie sich auch gab, er durchschaute sie. Er hatte sich nicht als der Sohn erwiesen, der er hätte sein sollen: Ein Aushängeschild und eine Stütze fürs Alter. Darüber hinaus weigerte er sich beharrlich, ihre umfangreichen Kenntnisse in der Sozial- und Lebensberatung in Anspruch zu nehmen. Und dann war ja auch sein Vater Lionel Lilienfeld auf sehr überraschende Weise ums Leben gekommen – zu überraschend vielleicht. Hatte sie ihm etwas ins Essen gemischt, das sein Herz langfristig geschwächt hatte? Die einzige Person, die er neben seiner Mutter noch ins Zimmer ließ, war Tante Monika, die sich neben ihm auf das Bett setzte und etwas von „Lebensmut durch Arbeit" faselte, während er weiter fernsah.

Über ein Jahr lang lebte er so, bis seine Mutter unerwartet starb.

11.

Sie musste schon mehr als vierundzwanzig Stunden lang tot gewesen sein, als er sie fand. Er war in seiner Babywelt gewesen, in der es nur ums Essen, Kuscheln, Schlafen ging, alles untermalt durch das gemütliche Familienpanorama des Fernsehens. Nur sekundenlang war in ihm die Erkenntnis aufgeblitzt, dass er kein Abendessen bekommen hatte, aber das machte nichts, denn sein Kühlschrank war noch voll mit einem Vorrat an Schnitzeln und Kartoffelsalat, von den Chips-, Erdnusssnips- und Soletti-

Packungen, die über seinem Betthaupt auf dem Bücherregal standen, ganz zu schweigen. Dazu kamen süße, sprudelnde Limonaden in den Geschmacksrichtungen Orange, Maracuja, Himbeer und Zitrone, Vanille- und Schokoladepudding, Cracker und Kekse, Milchschokolade und Nüsse, sehr viele Nüsse, geröstet und gesalzen. Am liebsten schlief er mit einem Mund voll angekauter Nahrung ein. Es war widerlich, es war babyhaft, es hätte jede Frau auf das Äußerste abgestoßen und es würde seine Zähne ruinieren, aber es war die beste Methode, um zügig einzuschlafen. Vielleicht, weil der Unterschied zwischen Schlafen und Wachen verschwamm. Morgens pflegte er gegen elf Uhr die Augen aufzuschlagen, wenn seine Mutter mit einem großen Krug Kakao und einer Eierspeise aus sechs Eiern mit Speckwürfeln ins Zimmer kam.

Als sie diesmal nicht kam, fiel ihm wieder ein, dass auch das Abendessen ausgefallen war, aber dann kam eine Sendung im Fernsehen, in der Menschen mit seltenen, furchtbaren Krankheiten porträtiert wurden, und es entfiel ihm wieder. Es war auch noch reichlich Trockenobst da. Es klingelte ein paar Mal an der Haustür, offensichtlich wurde nicht aufgemacht. Als es Zeit wurde für das Mittagessen, welches üblicherweise zwischen 14:00 und 14:30 Uhr gebracht wurde, wurde Marcel zum ersten Mal seit Langem hellwach. Er schaltete den Fernseher aus und lauschte nach Schritten, die die knarrende Treppe heraufkommen sollten. Es blieb still. Stöhnend zog er sich eine Pyjamahose über die Boxershorts und ging hinaus auf den Gang. Von unten kamen keine Stimmen, keine Geräusche, kein Essensduft. Er wusste, was sie vorhatte. Sie wollte ihn aushungern, ihn dazu treiben, sein Bett zu verlassen und nach unten zu gehen. Monatelang hatte sie ihn angefleht, doch wenigstens ab und zu mit ihr am Esstisch zu essen, aber ohne Erfolg.

Marcel stellte sich auf den Treppenabsatz und schrie: „Mutter!“ Und noch einmal: „Mutter!“ Es war ihm egal, ob irgendwelche Klienten ihn hörten. Wahrscheinlich hatte sie allen verschwiegen, dass im oberen Stockwerk ihres Hauses ein unheimliches Insekt dahinvegetierte, das einmal ihr Sohn gewesen war. Ein sperriges Tier mit knisternden, zum Fliegen ungeeigneten Flügeln, mit knirschenden, sich nach jeder Metamorphose verdoppelnden – achtzehn, sechsunddreißig, zweiundsiebzig – Beinpaaren, die ihm das Gehen immer schwerer machten, mit schabendem, raspelndem Mundwerkzeug. Wahrscheinlich hatte sie allen erzählt, er sei noch immer in Brasilien und schicke ihr Postkarten von Zuckerrohrplantagen, Wasserfällen und Yanomami-Dörfern. Wenn sie ihn allzu sehr provozierte, würde er nach unten stürmen und mitten in ein Beratungsgespräch platzen, mit seinen langen Haaren und dem struppigen Bart wie ein Schiffbrüchiger, der die Landpartie eines Luxusliners überraschte.

„Mutter!“, schrie er, aber im Haus blieb es still. Er wandte sich um, ging in sein Zimmer zurück und knallte die Türe hinter sich zu, dass die Fensterscheiben klirrten. Er überprüfte seine Vorräte. Für ein, zwei Tage würden sie noch reichen, wenn er sie sich einteilte, aber schön langsam brauchte er eine warme Mahlzeit. Er schaltete Musik ein, Marilyn Manson, Rammstein, alles was sie hasste, und drehte die Bässe auf. Normalerweise kam sie dann immer nach oben und jammerte.

Vielleicht war sie fortgegangen. Vielleicht hatte sie ein Date. Vielleicht hatte sie bei einem Liebhaber übernachtet und sich noch immer nicht aus den Federn bewegt. Sie sah gut aus für ihr Alter, war gepflegt und in Form, nie sah man sie ohne Wimperntusche und Haarspray. Ja, man konnte sagen, dass sie elegant war. Im Winter trug sie einen Webpelzkragen, im Sommer selbst bei höheren Temperaturen gute Nylons, und in allen Lebenslagen Schuhe mit mindestens sieben Zentimetern Absatz. Seit dem Tod seines Vaters hatte Marcel sie immer wieder mit Männern gesehen, von denen sie behauptete, es seien „nur Heurigenfreunde“. Aber er war ja nicht blöd. Er sah ja, wie die alten Säcke ihr lüstern zuzwinkerten, und hörte, wie sie zweideutige Sachen sagten. Einer hatte sogar ein rotes Cabrio gehabt, in das sie sich mit einem um den Kopf geschlungenen Seidenschal zu setzen pflegte wie ein Filmstar aus den Fünfzigerjahren.

Als das Abendessen wieder nicht kam, beschloss Marcel, nach unten zu gehen. Der Kühlschrank in der Küche war bestimmt voll, vielleicht stand sogar etwas Gekochtes auf dem Herd. Soweit hatte sie ihn also getrieben, aber sie würde es bereuen. Er würde noch mindestens zehn Jahre in seinem Bett bleiben, mochte sie betteln und flehen, so viel sie wollte.

Er fühlte sich wie vor einer großen Expedition. Seit mehr als einem Jahr war er die Treppe nicht hinuntergegangen. Was würde ihn erwarten? Was sollte er mitnehmen? Er stärkte sich mit dem allerletzten Schnitzel und trank dazu einen halben Liter Himbeersprudel.

Marcel betrat die Treppe wie einen Pfad, der in einen fremden Dschungel hineinführte. Sie knarrte unter seinen Tritten. Über ein Jahr lang hatte er seine Mutter verdächtigt, mutwillig zu trampeln, nun aber musste er feststellen, dass er dieselben Geräusche hervorrief. Unten lag der vertraute Flur mit seinen gelben Fliesen, nur die hohe Glasvase auf dem Konsolentischchen war neu. Pfingstrosen standen darin, die Lieblingsblumen seiner Mutter. Hatte sie sie von einem Mann bekommen? Es war noch nicht dunkel, nur dämmrig, auch ohne das Licht einzuschalten sah Marcel die Eingangstür mit den Butzenscheiben, die Tür zur Küche und die zum ehemaligen Wohnzimmer, in dem sie früher zu dritt ferngesehen und am Sonntagmorgen im Pyjama Bücher gelesen hatten, und das die Mutter für ihre Klienten in ein Therapiezimmer umgewandelt hatte. Während sein Vater eine Vorliebe für alte, dunkle Möbel gepflegt und auch die Tapete mit den violetten Bourbonenlilien darauf ausgesucht hatte, hatte sie nach seinem Tod einen ganz gegensätzlichen Geschmack entwickelt. Oder vielleicht hatte sie ihn immer schon gehabt, ohne je auf die Idee gekommen zu sein, nach seiner Verwirklichung zu verlangen. Sie hatte im Wohnzimmer kein Brett auf dem anderen gelassen, alles musste raus. Die Wände wurden pfirsichfarben, der Boden mit weißgestrichenen Brettern ausgelegt. Auf einem weißen Schreibtisch verwaltete sie ihren Kalender, auf weißen Bücherregalen standen klassische wie brandneue Werke der Ratgeberliteratur. Auf einer weißen Sitzgarnitur wurden die einleitenden Gespräche geführt, auf einem kirschroten Komfortstuhl mit Fußstütze konnte der Klient sich entspannen. In Fällen besonderer „Unzentriertheit" breitete die Mutter eine Iso-Matte auf dem Boden aus und machte mit dem Klienten etwas, das sie „Lomi Lomi Nui" nannte und das das begleitende Abspielen des hawaiianischen Klassikers „My Waikiki Mermaid" erforderte. Das Schlimmste in Marcels Augen war die Dekoration, die den Raum zu einer „Wellness-Oase" machen sollte. Rosenquarze und Amethystdrusen, ein kitschiger Zimmerbrunnen, Buddhas aus Stein, Holz und Metall, Duftlampen und Räucherbecken, tibetische Gebetswimpeln, eine Anubisstatue und eine des Erzengels Michael, und über allem ein riesiger Acrylschinken mit einer feenhaften blonden Frau, die im Kreis einiger Wölfe stehend den Blick zum Vollmond hob. Einmal hatte Marcel seine Mutter gefragt, wie sie denn den Menschen, die ja in verzweifelten Lebenslagen zu ihr kamen, so etwas antun könne, aber sie hatte nur gelächelt und erklärt, dies sei der energetisch beste Raum der Welt, nach Feng-Shui-Prinzipien eingerichtet, jedes Möbelstück durch sorgfältigstes Auspendeln platziert.

Gegenüber lagen die drei anderen Türen: Toilette, das kleine untere Badezimmer, das Schlafzimmer der Mutter. Die Schlafzimmertüre stand halb offen. Obwohl es ihn in die Küche zog, schob Marcel die Türe ganz auf und schaute in das Zimmer hinein. Seine Mutter lag vor dem Bett. Er sah sofort, dass sie tot war. Sie trug einen Bleistiftrock und eine lachsfarbene Schluppenbluse, ein Schuh war an ihrem Fuß, den anderen hatte sie einige Meter entfernt verloren. Sie lag auf dem Rücken, die Hände ausgebreitet, in der einen hielt sie ein Buch, das Marcel erkannte: „Liebeszauber aus aller Welt". Hinter ihr, auf dem Tischchen, das sie als Altar benutzte, standen die Requisiten eines offenbar jüngst durchgeführten Rituals: ein roter Apfel, eine Kupferschale mit getrockneten Kräutern, ein Belladonnazweig in einer kleinen Vase, einige vollständig heruntergebrannte rosa Kerzen. Die Augen der Mutter waren weit aufgerissen, ebenso ihr Mund, ihr Gesicht trug den Ausdruck äußersten Entsetzens.

Dies war der Moment, in dem Marcel Lilienfeld wieder zum Wissenschaftler wurde. Er hörte auf, ein Mann zu sein, der seine Geliebte in Gedanken anrief, ein Mann, der über schwarze Mosaiksteine hinwegsprang, weil sie Unglück bringen könnten, er hörte auf, ein träges, gepanzertes Insekt zu sein. Mit drei Fingern fühlte er den Puls seiner Mutter. Ihre Haut war kalt, schlaff, tot. Dann ging er ins Therapiezimmer, um die Rettung zu rufen.

12.

Marcel Lilienfeld kaufte sich mehrere Anzüge, da ihm seine alten Sachen nicht mehr passten. Er wollte auch keine Jeans und T-Shirts mehr tragen, sondern ein gesetzter Herr sein, dem man seinen akademischen Hintergrund ansah. Beige Anzüge für den Sommer, braune und graue für den Winter, dazu bügelfreie Hemden. Mehrere Tage lang überlegte er hin und her, ob er seine Mutter obduzieren lassen sollte.

„Höchstwahrscheinlich ein Herzinfarkt", hatte der Notarzt gesagt, „vielleicht auch ein Schlaganfall. Wenn Sie Gewissheit wollen, müssen wir obduzieren."

„Wird das nicht automatisch gemacht?", hatte Marcel gefragt.

„Nur wenn Hinweise auf Fremdverschulden bestehen", hatte der Arzt geantwortet, „aber ich denke, das können wir hier ausschließen."

Marcel war schockiert. Man konnte also problemlos Familienangehörige vergiften, und wenn man es nicht gerade mit einer Substanz tat, die die Haut blau färbte oder grünen Schaum aus dem Mund austreten ließ, kümmerte es keine Menschenseele. Vielleicht hatte ein enttäuschter Klient seiner Mutter etwas verabreicht? Vielleicht hatte sie sich bei der Mixtur eines ihrer Zaubertränke vertan? Dass er die Kosten der Obduktion allerdings selbst tragen hätte müssen, wurmte ihn, und letztlich war es ja auch egal, tot war sie so oder so.

In dem Haus am Waldrand wollte er nicht bleiben, es zog ihn wieder hinein in die Stadt. Tief in die Stadt, in einen Innenbezirk, er wollte von vielen Menschen umgeben sein, in deren Mitte er anonym blieb. Außerdem brauchte er eine Infrastruktur, die es ihm erlaubte, alles Nötige zu Fuß zu erledigen. Supermarkt, Tabaktrafik,

Kaffeehaus, Drogeriemarkt, Schuhgeschäft, Herrenausstatter, Ärzte, Ämter – alles sollte im unmittelbaren Umfeld sein. Er verkaufte das Haus und erwarb vom Erlös eine kleine Eigentumswohnung, viel kleiner als seine letzte, denn er hatte vor, ein bescheidenes Dasein zu führen. Von der Lebensversicherung seiner Mutter konnte er für geraume Zeit seinen Unterhalt bestreiten, sodass eine gemächliche Gewöhnung an ein selbstständiges Leben gewährleistet war. Irgendwann würde er auf Jobsuche gehen, mit etwas Glück fand er vielleicht wieder eine Stelle an der Universität.

Er wusch und bügelte seine Wäsche wieder selbst. Er saugte den Fußboden und schrubbte das Bad. Morgens zog er seinen Anzug an, um durch die Straßen zu schlendern und Auslagen und Leute anzusehen. Es war eine seltsame Welt, auf die er blickte, in der Menschen sich ständig mit anderen Menschen trafen, um für den Fortgang des Universums völlig belanglose Gespräche zu führen. Handys, Filme, Partys, Kindergärten, Schnäppchen, Verspätungen, Streitereien mit dem Arbeitgeber, den Kollegen, der Familie, Horoskope, Urlaubsreisen, Geschäftsstrategien, Kochrezepte – das waren die großen Themen, die er belauschte.

Er schloss einen neuen Handyvertrag ab, hauptsächlich, um mit Tante Monika zu telefonieren, die er jeden zweiten Sonntag zum Essen besuchte. Er saß dann am schön gedeckten Tisch mit seinem Cousin Robert, der General Director war, und dessen Frau Andrea, die Chief Marketing Officer war, und deren Kindern, die große Ehrfurcht vor ihm an den Tag legten, was vermutlich an den Anzügen lag, und genoss es, ein seltsamer Vogel zu sein. Das Essen genoss er ebenfalls, denn obwohl er früher gerne gekocht hatte, griff er nun ausschließlich auf Dosen zurück. Die Dose bot dem Menschen alles, was er brauchte: Gulasch, Linsen mit Speck, Krautfleisch, Ravioli, eine Vielfalt an schön eingedickten Suppen. Man musste sie nur öffnen und den Inhalt erwärmen. Jeder weitere Kochaufwand erschien da irrational. Die hervorragende Haltbarkeit der Dosengerichte erübrigte außerdem ein komplexes Warenmanagement, bei dem man ständig darauf achten musste, was gerade ablief. Für eine Mahlzeit benötigte Marcel drei bis vier Dosen, er war nun an große Portionen gewöhnt. Danach aß er noch etwas Dosenaufstrich mit Grissini, zum Abschluss Butterkekse und Schokolade. Dazu trank er reichlich, von den süßen Limonaden konnte er nicht genug kriegen. Selbst, wenn er spazieren ging, hatte er immer ein Fläschchen dabei. Das frisch gekochte Essen seiner Tante aber wusste er gerade deshalb, weil er im Alltag genügsam war, umso mehr zu schätzen. Die Dose erhöhte also in jeder Hinsicht seine Lebensqualität.

Zwei Jahre vergingen so, und das Geld ging zur Neige. Marcel fühlte sich noch immer außerstande, wieder arbeiten zu gehen. Er war zu entfernt von der Welt, ihr zu fremd geworden. Ja, er interessierte sich für sie, auf der Basis von Zeitungsartikeln oder Fernsehsendungen, aber an ihr aktiv teilzunehmen schien ihm angesichts der elementaren Machtlosigkeit des Individuums, die ihm deutlicher als den meisten offenbar geworden war, nicht mehr möglich. Darüber hinaus wog er mittlerweile weit über 150 Kilo (an diesem Punkt hatte die Waage aufgegeben) und hätte in keinen Bürostuhl mehr gepasst. Er kam zu der Überzeugung, dass es das Beste sein würde – sowohl für ihn selbst als auch für die Republik Österreich und die Menschheit an sich –, eine Frühpensionierung anzustreben. Zunächst erwog er, als Begründung für seine Arbeitsunfähigkeit seine Körperfülle (er selbst nannte sich „stattlich“) ins Treffen zu führen, doch kaum hatte er diese Möglichkeit in Betracht gezogen, begann er vermehrt, stattliche Menschen bei der Arbeit zu sehen: Die Trafikantin, die ihm die Zeitung reichte, die Kindergärtnerin im Park, der U-Bahnfahrer, der aus dem Führerstand ausstieg. Und Politiker konnte man als stattlicher Mensch wohl ohnedies werden. Es schien also ratsam, ein anderes, unsichtbares Leiden vorzuweisen, und so wollte er es mit Depressionen versuchen.

13.

Marcel Lilienfeld stellte also seinen Antrag und wurde zur Untersuchung zu einem Psychiater geschickt. Der Mann war vorschriftsgemäß skeptisch, schließlich sollte mit Frühpensionierungen kein Schindluder getrieben werden. Anders als Marcel erwartet hatte, war es mit einem kurzen Gespräch nicht getan. Zunächst erzählte er von seinem Schicksal, wobei er den Beginn dessen, was er Schicksal nannte, mit dem Kippen seiner Mutter datierte – davor schien ihm nichts von der Durchschnittskindheit Abweichendes vorgefallen zu sein. Es fiel ihm schwer, die Tatsache zu unterdrücken, dass ihm das Studium Spaß gemacht hatte und auch die Arbeit danach, und als er seine Dissertation über die „Röntgenstrahlung von kühlen Riesensternen" erwähnte, fürchtete er, dass ein Anflug von Stolz in seiner Stimme mitgeschwungen hatte. Waren Depressive stolz auf ihre Leistungen? Er hatte sich natürlich im Vorfeld gründlich in die Thematik eingelesen, aber in der Umsetzung fehlten ihm oft die Details. Schnell schwenkte er also auf die Tragödie mit Jacintha um, wobei er, als der Arzt zum Zwecke der „Entdramatisierung" vorschlug, das Wort „Tragödie" durch „Erlebnis" zu ersetzen, auf der Tragödie bestand. Der dritte Rio-

Besuch nahm eine ganze Sitzung in Anspruch, da der Arzt nach beinahe jedem Satz fragte: „Und wie ging es Ihnen dabei?“, worauf Marcel erwiderte: „Schlecht, was denken Sie denn!“ Was aber offenbar nicht genügte, da er andere Worte finden, körperliche Symptome beschreiben, bildhafte Vergleiche heranziehen sollte. Nach einer Weile begriff er, dass es besser war, Dinge zu sagen wie: „Die Erkenntnis lag mir wie ein Stein in der Magengrube“ oder: „Ich hatte das Gefühl, der Boden unter meinen Füßen würde schwanken, wie bei einem Erdbeben, verstehen Sie?“ Dann nickte der Arzt bestätigend, wenn nicht gar einfühlsam, und kritzelte eine Notiz.

Die Schilderung des Jahres nach seiner Rückkehr, das Marcel im Bett verbracht hatte, schien im Rückblick eines promovierten Physikers reichlich unwürdig, aber für eine zufriedenstellende Diagnose von größter Bedeutung. Bei der körperlichen Untersuchung stellte sich heraus, dass Marcel Typ-2-Diabetes entwickelt hatte, was er zunächst nicht glauben wollte. Das hätte er doch wohl bemerkt! „Fünf vor zwölf“ sei es in dieser Hinsicht, musste er erfahren, also: Ernährung umstellen, mehr Bewegung machen, Medikamente einnehmen. Wie es schien, hatte seine auf Selbstbehandlung schwörende Mutter recht gehabt, wenn sie zu sagen pflegte: Bist du einmal in den Klauen der Medizin, macht sie dich kränker und kränker. Er hatte doch nur um eine einfache Frühpensionierung gebeten, und schon hatte er Diabetes, Pest und Cholera am Hals! Die größte Überraschung aber sollte ihm noch bevorstehen.

Es war der Tag der Urteilsverkündung, an dem der Arzt bekanntgeben wollte, zu welcher Diagnose er gekommen war. Hinsichtlich der Frühpensionierung rechnete sich Marcel zu diesem Zeitpunkt keine allzu großen Chancen mehr aus. Das Bild, das er abgab, war ja nicht gerade eines des Jammers. Er war Doktor der Physik, ein Mann, der sich mit kühlen Riesensternen auskannte. Ein stattlicher Herr im Anzug, der in einer Eigentumswohnung in einem Innenbezirk lebte. Er putzte seine Schuhe, er ging wählen, er verzehrte sonntägliche Mittagessen im Kreise seiner Verwandten.

„Haben Sie jemals daran gedacht, Ihrem Leben ein Ende zu setzen?“, hatte der Arzt ihn gefragt, und Marcel war so überrascht gewesen, dass er wahrheitsgemäß geantwortet hatte: „Nein, niemals.“

Er saß im Wartezimmer, die Finger ineinander verschränkt, und ließ die Daumen umeinander kreisen. Ein feuchter Schweißfilm verklebte die Handflächen, was das Händeschütteln mit dem Arzt unangenehm machen würde. Erstaunlich, wie nervös man doch werden konnte, selbst wenn man erkannt hatte, dass nichts im Leben von Bedeutung war.

Der Arzt verzichtete auf das Händeschütteln. Er wich Marcels Blick aus, klopfte einen Stapel Papiere auf den Tisch, bis die Kanten übereinander lagen, kramte in seinen Schubladen. Dann legte er eine Tablettenschachtel auf den Tisch, und nun sah er Marcel in die Augen.

„Ich weiß, dass Sie gedacht hatten, die Depressionen nur vorzutäuschen“, sagte er, „aber Sie haben wirklich Depressionen.“

Es war nun äußerst schwer, hier nicht spontan zu rufen: „Aber nein, Sie irren sich! Ich habe keine Depressionen!“, doch Marcel gelang es, seine Energie in das stete Kreisen der Daumen abzuleiten und so lange den Mund zu halten, bis er die Situation analysiert hatte. Der Arzt kaufte ihm die Depressionen also ab? Und was sollten die Pillen auf dem Tisch?

Er solle sie einnehmen, erklärte der Psychiater, morgens und abends. Nicht die Geduld verlieren, in zwei Wochen würde sich die erste Verbesserung seines Gemütszustandes zeigen. Eine begleitende Psychotherapie sei dringend anzuraten. Und Marcel möge sich bitte um die Behandlung seiner Diabetes kümmern, denn auch wenn er behauptete, keinerlei Selbstmordabsichten zu hegen – er bringe sich ja doch um, und zwar auf Raten.

„Ich verspreche es“, sagte Marcel. War das alles nur eine Finte? Sollte er dazu gebracht werden, sich um Kopf und Kragen und die eigene Frühpension zu reden? Aber er würde nicht darauf hereinfallen. Da schaute er doch lieber traurig drein, nickte und dankte für die Tabletten.

So seltsam es auch schien: Er durfte in Frühpension gehen.

14.

Marcel Lilienfeld beschloss, die Antidepressiva einzunehmen, aus wissenschaftlichem Interesse. Was würden sie wohl mit einem Nicht-Depressiven machen? Ihn in Ekstase, Euphorie, überschäumendes Glück versetzen? Kontrolle und Überwachung seiner Ernährung aber erschien ihm widernatürlich. Man aß, was einem schmeckte, und so viel, wie man brauchte – hatte die Menschheit nicht jahrtausendelang so überlebt? Gegen die ureigensten Bedürfnisse des Körpers arbeiten, mit Broteinheiten herumfuchsen – das sollte gesund sein? Und was sollte das Gerede von mehr Bewegung? Er bewegte sich doch: Er saugte Staub, er ging zu Fuß ins Kaffeehaus, er schleppte Einkaufstaschen mit vielen Dosen und Limonadenflaschen darin. Normale menschliche Bewegung war das. Weder fühlte er sich krank, noch auch nur unwohl. Was machte es, wenn er manchmal müde war? Er musste ja keine Boeing steuern.

Nach einigen Wochen fiel ihm auf, dass er sich plötzlich für das Wachstum von Pflanzen interessierte. Es wurde gerade Frühling und erste Triebe kamen heraus. Sträucher, die wie tot ausgesehen hatten, bekamen dicke, grüne Knospen, den Kastanien wuchsen harzig glänzende Kapseln, die aufbrachen und beflaumte Triebe freigaben. Marcel blieb vor den Blumenläden stehen, wo Reihen von frisch gekeimten Tulpen- und Hyazinthenzwiebeln standen. Einmal nahm er sich so ein Töpfchen mit und stellte verwundert fest, dass sich aus dem grünen Kokon binnen Stunden eine duftende violette Blüte entfaltete. Pflanzen beobachten! So etwas hatte er noch nie getan. Sollte das etwa ein Effekt des durch die Pillen erhöhten Serotoninspiegels sein?

Eines Tages bekam er Lust, das Haus seiner Eltern, seiner Kindheit zu besuchen. Mit der Straßenbahn fuhr er nach Neuwaldegg, dann kämpfte er sich zu Fuß den Berg hinauf. So steil war es dort früher nicht gewesen, meinte er. Als er das Haus endlich erreicht hatte, war er entsetzt: Als würde er einen alten Schulfreund sehen, der zum behäbigen Beamten heruntergekommen war. Die schöne alte Haustür mit den Butzenglasscheiben war durch eine moderne graue Sicherheitstür ersetzt worden. Der Garten war weitgehend gerodet, das vertraute Gewirr von Holunder und Heckenrosen war weg. Ein guter Teil war mit tristen Granitplatten ausgelegt, daneben lag nackte Erde, in die vermutlich Scheußlichkeiten aus dem Gartengroßmarkt gepflanzt werden sollten. Der Apfelbaum, von dem er jedes Jahr im Herbst feierlich den ersten Apfel gepflückt hatte, war verschwunden.

Marcel wandte sich ab und stieg den Berg weiter hinauf, bis er endlich im Wald war. Auch hier kannte er jeden Baum, und zum Glück waren alle noch da: Naturschutzgebiet. Ein Buntspecht klopfte, frischer Knoblauchduft lag über allem, obwohl noch kein Bärlauch zu sehen war.

15.

Im Winter darauf sollte Marcel Lilienfeld noch einmal die große Liebe finden. Als er eines Sonntags zu seiner Tante zum Essen kam, wurde er von aufgeregten Erwachsenen und quiekenden Kindern begrüßt. Man habe eine Überraschung für ihn, erfuhr er, eine fantastische, phänomenale Überraschung. Mit Schrecken fiel ihm ein, dass er Geburtstag hatte – ein Ereignis, das er jedes Jahr wieder vergaß, und das jedes Jahr wieder gefeiert wurde. Er wurde ins Wohnzimmer geführt und dort auf dem Teppich saß, mürrisch aus seinem strubbeligen Fell blickend, ein Schäferwelpe. Ein Ohr stand senkrecht nach oben, eines hing herab.

„Er entspricht nicht den Zuchtstandards", strahlte Tante Monika, „deshalb habe ich ihn günstiger bekommen."

Die Kinder sprangen herum und riefen Marcel Namensvorschläge zu: „Nenn ihn Charly!", „Nein, Ürmel!", „Nein, Bubulutzki!", während er immer wieder sagte: „Nein, das kommt nicht in Frage, auf gar keinen Fall." Womit er aber nicht die Namen meinte, sondern den Hund an sich. Er sagte dies, obwohl er in dem Welpen auf den ersten Blick einen Seelenverwandten erkannte. Die halb geöffneten Augen, die versuchten, so viel wie möglich auszublenden und doch wachsam zu sein, das Kummervolle, Überschattete an seinem Gesicht, die geduckte Rückzugshaltung – alles deutete darauf hin, dass der Hund genauso genervt war wie Marcel.

„Es wird dir so gut tun, wenn du jemanden hast, um den du dich kümmern kannst!", sagte Tante Monika.

„Du wirst rausgehen, du wirst rennen, du wirst abnehmen!“, sagte Robert.

„Es ist wissenschaftlich erwiesen, dass schon durch die bloße Anwesenheit eines Hundes im Raum der Oxytocin-Spiegel im menschlichen Gehirn signifikant ansteigt!“, sagte Andrea.

„Mami, was ist Oxitoxi?“, fragten die Kinder.

„Das ist ein ganz toller Stoff, der dafür sorgt, dass der Mensch sich wohlfühlt und gut mit anderen umgehen kann.“

Das Tier, das sich selbst ganz offenkundig nicht sonderlich wohl fühlte, war, wie Marcel dämmerte, als sein Therapiehund gedacht. Es sollte wohl allerhand an ihm verbessern: Figur, Fitness, Sozialkompetenz.

Andrea kam in Fahrt: „Mamas, die gerade ein Baby zur Welt gebracht haben, haben ganz viel Oxytocin im Blut. Das bewirkt, dass sie das Baby dann ganz ganz lieb haben.“

Die Kinder erschraken: „Und Papas?“ „Haben Papas ihre Kinder denn nicht lieb?“

Robert verdrehte die Augen: „Ich bin randvoll mit Oxytocin, Kinder, das könnt ihr mir glauben.“

Sie begaben sich zu Tisch, und wie jedes Jahr an Marcels Geburtstag gab es Kalbsrahmgulasch mit Nockerl, beides in großen Kasserollen serviert und mit frischer Petersilie bestreut. Dazu wurden Sektflaschen geöffnet, aus denen Marcels Verwandtschaft ausgiebig trank, um ihn mit voller Wortwucht zur Annahme des Hundes zu überreden, und aus denen Marcel ausgiebig eingeschenkt wurde, um seine Barrieren in Verschwommenheit aufzulösen. Die Kinder fütterten indessen den Welpen von ihren Tellern und stellten fest, dass er Kalbfleisch mochte, Nockerl aber nicht.

„Wenn du den Hund nimmst“, lockten sie, „kommen wir dich auch mal besuchen!“ Marcel nahm sich sehr viel

Nachschlag. Was für ein Albtraum – immerhin hatte er es bislang geschafft, noch nie besucht worden zu sein, wenn man einmal von der Putzfrau absah, die er vor ein paar Wochen in Dienst genommen hatte, da ihm viele Arbeiten infolge seiner zunehmenden Stattlichkeit zu schwer fielen.

„Oh, das wäre gar keine gute Idee", sagte er, „ihr würdet euch nur langweilen in meiner winzigen, schäbigen Junggesellenwohnung."

„Was ist ein Junggeselle, Marcel?"

„Heißt das, dass du jung bist?"

„Aber du bist doch gar nicht jung."

„Bist du vielleicht ein Altgeselle?" Er hasste Kinder.

„Ein Junggeselle", erklärte Andrea, „ist ein Mann, der die richtige Frau noch nicht gefunden hat."

„Nein", sagte Marcel, „nein. Nein. Nein. Ich hatte die richtige Frau schon gefunden, das weißt du genau, Andrea. Ich hatte sie gefunden. Und dann war sie fort." In das betretene Schweigen hinein mischten sich gurgelnde Geräusche, die unter dem Tisch hervorkamen. Es klang, als hätte jemand einen Asthmaanfall, dann wieder, als würde ein verstopfter Abfluss freigepumpt. Alle lüpften das Tischtuch, um zu sehen, was zwischen ihren Füßen vorging. Der Hund saß vor dem Läufer, den er zu einem Haufen zusammengescharrt hatte, und kotzte in rhythmischen Schwällen darauf.

„Ich versteh das nicht", sagte Tante Monika, „das Fleisch ist einwandfrei."

16.

Am Ende stand Marcel in der Tür, beschwingt vom Sekt und beschwert von der Malakofftorte, von der er fast die Hälfte allein gegessen hatte, und hielt eine Leine in der

Hand, an deren anderem Ende, schwarzgesichtig und steifnackig, der Schäferwelpe hing, den Marcel sympathisch apathisch zu finden begann.

„Eine Woche“, sagte er, „dann bringe ich ihn zurück.

„Eine volle Woche musst du es ausprobieren“, sagte Tante Monika, „du hast es versprochen.“

„Eine Woche. Keinen Tag länger. Einhundertundachtundsechzig Stunden. Nicht verhandelbar“, sagte Marcel.

„Du wirst ihn nicht mehr hergeben wollen“, sagte Andrea.

„Mama, dürfen wir ihn haben, wenn Marcel ihn nicht will?“, sagten die Kinder.

„Versuch mal, ihm das Apportieren beizubringen“, sagte Robert, „er hat mir heute keinen einzigen Ball gebracht, da ist echt noch viel zu tun.“

Tante Monika drückte Marcel einen Plastiksack in die Hand: „Das ist sein Futter.“ Marcel guckte hinein: lauter Dosen. Auch die Ernährungsgewohnheiten des Hundes schienen ihm sympathisch.

Dann waren sie alleine auf dem Gehsteig und kämpften sich voran. Der Welpe hatte noch keine Übung im Gehen an der Leine und war von der Welt im Großen und Ganzen so irritiert, dass er mal hierhin und mal dorthin zog. Marcel fluchte, laut und in Gedanken. Wie sollte er es eine Woche mit diesem Vieh aushalten? Bereits jetzt hatte er Muskeln aktiviert, die jahrelang unangetastet geblieben und wohlig verkümmert waren.

Es war später Nachmittag. Erste Scheinwerfer blitzten an Autos und Fahrrädern auf, schwarze Fenster wurden zu gelblich-weißen. Es war Jänner, Wien lag unter seiner Winterschicht aus Hochnebel und eisigen Steppenwinden, Bäume und Büsche schienen für immer abgestorben, seit Wochen hatte man kein Sonnenlicht mehr gesehen. Schon allein aus diesem Grund hatte Marcel noch nie besondere Lust gehabt, seinen Geburtstag zu feiern. Hätte man ihn nicht im Herbst zeugen können, damit er gütigst im Frühsommer Geburtstag habe?

„Ich sag dir was, mein Freund", sagte Marcel, sich so weit hinunterbeugend, als es sein Rücken erlaubte, „wenn du so weitermachst, bringe ich dich schon morgen zurück." Der Hund hob erst eine Augenbraue, dann die andere, was die enorme Beweglichkeit seiner losen Welpen-Kopfhaut eindrucksvoll demonstrierte, dann schnüffelte er ein wenig an Marcels Hosenbein, quasi um vom Thema abzulenken. Oder als würde er pro forma etwas Hundemäßiges machen. Glückliche Jahre des Schweigens liegen hinter mir, dachte Marcel, und jetzt rede ich mit einem Geschöpf, das sich für Grammatik nicht interessiert.

Als sie die U-Bahn-Station erreichten, war es mit der Motivation des Schäferwelpen, sich vernünftig fortzubewegen, endgültig vorbei. Die vielen Menschen setzten ihn unter Stress, die Geräusche und das Gewirr an Lichtern und Schatten machten ihn nervös. Er zog an der Leine und legte sich in sein Geschirr, bis es sich tief in sein Fleisch hineinschnitt. Sobald er die Rolltreppe sah, setzte er sich hin und stemmte die Vorderpfoten in den Boden: Keine Macht der Welt würde ihn auf diese wackelnden Metallteile bringen. Marcel, der in diesem Fall die Macht der Welt repräsentierte, schleifte ihn einfach hinter sich her.

Unten angekommen, tippte ihm ein Mann an die Schulter: „He Sie!" Marcel ging weiter, ein Ersuchen um Bargeld befürchtend, doch der Mann gab nicht auf: „He Sie! Hund hat Blut an Spitze von Fuß." Entsetzt blickte Marcel nach unten. Tatsächlich, die linke Vorderpfote des Welpen stand in einer dunkelroten Lache, blutige Fußspuren führten zur Rolltreppe zurück. Schlagartig erkannte Marcel das Ausmaß seiner Schuld. Dort, wo die Rolltreppe im Boden verschwand, hatte sie wohl die Pfote des Hundes mit hineingezogen. Der Hund hatte recht gehabt, den

Gang auf die Rolltreppe zu verweigern, Marcel hatte unrecht gehabt, ihn mit Gewalt dort hinauf zu zerren. Der Welpe winselte nicht. Betrübt starrte er auf seinen Vorderlauf. Eine der bekrallten Zehen stand in einem irregulären Winkel ab und war wohl die Quelle des Blutbads.

„Ach Gott", sagte Marcel, „ach Gott. Ach Gott."

„Tierdoktor", empfahl der Mann, der ihn auf das Unglück aufmerksam gemacht hatte, und ging weiter. Dann wuchs Marcel über sich selbst hinaus. Er erkannte, dass er das Tier würde tragen müssen, und dass dies unmöglich war, wenn er gleichzeitig den Sack mit den Hundefutterdosen trug. Er blickte sich nach einem Mülleimer um, sah dann aber einen Obdachlosen, neben dem ein großer Hund auf einer Decke lag.

„Entschuldigen Sie!", rief er, „Sie mit dem Hund! Könnten Sie mal herkommen?" Es dauerte eine Weile, bis der Obdachlose, der es nicht gewohnt war, gesiezt zu werden, realisierte, dass er gemeint war. Misstrauisch schlenderte er herbei. Er sah die Blutlache.

„Oje", sagte er, „Rolltreppe?" Marcel nickte und drückte ihm den schweren Dosensack in die Hand. Der Mann schaute hinein und sagte: „Cooles Hundefutter."

„Ich dachte, vielleicht könnten Sie es gebrauchen", sagte Marcel.

„Geschenkt?"

„Aber absolut. Geschenkt."

„Cool. Bring den Kleinen zum Tierarzt, Alter", sagte der Obdachlose und ging zu seinem Hund und seiner Bettelbüchse zurück. Marcel, der bereits von einer neugierigen Menschenmenge umringt war, beugte sich nach vorne und versuchte, den Welpen aufzuheben, ohne in die Knie zu gehen. Es gelang ihm nicht. Ein Schwarzer in Fantasieuniform, aus dessen Kleidung Reggae-Musik drang, bewegte sich rhythmisch auf ihn zu und fragte, ob er für ihn auch ein Geschenk habe. Marcel gab ihm die Zwei-Euro-Münze, die sich immer in seiner Manteltasche befand, um bei Bedarf Einkaufswägen zu bestücken. Der Uniformierte war zufrieden und ging wieder an seinen Platz vor der Telefonzelle, wo er weitertanzte. Vorsichtig beugte Marcel die Knie, vorsichtig umfasste er den Hund mit beiden Händen.

„Der verblutet noch", sagte ein junger Mann aus der Menge, der Flugzettel für den Tierschutz verteilte. Ebenso wie die anderen rührte er keinen Finger, um zu helfen. Marcel hatte das Gefühl, nie wieder hochzukommen. Er schwitzte und schnaufte. In Gedanken zählte er bis drei, dann raffte er all seine Kräfte zusammen und richtete sich auf. Der Hund wog sicherlich vier Kilo. Acht Kilo. Wahrscheinlich zehn. Ihn mit einer Hand umklammernd, untersuchte Marcel die verletzte Pfote, die aus der Nähe noch schrecklicher aussah. Er zog sich seinen geliebten dunkelblauen Seidenschal vom Hals, um sie notdürftig zu verbinden. Der hellbeige elegante Schurwollmantel, den er mit viel Mühe in einem Übergrößenversand gefunden und für den Rest seines Lebens zu tragen gehofft hatte, war blutverschmiert.

In der U-Bahn sprachen ihn laufend Menschen an.

„Oh, ist der süß."

„Oje, was ist denn da passiert." Sie stiegen aus, andere stiegen ein und sagten das Gleiche. Einige scheuten nicht davor zurück, dem Hund über den Kopf zu streicheln, was diesem, wie an seiner geduckten Haltung deutlich zu sehen war, wenig Freude bereitete. Eine Frau kam und sagte: „Der muss aber einen Beißkorb tragen."

„Er ist verletzt", sagte Marcel.

„Ja, aber er muss trotzdem einen Beißkorb tragen."

„Er ist ein Baby." Ein Zehn-Kilo-Baby, zugegeben.

„Das ist egal. Er muss trotzdem einen Beißkorb tragen." Marcel stand auf und schleppte sich ans andere Ende des

Waggons, wo ein Sitzplatz frei war. Ächzend setzte er sich wieder und versuchte, es dem Hund auf seinem Schoß bequem zu machen. Die Frau war ihm gefolgt: „Er muss immer noch einen Beißkorb tragen."

„Hören Sie", sagte Marcel, „wenn Sie mich nicht in Ruhe lassen, werde ich meinen Hund auf Sie hetzen und ihm sagen, dass er Sie beißen soll." Die Frau starrte auf den Welpen, der ziemlich elend auf dem blutverschmierten Mantel lag, die seidenschalumwickelte Pfote von sich streckte und angestrengt hechelte.

„Arschloch", sagte sie und stieg aus.

17.

Zwei Blocks von Marcels Wohnhaus entfernt lag ebenerdig eine Tierarztpraxis, an der er oft vorbeigegangen war. Da es Sonntag war, hatte er keine allzu große Hoffnung, dass sie geöffnet sein könnte, doch als er hinkam, war sie hell erleuchtet. Die Tierärztin, die ihre Klienten zur Tür zu begleiten pflegte, hatte auf ihn stets einen denkbar schlechten Eindruck gemacht. Sie hatte einen militärischen Tonfall, wenn sie Kommandos sprach wie: „Und das nächste Mal früher kommen!" oder: „Die Tropfen nicht vergessen!" Ihr kurzes Haar wirkte strähnig und ungepflegt. Sogar eine Alkoholfahne glaubte er einmal wahrgenommen zu haben. Auf der Liste der Personen, mit denen niemals verkehren zu müssen er sich beglückwünschte, stand sie ganz oben.

Im Fenster der Praxis lag bisweilen eine kurzgeschorene rosig-orange Perserkatze mit golumartigen Gesichtszügen, die, so fand Marcel, ihrem Frauchen an Widerwärtigkeit in nichts nachstand.

Als er nun mit dem schlaff herabhängenden Schäferwelpen das Wartezimmer betrat, war es leer bis auf die

Golum-Katze, die in einen Wassernapf hineinstarrte, ohne daraus zu trinken. Sie warf ihm einen vernichtenden Blick zu und legte sich auf die Fensterbank, wo sie augenblicklich in Schlaf zu fallen schien. Marcel drückte die Ordinationsklingel. Einige Minuten lang blieb es still, dann näherten sich klappernde Schritte. Das Türchen zu einem Sichtfenster wurde aufgerissen, eine Stimme erklang: „Ich habe geschlossen! Es ist Sonntag!" Das Türchen klappte wieder zu, die Schritte entfernten sich. Marcel klingelte noch einmal. Diesmal ging die Tür auf und die Tierärztin schaute heraus: „Was?"

„Ich habe hier einen Notfall", sagte Marcel und hielt die Seidenschalpfote des Welpen ins Licht. Die Tierärztin stöhnte und seufzte, als wären unter den vielen Zumutungen ihres Daseins verletzte Tiere die mit Abstand schlimmste, ließ Marcel aber dennoch eintreten. Er setzte den Hund auf den metallenen Untersuchungstisch, woraufhin dieser zu zittern begann.

„Na, na", sagte Marcel, „brauchst dich nicht zu fürchten."

„Was ist passiert?", fragte die Tierärztin.

Marcel schilderte den Unfallhergang, während sie mit einer Verbandschere seinen geliebten Seidenschal durchschnitt. Sie rasierte die Pfote und reinigte sie von getrocknetem Blut und Straßenstaub. Sie schüttelte den Kopf, runzelte die Stirn und brach schließlich in eine Art Selbstgespräch aus: „Das darf doch einfach nicht wahr sein. Wie blöd kann man sein? Immer und immer wieder das Gleiche. Wie oft muss ich das eigentlich noch sehen?" Sie benahm sich, als würde Marcel im Wochentakt verletzte Hunde abliefern. Verwechselte sie ihn mit jemandem?

„Gnädige Frau", sagte er, „weder bin ich mit diesem Hund schon einmal hier gewesen, noch mit einem anderen Hund."

„Oder Tier", fügte er noch hinzu.

Sie schien aus ihrer Trance zu erwachen und blinzelte ein paar Mal.

„Es geht um die Rolltreppen", sagte sie, „man könnte es ja schön langsam einmal wissen, dass man mit Hunden nicht auf Rolltreppen geht."

Ja, er war schuldig. Nein, er hatte es nicht gewusst. Ja, er hätte vielleicht durch reifliche Überlegung selbst darauf kommen können, dass eine Rolltreppe für unbeschuhte Vierbeiner nicht das beste Transportmittel war. Allerdings, wenn er an diesem Nachmittag zu reiflicher Überlegung fähig gewesen wäre, hätte er den unbeschuhten Vierbeiner gar nicht mitgenommen. Marcel schwieg, denn mit Schrecken wurde ihm bewusst, zu wie vielen Wortwechseln mit Fremden ihn der Hund alleine in den letzten zwei Stunden gezwungen hatte. Er wollte keine Worte mit Fremden wechseln. Die einzigen Worte, die er überhaupt in größerer Menge wechselte, waren alle zwei Wochen beim Verwandtenbesuch und gelegentlich in einem Telefonat mit Tante Monika. Mit ihr kam er zurecht. In kleineren Dosen kam er auch mit seinem Cousin Robert zurecht, und an Andrea hatte er sich gewöhnt. Selbst an die Kinder hatte er sich gewöhnen können, die er meist nur als dunkle Masse wahrnahm, von denen es aber, wenn er genauer fokussierte, drei Individuen gab. Es machte ihm nichts aus, ein paar Worte mit dem Ober in seinem Stammcafé zu wechseln oder mit der Trafikantin, bei der er seine Zeitungen bezog. Das genügte ihm aber auch. Er hatte keine Lust, neue Bekanntschaften zu machen und sich in das Seelenleben oder die Erfahrungswelten Wildfremder hineinziehen zu lassen, in Meinungen und Ansichten und Probleme und Gedankengänge. Er war ein Gedankeneinzelgänger, er hatte seinen eigenen Rhythmus, seine Etappenziele, er konnte keine Ablenkung gebrauchen. Was kümmerte es ihn, was diese Tierärztin von ihm dachte? Er würde sie nie wiedersehen – es sei denn im Vorbeigehen –, schon allein deshalb, weil er den Hund bereits morgen zu Tante Monika zurückbringen würde.

„Wie heißt er denn eigentlich?“, fragte die Tierärztin.

„Er hat noch keinen Namen“, sagte Marcel.

„Und wann gedenken Sie ihm einen zu geben?“

„Nein nein, ich bin nicht sein Besitzer. Ich passe nur einen Tag lang auf ihn auf.“

„Na das haben Sie ja toll gemacht.“ Marcel stellte sich vor, auf die über den Hund gebeugte Tierärztin zuzuspringen und ihr beide Hände um den Hals zu legen. Da sie sich im Souveränitätsmodus befand und ihr Gehirn in einer warmen Suppe aus Überlegenheitsgefühlen schwamm, wäre sie so überrascht gewesen, dass ihr nicht einmal ein Hilfeschrei von den Lippen gekommen wäre. Dann hätte Marcel auch schon zugedrückt und sie langsam genug stranguliert, um sich noch ausgiebig an der in ihren Augen gespiegelten Erkenntnis ihrer ausweglosen Lage weiden zu können. Sobald sie zu Boden gefallen wäre, wäre der Hund auf sie draufgesprungen und hätte ihr mit seinem Raubtiergebiss Fleischfetzen aus dem Gesicht gerissen.

„Die Zehe ist gebrochen“, sagte die Tierärztin, „Sie können von Glück reden, dass sie nicht ganz abgerissen worden ist.“

Sie machte ein Röntgen. Sie tupfte und desinfizierte und zog und richtete ein und hantierte mit Mullkompressen und langen elastischen Binden. Sie spritzte dem Welpen Kochsalzlösung für den Kreislauf und ein Antibiotikum. Am Ende saß Marcel in einem Stuhl vor ihrem Schreibtisch, neben ihm am Boden der Hund mit einer dick verbundenen Pfote. Er zitterte noch immer ein wenig. „Was für ein Scheiß-Tag“, dachte er wohl, dachte Marcel. Langsam senkte er die Hand und kraulte den Hundenacken, die Hand dabei betrachtend wie einen von einer fremden Spezies erdachten Automaten. Die Tierärztin tippte Zahlen in einen Taschenrechner. Durch die Katzenklappe kam die Golum-Katze herein und blickte ihre Besitzerin vorwurfsvoll an, worauf diese sagte: „Gleich, Archie, wir fahren gleich nach Hause." Archie warf sich auf den Boden und schlief wieder ein.

„Das macht hundertachtundzwanzig neunzig, plus sechzehn vierzig für das Medikament." Sie stellte es auf den Tisch. „Das ist ein homöopathisches Schmerzmittel. Fünf Globuli drei Mal täglich."

Marcel hörte auf zu kraulen. Ihre Haare, fand er, waren heute eigentlich ganz hübsch. Auch von einer Alkoholfahne war nichts zu bemerken. Im Gegenteil, sie roch gut: Desinfektionsmittel mit einer leichten Zitrusnote. Nur der Tonfall war noch immer der eines Drill Sergeant, aber vielleicht hatte sie es als Frau ja auch sehr schwer, in ihrem Beruf Autorität auszustrahlen. Marcel nahm das braune Glasfläschchen und schüttelte es, sodass die Globuli darin leise rasselten. Er kannte das Zeug. Seine Kindheit war überschattet gewesen von Bachblüten, Schüßlersalzen, Schlangenbergessenzen, Rescue-Tropfen und vielen, vielen Globuli. Und Tees und Wickeln und Heilerde und Moorbädern und Bioflavonoiden und Glaubersalz und Granderwasser. Und Propolis und Teebaumöl und Aloe Vera und diversen Lebensmitteln auf diversen Körperteilen. Einmal wäre er sogar fast gestorben, weil seine Mutter darauf bestanden hatte, eine Mittelohrentzündung mit einer ans Ohr gebundenen rohen Zwiebel zu therapieren. Sein Vater hatte ihn heimlich ins Spital gebracht, als er vom Fieber bereits bewusstlos geworden war. Wenn es irgendetwas gab, was darauf hingewiesen hatte, dass seine Mutter eines Tages kippen würde, dann war es das gewesen.

„Und soll ich auch ein Gebet für den Hund sprechen?", fragte er.

Die Tierärztin blinzelte: „Kann nicht schaden."

Marcel setzte nach: „Und soll ich rhythmisch auf eine Trommel schlagend um den Hund herumtanzen und dabei im Kehlkopfgesang Geister anrufen?"

Sie blinzelte nicht mehr, sondern hatte die Augen weit aufgerissen: „Sind Sie verrückt? Was reden Sie da?"

„Gnädige Frau", sagte Marcel, „Frau Magister. Sie haben doch studiert, Sie sind Wissenschaftlerin. Sie wissen doch, dass Kügelchen aus Rohrzucker keine Schmerzen lindern können."

„Ah!", sagte sie, „Sie sind homöopathieskeptisch. Vertrauen Sie mir, bei Tieren wirkt das ganz ausgezeichnet. Ich habe jahrelange Erfahrung damit, es hat sich bewährt."

„Und wie soll das funktionieren – mit Rohrzucker?"

„Es ist ja nicht nur Rohrzucker."

„Sondern?"

„Es ist auch ... mit einem Wirkstoff ... der Rohrzucker ist mit einem Wirkstoff in Kontakt gekommen."

„Von dem kein einziges Molekül mehr enthalten ist."

„Es funktioniert wie eine Impfung", erklärte die Tierärztin ungeduldig.

„Nein, eine Impfung funktioniert mit echten Molekülen."

„Es funktioniert auf einer feinstofflichen Ebene. Sie müssen sich das so vorstellen, dass gewissermaßen der Geist des Wirkstoffs enthalten ist."

„Gnädige Frau", sagte Marcel, „ich bin Physiker. Für mich ist es Rohrzucker. Bitte geben Sie mir ein richtiges Medikament für das arme Tier."

Sie kramte in einer Lade, brach drei Tabletten aus einem Blister und steckte sie in ein Papiersäckchen: „Wir machen das wirklich sehr ungern. Viele Tierhalter neigen nämlich dazu, die Schmerzmittel selbst einzunehmen."
Marcel fragte sich, wer „wir" war. Wir Tierärzte, die wir uns auf eine gemeinsame Homöopathiepolitik eingeschwo-

ren haben, um den Drogenkonsum unter Tierhaltern einzudämmen? Er verstand auch nicht, woher sie wusste, was die Leute mit den Schmerzmitteln machten. Kamen sie am nächsten Tag in die Praxis und sagten: „Muhaha, ich bin ein Junkie und hab die Tabletten für den Hund selber genommen!“?

„Oh nein nein. Ich brauche keine Schmerzmittel. Ich habe wirklich keinerlei Schmerzen“, lächelte er.

18.

Zu Hause angekommen, stellte Marcel fest, dass die Modifikation seines Verhaltens weiter voranschritt. Er redete nämlich. Mit dem Hund.

„Na, da hab ich dich aber gerettet vor dieser schrecklichen Tante mit ihrem schrecklichen Archie ... Unfassbar ... Homöopathie für Tiere, da kann man ja nicht mal auf einen Placebo-Effekt hoffen ... Du armes Vieh kriegst eine ordentliche Dröhnung, damit du schlafen kannst ... Lernen die das etwa auf der Uni? Oh heiliger Galilei! ...“

Seine beiden verlässlichsten Freunde meldeten sich: Hunger und Durst. In den unbeschreiblichen Anstrengungen des Tages waren Kalbsrahmgulasch und Malakofftorte restlos aufgerieben worden. Es war Zeit, eine Dose zu öffnen. Marcel überflog die Vorräte in seinen Schränken und entschied sich für Ananasscheiben im eigenen Saft. Den Saft goss er in ein Glas und trank ihn sofort, doch das war nicht genug. Er schenkte sich eine große Cola Kirsch ein und leerte sie ebenfalls. Dann kippte er die Ananasscheiben in einen Suppenteller und krönte sie mit einem hohen Berg Sprühsahne. Als er sich umwandte, um den Teller ins Wohnzimmer zu tragen, saß vor ihm der Hund. Offenbar war er aus seiner Lethargie erwacht, denn er schien nun ein Inbild höchster Aufmerksamkeit. Das stehende Ohr stand kerzengerade, das hängende schien auch irgendwie gespitzt. Er leckte sich über die Lippen und klopfte mit dem Schwanz schnell auf den Boden. Dabei hielt er den Kopf schief und warf Marcel einen Blick zu, der Bände, Sonderbeilagen und Online-Enzyklopädien sprach. In jedem Land der Welt, auf jedem Kontinent, und selbst bei den letzten Indigenen im tiefsten Dschungel, die noch keinen Erstkontakt mit Schäferwelpen gehabt hatten, hätte man ihn verstanden: „Gib mir bitte bitte was von deinem Essen ab." Marcel war fasziniert. Was für ein unglaublich angenehmes Geschöpf: Es redete, ohne zu reden.

Er holte einen weiteren Suppenteller heraus und zog mit Hilfe einer Gabel zwei seiner Ananasscheiben in diesen hinüber, dann füllte er mit Sprühsahne auf. Als Topping bröselte er eine Schmerztablette darüber.

„Wehe, du kotzt!", sagte er und stellte den Teller auf den Boden.

19.

Als er am nächsten Morgen aufwachte, hatte er Haare im Gesicht. Viele Haare. Ein Fell. Neben ihm lag der Schäferwelpe, der sich offensichtlich für einen Menschen hielt, auf dem Rücken und in derselben Ausrichtung wie Marcel: Hinterbeine zum Fußende, Kopf am Kopfpolster. Man hätte ihn für Marcels kleine, behaarte Ehefrau halten können. Der Hund war wohl schon vor ihm wach gewesen und beobachtete ihn mit runden, aufmerksamen Augen, was Marcel, der es noch nie leiden hatte können, im Schlaf angestarrt zu werden, Unbehagen verursachte. Aus der Nähe konnte er sehen, dass die Augäpfel um die Pupillen einen graubraunen Hof hatten und zum Rand hin ins

Orange übergingen. Die verbundene Vorderpfote streckte der Hund erbärmlich von sich, dabei zitterte sie ein wenig. Wie hatte er damit nur ins Bett springen können? Die zweite Frage war: Weshalb hatte er es nicht verstanden, als Marcel ihm eine alte Decke in die Küche gelegt, darauf gezeigt und „Das ist dein Bett“ gesagt hatte? Oder hatte er es verstanden, zog es aber vor, die Anordnung zu ignorieren? (Was angesichts der am Vorabend anhand der Ananasscheiben demonstrierten Bereitschaft Marcels, sich in hündische Ausdrucksformen einzufühlen, doch etwas unhöflich schien.) Oder war er vielleicht wie ein menschliches Kleinkind, das sich nachts im Dunkeln fürchtete und ins Bett der Eltern kroch?

„Ich weiß nicht, mein Freund“, sagte Marcel, „was unter deiner ziemlich flachen Schädeldecke vorgeht und ob du denkst, dass wir jetzt ein Rudel bilden. Fakt ist, dass ich dich gleich nach dem Frühstück zu Tante Monika zurückbringen werde. Jeder Mensch weiß, dass man Tiere nicht verschenken darf, weil das immer böse endet. Habe ich das weiße Kaninchen bekommen, das ich mir als Kind gewünscht habe, um damit zu zaubern? Nein. Aber jetzt schenkt man mir einen Hund. Wenn das Schule macht, bekomme ich als nächstes ein Pferd, weil reiten so gut für die Figur ist. Und dann einen Elefanten, weil das so soziale Tiere sind und ich so viel von ihnen lernen kann. Und am Ende bekomme ich einen Wal, mit dem ich durch die Weltmeere tauchen und Choräle singen soll. Aber mach dir keine Sorgen, Tante Monika hat auf jeden Fall einen Plan B für dich. Ich kenne sie. Vielleicht behält sie dich ja selbst und dann sehen wir uns ab und zu.“ Der Hund räkelte sich ein wenig und legte das Kinn vorsichtig auf Marcels Oberarm.

„Das mit deiner Pfote tut mir echt leid. Ich hätte auf dich hören sollen. Aber du siehst daran, dass ich als Herrchen wirklich keinerlei Qualitäten habe. Ich kann mich um nichts kümmern als um einen einfachen, geordneten Tagesablauf. Alles andere überfordert mich. Du hast was Besseres verdient. Es liegt nicht an dir, es liegt an mir. Du bist ein ganz feiner Hund. Obwohl ich keine anderen Hunde kenne, mit denen ich dich vergleichen könnte. Aber ich bin sicher, du gehörst zur Crème de la Crème deiner Spezies. Du siehst gut aus, bist intelligent, witzig und charmant. Und du bist tapfer – du hast kein einziges Mal gewinselt, obwohl deine Zehe gebrochen und die Kralle halb herausgerissen ist. Phänomenal. Jeder Mensch würde jammern und sich beklagen, aber du nicht. Und wie du den Verband trägst – die Tierärztin hat gesagt, du wirst wahrscheinlich versuchen, ihn herunterzureißen und abzunagen, aber nein, du bist ganz brav. Was ich sagen will, ist: Du wirst nicht lange einsam bleiben. Man wird sich um dich reißen, jeder normale Mensch würde das tun. Aber ich kann mich nicht binden. Es würde zu weit führen, dich in die Gründe einzuweihen, aber glaub mir, es gibt eine Vorgeschichte. Ich habe es nur mit Müh und Not geschafft, so weit zu kommen, dass sich niemand um *mich* kümmern muss. Du kannst dir das vielleicht nicht vorstellen, aber ich war schon mal sowas wie ein Pflegefall. Und das kann jederzeit wieder passieren. Dagegen kämpfe ich an, das kostet all meine Kraft. Ich kümmere mich um mich selbst, mehr geht aber auch nicht. Ich meine, in bescheidenen Maßen kümmere ich mich um mich selbst, nicht wirklich gut oder ..." Der Hund sprang auf und schüttelte sich. Auf drei Beinen hopste er behände vom Bett und scharrte den von Marcels Mutter selbstgewebten Fleckerlteppich zu einem Haufen zusammen. Dann pinkelte er darauf.

„Es ist wirklich sehr aufmerksam von dir", sagte Marcel, „dass du nicht ins Bett gepinkelt hast, mein Freund."

20.

Wider Erwarten kam es nicht in Frage, das Frühstück zu Hause zuzubereiten. Auf den weißen Fliesen des Küchenbodens lag ein Haufen Hundekot. Er versperrte den Zugang zur Kaffeemaschine. Und ohne Kaffee sah Marcel Lilienfeld sich außerstande, die Mühe des sich Bückens, in die Knie Gehens, vielleicht sogar Hinkniens auf sich zu nehmen, um das Unglück zu entfernen.

Er machte dem Hund keinen Vorwurf. Wahrscheinlich war es schon längst Zeit gewesen, mit ihm rauszugehen. Vielleicht war er sogar deshalb ins Bett gekrochen, um Marcel diskret darauf aufmerksam zu machen. Dazu kamen die Aufregung des Vortages und die fremde Umgebung, die dem vegetativen Nervensystem zu tun gaben. Und ausgewachsen war das Tier ja auch noch nicht, es musste wohl noch ein paar Grundprinzipien lernen. Marcel hatte Verständnis. Das Verständnis fühlte sich gut an. Milde, brüderlich, gütig. Gerade als es sich richtig gut anfühlte, kam ihm ein Gedanke: Hunde haben viele Spiegelneuronen. Bin ich etwa im Begriff, auch welche zu bekommen? Hoffentlich nicht!

In seinem Stammkaffeehaus nahm Marcel seinen Stammplatz ein, der zum Glück frei war. Da es unbequem aussah, wie der Hund auf drei Beinen neben dem Tisch stand, breitete Marcel seinen alten Übergangsmantel – der Wintermantel war durch das Blutbad ja unbrauchbar geworden – auf der Bank aus und forderte den Hund durch eine Reihe von Gesten und Zurufen auf hinaufzuspringen. Erstaunlicherweise verstand dieser sofort, dass ihm ein Liegeplatz angeboten wurde, er ließ sich auf dem Mantel nieder und begann am Innenfutter zu nagen. Nun ja, dachte Marcel, das alte Ding wollte ich ohnehin weggeben. Vielleicht zahnt der Kleine ja gerade.

Melina, die junge Kellnerin, die servieren, aber nicht kassieren durfte und immer ein bisschen den Eindruck machte, als hätte sie Angst vor Marcel, war heute ganz zutraulich. „Oh wie süß!“ „Oje, was ist denn da passiert?“ „Wie heißt er denn?“ Ob der Fülle der Sätze, die Marcel sprechen musste, noch ehe er seinen ersten Kaffee erhalten hatte, wurde ihm ganz schwach. Um nicht wieder als Vollidiot dazustehen, erfand er spontan eine Geschichte, wonach sich der Hund „irgendwie beim Spielen“ verletzt hätte. Um die Sache mit dem Namen abzukürzen, behauptete er, der Hund hieße „Rocco“. Er glaubte sich dunkel erinnern zu können, dass dies ein typischer Hundename sei.

„Ja hallo Rocco“, säuselte Melina den Hund an, der unbeirrt weiternagte. „Ich glaube, der ist hungrig!“, meinte sie zu erkennen, „darf ich ihm ein Stück Schinken bringen?“ Noch ehe Marcel sagen konnte: „Aber erst, nachdem Sie mir meinen Kaffee gebracht haben!“, war sie Richtung Küche davongeeilt.

„Der Oxytocin-Level steigt“, sagte er zu „Rocco“.

Melina kam mit einer dicken Scheibe Beinschinken zurück: „Gruß aus der Küche!“ Gierig schnappte der Hund danach und erwischte dabei die Finger der Kellnerin.

„Aua“, sagte sie.

Marcel lächelte: „Bringen Sie mir bitte mein übliches Frühstück und einen Teller von diesem Schinken für meinen Freund.“ Sein übliches Frühstück bestand aus zwei Caffè latte (der zweite war unmittelbar zu servieren, nachdem der letzte Schluck vom ersten getrunken war), einem Fanta, vier Eiern mit Speck, vier Handsemmeln, Butter und Marillenmarmelade. Er wuchtete sich von seinem Platz, um zum Zeitungskasten zu gehen. Der Zeitungskasten war eine oben offene Truhe, auf deren Rändern die Haltestäbe der Bambusgerüste ruhten, auf denen die Zeitungen montiert waren, sodass das Papier wie zum Trocknen aufgehängte Wäsche herabhing. Natürlich hätte er die Nachrichten auch auf dem iPad lesen können, aber er liebte es, mit großformatigen Blättern auf einem Bambusgerüst zu hantieren, es erschien ihm würdevoll und wienerisch antiquiert. Er nahm sich drei inländische Zeitungen, später würde er die ausländischen lesen. Als er sich umwandte, stellte er fest, dass ihm der Hund gefolgt war.

„Mein Freund", sagte er, „du hättest auf deinem Platz bleiben sollen." Gerührt war er aber doch.

Endlich brachte Melina den Caffè latte und das Fanta und Marcel stürzte beides abwechselnd hinunter. Der Hund bekam eine Schüssel mit Wasser auf den Boden gestellt, die er ignorierte, was wieder zu endlosen Minuten des Gesprächs mit der darüber besorgten Kellnerin führte.

„Also dann geh auf deinen Platz", sagte Marcel und klopfte auf den zerknüllten Mantel. Der Hund, dem der Vorgang bereits vertraut war, sprang auf die Bank und legte sich hin.

„Den haben Sie aber gut erzogen, Herr Doktor!", sagte Melina bewundernd.

Marcel las Zeitungen nach dem Prinzip: Das kann mir nicht passieren. *Vierfacher Familienvater löscht gesamte Familie aus* – das kann mir nicht passieren. *Grubenunglück in Südafrika* – das kann mir nicht passieren. *Italienischer Transsexueller in Russland festgenommen* – das kann mir nicht passieren. *Tourengeher tödlich verunglückt* – das kann mir nicht passieren. *Wasserleiche im Bodensee* gefunden – das kann mir nicht passieren. Weder als Leiche noch als Finder. *George Clooney gerät mit Londons Bürgermeister aneinander* – das kann mir nicht passieren. Er hatte weder Familie noch eine Schusswaffe, er arbeitete nicht im Bergwerk, er war nicht transsexuell und fuhr nicht nach Russland (oder sonst irgendwohin), er ging keine Touren, dem Bodensee blieb er wie allen anderen Seen fern, er war weder Hollywoodstar noch Bürgermeister einer Metropole. Die feindselige Welt war interessant, aber draußen. Heute jedoch traf er auf eine Schlagzeile, die dem Prinzip nicht entsprach, indem sie verblüffend vertraute Bilder evozierte:

Hund biss Tierärztin ins Gesicht

Bei einem Tierarztbesuch benahm sich der Hund „Willi" des prominenten Benimmpapstes Eberhard Teckel-Wehrbacher gar nicht gut: Er biss der Tierärztin ins Gesicht und verletzte sie dabei schwer. Aber auch der Benimmexperte ließ gute Manieren vermissen. Weder griff er ein noch entschuldigte er sich. „Die Frau war zu hundert Prozent selber schuld, sie hatte sich falsch verhalten", so Teckel-Wehrbacher.

„Was für eine Koinzidenz!", hätte Marcels Mutter wohl gesagt. Aber nicht nur das: „Es ist ein Zeichen. Vielleicht soll es eine Warnung sein? Ist das Universum nicht wunderbar, dass es uns solche Botschaften schickt?" Marcel hätte gestöhnt und den Kopf geschüttelt und lang und breit das Wesen des Zufalls erklärt. Das Universum war interessant, aber draußen. Es kümmerte sich nicht im geringsten um Tierarztpraxen und deren Besucher. Das Wesentliche am Universum war seine Fähigkeit, jene Eier mit Speck hervorzubringen, die nun serviert wurden. Die kleine Welt in Marcels Mund war es, auf die es ankam. In seinem Mund war er kompetent. Er mahlte, mantschte, schlang. Marmelade am Gaumen, Butter auf der Zunge, Semmelbrösel auf den Molaren. Dotter, Schnittlauch, Speck, Eiweiß, Pfeffer. Er mischte das Süße mit dem Salzigen und dem Bitteren. Er vermisste seine Mutter. Die wechselseitigen Bekehrungs- und Belehrungsversuche waren Teil einer harmonischen Koexistenz gewesen. Nachdem sie Angst und Schrecken vor dem durch den Zeitungsartikel angekündigten Unheil verbreitet hätte, hätte sie eine Kehrtwendung gemacht und zu einer glücklicheren Deutung geschwenkt: „Dein Tierarztbesuch ist gut ausgegangen, so wie auch der Unfall des Hundes gut ausgegangen ist. Du musst ihn also unbedingt behalten!"

Nun kam der Schinken für den Hund. Er war kein Genießer, Einspeichler, Breierzeuger. Mit zwei Mal Aufschnappen war alles weg. Melina war vor dem Tisch stehengeblieben, um das Schauspiel zu beobachten. Sie stützte eine Hand in die Hüfte, hielt den Kopf schief und schaute unter halb gesenkten Wimpern hervor. Sie ließ den Blick zwischen Hund und Marcel hin und her schweifen. Sie lächelte.

„Der Hund steht Ihnen gut, Herr Doktor!", sagte sie. Marcel ließ das Besteck sinken. Flirtete sie etwa mit ihm? Sie sah süß aus mit ihrem hohen Messy Bun, der sie bestimmt viel Mühe gekostet hatte.

„Wie soll mir denn ein Hund stehen können?", grinste er. „Er ist ja keine Krawatte."

Melina wechselte Standbein und Spielbein, was eine schöne Hüftbewegung erzeugte: „Sie sehen einfach gut aus mit Hund. Mindestens zehn Jahre jünger." Dem folgte ein hohes, trillerndes Kichern, und schon war sie weg.

Natürlich hatte er das Interesse an Frauen nicht verloren. Er hatte es nur in geordnete Bahnen gelenkt. Im Augenblick hatte er ein wundervolles Verhältnis mit einer Ukrainerin namens Ksenia, deren Leben und Treiben er auf ihrem kostenpflichtigen Blog aufmerksam verfolgte. Wobei das Treiben im Vordergrund stand. Ksenia hatte eine Neigung zu erfrischend unmotivierten Sexualkontakten mit Wildfremden, die ihr Freund Oleg mitfilmte, um sie mit Ksenias Anhängern zu teilen. Natürlich kam Oleg auch oft genug selbst zum Zug, denn Ksenia war unersättlich. Manchmal traf sie sich mit ihren durchwegs blonden Freundinnen, denen immer sehr heiß war, sodass sie schnell ihre ohnehin luftige Kleidung ablegen mussten. Und dann gab es noch viele, viele einsame Momente, in denen Ksenia jammerte und klagte und sich in ihrer schrecklichen Not vor der Webcam selbst befriedigen musste, das arme Ding.

Mit tiefem Bass lachte Marcel hinter der Kellnerin her, um anzudeuten, dass er das Kompliment wohlwollend verdaute.

21.

Nachdem er gefrühstückt und Zeitung gelesen hatte, sagte Marcel: „So, auf zu Tante Monika!“, aber dann fiel ihm ein, dass er ja noch die ausländischen Zeitungen lesen musste, zumindest eine englische und eine deutsche. Als er damit fertig war, sagte er: „Aber jetzt wirklich, die Gnadenfrist ist vorbei!“, zahlte und machte sich auf den Weg zur U-Bahn. Sie kamen an einer Hundezone vorbei, in der es hoch herging.

„Ich schätze, dass Fangenspielen für deine Pfote im Augenblick nicht das Beste ist, mein Freund“, sagte Marcel zu dem Hund, der nicht das geringste Interesse an seinen herumrennenden Artgenossen an den Tag legte. Marcel lauschte, um in Erfahrung zu bringen, mit welchen Namen die Leute ihre Hunde riefen. Otto, Emma, Karl-Heinz, Lena, Bruno, Karina.

„Interessant. Früher hieß es ‚Ottos Mops kotzt‘“, sagte Marcel, „jetzt heißt der Mops Otto. Also ich würde, wenn ich dich behalten würde, doch bei einem klassischen Hundenamen bleiben, Rocco zum Beispiel. Ich meine, wenn man ‚Lena‘ ruft, laufen doch womöglich drei kleine Kinder herbei?“ Sie gingen weiter – nicht zu schnell, denn der Welpe humpelte ja –, doch kaum waren sie bei der U-Bahn-Station angelangt, hatte Marcel das Gefühl, dass es eigentlich bereits Zeit für das Mittagessen wäre. Er sah auf die Uhr, und diese gab ihm recht. Sie gingen also zum Kaffeehaus zurück, nahmen ihre Plätze wieder ein und verzehrten jeweils eine Rindsroulade mit Kartoffelpüree. Anschließend trank Marcel einen doppelten Espresso, unterhielt sich mit Melina angeregt über ein Thema, das er umgehend wieder vergaß, und sagte schließlich: „Also, mein Freund, es wird höchste Zeit, dass wir dich zurückbringen." Sie brachen auf Richtung U-Bahn-Station, doch unterwegs fiel Marcel auf, dass er wirklich sehr erschöpft war. Ein kleines Mittagsschläfchen vor der langen Fahrt war bestimmt kein Fehler.

Zu Hause angekommen stellte er fest, dass der Kothaufen in der Küche verschwunden war. Eine Weile stand er rätselnd da, dann sah er, dass auf dem Küchentisch ein Blatt Papier lag. Er las:

Sehr geehrter Dr. Lilienfeld,

da ich nicht annehme, dass Sie selbst auf den Fußboden gekackt und auf den Teppich gepinkelt haben, muss ich davon ausgehen, dass Sie einen neuen Mitbewohner haben. Aus den Fußspuren am Gang und dem beträchtlichen Haaraufkommen in Ihrem Bett schließe ich, dass es sich dabei um einen Hund handelt. Sie werden mir sicher zustimmen, dass angesichts der doch eher unangenehmen neuen Aufgabenbereiche eine Erschwerniszulage angemessen erscheint.

Mit besten Grüßen
Julia

Julia war die Haushaltshilfe, die er nach vielen Interviews und Fehlversuchen endlich gefunden hatte. Durch die ganze Hundeaufregung war es ihm entfallen, dass sie heute kommen sollte.

Julia war Studentin der Biochemie, trug einen schwarzen Rossschwanz und eine Nerd-Brille, was ihr einen fleißigen Look gab, und hatte bei Marcel sofort Vatergefühle erweckt. Dieses akademisch zweifellos vielversprechende Mädchen wollte putzen?

„Es geht mich ja nichts an“, hatte er gesagt, „aber Sie scheinen sehr nett zu sein – möchten Sie nicht lieber irgendwo babysitten?“

„Oh nein nein!“, hatte sie lachend abgewehrt, „das wäre nichts für mich, ich kann Kinder nicht ausstehen!“

Alle Achtung, dachte Marcel und machte weitere Vorschläge: „Vielleicht als Schreibkraft in einem Büro? Flyer verteilen? Spenden sammeln für eine Umweltschutzorganisation?“

„Ehrlich gesagt“, sagte Julia, „kann ich Menschen generell nicht besonders ausstehen.“ Was für ein bezauberndes Geschöpf, dachte Marcel, sie könnte in der Tat meine Tochter sein.

„Ich arbeite gerne mit Dingen. Mikroben sind okay. Mir wäre es auch sehr recht, wenn Sie nicht zu Hause sind, wenn ich putze.“ Dieses Arrangement entsprach zu hundert Prozent Marcels Vorstellungen, und Julia bekam den Job. Sie kommunizierten zumeist schriftlich; liefen sie sich doch einmal über den Weg, grinsten sie einander an und tauschten Misanthropenwitze aus. Das Mädchen war ein Engel, sie hatte für diesen Ausnahme-Tag selbstverständlich eine Ausnahme-Zulage verdient.

Marcel legte sich hin, und als er wieder aufwachte, war es schon fast dunkel. Er brachte den Hund an jenem Tag nicht mehr zu Tante Monika zurück. Auch am folgenden Tag brachte er ihn nicht zurück und auch nicht nach einer Woche, obwohl er sich allerlei „Hab ich’s doch gewusst!“-Schreie von Andrea und Tante Monika anhören musste. Der Hund hieß fortan Rocco und blieb bei ihm.

Zorro

1.

Die beiden Frauen, die auf ihrer Terrasse standen, machten auf Frau Michalek einen sehr guten Eindruck. Sie konnte sie durch das Küchenfenster sehen, während sie den Kaffee zubereitete. Die eine war jung, die andere deutlich älter, beide hatten sich mit „Kraeutler“ vorgestellt – Mutter und Tochter vielleicht.

Es war einer von jenen prächtigen Herbsttagen, an denen Frau Michalek sich selbst jung fühlte, als wäre der herannahende Winter mit den herrlichsten Versprechen gefüllt. Die Luft war so klar, die Sonne so satt, der Wind so erfrischend, dass man meinen konnte, man stünde auf einem Schiff, das gerade in See stach. Es duftete nach den Äpfeln, die von den Bäumen fielen, von den Hunden zum Ballspielen verwendet wurden und langsam verrotteten. Im scharfen Licht sah man die Gesichtszüge der älteren Frau, der Frau Michalek ohne Umschweife den Begriff „Dame“ zuschrieb, und konnte sie nur bewundern: Jede Falte diente der Bekräftigung und Untermauerung ihrer Schönheit, wie die Striche eines zarten Porträts, ohne die geringste Fehlzeichnung. Da waren keine marionettengleich nach unten gezogenen Mundwinkel, keine mürrischen Anführungsstriche über der Nasenwurzel, keine wellige Grüblerstirn, nur Lachfältchen, Grübchen, feine Markierungen eines Gesichts, das es gewohnt war zu strahlen. Sie muss ein sorgenfreies Leben geführt haben, dachte Frau Michalek. Beide Besucherinnen waren schlank, gut gekleidet und hatten die Haltung trainierter Balletttänzerinnen. Man sah ihnen gerne zu, auch wenn sie nur die Hand waagrecht über die Augen hielten, um sie vor der Sonne zu schützen.

Frau Michalek trug das Tablett ins Freie und sagte: „So!“ Sie setzten sich und verfolgten aufmerksam das Spiel, das im Garten vor sich ging, als wären sie Zuseherinnen auf der Tribüne einer Rennbahn. Die ersten Herbstkrähen waren aus Russland eingetroffen und machten sich wie jedes Jahr ihren Spaß mit den Hunden. Frau Michalek hatte den Verdacht, dass die älteren Krähen dem Nachwuchs diese Möglichkeit der Unterhaltung überlieferten, denn es nahmen immer auch Jungkrähen daran teil. Den Hunden war die Krähenjagd ein Grundbedürfnis und Urtrieb. Das Krächzen und Flattern, die schwarzen Schattenannäherungen und das Angestarrtwerden von oben wirkten wie Stacheln in ihrem Fleisch. Ohne Furcht landeten die Krähen am Boden und warteten, bis die Hunde ganz nah an sie herangekommen waren – dann flogen sie gemächlich auf und landeten ein paar Meter weiter. Ihre Reaktionsgeschwindigkeit, die wie Langsamkeit aussah, erregte die Bewunderung von Frau Michaleks Gästen. Manchmal flog eine Krähe auf einen Ast, der gerade so hoch war, dass die aufgeregt springenden und kläffenden Hunde sie nicht erreichen konnten, und sah auf die mit rollenden Augen gegen die Vergeblichkeit Ankämpfenden herab. Manchmal stürzten sich alle Hunde gemeinsam auf eine Krähe, manchmal teilten sich die Krähen auf, um die Hunde getrennt voneinander verrückt zu machen.

„Wir nennen sie die Fitnesstrainer der Hunde“, sagte Frau Michalek. Ohne auch nur ein Mal innezuhalten und sich die Sinnlosigkeit ihrer Bemühungen einzugestehen, rannten und sprangen die Hunde. Selbst der alte Trevor mit seinen steifen Gelenken wurde wieder wie in jungen Jahren ein Opfer seines Jagdtriebs. Coco und Lotte waren auch nicht mehr die Jüngsten, dafür aber die Listigsten: Manchmal gab die eine vor, das Hauptinteresse an einer Krähe zu besitzen, bis die andere plötzlich von ihrer Krähe abließ, mit einem Haken herbeistürmte und übernahm –

natürlich dennoch vergeblich. Die Krähen schienen alle gleichzeitig im Auge behalten zu können.

„Ich glaube, wir nehmen dann doch lieber eine der Krähen“, sagte die junge Frau Kraeutler, und sie lachten. Die Hunde, die zur Auswahl standen, waren der tollpatschige Pavel, den die Krähen am meisten foppten, der wendige Ricky, der geschäftig kläffte und so jedes Mal den besten Moment zum Angriff verpasste, und ein Neuzugang namens Györi, ein hübsch gefleckter Corgi-Mix, der mit seinen Stummelbeinchen stark benachteiligt war, aber dennoch sein Bestes gab.

„Warten Sie, ich zeige Ihnen noch was“, sagte Frau Michalek und formte aus Daumen und Zeigefinger einen Ring, den sie in den Mund steckte, um darauf einen scharfen Pfiff zu blasen. Alle Hunde wandten ihr die Köpfe zu. Schon hatte sie ein braunes Plättchen in der Hand, das sie hochhielt. Die Hunde rannten auf sie zu, sie warf das Ding weit in den Rasen hinein, und noch im Flug hatte es eine Krähe aufgefangen.

„Ist das Brot?“, fragte die ältere Frau Kraeutler.

„Trockenfleisch“, sagte Frau Michalek.

„Ich wusste gar nicht, dass Krähen Fleisch fressen“, sagte die ältere Frau Kraeutler.

„Klar wusstest du das. Das weiß man doch“, sagte die junge Frau Kraeutler.

„Also das Trockenfleisch lieben sie“, sagte Frau Michalek.

„Ich hab einmal Kekse gebacken und sie zum Auskühlen auf das Fensterbrett gestellt“, erzählte die junge Frau Kraeutler. „Chocolate Chip Cookies. Dann bin ich einkaufen gegangen. Als ich zurückkam, waren alle weg, und das Blech lag unten im Hof. Ich hab die Kinder geschimpft ohne Ende. Einmal im Jahr backe ich Kekse, und dann das! Die Kinder haben fürchterlich geweint und gesagt, dass sie nicht einmal in die Nähe der Kekse gekommen seien. Ich konnte es mir nicht erklären. Später dann hat mir die Nachbarin erzählt, dass sie von ihrem Fenster aus beobachten konnte, wie Krähen sich die Kekse holten. Sie hat versucht, sie zu verscheuchen, aber ohne Erfolg."

„Ja ja", sagte die ältere Frau Kraeutler, „der glaub ich kein Wort. Wahrscheinlich hat sie sich die Kekse selbst mit der Angel geholt."

„Ich hab einmal", steuerte Frau Michalek ihrerseits eine Geschichte bei, „eine alte Semmel für die Vögel auf die Terrasse gelegt. Für die Singvögel eigentlich. Dann hab ich gesehen, wie eine Krähe sie geholt und in die Regentonne geworfen hat. Ich war stinksauer, dass sie mein schönes Regenwasser versaute. Nach einer Weile hat sie die Semmel wieder herausgeholt und gefressen. Sie hat sie nur aufweichen wollen. Anscheinend war sie ihr zu hart."

Nun warf Frau Michalek ein weiteres Stück Trockenfleisch so flach, dass es nicht im Flug gefangen werden konnte, und es landete in der Wiese. Alle Hunde hatten auf der Stelle kehrt gemacht, doch wieder war eine Krähe mit lässigem Flügelschlag vor ihnen bei dem Fleischstück angekommen und hatte es ohne zu landen mit den Krallen aufgenommen. Am nächsten Baum begutachtete sie ihre Beute, warf sie hoch und ließ sie in ihre Kehle fallen. Die Hunde schnüffelten noch immer aufgeregt am Boden herum, als bestünde Hoffnung, dass die Krähe einen Stein mitgenommen und das Trockenfleisch liegengelassen hatte. Wieder und wieder warf Frau Michalek Fleischstücke, deren Eroberung eindrucksvoll die Kunstfertigkeit der Krähen demonstrierte.

„Ich habe den Eindruck", sagte die junge Frau Kraeutler und nahm nachdenklich einen Schluck Kaffee, „dass die Hunde der Wurfbahn des Fleisches mit dem Blick nicht folgen können, die Krähen aber schon."

„Ja“, stimmte die ältere Frau Kraeutler zu, „die Hunde sehen gar nicht, wo das hinfliegt. Sie können nur grob in die Richtung rennen und dann schnüffeln.“

„Nicht, dass Sie jetzt denken, Hunde wären dumm!“, sagte Frau Michalek. Sie rief die Hunde zu sich und gab jedem ein Stück Trockenfleisch. „Ich vermute sogar, dass sie besonders raffiniert sind. Sie stellen sich so blöd an, damit sie aus Mitleid was bekommen, ohne sich dafür anstrengen zu müssen.“ Die beiden Besucherinnen lachten.

„Natürlich, so gescheit sind die“, sagten sie und tätschelten die Hunde.

„Ganz gescheit bist du, gell!“

„Und du auch, du hast die bösen Krähen ausgetrickst!“ Die Stimmung war so gut, dass Frau Michalek Lust bekam, einen Prosecco zu servieren. Warum nicht, an einem so schönen Herbsttag in netter Gesellschaft? Sie tat es dann aber doch nicht. Es sollte niemand behaupten können, er sei beschwipst zur Mitnahme eines Hundes verleitet worden.

2.

„Wer von euch beiden will denn nun einen Hund?“, fragte Frau Michalek, nachdem man zum Du übergegangen war. Sie hatte sich schon ihre Gedanken gemacht. Für Monika war wahrscheinlich der kleine Györi der Geeignetste. Er hatte das seltsame Hobby, unter Stühlen zu sitzen, auf denen Menschen saßen. Zwischen dem Dickicht aus Stuhl- und Menschenbeinen konnte er dann hervorlugen. Der perfekte Kaffeehaus-Hund. Perfekt für eine pensionierte Dame, die sich mit ihren Freundinnen im Cupcake-Laden traf, sorgfältig Einrichtungsgegenstände shoppte und ein bisschen Power-Walking machte. Andrea dagegen, die

Monikas Schwiegertochter war, wie Frau Michalek erfahren hatte, nachdem sie auf die vermeintliche Ähnlichkeit der beiden hingewiesen hatte – Andrea sah aus, als wäre sie der Wandern/Laufen/Radfahren-Typ. Für sie kamen sowohl Pavel als auch Ricky in Frage.

„Nein nein, Gabriele", sagte Monika, „wir suchen keinen Hund für uns selbst, sondern für meinen Neffen Marcel."

„Er hat vor einem Jahr seinen heißgeliebten Schäfer Rocco verloren", fügte Andrea hinzu, „und sieht sich außerstande, sich selbst einen Hund auszusuchen."

„Außerdem habe ich ihm schon einmal den richtigen Hund ausgesucht, denn Rocco war ja meine Wahl", erwähnte Monika nicht ohne Stolz.

„Aber will er denn überhaupt einen Hund?", fragte Frau Michalek.

„Absolut", sagte Andrea, „die Trauerzeit ist vorbei. Und er hat wirklich ein Händchen für Hunde. Rocco hat ihm aus der Hand gefressen. Ich meine auch im übertragenen Sinne."

„Was ist denn mit Rocco passiert?", fragte Frau Michalek.

„Er ist überfahren worden", sagte Monika, „vor den Augen meines Neffen. Es war furchtbar. Auf der Höhenstraße. Marcel ist mit dem Hund ja immer in den Wienerwald gegangen, weil ihm die Hundezonen in der Stadt zu dreckig waren. Kein Hund hat so viel Auslauf im Grünen gehabt wie Rocco. Naja, und eines Tages ... Obwohl er sonst immer wie eine Eins bei Fuß gegangen ist, ist er plötzlich auf die Höhenstraße hinausgerannt. Und noch ehe Marcel ihn zurückrufen konnte, ist einer von diesen Rasern um die Kurve geschossen und ..." Monika schluckte, presste die Lippen zusammen, schüttelte den Kopf.

Die Geschichte war ein wenig geschönt. Marcel hatte die Hundezonen nicht deshalb gemieden, weil sie dreckig waren. Tatsächlich hatte er es mehrfach mit Hundezonen versucht, aber immer wieder feststellen müssen, dass dort schreckliche andere Hunde herumliefen, die Rocco offenbar so in Rage versetzten, dass er stets binnen Sekunden in einen fürchterlichen Kampf verwickelt war. Zur selben Zeit stürzten sich die schrecklichen Besitzer der schrecklichen Hunde auf Marcel und schrien ihn an, er solle seinen Hund zurückrufen, ihm einen Beißkorb anziehen, nie wieder eine Hundezone betreten, und so fochten Rocco und Marcel jeweils mit Mitgliedern ihrer Spezies um ihr Leben, oder zumindest ihr Recht. Am Ende waren sie beide heiser, staubbedeckt und empört über den allgemeinen Zustand der Mensch- respektive Hundeheit.

Was das Bei-Fuß-Gehen anlangte, stellte Monikas Schilderung eher den seinerzeitigen Soll- als den Ist-Zustand dar. Rocco betrachtete die Ausflüge in den Wienerwald als Gelegenheiten zur Jagd: auf Kaninchen, auf andere Hunde, auf Jogger. Beschwerte sich ein Jogger, sagte Marcel: „Na was rennen Sie denn auch." Beschwerten sich Picknicker, die von Rocco überfallen und ihres Wurstsalates beraubt worden waren, sagte er: „Na was stellen Sie denn auch einen Wurstsalat auf den Boden." Beschwerten sich Eltern, deren Kind umgestoßen worden war, sagte er: „Na was passen Sie denn auch nicht auf Ihr Kind auf." Und sehr oft, wenn Angst- oder Hilfeschreie durch den Wald gellten, rief er: „Der macht nichts!" Marcel war Rocco gegenüber bedingungslos loyal. Er nahm ihn in Schutz, egal was geschah. Selbst wenn Rocco Fellfetzen seines Gegners links und rechts aus dem Maul hingen, behauptete Marcel noch, er würde niemals nach einem anderen Hund schnappen. Und er glaubte das wirklich – obwohl er Physiker war.

Am Tag des Unfalls war Rocco hinter einem Kaninchen her gewesen. Normalerweise verschwanden die Kaninchen sehr schnell in ihren Erdlöchern, und Rocco scharrte, während sie zwanzig Meter weiter wieder zum Vorschein kamen und die Abendluft genossen. Dieses Kaninchen aber war abenteuerlustig und bereit zu einer ausgiebigen Jagd, in deren Verlauf es sich entschloss, die Straße zu überqueren, um die Erdeingänge auf der anderen Seite zu erreichen. Um die Kurve kam der achtzehnjährige Max Lindner im Auto seines Vaters, in das sich fünf seiner Freunde gequetscht hatten, darunter drei sehr hübsche Mädchen. Da sie kaum von Querverkehr durchschnitten war, eignete sich die Höhenstraße gut zum zügigen Kurvenfahren. Die Mädchen kreischten, wenn sie in den Kurven auf den Jungs zu liegen kamen, dazu spielte laut Musik von den Chipmunks, was alle sehr lustig fanden.

Das Kaninchen flitzte so schnell vor den Reifen vorbei, dass Max Lindner es nicht sah. Den großen schwarzen Schatten sah er, doch zum Bremsen war es zu spät. Zeit blieb für einen Gedanken: „Ist das ein Werwolf?“ Und der war erstaunlicherweise zu Ende gedacht, ehe der Aufprall das heitere Kreischen in Schreie verwandelte.

„Was war das?“

„War das ein Reh?“

„Es ist tot!“

„Scheiße!“

„Ich glaub, das war ein Hund.“

„Ja, ein Hund. Seht ihr irgendwo den Besitzer?“

„Da kommt einer!“

„Fahr weg, Max!“

„Fahr weg!“

„Schnell, fahr weg, bevor er uns sieht!“

Schnaufend trat Marcel aus dem Waldrand. Er sah das Auto davonfahren und wusste, er hätte die Nummerntafel erkennen können, wenn er nicht zu knausrig gewesen wäre, sich eine neue Brille zu leisten. Er kniete sich zu Rocco auf die Straße. Wieder war eine Blutpfütze unter ihm.

„Rocco, komm, steh auf", sagte er, aber Roccos starre Augen blinzelten nicht mehr. Unbemerkt von Marcel saß das Kaninchen auf der gegenüberliegenden Böschung, richtete sich auf den Hinterbeinen auf, schnupperte in den Wind und roch, dass Blut geflossen war.

3.

So war Rocco nach vier glücklichen gemeinsamen Jahren aus seinem und Marcel Lilienfelds Leben gerissen worden. In einem dritten Punkt hatte Andrea die Geschichte modifiziert: Weder war die Trauerzeit vorbei, noch hatte Marcel sich bereit erklärt, einen neuen Hund aufzunehmen. Man hatte nur seine Proteste nicht ernst genommen, was die richtige Strategie schien angesichts dessen, dass er auch gegen Rocco protestiert hatte, bevor er ihn zu seinem „Lebenshund" erklärte.

Andrea Kraeutler verstand Menschen wie Marcel nicht. Menschen, die man zu ihrem Glück zwingen musste, die sich auf ihrem Unglück ausruhten wie auf einem Kanapee, die Büchsenfleisch und Cola als Drogen nahmen. Sie selbst war ihres eigenen Glückes Schmiedin, mit Karriereplanung, Familienplanung, Einkaufsplanung, Urlaubsplanung, Liebesstundenplanung, Sport-, Wellness- und Friseurplanung. Sie plante sogar, spontan zu sein. Sie hatte Strategy, Innovation and Management Control studiert und danach noch Supply Chain Management angehängt. Sie hatte drei Kinder bekommen, weil drei ihr eine vernünftige Zahl schien, die reproduktive Vitalität demonstrierte, ohne in die Karnickelkategorie abzugleiten, und die eine reelle Chance bot, beide Geschlechter zu bekommen. Gott sei Dank war nach zwei Jungs das dritte Kind ein Mädchen gewesen, sonst hätte sie noch ein viertes nachlegen müssen. Sowohl die Buben- als auch die Mädchenerfahrung musste gemacht werden. Sie hatte während des Studiums gearbeitet und während der Praktika Kinder ausgetragen, sie hatte die Kinder zügig in qualitativ hochwertige Fremdbetreuung gegeben und war auf die Karriereleiter gehopst, wo sie wie ein Laubfrosch der Sonne entgegenstrebte. Die Kinder gingen mittlerweile alle in die Schule und hatten gelernt, sich um ihre Hausaufgaben-, Schularbeitsvorbereitungs- und Regenerationsplanung selbst zu kümmern, waren aber zum Glück noch präpubertär.

Es war eine gute Zeit in Andreas Leben. Auf ihrer To-do-List stand noch einiges an, zum Beispiel sich einen Liebhaber zu suchen. Nach drei Schwangerschaften samt erotisch entzaubernder Entbindungen, schlaflosen Nächten und anstrengenden Tagen, an deren Ende man einander das Wort „Burnout!“ an den Kopf warf, ganz zu schweigen von der ständigen Angst, vom Nachwuchs beim Sex ertappt zu werden, war es in diesem Bereich ihrer Ehe still geworden. Der Traummann war zum Traummännlein geworden und die Schäferstündchen hatten begonnen, das Schäfchenzählen zu ersetzen, da man gleich danach einschlief, manchmal auch mittendrin. Die Blumen, Kerzen und Räucherstäbchen, die man verwendete, um das Ganze aufzupeppen, hatten zunehmend den Charakter von Requisiten für eine Trauerfeier angenommen. Eines Tages hatten Robert und Andrea festgestellt, dass es ihnen bescheuert vorkam, Musik zur Untermalung der eigenen Bewegungen einzuschalten – man war ja kein Schauspielerpärchen in einem Hollywoodfilm. Musik wurde also nur mehr aufgelegt, um eventuell herumstreunende Kinder zu täuschen, und man sagte zwischendurch immer wieder: „Manno, diese Scheiß-Musik!“ Durch Routine verstand man, die Sache erregend zu machen – aufregend war es schon lange nicht mehr. Keine Anspannung, kein Prickeln, kein Kick. Man drückte die altbewährten Knöpfe, hielt sich an die einvernehmlich approbierte Dramaturgie, und hatte ein Safeword vereinbart, falls einmal etwas nicht passen sollte, aber das kam nie vor. Sie besorgten es einander, wie sie einander Haarshampoo besorgten: Man wusste, welche Marke der andere bevorzugte – oder zumindest vor Jahren einmal bevorzugt hatte. Freundschaftliche Massagen, Dienstleistungs-Know-how. Wenn etwas Gutes im Fernsehen kam, verzichtete man auch gerne mal darauf.

Die Möglichkeit einer solchen Entwicklung war von Andrea selbstredend eingeplant gewesen, weshalb auch die Einschaltung eines Liebhabers zur Abfederung des Problems stets eingeplant gewesen war. In der Praxis allerdings stellte es sich als eher schwierig heraus einen zu finden, wenn man in jeder freien Minute drei Kinder an der Backe hatte, sowie einen Mann, den man bereits „Göttergatte" nannte, was wohl hinreichend zeigte, in welche Tieflagen man leidenschaftstechnisch mittlerweile gekommen war. Natürlich würde man an Scheidung nicht denken, auch der geplante Liebhaber hätte nichts dergleichen im Sinn. Ihr schwebte ein Sport-Student vor. Robert war, als sie ihn kennenlernte, kein Sport-Student gewesen, sondern hatte Socio-Ecological Economics and Politics studiert. Außerdem hatte er sich gebührend ins Zeug gelegt, was das Erraten von Filmen, Büchern, Schmuckstücken und Wochenendüberraschungsaktivitäten anging, die Andrea gefielen. Seine Trefferquote war hoch, und der Shopping-in-London-Trip, die Vintage-Bakelit-Ohrringe und die Zwanzigerjahre-Überraschungsparty zu ihrem dreißigsten Geburtstag waren echte Highlights gewesen. Und er hatte früh klargestellt, dass er keine Mühen scheuen würde, um eines Tages keine Kosten scheuen zu müssen. Wenn Freundinnen ihr gratulierten, weil er sich um die Kinder kümmerte, sagte Andrea stolz: „Ja, ich hab einen Guten abgekriegt.“ Robert war perfekt. Er musste nur ergänzt werden, keinesfalls ersetzt.

Grundsätzlich wäre ein alleinstehender Cousin ihres Mannes ideal für die Rolle des Liebhabers gewesen. Er hätte nur deutlich jünger, schlanker und lebenslustiger sein müssen als Marcel. Ja, Marcel tat ihr leid. Die Sache mit der Brasilianerin war scheußlich gewesen, auch wenn dabei jede Menge Selbstverschulden in Rechnung zu stellen war. Wahrscheinlich hatte alles mit dem Tod seines Vaters und dem Wahnsinn seiner Mutter begonnen. Warum rappelte er sich nicht wieder auf? Warum diese Absolutheit, diese Inflexibilität? Frau und Geld sind weg? Schön – aufrappeln, weitermachen, nächstes Projekt. Der Hund ist tot? Drüber hinwegkommen, ablegen, neustarten. Aber für Marcel war es ja die einzige Frau, der einzige Hund. Und wenn ihm das Einzige genommen wurde, ließ er sich nicht nur gehen, sondern fallen. Er wurde fetter und fetter, nahm seine Medikamente nicht ein, oder alle auf einmal, bewegte sich nicht, ging nicht zum Zahnarzt, ins Theater oder wenigstens in eine Ausstellung, eine neue Brille hatte er sich auch noch immer nicht besorgt. Er grub sich ein, verkümmerte, vegetierte dahin, schrieb das ganze Leben ab, anstatt sich neue Frauen und Hunde zu suchen. Sogar seine Putzfrau war die einzige gewesen, obwohl er sie maximal zwei Mal persönlich gesehen hatte. Seit sie ihr Studium abgeschlossen und einen richtigen Job angenommen hatte, ließ er seine Wohnung wohl verkommen. Zweitbesetzungen gab es für ihn nicht.

Der aufrichtige Wunsch, Marcel zu helfen, wurde um nichts geringer durch die Tatsache, dass Andreas Besuch bei Frau Michalek überdies mit einem weiteren Punkt auf ihrer To-do-List zusammenhing. Denn eines Tages wollte auch sie einen Hund haben – schließlich musste man irgendwann im Leben einen Hund gehabt haben, damit so ein Leben vollständig war. Und dafür konnte es nicht schaden, sich schon mal beizeiten nach möglichen Rassen, Größen, Charakteren und deren Vermittlungsquellen umzusehen. Sie stellte sich einen schönen Hund vor – groß, langhaarig, elegant. Im Augenblick war ihr Traumbild der Collie, der aus der Mode gekommen war und gerade deshalb diesen bezaubernden Retro-Look hatte.

4.

Die Wahl fiel auf Ricky. Er war der Jüngste und somit schien die Gefahr eines baldigen Ablebens – vorausgesetzt, man ließ die entsprechende Vorsicht walten – bei ihm am geringsten. Einen weiteren Verlust würde Marcel wohl so bald nicht verkraften. Ricky war ein Bewegungsjunkie, und man wollte unbedingt, dass Marcel sich bewegte. Mit Rocco hatte er es tatsächlich geschafft, ein wenig abzunehmen, sein Teint war rosiger geworden, er hatte nicht mehr bei jedem Schritt geschnauft. All das war in dem Jahr nach Roccos Tod zunichte geworden. Selbst bei seinem allwöchentlichen Besuch auf dem Tierfriedhof ließ Marcel die Blumen auf Roccos Grab einfach fallen, da es ihm zu mühsam war, sich zu bücken.

„Wenn ich einmal nicht mehr bin“, beschwor Tante Monika ihre Schwiegertochter, „müsst ihr ihn regelmäßig zum Essen einladen. Versprich es mir. Die Familie ist alles, was er noch hat.“ Und Andrea versprach es.

Ricky war freundlich, aufgeschlossen, fröhlich. All das, was Marcel nicht war. Man traute dem kleinen Hund die große Aufgabe zu, seine Charaktereigenschaften per Vorbildwirkung auf ihn zu übertragen. Und noch einen weiteren Job sollte Ricky zu Ende bringen. Man hatte zu

Roccos Zeiten den Eindruck gewonnen, dass sich zwischen Marcel und der Tierärztin möglicherweise etwas anbahnen könnte. Er war sehr oft bei ihr, wegen jedem kleinen Wehwehchen, Spezialfutter oder neuen Superimpfungen gegen exotische Krankheiten, die in Österreich bislang zwar nicht aufgetreten waren, durch das Einwandern von Bären, Wölfen und Mammuts aus umliegenden Wildnissen oder durch das Freilassen illegal eingeführter Kattas, Aras oder Dodos aber möglicherweise einmal auftreten könnten. Er erzählte oft von ihr, und man war es nicht gewöhnt, dass Marcel von Menschen erzählte, von einer Frau ganz zu schweigen. Und irgendwann wurde man dann richtig hellhörig, denn er begann sie beim Vornamen zu nennen.

„Marlies hat gesagt ...“, „Marlies hat gemeint ...“, „Marlies hat herausgefunden ...“ Bei jeder Familienzusammenkunft wartete man gespannt darauf, ob sich die Sache mit Marlies weiterentwickelt hatte. War die Tatsache, dass Rocco und Marlies’ Kater Archie einander nicht umbrachten, nicht ein Zeichen? (Tatsächlich verachteten sie einander so sehr, dass sie nicht einmal die Mühe eines Angriffs auf sich nehmen wollten.) Und sollte man nicht vielleicht irgendwann Marlies zu einem Sonntagsessen miteinladen, damit sich die beiden in entspannter Atmosphäre besser kennenlernen konnten?

Mit Roccos Tod war auch das vorbei. Es gab keine Marlies mehr. Ein Hund war unabdingbar, um sie wieder ins Spiel zu bringen. Ricky eignete sich bestens als Katalysator. Konnte man sich nicht über ihn beugen wie ein gerührtes Elternpaar und einander kundtun, wie süß und niedlich man ihn fand?

Was Marcel nicht erzählt hatte, war, dass er es mit Marlies versucht hatte. An einem unglaublich strahlenden Frühlingstag war er an ihrer Praxis vorbeigegangen, sie war vor der Tür in der Sonne gestanden, sie hatten einander angelächelt und Marcel hatte gesagt: „Ist das nicht ein unglaublich strahlender Frühlingstag?“ Sie kamen ins Plaudern, während Archie und Rocco einander durch die Fensterscheibe hindurch anstarrten und möglichst viel Gift in ihren Blick zu legen trachteten. Und dann war es mit Marcel durchgegangen und er hatte Marlies zum Essen eingeladen.

Sofort hatte sie dreingeschaut, als ob er ihr an die Wäsche gegangen wäre. Naja. Ich weiß nicht. Welches Lokal? Bitte nicht asiatisch. Ich kann diese Zitronengras-Kaffirlimettenblatt-Geschichten nicht mehr sehen. Italienisch muss ich auch nicht haben, aber bitte. Aber lang kann ich nicht. Ich muss dann noch einmal zurück in die Praxis und aufräumen. Und Archie will ich auch nicht ewig warten lassen. Also gut, neunzehn Uhr. Nicht böse sein, wenn es ein bisschen später wird.

Marcel war verunsichert. Wollte sie nur Zurückhaltung demonstrieren, um ihre Begeisterung zu verkleiden, oder war es tatsächlich eine Qual für sie, von ihm eingeladen zu werden? Roch er nach Schweiß? Hatte er einen furchtbaren eitrigen Pickel auf der Stirn? Besaß er eine zufällige Ähnlichkeit mit einem international gesuchten Terroristen? Nein, er musste ehrlich zu sich sein. Sie hielt ihn nicht für stattlich. Er war ihr zu dick. Jeder Frau, die nicht mindestens so dick war wie er selbst, wäre er zu dick gewesen.

Je näher der Abend rückte, desto größer wurde seine Reue. Sollte er absagen wegen Krankheit/Unfall/familiärem Notfall? Es ist ja nur ein Abendessen, sagte er sich, keine lebensgefährliche Operation.

Das angekündigte Zuspätkommen wurde von Marlies weidlich ausgekostet. Als sie endlich auftauchte, hatte Marcel bereits zwei Gläser Wein getrunken und das Brotkörbchen leergegessen, sodass er eigentlich erschöpft war und bereit, nach Hause zu gehen. Sein Ansinnen, ihr aus dem Mantel zu helfen, wies sie mit den Worten zurück: „Geh bitte, ich bin doch nicht behindert." Auch ein Sesselzurechtrücken nahm sie nicht hin. Sie öffnete die Speisekarte mit den Worten: „Pasta und Pizza also." Und dann saß sie da wie ein pubertierendes Schulmädchen, das zum Direktor gerufen worden war, weil es etwas angestellt hatte. Trotzig und abwehrbereit.

„Und, wie geht's Archie?", fragte Marcel.

„Danke, gut."

„Schläft er?"

„Nein, er desinfiziert gerade die Schermaschine." Danach verfiel sie in Schweigen, und Marcel dachte sehnsüchtig an Sexy Jacky, die Ksenia ersetzt hatte. Nachdem das unglückselige Date endlich vorbei war, war man beiderseits zufrieden, zum Status Quo belanglosen Flirtens zurückzukehren, ohne ihn sich durch Pasta und Wein je wieder verderben zu lassen.

„Mein Neffe hat auch bereits eine hervorragende Tierärztin", sagte Monika zu Frau Michalek.

„Ricky und Marcel wären ein Traumpaar, Gabriele", sagte Andrea. Frau Michalek war skeptisch. Einerseits freute sie sich, wenn einer ihrer Hunde einen Platz fand, andererseits gehörte es zu ihrer grundsätzlichen Politik, die zukünftigen Besitzer in Augenschein zu nehmen.

„Aber er arbeitet doch bestimmt den ganzen Tag ...", sagte sie.

„Nein nein, er ist in Frühpension", sagte Monika, „wegen eines Nervenleidens. An der Hand. Gehen kann er einwandfrei."

„Er hat den ganzen Tag Zeit für den Hund, besser geht's nicht!", sagte Andrea.

Frau Michalek ließ die beiden das Übernahmeformular ausfüllen, überreichte ihnen den EU-Pass und kassierte 250 Euro Impfbeitrag. Sie kniete nieder, Ricky legte ihr die Vorderpfoten auf die Schultern und sie umarmte ihn wie einen Menschen. Ein letztes Mal vergrub sie ihr Gesicht in seinem struppigen Nackenhaar. Dann leinte sie ihn an und übergab die Leine Monika. Sie sah zu, wie er zum Auto geführt wurde und hineinsprang, als wäre nichts dabei. Im Wegfahren fing sie seinen Blick durch die Heckscheibe auf, denn er hatte sich an der Rückbank aufgerichtet, um nachzuschauen, wo sie blieb. Aus ihrem Hals kroch eine Fahne heißer Luft die Nase hinauf und bis in die Augen, die zu tränen begannen, und dann hörte sie sich selbst schluchzen.

5.

Die Wohnung war klein, zumindest im Vergleich zum Haus der Michaleks und zu jenem der Székelys, wenngleich immerhin deutlich größer als Pihes Zwinger. Im Wohnzimmer hing ein riesiges Fotoposter von einem Schäferhund an der Wand, dessen Blick Marcel „treu" vorkam, Berti aber weniger gefiel. Der Fremde sah drein, als ob er jeden Moment durch das Glas des Bildhalters hindurchbrechen und sich auf ihn stürzen wollte. Zum Glück war über der Bilddiagonale ein schwarzer Trauerflor befestigt, der ihn gewissermaßen zurückhielt.

„Du trittst in große Fußstapfen, mein Freund", sagte Marcel, „du wirst dich anstrengen müssen, um auch nur annähernd an ihn heranzukommen." Er las den Zettel vor, den er nach Roccos Tod mit der Hand geschrieben und mit einem Nagel unter dem Foto befestigt hatte: „„Hunde haben alle guten Eigenschaften des Menschen, ohne gleichzeitig ihre Fehler zu besitzen.‘ Ich hoffe, das trifft auch auf dich zu!“

In der dunkelgrauen Wohnlandschaft war noch Rüdengeruch, den Berti unschwer mit dem Porträt in Verbindung bringen konnte, allerdings war aus der Blässe der Spur zu schließen, dass der Schäfer schon lange nicht mehr hier gewesen war. Die Wohnlandschaft hatte eine Seite, die parallel zum Fernseher, und eine, die im rechten Winkel zu ihm ausgerichtet war. Da beide Seiten nach Hund rochen, wusste Berti nicht, welches das Hundesofa war. Er wartete ab, wohin Marcel sich setzen würde. Als dieser sich mit Blick zum Fernseher hinlegte, sprang Berti auf die freie Seite.

„Ricky“, sagte Marcel, „was für ein saublöder Name für einen schwarzen Hund. Ricky ist eindeutig ein Name für einen weißen Hund. Ich nenne dich gar nichts. Oder Hund. Oder mein Freund.“ Dann schlief er ein, und Berti schlief ebenfalls.

Sobald Marcel wieder aufwachte, schlug auch Berti die Augen auf. Feinste Geräuschvarianten informierten ihn über Schlaf- und Wachbewegungen des anderen. Marcel schaltete den Fernseher ein und griff zum iPad. Nachdem Berti sich überzeugt hatte, dass keine spannenderen Aktivitäten geplant waren, schlief er wieder ein.

Als er das nächste Mal aufwachte, drückte ihn die Blase. Marcel war noch immer damit beschäftigt, die Finger über das iPad und den Blick zwischen diesem und dem Fernseher hin und her flitzen zu lassen. Berti sprang auf den Boden, richtete sich an Marcels Seite der Wohnlandschaft auf und scharrte mit der Vorderpfote an seinem Arm.

„He!“, sagte Marcel und schob ihn weg. Mehrere Wiederholungen des Scharrens an verschiedenen Stellen von Marcels Körper erbrachten dasselbe Ergebnis. Berti lief in den Flur, um unter leisem Winseln an der Eingangstüre zu kratzen. Marcel war gerade damit beschäftigt, sich das Ergebnis der neuen Brust-OP von Horny Mona anzusehen, jener Online-Unternehmerin, die Sexy Jacky den Rang abgelaufen hatte. Leider waren die Brüste noch von Verbänden umklebt und Mona hatte Schmerzen, was ihren Blog im Augenblick wohl nur für Krankenhausfetischisten reizvoll machte.

Berti war ratlos. Er lief zu Marcel, stupste ihn an, lief zur Türe, kratzte, lief wieder zu Marcel, hin und her. Er wollte wirklich unter keinen Umständen in einen Innenraum pinkeln. Ihm war zu verstehen gegeben worden, dass dies nicht in Ordnung war, und im Laufe der Zeit hatte er sogar gelernt, dass Terrassen und Balkone ebenfalls als Innenräume galten. Er war Innenraumspezialist. Da fiel sein Blick auf das Halsband, das Marcel auf der niedrigen Kommode unter dem Spiegel abgelegt hatte. Berti richtete sich auf und holte es herunter. Er trug es ins Wohnzimmer, wobei die Karabiner der daran hängenden Leine über den Boden klimperten, und legte es Marcel auf die Brust.

„Was willst du denn?“, fragte Marcel und drehte das Halsband in den Händen. Plötzlich begriff er. „Unglaublich. Rocco hat das nie gemacht. Du bist wohl extraschlau, was?“ Dann zog er sich die Schuhe an und Berti das Halsband, um endlich nach draußen zu gehen.

6.

Im Hausflur begegnete ihnen Frau Mag.ª M.Sc. B.A. Sennerer, die vor Kurzem in eine der neu ausgebauten Dachterrassenwohnungen gezogen war. Sie war Sektionschefin im Innenministerium, was für sie gleichbedeutend war mit: Kaiserin von Österreich. Ihre Wohnung lag direkt über der von Marcel, sodass es in ihrem ureigensten Interesse lag, über jegliche Veränderungen in seinem Haushalt Bescheid zu wissen. Sie stemmte die Hand in die Hüfte und fixierte ihn, als hätte sie ihn dabei ertappt, wie er gerade eine Leiche aus seiner Wohnung schaffte.

„Das ist ein Hund“, sagte sie.

„Scharf beobachtet“, erwiderte er. Seine Geduld war in dem Jahr seit Roccos Tod geschwunden, ebenso wie seine Höflichkeit.

„Eines sage ich Ihnen gleich: Wenn der bellt, rufe ich die Polizei.“

„Der bellt nicht.“

„Haben Sie seine Stimmbänder entfernen lassen?“

„Hören Sie ihn vielleicht bellen?“

„Ich werde mir unter keinen wie auch immer gearteten Umständen in einer Wohnung, für die ich ein Vermögen bezahlt habe, Hundegebell anhören! Ich werde eine Eigentümerversammlung einberufen und dafür sor-“ In diesem Moment fing Berti zu bellen an. Er senkte den Vorderkörper ab, starrte die Sennerer an und bellte. Sie hatte zuerst gebellt. Sie hatte die Stimme gegen Marcel erhoben, der, wie Berti bereits bemerkt hatte, einer gewissen Betreuung bedurfte. In diesem Fall Verteidigung.

„Ihr Hund bedroht mich“, sagte die Sennerer, und in ihrer Stimme lag durchaus Anerkennung. Immerhin hatte das kluge Tier erkannt, dass es sich bei ihr um einen ernstzunehmenden Gegner handelte.

Marcel hatte schon lange das Gefühl, dass er nichts mehr zu verlieren hatte. War es noch von Bedeutung, ob ihn jemand mochte? Ob ihn jemand für charmant hielt, gebildet, moralisch hochstehend, zivilisiert? Ob es langfristig gute Beziehungen gab, Verständigung, Harmonie? Hatte er angesichts der Verkapselung, die er sich innerlich und äußerlich angefressen hatte, überhaupt noch die Möglichkeit, jemanden an sich heranzulassen? Was für eine schreckliche, parfümierte Person, mit ihrer nullachtfünfzehn „Ich-bin-eine-Business-Lady"-Blondierung, den Botox-Mephisto-Brauen und dem mauvefarbenen Kostümchen.

Er knurrte: „Ich warne Sie!" Und dann bellte er: „Wenn Sie es auch nur ein einziges Mal wagen sollten, mir wegen meines Hundes Schwierigkeiten zu machen – oder wegen sonst irgendwas –, dann werden Sie Ihres Lebens nicht mehr froh!" Den unvermindert bellenden Hund hinter sich herzerrend stürmte er aus dem Haus.

Frau Mag.ª M.Sc. B.A. Sennerer rief oft und gerne die Polizei. Wenn jemand falsch parkte, ein Stopp-Schild überfuhr, einen Zigarettenstummel auf den Gehsteig warf, nach zwanzig Uhr in seiner Wohnung einen Nagel einschlug, hinter einem „Betreten des Rasens verboten"-Schild seine Picknickdecke ausbreitete oder seinen Hund im leinenpflichtigen Bereich unangeleint ließ. Sie war versiert darin, mit ihrem Handy aussagekräftige Beweisfotos zu schießen sowie Tondokumente aufzunehmen. In Museen stand sie in ständigem Kontakt mit den Ordnern, die ohne ihre Hilfe nicht zu verhindern wussten, dass Besucher die Ausstellungsstücke berührten. Im Flugzeug informierte sie säumige Stewardessen darüber, wer sich noch nicht angeschnallt hatte. Zoowärter erfuhren es von ihr, wenn jemand an die Scheibe des schlafenden Koalabären klopfte, um ihn aufzuwecken. Wo Radfahrer- und Fußgängerwege aufeinandertrafen, geriet sie ins Schwitzen, musste sie doch feststellen, dass sowohl die eine wie auch die andere Seite die Abgrenzungen nicht besonders ernst nahm. WOZU MACHTE MAN DIE MARKIERUNGEN EIGENTLICH??? Sie nahm Ordnungswidrigkeiten persönlich. Es ging um Körperverletzung, Geruchsbelästigung, Vandalismus, Gefährdung der öffentlichen Sicherheit, Majestätsbeleidigung, Hochverrat.

Bedauerlicherweise gab es auch bei der Polizei Fahrlässigkeit und Idiotie. Erst jüngst hatte sie in einem Park eine Gruppe von Kindern (man konnte sagen: Halbwüchsigen) beobachtet, die in eine Schaukel einen Knoten hineinmachten. Als sie daraufhin die staatliche Ordnungsmacht alarmierte, schlug sich diese auf die Seite der jugendlichen Beschädiger öffentlichen Eigentums. Die Polizisten erklärten Frau Mag.[a] M.Sc. B.A. Sennerer, dass es nicht verboten sei, in eine Schaukel einen Knoten zu machen, um diese vorübergehend zu kürzen. Genaugenommen gebe es noch nicht einmal ein Gesetzeswerk, das sich mit der Knoten-in-Schaukel-Frage überhaupt befasste. Den Kindern wurde nur nahegelegt, den Knoten nach Beendigung der Schaukelnutzung wieder zu entfernen, damit auch kleinere Kinder auf die Schaukel kamen. Für diesen Einsatz, der angeblich ein „Falschalarmeinsatz" war, hatte Frau Mag.[a] M.Sc. B.A. Sennerer 350 Euro bezahlen müssen. Auch der Hinweis auf ihre hochrangige Position im Innenministerium hatte keinerlei Wirkung gezeigt.

Während Marcel den rauschhaft bellenden Hund aus der Haustür schleifte, überlegte Frau Mag.[a] M.Sc. B.A. Sennerer, nach dem Handy zu greifen und die Polizei zu rufen. Gefährliche Drohung unter Beihilfe eines aggressiven Hundes? Da sie sich von ihrer negativen Erfahrung mit verharmlosenden Beamten noch nicht wieder erholt hatte, tat sie es diesmal nicht.

7.

Die Flexileine war ein Geschenk von Tante Monika. In ihren Augen waren Flexileinen geniale High-Tech-Produkte, die dem modernen Hund auch auf dem städtischen Gehsteig ein Maximum an Bewegungsfreiheit erlaubten.

Marcel dagegen stand der Flexileine kritisch gegenüber, denn er hatte mit Rocco eine schlimme Erfahrung gemacht. Ja, anfangs war es bequem erschienen, nicht länger an einer Zweimeterleine hinter dem Hund her zu keuchen und ihm mit geputzten Schuhen auf kotige Wiesenflecken zu folgen. Die Flexileine GIGANTO: Mit lässigem Daumendruck aktivierte man die Freigabe der Schnur und konnte sie bei Bedarf ebenso lässig wieder arretieren. Während man am sicheren Trottoir Schuhe und Kreislauf schonte, konnte der Hund bis zu zehn Meter weit in die vom Stadtgartenamt betreuten Grüninseln hineinlaufen. Eines Tages jedoch war Rocco nicht auf einer Grüninsel spaziert, sondern die zehn Meter Leinenschnur spannten sich entlang einer Hausmauer, die er alle paar Schritte sorgfältig markierte. Und in der Mitte der Hausmauer befand sich eine Eingangstür, die sich plötzlich öffnete. Ein junger Mann im Laufdress sprang heraus, sah die dünne graue Flexileinenschnur nicht, die als perfekt getarnter Fallstrick seinen Weg versperrte, und stürzte mit dem ganzen Impetus des vereitelten Morgenlaufs auf den Asphalt. Entsetzt watschelte Marcel herbei, der junge Mann wälzte sich mit schmerzverzerrtem Gesicht am Rücken, ein Knie angezogen, die Laufhose war zerfetzt und ein blutiges Hautstück schaute heraus. Bei dem Opfer handelte es sich um keinen von Marcels zahlreichen Feinden im Bezirk, sondern ausgerechnet um einen sympathischen Studenten, der stets Freundliches über Rocco zu sagen wusste. Zwei Wochen lang musste der Bedauernswerte aufs Laufen verzichten, und jedes Mal, wenn Marcel ihn ums Eck humpeln sah, entschuldigte er sich zerknirscht für den Flexileinenschwachsinn, dem er seinerseits mit der umgehenden Entsorgung des gefährlichen Gerätes ein Ende gesetzt hatte.

Tante Monika, die von jenen Ereignissen keinerlei Kenntnis hatte, kaufte also eine Flexileine für Marcels neuen Hund. So groß ihre Hoffnung war, der kleine Bewegungsjunkie würde ihren Neffen zu sportlichen Leistungen herausfordern, so quälend war die Befürchtung, der Hund könnte vielmehr zur Anpassung an Marcel gezwungen sein. Die Flexileine diente der Erhöhung der Lebensqualität des Hundes und damit der Erhöhung der Lebensqualität von Tante Monika, indem sie ihre Schuldgefühle milderte.

Marcel spürte die Dringlichkeit, mit der sie ihm die Flexileine überreichte, sodass er sie im Interesse ihrer Seelenruhe annahm. Und da das Ding schon mal da war – sollte man es nicht sinnvollerweise auch verwenden? Der Unfall war längst verjährt, der junge Mann weggezogen. Außerdem hatte man gerade durch diese Erfahrung gelernt und war darauf eingestellt, mit höchster Konzentration vorzugehen.

Die Schuhe blieben wieder sauber, der Kreislauf geschont, und Berti stürmte in die Grüninseln hinein. Als einmal jenseits der Grüninsel ein Chihuahua-Pärchen sein erbärmliches „Wiff-Wiff!" hören ließ, zögerte er keine Sekunde, hier einzuschreiten. Er sprintete los, setzte am Ende des Leinenspielraums noch einmal zu einem kräftigen Sprung an, und die Nylonschnur riss. Wie ein Torpedo schlug er zwischen den Chihuahuas ein, bekläffte sie ausgiebig unter dem Angstgeschrei der Besitzerin, dann sah er sich nach weiteren Aufgaben um und überquerte schon mal die Straße. Es erwies sich nun doch als unpraktisch, dass der Hund keinen Namen hatte.

„Bleib stehen!", brüllte Marcel, den nutzlos gewordenen Flexileinentorso schwenkend. „Komm her, Mistvieh! Stopp! Zurück! Hund!" Irgendwann fiel ihm ein, den abgelegten Namen „Ricky" zu rufen, doch da hatte der Hund bereits zwischen hupenden Autos eine weitere Straße überquert und war hinter einem Hauseck verschwunden.

Marcel rannte. Schreckliche Erinnerungen tauchten auf, an Roccos leblosen Körper auf der Höhenstraße, an seine starren Augen, das blutgetränkte Fell. Er hatte den neuen Hund erst seit wenigen Tagen, er hatte ihn weder ins Herz geschlossen noch eine Bindung aufgebaut. Oder doch? Jedenfalls wollte er ihn nicht tot sehen. Und hier, mitten in der Stadt, gab es nichts als Autos, die der Hund offenbar für große, lustige Tiere hielt.

Das Rennen fiel Marcel schwer. Er war kaum gegangen im letzten Jahr. Seine Brille beschlug. Er spürte, wie sein Kopf rot wurde. Als er endlich das Hauseck erreicht hatte, hinter dem der Hund verschwunden war – war der Hund immer noch verschwunden. Weit und breit kein kleiner, schwarzer, rennender Schatten.

„Ricky!", schrie Marcel über die Kreuzung in die Gassen hinein, „Hund! Komm her!" Die Leute drehten sich nach ihm um, Autos fuhren vorbei – viel zu schnell, wie ihm schien. Er rannte weiter. Hauseck, Kreuzung, über die Straße, weiter, weiter. Wo sollte er nur suchen? So schnell, wie der Hund war, war er vielleicht längst in Tulln. Marcel spürte sein Herz. Er spürte Stiche in der Brust, der Schulter, dem Arm. Am Ende würde nicht nur der Hund tot auf der Straße liegen, sondern auch er selbst. Ältere Bilder tauchten auf, Bilder, die er in der Realität nicht gesehen, sich aber tausendfach ausgemalt hatte: Sein Vater, wie er vom bloßen Stiegensteigen einen Herzinfarkt erlitt. Wie er zwei Stufen auf einmal nahm, lachend, federnd, plötzlich bleich wurde, zusammenbrach, die Stufen hinunterkollerte. Dann wieder ein Bild aus der Erinnerung: Seine Mutter, die vielleicht, vielleicht aber auch nicht, ebenfalls an einem Herzinfarkt gestorben war, wie sie dalag mit ihrem entsetzten Abschiedsgesicht und dem Zauberbuch in der Hand.

Marcel bekam einen Hustenanfall. Er schlurfte weiter, stützte sich an einer Hausmauer ab, umrundete parkende Autos, schrie. Der Bezirk schien so leer wie nie zuvor. Leer an Tieren. Keine Tauben, keine Krähen, keine Fiakerpferde, keine Gossenmäuse, keine Hunde. Auch die Menschen schienen sich zurückzuziehen, als wäre eine nukleare Katastrophe eingetreten, von der alle wussten, nur nicht Marcel. Doch dann kam ihm ein Mann entgegen. Er trug etwas Schwarzes unter dem Arm. Das Schwarze guckte fröhlich in die Gegend und tat ganz unbeteiligt, als es Marcel sah.

„Entschuldigen Sie bitte", hielt dieser keuchend den Mann an, „Sie haben da meinen Hund." Zum Beweis hielt er die Flexileinentrommel in die Luft.

Der Mann erzählte, dass der Hund vor einem Geschäft gesessen habe, das er eben verlassen wollte. Er habe ihn schon durch die Glastür gesehen, der Hund habe gewirkt, als würde er auf ihn warten. Als er dann auf die Straße hinausgetreten sei, sei der Hund freudig auf ihn zugelaufen und habe ihn begrüßt. Es sei ihm wie Magie vorgekommen, als hätte man einander in einem früheren Leben gekannt und nun wieder gefunden. Zwei Seelen, die zueinander gehörten, das habe er ganz deutlich empfunden, waren wieder vereint.

„Sind Sie wirklich sicher, dass das Ihr Hund ist?", fragte der Mann. Marcel, der den Hund weder ins Herz geschlossen noch zu ihm eine Bindung aufgebaut hatte, spürte wieder ein Stechen in der Brust. Er hatte den Hund nicht haben wollen, aber hergeben wollte er ihn auch nicht.

„Dieser Hund hat einen Chip implantiert, der auf meinen Namen registriert ist. Wenn Sie wünschen, können wir das gerne überprüfen lassen. Und dann zeige ich Sie an wegen Diebstahls", sagte Marcel, woraufhin der Mann Berti absetzte.

„Also *Sie* begrüßt er ja nicht freudig", sagte er. In der Tat war Berti damit beschäftigt, sich zu schütteln, die

Flanke zu kratzen, zu gähnen und herauszufinden, woher ein quietschendes Bohrgeräusch kam. Wortlos knotete Marcel die abgerissene Flexileinenschnur an Bertis Halsband fest. Er war durchaus gekränkt, dass der Hund so wenig Wiedersehensfreude an den Tag legte. Offenbar hatte das Tier *ihn* nicht ins Herz geschlossen und zu *ihm* keine Bindung aufgebaut. Und das, obwohl er erst heute Morgen eine Dose besten Corned Beefs mit ihm geteilt hatte. Wegen dieses untreuen Wichts hatte er einen Herzinfarkt riskiert!

„Ich habe nicht den Eindruck, dass dieser Hund Sie überhaupt kennt!", schrie ihm der Mann hinterher, während er mit dem durch mehrfache Knoten gesicherten Hund das Weite suchte.

Tatsächlich hatte Berti die Erfahrung gemacht, dass Herrchen und Frauchen immer wieder mal ausgetauscht wurden. Als er festgestellt hatte, dass Marcel verschwunden war, war er daher umgehend daran gegangen, sich ein neues Herrchen zu suchen. Mit sofortigem und beeindruckendem Erfolg. Doch dann tauchte Marcel plötzlich wieder auf und Berti hatte den Eindruck, dass irgendetwas schiefgegangen war: Altes und neues Herrchen waren nun gleichzeitig da. Besser also, den Unbeteiligten zu geben, bis die Lage geklärt war.

„Bei aller Bewunderung für deine bemerkenswerte Kraft und spontane Angriffslust", sagte Marcel, „habe ich doch den Eindruck, dass du etwas zu viel Testosteron hast. Du weißt, was das bedeutet, mein Freund?" Berti wusste es nicht.

„Die Nüsse müssen ab." Auch was das bedeutete, wusste Berti nicht.

8.

„Okay“, sagte Marcel, „du bist schwarz und hast eine unverkennbare Neigung zum Gesetzesbruch. Dein Name ist Zorro.“ Durch die beiden von einem Doppelkonsonanten getrennten Os stellte der Name außerdem eine entfernte Hommage an den Hund aller Hunde Rocco dar. Marcel schlug den EU-Pass auf und strich den Namen „Ricky“ durch, der unter dem ebenfalls durchgestrichenen „Robert Pattinson“ stand. „Fekete“ war nicht durchgestrichen, es stand neben dem Punkt „Colour“. Marcel trug „Zorro“ bei „Name“ ein, wo nicht mehr allzu viel Platz war. Oben auf der Seite klebte ein pixeliger Schwarz-weiß-Ausdruck eines aus großer Entfernung aufgenommenen Bildes von Berti als Welpe – nicht gerade ein Meisterwerk der Fotografie, das Alexandra Székely mit etwas veralteter Technik produziert hatte.

„Bei Gelegenheit müssen wir ein neues Passfoto machen“, sagte Marcel, verschob den Plan aber ebenso wie das Training, das nötig sein würde, um den Hund mit seinem neuen Namen vertraut zu machen. Er fühlte sich abgeschlagen und schon das Herausholen des Passes aus der Lade, das Durchblättern, um die richtige Seite zu finden, und das Eintragen des neuen Namens hatten ihn über die Maßen erschöpft. Sein Leben bestand nur mehr aus Müdigkeit, die von langen Perioden des Schlafes unterbrochen wurde. Rücken und Beine schmerzten, ständig stieß er sich irgendwo an, jeder Toilettengang zog sich quälend in die Länge, da er so fett geworden war, dass er nur mehr mit Mühe seinen Hintern erreichen konnte, um ihn abzuwischen. Wenn er Männer in seinem Alter radfahren, joggen oder mit ihren „Sie-sieht-aus-wie-meine-Tochter-aber-sie-ist-meine-vierte-Ehefrau“-Begleiterinnen sah, fühlte er sich wie in einem Zug, der an schmucken

Dörfern und malerischen Panoramen vorbeifuhr, ohne jemals stehenzubleiben. Hätte er irgendwann die Notbremse ziehen, hinausspringen und in einen fremden Gebirgspfad hineinlaufen müssen? Der Zug war sein Zuhause, er fuhr und fuhr, und Marcel hatte nicht die leiseste Ahnung, wohin es ging.

Berti lernte schnell, dass er die Länge der Spaziergänge über seinen Darm kontrollieren konnte. Sobald er diesen nämlich entleert hatte, war der Spaziergang vorbei. Es schien also nicht ratsam, dies schon nach wenigen Metern zu tun, vielmehr musste das Bedürfnis so lange wie möglich unterdrückt werden. Marcel, der dachte, der Hund brauche Bewegung, um seine Peristaltik in Gang zu bringen, zog mit ihm fluchend Runde um Runde.

„Jetzt mach schon", sagte er, „mach Kacki!" Doch Bertis einzige Chance auf Auslauf bestand darin, nicht zu kacken. Manchmal gelang es ihm, sich so lange zu beherrschen, dass Marcel aufgab und trotzdem nach Hause ging. Doch dann gab es an jenem Tag noch einen weiteren Spaziergang, was überhaupt das Beste war. Berti arbeitete hart daran, für jeden Haufen möglichst viele Meter herauszuschinden. Doch es wurde zunehmend schwierig, überhaupt nach draußen zu kommen. Denn Marcel schlief und lag, lag und schlief. Er hatte sich eine Schnabeltasse besorgt, mit der er auch im Liegen seine Limonaden trinken konnte. Sein Mund war ständig trocken, je mehr er trank, desto durstiger schien er zu werden.

„Morgen gehen wir in den Wienerwald, Zorro", sagte er, dann schlief er wieder ein. Doch am folgenden Tag sprach einiges dagegen, die Müdigkeit, der Rücken, der lange Weg, und am übernächsten Tag auch.

„Warten wir, bis das Wetter besser wird", sagte er, oder: „Der Wienerwald läuft uns nicht weg." Auch die Sonntagsessen bei Tante Monika sagte er ab, die U-Bahnen waren zu überfüllt, das Herz raste bedenklich, ein grippaler Infekt bahnte sich an. Bertis „Nüsse“ blieben dran und sein Hormonstatus unverändert. Selbst der Gang zur Tierärztin schien zu mühevoll, das Gerede, die Prozedur, der Aufwand.

Seit seiner Welpenzeit hatte Berti nicht mehr so viel geschlafen. Im Schlaf zuckten und strampelten seine Beine, er träumte vom Laufen in der Au. Raschelndes Laub, knackende Äste, auffliegende Vögel, hinter ihm die anderen Hunde seiner Meute, die ihn nie einholen konnten. Wenn er aufwachte, trottete er in die Küche, um aus dem Wasserkübel zu trinken, den Marcel ihm jeden Tag hinstellte. Auch im Futternapf war immer etwas zu finden, doch Berti hatte wenig Appetit. Waren durch das Fenster Amseln zu sehen, die sich auf den Veitschi-Ranken der gegenüberliegenden Hauswand niederließen, um die gefrorenen Beeren zu fressen, versuchte Berti, sie durch Kläffen zu verjagen. Waren im Haus verdächtige Schritte und Stimmen zu hören, schlug er Alarm. Manchmal bellten im ständig laufenden Fernseher Hunde, und Berti zögerte nicht, sie anzuspringen und durch Gegengebell zu vertreiben. Marcel schien vollkommen verteidigungsunfähig zu sein.

„Sei still, Zorro“, sagte er bisweilen, „sonst kommt noch die Sennerer und giftet uns an.“ Doch meistens schlief er einfach weiter, und auch, wenn Berti ihm das Halsband auf die Brust legte, wurde er nicht wach.

9.

Es dauerte eine Weile, bis Frau Michalek das Mädchen erkannte, das da vor ihrer Türe stand. Sie kannte sie seit Jahren, hatte sie gewissermaßen aufwachsen gesehen, aber wie bei Kindern üblich, schoss sie ein ums andere Mal in die Höhe wie Bambus, Pausbacken traten zurück und weibliche Formen hervor, vom ständigen Ändern der Frisur ganz zu schweigen. Erstaunlich groß war die Kleine geworden, erstaunlich erwachsen sah sie aus, erstaunlich geschminkt waren ihre Augen. Die Haare trug sie diesmal lang, offen, glatt und in venezianischem Blond.

„Gréta!", sagte Frau Michalek. Im Ungarischen war sie mittlerweile gewandt, sodass es ihr keine Mühe bereitete, das Mädchen mit Fragen zu überhäufen: „Wo ist deine Mutter? Was machst du hier? Wie bist du hergekommen? Bist du denn vollkommen wahnsinnig geworden?"

„Ich will Robert Pattinson sehen", sagte Gréta schüchtern, aber entschlossen. Wieder dauerte es eine Weile, bis Frau Michalek den Namen einordnen konnte. Robert Pattinson war Ricky. Und Ricky war fort.

„Komm erst mal herein", sagte sie. In der Küche ging sie daran, Tee zuzubereiten und Brote zu belegen, als hätte das Kind eine Weltreise hinter sich. Pavel legte Gréta die riesigen Pfoten auf den Schoß, stieß sie mit der Schnauze an und ließ sich tätscheln und kraulen. Gréta sah Frau Michalek fragend an.

„Er ist schon vergeben", sagte diese, „es tut mir furchtbar leid."

„Wie lange schon?", fragte Gréta gefasst.

„Seit sechs Wochen."

„Ich hab ihn also verpasst."

„Aber Oszkár ... du darfst doch gar keinen ... Ist was mit Oszkár passiert?"

„Nein, er lebt noch, aber wer weiß wie lange. Jetzt braucht er Bestrahlungen gegen seinen Tumor, wir können uns das gar nicht leisten."

Als es mit Oszkár bergab gegangen war, war es mit Grétas Hoffnungen bergauf gegangen. Ihren dreizehnten

Geburtstag hatte sie mit dem geschwächten Golden Retriever und ihrer weinenden Mutter beim Tierarzt verbracht.

„Es ist nur mehr eine Frage der Zeit", hatte der Tierarzt gesagt und ihre Mutter in einer Art umarmt, die in Gréta den Verdacht weckte, dass da mehr lief, als man sie wissen lassen wollte. Gut, Heimlichtuerei gegen Heimlichtuerei also. Als ihre Mutter in der Arbeit war, durchsuchte sie deren Computer. Sie wusste längst, dass Dateien mit verdächtigen Namen wie „Spitzbergen" oder „Rosaroter Panther" Dinge enthielten, die sie nicht sehen sollte. Auf diese Weise hatte sie das Unterhaltsverfahren mit ihrem Vater gefunden, das weiß Gott nichts Überraschendes enthielt, nur dass er lieber weniger gezahlt hätte, als er schließlich musste.

Eine Datei mit dem Titel „Kim Kardashian" erregte ihre Aufmerksamkeit. So war noch keiner der Hunde genannt worden. Und tatsächlich, es war Robert Pattinsons Datei. Sie enthielt das Datum seiner Übernahme, seinen vermutlichen Geburtsmonat, die in ihm vermutlich enthaltenen Rassen, Aufzeichnungen über Größe, Gewicht und Impfungen und endete mit dem letzten Tierarztbesuch: „Frei zur Vergabe." Zu welcher der zahllosen Pflegefamilien war er gebracht worden? Würde Gréta alle abklappern müssen? Sie ging den E-Mail-Verkehr durch, dann den Ordner mit den gelöschten E-Mails und schließlich den Papierkorb, in dem die aus dem Gelöscht-Ordner gelöschten E-Mails gelandet waren. Und dann, gerade als sie aufgeben wollte, fand sie es:

„Kannst du den Hund bitte am Vormittag abholen, wenn Gréta in der Schule ist? Es gibt wieder Probleme", hatte ihre Mutter geschrieben.

„Ja natürlich, ich bin gegen zehn Uhr bei dir, LG Gabi", war die Antwort. Und ganz klein stand darunter:

„Gabriele & Ludwig Michalek“ sowie eine Handynummer. Keine Adresse.

Gréta kannte die Michaleks. Manchmal hatten sie Hunde abgeholt, manchmal wurden ihnen Hunde gebracht, und manchmal war sie dabei mitgefahren. Aber den Weg gefunden hätte sie nicht. Im Adressbuch stand nur die Mailadresse. Sie durchsuchte den chaotischen Schreibtisch, dann den vollgestopften Papierkorb. An einer verschimmelten Bananenschale klebend fand sie ein zerfetztes Kuvert mit dem Adressaufkleber der Michaleks.

„Halte durch, Robert Pattinson!“, sandte sie ihm eine gedankliche Botschaft, „geh bloß mit niemandem mit! Bald bin ich bei dir!“ Doch nun kam der schwierigste Teil: Das Finden einer Mitfahrgelegenheit. Wochen vergingen. Wer um alles in der Welt würde sie in die Pampa vor Wien bringen, ohne dass ihre Mutter es erfuhr? Die Großeltern schieden aus, das waren Petzen. Sollte sie sich an ihren Vater wenden? Die Tatsache, dass er Schuldgefühle hatte, hatte sie bereits des Öfteren zu ihrem Vorteil zu nutzen gewusst. „Ich brauche unbedingt dieses Mountainbike. Es ist ja nicht so, dass du dich weiß Gott wie um mich kümmerst – wenigstens das kannst du für mich tun.“ „Ich brauche unbedingt jemanden, der mich zu meinen Reitstunden fährt. Du lässt dich ja ohnehin nicht allzu oft blicken – wenigstens könnten wir so ein bisschen Zeit miteinander verbringen.“ Aber dass er sie ohne Wissen ihrer Mutter über die Grenze bringen würde, um einen Hund zu suchen, war doch zu bezweifeln. Sie überlegte, sich mit Bussen, Zügen, zu Fuß und per Anhalter durchzuschlagen. Und dann, plötzlich, kam die Gelegenheit: Eine Gruppe älterer Kids, die sie kannte, stieg vor der Schule in ein Auto.

„Wohin fahrt ihr?“, fragte Gréta.

„Nach Wien. Shoppen und Konzert.“

„Könnt ihr mich mitnehmen und bei meiner Tante absetzen?“

„Okay. Wenn es kein allzu großer Umweg ist.“

Frau Michalek hatte Mitleid. Sie schnitt die Wurstbrote in kleine Quadrate, setzte Mayonnaisehäubchen darauf und schob sie Gréta über den Küchentisch zu. Sie hatte sich selbst nur mit Mühe daran gewöhnen können, Hunde wieder abzugeben. Die Zeit, in der man sich von einem Hund problemlos wieder trennen konnte, war durchschnittlich eine Woche. Ihr Mann fand: zwei Wochen. Aber die meisten Hunde blieben viel länger bei ihnen. Es war anders als mit Menschen. Früher hatten sie Urlaube mit Freunden verbracht, schöne Urlaube, in denen man jeden Tag zusammen gewesen war, aber es war dann auch okay gewesen, sich wieder voneinander zu verabschieden.

Es lag an den Hunden. Sie wickelten den Menschen ein in ihr Netz aus beständiger Interaktion, ihrem rührenden Bemühen, die andere Spezies zu verstehen und sich ihr verständlich zu machen, ihrer großen Sorge um Beziehungen und deren Gelingen. Sie warfen einem Blicke zu, reagierten auf kleinste Gesten, lernten, passten sich an, und ehe man sichs versah, hatten sie sich nicht nur ins Rudel, sondern auch in die herznahe menschliche Gefühlsgegend integriert. Wenn Frau oder Herr Michalek abends auf dem Sofa gähnten, gähnten alle Hunde am Hundesofa mit. Hunde fühlten sich ein wie frisch Verliebte, und plötzlich hatte man sich in sie verliebt.

„Meinst du, er wird noch zurückgebracht werden?“, fragte Gréta. Frau Michalek überlegte. Die meisten Hunde wurden binnen einer Woche zurückgebracht. Auch wenn man sich die Leute sorgfältig ansah, denen man einen Hund mitgab – manche merkten erst, dass sie keine Lust hatten, vier Mal täglich um den Block zu laufen, wenn sie es erlebt hatten. Manche dachten, die Erziehung wäre nach einem halbstündigen ernsten Gespräch mit dem Hund erledigt, andere stellten überraschenderweise fest, dass es zwischen dem Neuzugang und ihrer alten Katze zu kriegerischen Auseinandersetzungen kam, wieder andere hatten nicht erwartet, dass Pfoten von Spaziergängen schmutzig wurden wie Schuhe, nur mit dem Unterschied, dass man sie vor der Türe nicht ausziehen konnte.

„Ich fürchte", sagte Frau Michalek, „nach sechs Wochen besteht keine allzu große Chance mehr. Robert Pattinson hat ein neues Zuhause gefunden. Für dich wird es einen anderen lieben Hund geben."

„Wie heißt denn der Mann, bei dem er jetzt ist?"

„Gréta, lass es gut sein."

„Ich will ihn nur anrufen, um zu fragen, ob es Robert Pattinson gut geht."

„Es ist besser, wenn wir jetzt deine Mutter anrufen. Und dann fahre ich dich nach Hause."

Frau Michalek hätte gerne eine Tochter gehabt. Söhne waren toll, aber als Mutter fühlte man sich immer ein wenig unsicher dabei. War es noch okay, wenn der Zweieinhalbjährige zum Kuscheln kam, oder musste man bereits ein ewiges Muttersöhnchendasein befürchten? Durfte man dem Wunsch des Vierjährigen entsprechen, sich wie Mama die Fingernägel zu lackieren? Und welche schrecklichen gesellschaftlichen Konsequenzen konnten erwachsen, wenn einem der Dreizehnjährige gestand: „Ich kann Fußball genauso wenig ausstehen wie du, Mama."? In manchen Punkten hatte ihr Mann sie beruhigen können, etwa als er ihr gestand, dass er selbst nach einem Besuch der Oper „Carmen" als Siebenjähriger den Wunsch verspürt hatte, in wallenden Röcken zu tanzen, und ihm unter Beihilfe seiner Cousine heimlich nachgegangen war, ohne dass ein lebenslänglicher Hang zum Crossdressing darauf folgte. Wenn man die Vorstellung von seinem Ehemann beim Tanz in wallenden Röcken als beruhigend bezeichnen konnte. Frau Michalek hatte immer die Vorstellung gehabt, dass das Verhältnis von Bubenmüttern zu Mädchenmüttern dem von Frontkämpfern zu Büroschreibern in der Etappe entsprach. Dass Buben ihre Eltern durch gefährliche Unfälle, haarsträubende Blödsinnigkeiten oder plötzliches Verschwinden in Angst und Schrecken versetzten, schien ihr normal. Dass Mädchen dagegen ein Quell beständiger Seelenruhe waren, darüber hatte sie sich wohl Illusionen gemacht.

10.

Der Geruch, von dem Berti aufwachte, war neu. Er hatte ihn noch nie zuvor in seinem Leben gerochen. Ein unangenehmer Film mit einer hohen, beißenden Fruchtnote setzte sich am Gaumen fest, fast, als würde es sich um einen Geschmack handeln, nicht um einen Geruch. Und die Quelle dieser unheimlichen Ausströmung war Marcel.

Berti sprang auf, setzte sich vor ihn hin und starrte ihn an. Wie üblich lag Marcel auf seiner Seite der Wohnlandschaft, jene, die im rechten Winkel zum Fernseher stand. Der Oberkörper war halb auf Kissen aufgerichtet, die Augen waren geschlossen, die Arme hingen ebenso schlaff herab wie die Mundwinkel. Immer wieder stotterte sein Atem, als würde der Luftstrom auf vielerlei Hindernisse stoßen, dann schmatzte er, schluckte oder verlegte sich auf einen Schnarchton. Nichts daran war außergewöhnlich, nur der Geruch. Er hatte etwas Alarmierendes, es war kein Geruch, wie er von Menschen normalerweise ausging. Und er wurde stärker. Was stimmte nicht mit Marcel?

Berti schnüffelte Hände, Arme, Hals und Gesicht ab – der Geruch kam direkt aus der Haut. Er stupste ihn mit der Nase an. Er schleckte Schweiß von seinen Fingern. Er kratzte an seinem T-Shirt. Er roch an seinem Mund und schleckte ihm Lippen und Mundwinkel ab. Marcel wachte kurz auf und lallte: „Sorro, verpiss dich." Seine Stimme klang seltsam, und er machte seltsame Gesten. Nun begann Berti zu bellen, aber Marcel wachte nicht mehr auf.

Eine Ewigkeit verging, ohne dass sich etwas veränderte. Berti bellte, Marcel schlief und strömte seinen unangenehmen Fruchtgeruch aus. Dann kam plötzlich ein neuer Geruch aus der Küche, der Tomatenduft der auf kleiner Flamme angewärmten Dosenravioli war gekippt. Berti lief in die Küche. Die Ravioli verbrannten am Herd. Er rannte wieder zu Marcel, um ihn zu kratzen und anzustupsen, aber er wachte noch immer nicht auf. Aus seinem Mund kam nun ein neuer, süßlicher Geruch, wie nach den faulenden Äpfeln im Garten der Michaleks. Marcel schien sich zu zersetzen. Berti bellte und bellte, er wusste nun, dass es darum ging, Hilfe zu rufen. Aber niemand kam.

11.

Es war Sonntag, kein besonders strahlender Tag, aber doch sonnig genug, um viele zu Ausflügen ins Grüne – oder vielmehr herbstlich Gelb-Braune – zu bewegen. Bald würde sich der Winter mit seinen eisigen Steppenwinden aus der ungarischen Tiefebene und dem fahlgrauen, coagulierenden Hochnebel über die Stadt legen und für mindestens vier Monate Gesichter bleich und Bekleidung dunkel werden lassen. Man musste die Gelegenheit also nutzen.

Frau Mag.ª M.Sc. B.A. Sennerer jedoch war zu Hause geblieben, um ihre neue Wohnung zu genießen, die sie an

Wochentagen bald nur mehr bei Dunkelheit sehen würde, wenn sie um 7:30 Uhr in die Arbeit ging und zehn Stunden später wieder zurückkam.

Gegen Mittag ging sie auf die Terrasse, um – in eine leichte Decke gehüllt – die Zeitung zu lesen. Die Sonne brannte auf ihrer Nase, aber die Zehen waren kalt. Ein frischer Wind fegte in sprunghaften Böen über das Dach, blätterte immer wieder in die Zeitung hinein, riss sie ihr aus der Hand. Sie ließ die Zeitung davonflattern, diese teilte sich in mehrere große Vögel auf, einige flogen über das Geländer, andere endeten platt in einem Eck. Sie griff nach ihrem Notebook, um die Partnervorschläge in einer Online-Dating-Börse durchzugehen.

Etliche Männer schieden schon aufgrund ihrer Fotos aus, sie posierten mit Bierflaschen in der Hand, im Kreis ihrer Motorradkumpels oder im Faschingskostüm. Als nächstes wurden die aussortiert, die es schafften, in ihrer kurzen Selbstdarstellung mehr als drei Rechtschreibfehler einzubauen. Dann ging es an den Inhalt. Gruselige Beschimpfungen der Ex wurden ausgesiebt, bedenkliche esoterische Lebensweisheiten, die Berufsbezeichnung „Selbstständig“ ohne nähere Angaben – die Erfahrung hatte gezeigt, dass sich dahinter meist „kürzlich gefeuert, aber keinen Bock, mir was Neues zu suchen“ verbarg. Auch der Wunsch nach „einer Partnerin, die finanziell auf eigenen Beinen steht“ deutete auf eher prekäre Lebensverhältnisse hin. Die Angabe „Ich koche und esse für mein Leben gern“ ließ ein Gewichtsproblem befürchten, „eine gute Flasche Wein“ unter dem Punkt „Was ich mag“ Alkoholismus. „Ich suche nur eine wirklich, wirklich schöne Frau“ schreckte selbst eine wirklich, wirklich schöne Frau wie Frau Mag.ª M.Sc. B.A. Sennerer ab. Brutale Ehrlichkeit wie in „Ich möchte von Anfang an absolut klarstellen, dass ich weder tanze noch ins Theater gehe“ reizte sie wenig. Die

Reihen lichteten sich. Die Hobbys „Chillen, Fernsehen, Campingurlaub“ schieden aus, Hermann Hesses „Steppenwolf“ als Lieblingsbuch, der Bildungsgrad Grundschulabschluss, die Begriffe „Swingerclub“ und „Tantra-Seminar“, mehr als zwei Kinder von mehr als zwei Frauen, das Bekenntnis „Ich bin vom Leben immer nur enttäuscht worden“, schauerliche selbst verfasste Gedichte, „Stirb langsam 1–5“ als Lieblingsfilme, „bisexuell“, „hypersexuell“, „asexuell“, sowie „Bin nur im Dreierpack mit meinen beiden Pitbulls zu haben“.

Sie checkte ihre Nachrichten. Ein Mann träumte nach drei PMs bereits von „sinnlichen Nächten“ mit ihr, ein anderer hatte sich nach zwanzig PMs noch immer nicht dazu durchringen können, sie zu einem Treffen einzuladen. Suchte er eine Brieffreundin?

In die vielen Misstöne mischte sich ein weiterer. Ein Hund bellte. Ununterbrochen. Manchmal rhythmisch und tranceartig, manchmal mit Crescendo. Das Bellen kam einerseits von unten aus dem Bauch des Hauses, andererseits über die Außenluft hergetragen. Sie ging zum Terrassengeländer. Das Bellen wurde lauter. Wahrscheinlich hatte der Lilienfeld ein Fenster offen gelassen. Wahrscheinlich hatte er seinen unglückseligen Straßenköter allein gelassen, um ins Puff zu gehen.

Sie hob die Zeitungsreste auf und ging ins Wohnzimmer hinein. Das Bellen, das nun durch den Fußboden kam, wurde wieder lauter. Sie klemmte sich den iPod an die Funktionshose, steckte sich die Kopfhörer in die Ohren, drehte die Musik laut und stieg auf den Stepper. Nach fünfundvierzig Minuten stieg sie wieder herunter, machte die Musik aus und zog die Kopfhörer aus den Ohren. Der Hund bellte noch immer. Oh nein, sie würde die Polizei nicht rufen. 350 Euro für einen „Falschalarmeinsatz“! Dazu die Schmach vor einem Haufen triumphierend grinsender Halbwüchsiger, das saß tief. Und was hatte der Lilienfeld mit seiner Drohung gemeint, sie würde „ihres Lebens nicht mehr froh werden“, wenn sie ihm Schwierigkeiten machte? Er war Wohnungseigentümer, kein Mieter, man musste also vorsichtig sein. Wollte er womöglich den geplanten Ausbau ihres Wintergartens blockieren?

Sie ging unter die Dusche, wusch und föhnte sich die Haare. Sie strich ein kleines Regal, das sie am Flohmarkt gefunden hatte. Sie bügelte die Bürokleidung für die kommende Woche und hängte sie nach Tagen geordnet in den Schrank. Sie hörte ein Hörspiel, von dem ihr nichts in Erinnerung blieb als das Hundegebell, von dem es untermalt war. Sie checkte wieder ihre Nachrichten auf dem Online-Dating-Portal und fand eine neue von dem Mann, der ihr schon zwanzig andere geschrieben hatte. Ob sie denn nicht auch meine, dass der Zeitpunkt gekommen sei, einander endlich persönlich kennen zu lernen? Ganz spontan, heute 19 Uhr. Auf einen Drink in einem Lokal, das sie nicht kannte.

Erst ewig hinhalten, dann plötzlich fahrig werden – sehr manipulativ. Er war Psychotherapeut. Nicht gerade ein Traum, aber es gab Schlimmeres. Computerfuzzis, die einen durch den kulturellen und politischen Horizont von Doku-Soaps erschreckten, Immobilienmakler, die mit dem Satz „Also mir macht es nichts aus, wenn eine Frau studiert hat“ Weltoffenheit demonstrierten, Key Account Manager, denen nicht bekannt war, dass „Ich steh ja zum Glück eher auf ältere Frauen“ schwerlich als Kompliment durchging. Also gut. Vielleicht war der Psychotherapeut ja ein herzensguter Kerl mit einem Timing-Problem.

„Okay“, schrieb sie, „wir sehen uns dann.“ Sie wählte ein Outfit aus, das die Botschaft „Ich bin immer gepflegt, aber ich habe es nicht nötig, mich wegen eines Online-Dating-Portal-Typen aufzubrezeln“ transportierte. Es war noch genug Zeit, die Küche aufzuräumen, sich die Fingernägel zu machen, einen übriggebliebenen Umzugskarton auszupacken. Der Hund bellte und bellte. Wie viele Stunden Puff konnte ein Mann wie Lilienfeld sich denn leisten, körperlich und finanziell? Sie mixte sich einen Smoothie und aß eine Schale Müsli. Niemals mit nüchternem Magen zu einem Date. Prompt hatte man ein Glas Wein zu viel getrunken und hörte sich stundenlange Lamenti über Verflossene und deren herzlose Grausamkeiten an.

Um 18:30 Uhr verließ sie die Wohnung und ging zu Fuß die Stiegen hinunter. Im Treppenhaus roch es verbrannt. Das Stockwerk unter ihrem stand voller Rauch. Sie hörte, dass der Hund nicht nur bellte, sondern immer wieder mit Wucht gegen die Türe sprang. Sie griff nach dem Handy und rief die Feuerwehr.

12.

Die Feuerwehr brach die Tür auf, entdeckte Marcel Lilienfelds leblosen und auch durch Ansprache nicht zu Bewusstsein zu bringenden Körper und alarmierte Rettung und Polizei. Der Schwelbrand in der Küche war schnell gelöscht. Hausparteien liefen zusammen, einige kamen von ihren Ausflügen zurück, einige waren wohl auch die ganze Zeit dagewesen und hatten das Hundegebell gehört. Wohnungstüren öffneten und schlossen sich, der Rauch verzog sich und der Geruch von Ammoniumsulfat aus dem Feuerlöscher breitete sich aus. Der Hund war überall im Weg, er winselte unablässig, niemand konnte ihn beruhigen. Am Gang befragten Polizisten die Leute, aus dem Wohnzimmer kamen scharfe Kommandos des Rettungsteams, das versuchte, Marcel zu reanimieren. Es war zwecklos, fast eine Formalität. Man deckte sein Gesicht zu.

Frau Mag.a M.Sc. B.A. Sennerer stand da wie eine Blumeninsel im Kreisverkehr. Als sie einem Polizeibeamten berichtete, wie lange ihr das Hundegebell bereits verdächtig erschienen war, sprang der Notarzt auf sie zu.

„Sie haben sechs Stunden gewartet?", fuhr er sie an. „Sechs Stunden, bevor Sie etwas unternommen haben? Sie hätten dem Mann das Leben retten können! Wussten Sie nicht, dass er Diabetiker war? Hunde können Überzuckerung riechen, lange bevor so ein Mensch ins Koma fällt und an Nierenversagen stirbt! Sechs Stunden hat das arme Vieh vergeblich um Hilfe gerufen! Haben Sie kein Gewissen? Man kann Ihnen nur wünschen, dass auch Ihnen niemand beisteht, wenn Sie einmal Hilfe brauchen!" Sie war zu geschockt, um sich zu verteidigen. Erst drohte man ihr, sie würde ihres Lebens nicht mehr froh werden, wenn sie die Polizei rief, und dann sollte sie ihres Lebens nicht mehr froh werden, weil sie sie *nicht* gerufen hatte?

Da Marcel zu breit für die Trage war, musste eine Spezialtrage angefordert werden. Vier Männer mussten ihn tragen anstatt der üblichen zwei. Als er über die Stiegen hinuntergebracht wurde, lief der Hund – ein kleiner Schatten in der großen Tragödie – hinterher. Erst unten am Rettungswagen bemerkte man ihn, als er hinter der Trage mit Marcel her hineinsprang.

„Der Hund darf nicht mit", sagte der Fahrer. Man schickte einen Zivi nach oben, der einen Polizisten holte, der den Hund holte. Der Polizist brachte die Leine aus Marcels Wohnung mit und versuchte, den Hund daran aus dem Rettungswagen zu führen. Er wehrte sich, stemmte die Füße fest in den Boden, ging keinen Schritt.

„Armer Kerl", sagte der Polizist, hob ihn auf und trug ihn zum Streifenwagen. Er setzte sich mit ihm hinein, nahm ihn auf den Schoß, streichelte ihn, um sein Zittern zu beruhigen. Er versuchte, ihn mit Kartoffelchips abzulenken, aber der Hund hatte kein Interesse daran.

Nur wenige Kilometer entfernt saß in einem milde beleuchteten Lokal mit sanfter Lounge-Musik Herr Dr. M.A. Peter Danesch, systemischer Familientherapeut ohne Familie, und sah auf die Zeitangabe seines Handys. Zwischen einer Minute und der nächsten schienen ganze Ewigkeiten an sinnlosen, verschwendeten, frustrierenden Abenden zu liegen, an denen jeder Funke Hoffnung von der grauen Asche der Realität erstickt worden war. Unglaublich, dass ihn die „attraktive, sympathische höhere Beamtin" versetzt hatte. Sechs Wochen lang hatte er sie geprüft, getestet, analysiert und zur Sicherheit lieber noch, und noch, und noch eine schriftliche Nachricht gewechselt. Dann diese spontane Idee, sie heute zu treffen, einfach nur, weil die Sonne immer wieder hervorkam und man das Gefühl hatte, es könnte der letzte laue Herbsttag vor dem Winter sein. Sie hatte zugesagt! Er würde sich bestimmt keine faulen Ausreden anhören, lächerliche, fadenscheinige Entschuldigungen. Lügen. Er ging auf das Online-Dating-Portal und blockierte die Frau, die von nun an nie wieder mit ihm in Kontakt treten würde können.

Bagheera

1.

Der Boden war kalt und roch nach Chlorreiniger. Das Hundebett roch nach den Schweißpfoten, Duftdrüsen und Hautschuppen vieler Hunde. Ringsum roch es nach Teer, denn das Tierheim war auf einer Sondermülldeponie errichtet worden, mit deren Eigenleben man nicht gerechnet hatte. Egal, ob Kies, Wiese oder Beton, überall drückte es den schwarzen Schlamm aus dem Boden, der an der Oberfläche lavagleich verklumpte und verschorfte. Es roch nach Giselle, die man nach dem Topmodel Giselle Bündchen benannt hatte, als man sie drei Jahre zuvor eines Morgens vor dem Tierheim angebunden gefunden hatte. Weshalb es Menschen gab, die es vorzogen, ihre Tiere nachts vor dem Eingang zu deponieren, anstatt sie einfach zu den Öffnungszeiten zu bringen, gab Anlass zu Spekulation bei den Pflegern. Man vermutete, dass solche Tierhalter sich schämten und unangenehme Fragen fürchteten – eine unberechtigte Furcht, da man im Interesse des Tieres jeden Abgabegrund hinnahm –, hielt ihnen aber zugute, dass sie ihre Tiere wenigstens nicht einfach am Straßenrand entsorgten.

In Giselle waren so viele Rassen vereinigt, dass man sie nur mehr mit Hilfe eines DNA-Tests ermitteln hätte können. Ihre Färbung ähnelte der eines Cavalier King Charles Spaniels, die Felllänge der eines Tibet-Terriers, die Statur der eines Staffordhire Bullterriers, die Ohren denen eines Esels und das Gesicht dem eines Boxers, der tatsächlich im Boxring gestanden hatte. Das Zusammenknirschen so vieler Gene hatte ihr einen schrecklichen Unterbiss beschert. Es gab kaum einen Hund auf der Welt, der Giselle Bündchen weniger ähnlich gesehen hätte. Sie hatte ein gravierendes Inkontinenzproblem, das ihre Vergabe zusätzlich erschwerte, aber sie war eine gute Seele, die man mit so gut wie jedem anderen Hund vergesellschaften konnte – selbst mit einem wie Berti, der kurzschnäuzigen Artgenossen mit einem gewissen Vorbehalt begegnete.

Der Geruch von Giselle, die nicht nur markierte, sondern auf Schritt und Tritt tropfte, war intensiv, aber beileibe nicht der einzige. Mehr als zweihundert andere Hunde pinkelten, kackten, pupsten, pressten ihre Analbeutel zusammen, legten Schweißfährten, sendeten Pheromone und Stresshormone aus. Manche waren dem Geruch nach ganz nah, manche weiter weg. Manchen gärten Speisereste in den Lefzen, andere sonderten bei Regen besonders viel Hautfett ab, die ganz alten erkannte man an ihrem Ohrgeruch, der dem von verbranntem Talg glich. Manche rochen nach Krankheiten und Medikamenten. Es waren so viele, dass sie eigentlich ein großes Rudel bilden hätten können, aber die meisten rochen nach Einsamkeit, Sehnsucht, Langeweile und Angst.

Doch das war noch nicht alles, es roch auch nach Katzen, Ziegen, Pferden, Ratten, Meerschweinchen, Schwänen, Tauben, Kaninchen, Papageien, Frettchen, sogar nach Waschbären und Schimpansen. Es roch scharf, erdig, pfeffrig, grasig, ätherisch, sauer, eine Geruchskakophonie, die bewirkte, dass Berti witterte, witterte, witterte, ohne jemals seiner Nase folgen zu können.

Durch die Gitterstäbe des Zwingers hindurch sah er nicht viel. Was er hörte, war allerdings ohrenbetäubend. Mehr als zweihundert Hunde bellten, Minute um Minute, Stunde um Stunde, Tag und Nacht. Hunde, die ihr Rudel verloren hatten.

2.

Den Dschungel lernte Lydia Prinz kennen, als sie aufbrach, um ihren seit elf Jahren verschollenen Sohn wieder nach Hause zu holen.

Dass der Dschungel bisweilen still war wie eine Kathedrale, und dann wieder durchtönt wie ein Konzertsaal, überraschte sie nicht, davon hatte sie gelesen. Dass er atmete und in diesem großen Luftholen und Wiederausblasen den Menschen sachte schwanken ließ wie einen Halm, war eine Entdeckung, mit der sie nicht gerechnet hatte. War das gemeint, wenn vom „Atem der Götter" die Rede war?

Am lautesten war der Dschungel, wenn es regnete. Das Aufprasseln der Millionen von Wassertropfen auf Millionen von Blättern, ihr Hinunterrieseln auf immer tieferliegende Blätter in langen Kaskaden, bis sie endlich am Boden ankamen, erzeugte ein so gewaltiges Rauschen, wie sie es weder am Land noch in der Stadt je gehört hatte. Das Rauschen war wie ein Mantel, in den man sich einhüllte, um dazusitzen und in Ruhe nachzudenken, und wie eine Opiumpfeife, die man schließlich rauchte, um aus seinen Gedanken zu fliehen.

Die Stille war eng mit der Sonne assoziiert. Je höher sie stieg, je heißer sie brannte, desto mehr schienen Schlaf und Trägheit sich auszubreiten. Nur die lautlosen Schmetterlinge waren dann unterwegs, ihnen konnte es nicht heiß und gleißend genug sein. Sie waren groß wie Hände, schwarz-grün, schwarz-blau oder schwarz-weiß. Einmal hatte Lydia eine Frucht, deren Namen sie nicht kannte, aufgeschnitten und gekostet, sie schmeckte unangenehm, süß und sauer und käsig zugleich. Lydia hatte die Fruchthälften am Geländer ihrer Veranda liegenlassen und die Schmetterlinge stürzten sich darauf, einander überlappend, und steckten ihre Rüssel hinein.

Früh morgens und in der Abenddämmerung war die große Zeit der Vögel. Der metallische Ruf des Flaggendrongos, das Gluckern der wilden Tauben, das helle Zwitschern der Bülbüls, das Schnattern, Krächzen und Krakeelen der Sittiche und Papageien. Kolibris brummten wie Hummeln in dem Trompetenbaum vor der Veranda. Reiher, Fasane, Stare, Prachtfinken, Kuckucke – alle waren sie nicht nur bunter, sondern auch lauter, kreischender und melodischer als die Vögel zu Hause.

Wenn abends schneeweiße Dunstschwaden von den Bergen rannen und über den Lotosteichen zur Ruhe kamen, setzten die Frösche ein. Sie sangen „Ribitt“ und „Aragolock“ und Lydia glaubte zu hören, wie sie jeden Ton genossen, der in sorgfältiger Modulation aus ihren Kehlen rollte. Was für ein schöner Ort, dachte sie, und wie völlig egal mir das ist.

Manchmal schrien Makaken. Manchmal hörte Lydia, wie ihre Mutter sich hinter ihr in dem großen Bett unruhig wälzte, rotzte und schnarchte. Man hörte das schabende Geräusch, wenn sie sich im Schlaf lange kratzte, an den Stellen, wo Bettwanzen sie gebissen hatten. Das Zimmer war an zwei Seiten offen und nur durch hölzerne, mit Schnitzereien verzierte Pfosten von der Veranda getrennt – es war unheimlich, weder Tür noch Fenster zu haben, die man schließen konnte, aber man gewöhnte sich daran.

Ein einziges Mal sah Lydia Makaken, als ein Trupp gemächlich vorbeizog. Immer wieder hielten die Weibchen inne, und die Babys sprangen vom Rücken des einen auf den eines anderen. Anders als in den Touristengegenden schienen sie hier nicht gefüttert zu werden, sie zeigten kein Interesse am Menschen. Bis plötzlich ein großes Männchen sich aus der Gruppe löste, sich über das Geländer der Veranda schwang und auf den Tisch hinauf. Der Makake sah Lydia tief in die Augen, ihr schien, als könne er ihre Gedanken lesen. Auf dem Tisch lagen eine Banane und ihre Sonnenbrille, er entschied sich für letzere, schnappte sie sich und schlenderte damit davon. Warum habe ich nicht besser aufgepasst, dachte Lydia, durch meine Schuld hat ein wilder Affe nun ein Ding der Zivilisation in die Hände bekommen. Von heute an wird er Touristen verfolgen, ihnen die Kameras stehlen und sie ins Meer werfen. Sein Leben wird nicht mehr dasselbe sein.

Gerade als sie meinte, mit allen Klängen vertraut zu sein, kam ein neuer hinzu. Es war ein Flöten mit baritonaler Färbung, zumeist auf einem Ton, der gegen Ende hin einen Halbton sank. Ein melancholisches, flehentliches, durchdringendes Flöten, das aus einem Instrument zu kommen schien, das sie noch nie zuvor gehört hatte. Sie schrieb ihrer Mutter einen Zettel: „Bin spazieren, L." und machte sich auf den Weg. Sie folgte der schlammigen Straße, die steil den Berg hinaufführte. Aus den wenigen menschlichen Behausungen schien die Musik nicht zu kommen. Inmitten einer Weggabelung stand ein uralter Banyanbaum, zwischen dessen grauen, zu Stämmen gewordenen Luftwurzeln Hunde sich über die in Bananenblätter gewickelten Opfergaben hermachten. Büschel von Räucherstäbchen ragten aus der Erde, aus denen bläulichweiße Rauchkringel strömten, daneben stand eine Schale, aus der weiße Orchideenblüten fielen. Der Baum war unten mit einem schwarz-weiß karierten Sarong umwickelt, oben trug er ein weißes Stirnband. Er war heilig, er wurde mit Nahrung, Bekleidung, Räucherwerk und Blumen versorgt. Lydia betrachtete die Hunde, die mit Zähnen und Pfoten geschickt die Blattpäckchen öffneten, um den Klebreis und das Schweinefleisch herauszuholen. Sie hatte das schon öfters beobachtet, niemand schien sich daran zu stoßen, die Versorgung der Hunde schien in jener des Baumes inkludiert. Vielleicht waren die Hunde

Gehilfen des Banyan, seine Emissäre, kleine Seelen, die er mit seiner großen Seele beschützte.

Das Flöten erklang nun aus größerer Nähe. Sie lauschte in alle Richtungen und entschied sich dann für eine Abzweigung. Nach einer Weile kam sie zu einer Steinmauer, die mit Dämonen- und Tierfiguren verziert war: ein Tempel. Der Stein war porös und mit schwarzen Flechten und leuchtend grünem Moos bedeckt. Einige Stiegen führten hinauf zu einem hohen Tor, durch das sie in den Tempelhof kam. Dort stand die Quelle des Flötens: ein einsam angebundenes Kalb, das den Hals streckte und seine qualvollen Molltöne rief. Eines von jenen schönen orangefarbenen Rindern mit weißen Beinen, langen, stets zurückgelegten Ohren und schwarzbewimperten Rehaugen, die normalerweise die Reisfelder pflügten. Und normalerweise gingen die Kälber dort neben ihren arbeitenden Müttern her, denen sie auf Schritt und Tritt folgten. Warum nur hatte man dieses hier im Tempel angebunden, wo es verlassen im Dunst stand, von steinernen Fratzen angestarrt wurde und stundenlang wehklagte? Sollte es etwa eine Opfergabe sein? Aber das war nicht möglich, Kühe waren heilig, sie durften nicht geschlachtet werden. Sollte Lydia das Kalb einfach losbinden und mitnehmen? Das konnte Unmut erregen, bei Menschen wie Göttern. Ihre Gegenwart beruhigte das Tier jedenfalls nicht. Sie klopfte ihm auf die Lenden, streichelte seine Nüstern, redete sanft auf es ein. Doch es schien sie nicht wahrzunehmen, sie war machtlos. Sie war nicht seine Mutter. Irgendwann konnte sie den Klagegesang nicht mehr mitanhören. Wohin sollte sie gehen, um ihm zu entfliehen?

Sie beschloss, zu ihrem Pfahlhäuschen zurückzukehren, ihre Mutter aufzuwecken und ihr zu sagen, dass sie auf der Stelle abreisen mussten. Als sie wieder bei dem Banyan-Baum vorbeikam, hörte das Flöten schlagartig auf.

3.

Der Anruf vom Außenamt war zur Mittagszeit gekommen, als Lydia Prinz alleine im Büro war. Sie arbeitete gerne in der Stille, außerdem fand sie es nicht nötig, die Arbeit zu unterbrechen, nur weil man eine Schinkensemmel und einen Apfel verzehrte. Auf die Mittagsmenüs in den umliegenden Lokalen, die aus den Resten richtiger Mahlzeiten bestanden, konnte sie gerne verzichten. Die Zeit zwischen zwölf und vierzehn Uhr, in der arbeitende Menschen in ganz Österreich „Mahlzeit“ zueinander sagten, und zwar nicht zur Einleitung einer solchen, sondern als Gruß, war für sie eine Auszeit, um konzentriert und ungestört ihre Zahlen zu bündeln. Normalerweise kamen keine Anrufe in diesen zwei Stunden, es galt als sinnlos, wenn nicht ungehörig. Doch in besonderen Fällen arbeitete man im Außenamt durch.

„Spreche ich mit Frau Lydia Prinz?“

„Am Apparat.“

„Frau Prinz, ich darf Ihnen die Mitteilung machen, dass wir Ihren Sohn Oliver gefunden haben.“ Lydia fühlte, wie der Schinkensemmelbrei, den sie hinuntergeschluckt zu haben glaubte, plötzlich wieder da war und in ihrem Mund zu Zement wurde. Anstatt auf den Teller legte sie die Schinkensemmel auf die Tastatur ihres Computers, die sie normalerweise peinlich sauber hielt. Sie griff sich an den Hals, wo eine unscheinbare Silberkette hing. Der Anhänger sah wie ein stilisiertes Fischchen aus, mit dickem Kopf, spitzem Schwanz und einem runden, schwarzen Auge. Sie knetete und drehte das Fischchen, sie stach sich mit dem spitzen Schwanz fest in die Fingerkuppe.

„Frau Prinz, sind Sie noch dran?“

„Ja. Wo ist Oliver?“

„In Bali.“

„Bali. All die Jahre haben wir in Südamerika gesucht.“

„Ich weiß. Die Spur führte nach Paraguay. Es lag nahe anzunehmen, dass sie in Südamerika geblieben sind. Aber natürlich kann man auch von dort weiter nach Indonesien reisen.“

„Geht es ihm gut?“

„Den Umständen entsprechend. Sein Vater ist vor Kurzem verstorben.“ Christoph war tot. Wie oft hatte sie ihm in den letzten Jahren den Tod gewünscht, und gleichzeitig gehofft, dass ihm nichts zustoßen möge, damit Oliver nichts zustieß.

„Was ist denn passiert?“, fragte Lydia.

„Ihr Ex-Mann hatte einen Unfall. Er befand sich auf einer Brücke, die einbrach. Es hatte ein Hochwasser gegeben, das die Pfeiler angegriffen hatte. Man brachte ihn ins Krankenhaus, aber man konnte nicht mehr viel für ihn tun. Als ihm klar wurde, dass es zu Ende ging, hat er sich dem behandelnden Arzt anvertraut. Er erzählte, dass er unter falscher Identität lebte und sagte ihm seinen richtigen Namen. Er gestand, dass er vor elf Jahren seinen Sohn Oliver entführt hatte und von Interpol gesucht wurde. Er sagte dem Arzt, er könne mit dieser Information machen, was er wolle, er lege alles in seine Hand.“

„Na großartig.“

„Ja. Zum Glück hat der Arzt sofort die Behörden informiert.“

Lydia ließ den Kettenanhänger los und griff zu dem Foto ihres Sohnes, das in einem Silberrahmen auf dem Schreibtisch stand. Fünf Jahre alt war er darauf, so hatte sie ihn zuletzt gesehen. Es war ihr Lieblingsbild, ein paar seiner blonden Haare standen frech ab, er strahlte, dass seine blauen Augen funkelten und die weißen Zähnchen blitzten. Die Kinderfotos ihrer Bürokollegen waren im Laufe der Jahre immer wieder ausgetauscht worden, die Kinder wuchsen heran, veränderten sich. Aus Babys wurden Kindergartenkinder, aus Kindergartenkindern Volksschüler, aus Volksschülern Teenies. Nur Oliver war gleich geblieben, für immer eingefroren in seinem fünften Lebensjahr.

„Ich muss zu meinem Sohn“, sagte Lydia und presste das Bild an ihre Brust – die einzige Annäherung an eine Umarmung, die es für sie gab. „Wo lebt er? Und mit wem? Ist er jetzt allein?“

„Nein, er ist bei seiner Stiefmutter. Pflegemutter. Der Lebensgefährtin Ihres Ex-Mannes. Eine Balinesin, die ein kleines Webereigeschäft betreibt.“

„Wie heißt sie?“, fragte Lydia, als ob ihr dieser Name irgendeine Sicherheit geben könnte.

„Einen Moment, ich muss nachsehen. Ni Luh Alit Yasmin Asih.“

„Und kümmert sie sich gut um ihn?“

„Ja, es scheint ihm gut zu gehen. Wir haben einen unserer lokalen Vertreter hingeschickt, um die beiden ausfindig zu machen. Es gibt dort, wo sie leben, ja keine Adressen.“

„Wo leben sie denn?“

„Es handelt sich um eine eher abgeschiedene Gegend ohne befestigte Straßen. Am Innenrand eines Vulkankraters. Es kommen allerdings Touristen vorbei, die zu den heißen Quellen am Grund des Kraters wollen. Mit diesen machen sie auch ihr Geschäft, sie verkaufen Ikats.“

„Heißt das, Oliver geht nicht zur Schule?“

„Nein, es gibt dort keine weiterführenden Schulen. Er hilft seiner Pflegemutter im Geschäft.“

Keine Schule. Wäre Oliver jetzt in Österreich, würde er in die sechste Klasse gehen. Gymnasium natürlich, dessen war sich Lydia sicher. Er hatte, als er verschwand, gerade Lesen gelernt, er konnte seinen Namen und seine Lieblingswörter schreiben. Er konnte bis tausend zählen, einfache Rechenübungen machten ihm Spaß. Mit drei hatte er ganz allein aus einem Schuhkarton und einer Schnur ein Krokodil gebastelt, dessen Maul mit einer komplexen Zugmechanik geöffnet werden konnte. Als Lydia ihn fragte, woher er diese Idee denn hätte, sagte er: „Aus dem Fernsehen." Sie fragte: „Aber wann war denn das im Fernsehen? Ich kann mich gar nicht erinnern." Und er sagte: „Ist schon sehr lange her. Aber ich hab's mir gemerkt." Sie besaß das Krokodil noch, es war bunt bemalt und mit schönen Papierzähnen und -nüstern ausgestattet. Manchmal zog sie an der Schnur, das Maul klappte auf und zu. Das Krokodil war ihr der Inbegriff der Besonderheit ihres Sohnes. Mit drei Jahren hatte er sich einen Mechanismus gemerkt, den sie beim ersten Ansehen schon kaum verstanden hätte.

Vielleicht waren ja alle Kinder so, aber ihr schien diese erwachende Intelligenz etwas Wunderbares zu sein. Doch dann war ihr Blick abgeschnitten worden, das Wunder verschwunden. Von da an musste sie spekulieren, fantasieren, sich Olivers Entwicklung ausmalen, immer hoffnungsvoll, die schrecklicheren Visionen unterdrückend. Sie hatte gehofft, dass er irgendwo einen Schulabschluss machen und ein Studium beginnen würde. Manchmal hatte sie sich eine High School an der kalifornischen Küste vorgestellt, wo er nach dem Unterricht auf Rollerblades die Strandpromenade entlang fuhr, ein hübscher, braungebrannter junger Mann. Dann wieder hatte sie Indien vor Augen gehabt, ein privates College, wo jene Top-Nerds ausgebildet wurden, um die sich dann die ganze Welt riss. Und was war Oliver nun? Ein Knecht in einem Fetzenhandel am Rand einer Schlammstraße. Ihr Ex-Mann hatte gewusst, wie sehr sie sich darauf gefreut hatte, Oliver bei der bestmöglichen Ausbildung zu unterstützen. Es war, als hätte er ihr noch einmal vor die Füße gespuckt.

„Wie gesagt, es geht ihm gut. Er ist gesund, das Verhältnis zur Pflegemutter scheint harmonisch. Unser Vertreter hatte einen guten Eindruck von der Situation. Allerdings muss ich Sie darauf aufmerksam machen, dass Oliver höchstwahrscheinlich kein Deutsch spricht."

„Was spricht er denn?", fragte Lydia.

„Er spricht sowohl Balinesisch, als auch Indonesisch, wie die meisten Balinesen. Außerdem Englisch. Seine Eltern – bitte verzeihen Sie. Ihr Ex-Mann und seine Lebensgefährtin dürften auf Englisch miteinander kommuniziert haben."

„Aber er muss doch auch Deutsch sprechen, er hat mit fünf Jahren geredet wie ein Buch! Und mein Ex-Mann muss mit ihm doch Deutsch gesprochen haben!", rief Lydia.

„Vielleicht kann er es ja. Aber mit unserem Mann hat er nicht Deutsch gesprochen. Wir haben extra einen Österreicher hingeschickt, keinen Einheimischen, damit Oliver sich womöglich in seiner Muttersprache ausdrücken kann. Doch er hat auf deutsche Ansprache nicht reagiert. Das muss natürlich noch nichts bedeuten. Die Situation ist sehr schwierig für ihn – sein Leben gerät gerade aus den Fugen, und das zum zweiten Mal."

Lydia schluckte. „Hat er gesagt, dass er mich sehen will?"

„Er hat gesagt, dass er Sie nicht sehen will. Man hat ihm wohl erzählt, Sie hätten ihn verlassen. Das heißt aber nicht, dass Sie nicht hinfahren sollten. Nehmen Sie jemanden mit, an den er sich erinnern könnte – hat er eine Großmutter?"

„Ja. Meine Mutter hat er sehr geliebt, als er klein war."

„Dann nehmen Sie sie mit. Und lassen Sie sich psychologisch beraten. Es ist in solchen Fällen besser, nicht mit der Tür ins Haus zu fallen. Ich will damit sagen: Es ist viel Zeit vergangen. Vielleicht hat Ihr Sohn jede Erinnerung an Sie verdrängt. Aber geben Sie nicht auf. Ich schicke Ihnen die nötigen Unterlagen. Wir telefonieren dann nochmal. Viel Glück einstweilen."

Lydia Prinz legte das Telefon auf und nahm ihre Silberkette ab. Den Anhänger, der seit elf Jahren ihren Hals nur verlassen hatte, wenn der Zahnarzt ein Röntgen machte oder wenn sie ihn in ein Silberreinigungsbad tauchte, betrachtete sie nun aus größerer Entfernung. Das Fischchen mit dem großen runden Auge war tatsächlich die eine Hälfte eines Yin-Yang-Symbols. Die andere Hälfte hatte sie Oliver geschenkt, der sie ebenfalls an einer Kette um den Hals getragen hatte. Sie hatte ihm erklärt, dass diese beiden Anhänger zusammengehörten, so wie sie zusammengehörten. „Das ist schön!", hatte er gesagt und ihr waren die Tränen gekommen. Manchmal war er auf ihren Schoß geklettert und hatte die beiden Anhänger wie Puzzlestücke zusammengelegt, sodass sie einen Kreis bildeten. Auch am Tag seiner Entführung hatte er die Kette getragen.

4.

Nichts hatte darauf hingedeutet, dass Christoph Prinz seinen Sohn zu entführen plante, im Gegenteil, die Scheidung war vollkommen amikal über die Bühne gegangen. Das war auch das Wort, das Lydia am liebsten verwendete, wenn man sie nach dem Stand der Scheidung fragte: „Alles verläuft vollkommen amikal." Sie war stolz darauf, eine amikale Trennung warf noch einen letzten Glanz auf die Beziehung. Man war ein gutes Paar gewesen, und nun war man ein gutes Ex-Paar. „Wir werden immer Freunde bleiben, schon allein wegen Oliver", sagte sie, oder: „Um Gottes Willen, wozu denn ein Rosenkrieg. Wir hassen uns ja nicht, wir haben uns nur auseinandergelebt." In Zusammenhang mit Oliver sagte sie weiterhin „wir" – „Wir werden ihm jetzt ein neues Fahrrad kaufen" oder: „Von dieser Schulleiterin haben wir einen sehr guten Eindruck gehabt."

Es hatte Diskussionen, aber keine allzu bösen Worte gegeben. Ja, es schmerzte Lydia, dass die meisten Hochzeitsgeschenke an Christoph fielen, da sie von seinen Verwandten stammten. Er hatte eine weitverzweigte Familie, sie nur ihre Mutter, und nun bekam er auch noch all den hübschen Nippes, den sie ausgesucht und auf die Hochzeitsliste gesetzt hatte, und an dem ihm gar nichts lag. Wie lächerlich im Nachhinein betrachtet dieser Verlust von Silberdingen war!

Das Sorgerecht war nicht zur Debatte gestanden. Christoph arbeitete Vollzeit, während Lydia einen Teilzeitjob hatte und für die Betreuung Olivers hauptsächlich zuständig war. Christoph hatte auch nie allzu großes Interesse an den profaneren Mühen der Kleinkindversorgung an den Tag gelegt. Am liebsten war es ihm gewesen, wenn ihm sein Sohn sonntags satt, gewaschen und dem Anlass entsprechend gekleidet übergeben wurde, damit er mit ihm Fußballspielen, Rodeln, Bootfahren oder was auch immer gehen konnte. Und selbst da hatte Lydia als Versorgungstrain mitkommen müssen, um jederzeit eingreifen zu können, wenn es zu Hunger, Durst, kleinen Verletzungen, Müdigkeit, Nervenkrisen und Trotzreaktionen kam. Wie hätte sie auf die Idee kommen sollen, dass Christoph Oliver haben, entführen, um die halbe Welt schleppen wollte?

In den vielen Jahren, die sie dann Zeit hatte, darüber zu rätseln, musste sie sich eingestehen, dass wohl einiges von dem, was sie für Wirklichkeit gehalten hatte, Täuschung gewesen war. Der Eindruck beispielsweise, dass die wachsende Unzufriedenheit mit der Beziehung synchron verlaufen war. Acht Jahre waren sie zusammen gewesen, drei davon verheiratet. Während Lydia das Gefühl hatte, ihren kleinen Sohn täglich neu kennenzulernen, war ihr Mann jemand, den sie in- und auswendig zu kennen glaubte.

Die ersten Jahre mit ihm waren herrlich gewesen, ein paradiesischer Rausch. Alle hatten gedacht, dass zwei Zahlenmenschen zu fantasielos sein würden, um einander glücklich zu machen, aber was für ein Irrtum. Zwei Bilanzbuchhalter – man konnte davon ausgehen, dass die Kontoauszüge und Rechnungen in ihrem Haushalt ordentlich abgelegt waren. Aber genauso gepflegt war ihr Liebesleben, geschickte Investitionen, keine Schulden, stattdessen ein dickes Plus. „Mir tun all die leid", hatten sie oft zueinander gesagt, „die das nicht haben, was wir haben." Dann war Oliver gekommen und es war schwieriger geworden, aber immer noch gut. Erst nach der Hochzeit ging es bergab. Anfangs merkte man es nicht so, wie die Bewohner eines Hauses sich an seinen schleichenden Verfall stückweise gewöhnen und erst auf Fotografien erkennen, wie groß der Unterschied zwischen damals und heute geworden ist. Kleine Gereiztheiten breiteten sich aus, Episoden der Langeweile, das Bedürfnis, andere Leute zu sehen. Und war es ihnen nicht beiden so gegangen? Waren sie nicht so perfekt aufeinander abgestimmt, dass auch die Loslösung harmonisch getanzt wurde wie ein Walzer? Ja durfte Lydia denn nicht annehmen, dass auch Christoph sich nach anderen Frauen umsah, als sie von Flirts angezogen wurde, die hart an die Grenze zum Kontrollverlust gerieten?

Lange hatte sie darauf gewartet, dass er eine Scheidung ansprach. Als sie schließlich die Geduld verloren und die Initiative ergriffen hatte, hatte er gefasst gewirkt. Rational, einsichtig, besonnen. Womöglich war das der Moment, in dem er seine Rache zu planen begonnen hatte.

Als die Scheidung durch war und sie aus dem Gerichtsgebäude kamen, beglückwünschten sie einander, dass sie nicht einmal Anwälte gebraucht hatten. Sie gingen auf einen Scheidungskaffee und scherzten über die Möglichkeit, noch einmal Scheidungssex zu haben oder gar auf einen gemeinsamen Scheidungsurlaub zu fahren.

„Ist es okay für dich, wenn ich Oliver heute vom Kindergarten abhole? Ich habe mir den Tag frei genommen und würde das gerne ausnützen", hatte Christoph gesagt.

„Aber natürlich", hatte Lydia geantwortet, „weißt du was – behalt ihn doch über Nacht. Morgen bringst du ihn in den Kindergarten und ich hole ihn dann von dort ab."

Als Lydia am folgenden Tag zum Kindergarten kam, war sie beschwingt. Im Büro war ihre Scheidung mit Sekt gefeiert worden, und die männlichen Kollegen hatten sie nun, da sie wieder auf dem Markt war, mit anderen Augen angesehen. Die Kindergartentante schien bei ihrem Anblick überrascht: „Oliver ist heute nicht dagewesen."

„Hat mein Mann ihn nicht gebracht?"

„Nein."

„Alles klar, vielleicht ist er krank." Sie griff nach dem Handy und rief Christoph an. Mobilbox. Sie rief am Festnetz in seinem Büro an. Eine fremde Frauenstimme war am Apparat.

„Wallner. Was kann ich für Sie tun?"

„Das ist doch der Anschluss von Herrn Prinz? Ich bin seine Frau. Könnten Sie ihn mir bitte geben?" Das Schweigen am anderen Ende der Leitung markierte den Riss, der durch Lydias Leben fuhr. Ein Riss, der sich zur Spalte und zur Schlucht auswachsen sollte, der die Normalität beendete und sie in den Ausnahmezustand überwechseln ließ.

„Herr Prinz arbeitet nicht mehr hier", sagte die Frau. „Ich bin seine Nachfolgerin. Er ist schon seit dem Monatsersten nicht mehr da."

5.

„Der Effekt eines Gamelan-Orchesters auf die europäische Psyche ist schwer zu beschreiben. Neue Räume tun sich auf, der Planet Erde ist nicht mehr das, wofür man ihn gehalten hat. Die Gamelan-Musik bezeichnet ihn als magischen Ort." Lydia las diese Zeilen am Notebook der jungen Frau, die in der Hotellobby neben ihr saß. Mit geröteten Wangen beschickte sie ihren Blog, ohne die Fremde zu bemerken, die auf ihren Bildschirm schielte.

Was für ein sentimentaler Schnick-Schnack, dachte Lydia. Der Planet Erde ist kein magischer Ort, sondern eine Hölle, in der Menschen einander das Herz aus dem Leib reißen.

Die Hotellobby hatte, das musste sie zugeben, Atmosphäre. Der Kontrast zur Welt der Flughäfen, Parkplätze, Klimaanlagen, Lautsprecherdurchsagen, Rolltreppen, Hinweisschilder, Tankstellen und Turbinen war enorm. Die Lobby entsprach keinem Raum, wie man ihn kannte. Sie war eine hohe hölzerne Halle, die an allen Seiten offen war. Hibiscussträucher, Bananenstauden und Mangobäume wucherten herein, in den Dachnischen krächzten kleine Papageien. Flogen sie auf, schillerten ihre roten und grünen Schwungfedern. Der Regen rauschte um das luftige Haus wie ein klingender Vorhang. Am Boden saß das kleine Gamelan-Orchester und fügte seine Klänge aus Metallophonen, Trommeln und einem dumpfen Bambus-Angklung hinzu. Erst war auch Lydia bezaubert gewesen. Die einlullende Musik schien direkt aus dem Herzen des Dschungels zu kommen – keine menschliche Erfindung, sondern eine Überhöhung des Konzerts der Natur. Als sie genauer hinhörte, änderte sich der Eindruck. Sie schien nun den Soundtrack eines B-Movies aus den Vierzigerjahren zu hören, in dem ständig dräuende Gefahr angekündigt wurde. Achtung, Achtung, Achtung, sagte die Musik, da nähert sich Unheil, gleich wird etwas passieren.

Was passierte war, dass ihre Mutter von ihrem Rundgang durch die Lobby zurückkehrte und sich mit ihrem bunten Begrüßungscocktail in den Rattansessel gegenüber warf. Wie üblich hatte sie mit Hotelpersonal und Gästen geplaudert; Lydia wusste nicht, ob das auf Fremde angenehm kommunikativ oder peinlich aufdringlich wirkte, sie befürchtete allerdings Letzteres. Dennoch war sie dankbar für die Informationen, die sie auf diese Weise bekam. Der Blick ihrer Mutter ruhte kurz auf der Bloggerin, und Lydia konnte erkennen, dass ihr deren offenbar weitgereiste und nie gewaschene Webtasche missfiel. Mütter und Töchter, dachte Lydia, sie können einander die Gedanken lesen. Ich hätte so gerne gewusst, ob es mit Mutter und Sohn auch irgendwann einmal so wird.

Ihre Mutter strahlte sie an, sog an ihrem Strohhalm und sagte: „Wir können wirklich froh und dankbar sein, dass Christoph Oliver an einen so wunderschönen Ort gebracht hat.“

„Mutter“, sagte Lydia, „das ist ein Hotellobby. Du glaubst doch nicht im Ernst, dass es hier überall so aussieht.“

„Ich meine doch nur, ich bin froh, dass er nicht in Sibirien lebt. Oder in der Wüste. Oder in einer Mondlandschaft.“

Lydias Mutter Rebecca war eine ehemals schöne Frau. Jeder, der sie ansah, dachte: Sie ist einmal sehr schön gewesen, man sieht es noch. Ein Jammer, was das Alter mit so einem Gesicht anrichtet.

Sie trug zwei Masken, jene des Alters und jene der Schönheit, die darunter hervorschimmerte. Ein richtiges Gesicht, aus dem man Rückschlüsse auf ihr Wesen ziehen hätte können, besaß sie nicht. Lydia dagegen war immer unscheinbar gewesen, was sich über die Jahre als Vorteil erwies. Mit zwanzig war sie ganz hübsch, mit dreißig recht attraktiv, mit vierzig apart, und mit fünfzig würde sie immer noch sehr gut in Schuss sein. Rebecca war bis in ihr zweiundvierzigstes Lebensjahr eine schöne Frau gewesen und dann über Nacht zu einer ehemals schönen Frau geworden. Eine dralle Blondine, die sich von ihren langen Haaren, semitransparenten Tops und dem bläulich-pinken Lippenstift aus den Achtzigerjahren nicht trennen konnte.

Als Lydia klein war, hatte Rebecca ihr Möglichstes getan, das Aussehen ihrer Tochter zu verbessern. Erst mit allerlei Kleidchen und Frisuren, bald wurde mit Haarfarben experimentiert. Aber es half nichts. „Sie sieht ihrem Vater ähnlich", sagten die Leute bedauernd. Nicht weil ihr Vater hässlich gewesen wäre, im Gegenteil, sondern weil Lydia etwas zu viel herbe Männlichkeit abbekommen hatte. Als sie elf war, ließ Rebecca ihr die Ohren „anlegen", als sie fünfzehn wurde, erfuhr sie, dass ihre Nase „gemacht" werden sollte. Doch sie wehrte sich.

„Ich will Papas Höcker behalten", sagte sie.

„An einem Mann sieht eine römische Nase ja auch gut aus", rief Rebecca, „aber doch nicht bei einem Mädchen!" Rebecca weinte, Lydia weinte, die Nase blieb, wie sie war. Jedes Mal, wenn ihre Mutter sie ansah, meinte Lydia zu spüren, wie sehr sie die Nase störte, und sie genoss ihren Widerstand, auch noch Jahre und Jahrzehnte danach.

Da Lydia Rebecca für eine maximal mittelmäßige Mutter hielt, war sie überrascht gewesen zu sehen, dass sie als Großmutter nichts zu wünschen übrig ließ. Sie versäumte keine Gelegenheit, ihren Enkel zu sehen. Wann immer man sie bat, auf ihn aufzupassen, sagte sie alles andere ab. Als Baby trug sie ihn geduldig herum, sang ihm vor, wickelte, fütterte, badete ihn, bürstete ihn mit einer extraweichen Bürste und schnitt seine Fingernägelchen geschickt, wenn er schlief. Später organisierte sie Ausflüge und kleine Kinderpartys für ihn, auch wenn es keinen Anlass gab. Oliver wurde mit Geschenken überhäuft, bekocht, bespielt, bespaßt, bewundert und beglückt. Als er verschwand, brach auch Rebeccas Welt zusammen. Da sie älter war als ihre Tochter, war sie sich noch sicherer gewesen als diese, die Welt zu kennen, zu verstehen und alles in ihr Erwartbare zu erwarten. Wozu war man so alt geworden und hatte so viele Klippen umschifft, nur um dann auf einen Eisberg zu stoßen?

Was man anders hätte machen können, war eine entscheidende Frage. Und die einzig vernünftige Antwort darauf war, dass Lydia sich niemals scheiden lassen hätte dürfen. Hatte sie denn nicht bemerkt, wie am Boden zerstört Christoph gewesen war? Er hatte sie vergöttert! Blind wie Medea war er geworden vor Verzweiflung, das Wohl des eigenen Kindes vergessend in seinem Rachedurst.

Selbst war Rebecca natürlich glücklich verheiratet gewesen, und zwar insgesamt vier Mal. Vom ersten Mann hatte sie sich nach zwei turbulenten Jahren scheiden lassen („Wir waren beide einfach viel zu jung!“), der zweite war Lydias Vater gewesen, der verstarb, kaum dass Lydia von zu Hause ausgezogen war („Er war einfach um so vieles älter als ich!“), der dritte hatte die Option auf eine jüngere Version von Rebecca wahrgenommen („Jetzt such ich mir auch einen Toyboy!“), und der vierte war wieder verstorben („Langsam gewöhnt man sich daran, Witwe zu sein.“). Ja, es gab Gründe für eine Scheidung: Wenn der andere mit mehr als drei Personen fremdging, oder dem Alkohol verfiel, oder wenn man in der Tiefkühltruhe die Leiche eines Mordopfers fand, die er dort deponiert hatte. Aber man ließ sich nicht scheiden, wenn es, wie in Lydias und Christophs Fall, „nichts gab“.

Elf Jahre lang hatten Rebecca und Lydia Zeit, sich immer wieder darüber zu streiten. Und obwohl Lydia nie nachgab, stellte sie sich auch selbst die Frage: Wäre es besser gewesen, sich nicht scheiden zu lassen und in einer schal gewordenen Ehe auszuharren, noch dreizehn, vierzehn Jahre lang, bis Oliver erwachsen gewesen wäre?

Die Antwort war ein klares Ja. Alles, und selbst die ödeste, genervteste, abscheulichste Ehehölle wäre besser gewesen, hundertmal, tausendmal, millionenfach besser, als Oliver zu verlieren.

6.

„Es tut mir leid", sagte der Rezeptionist, „es gibt heute keine Fahrer. Auch keine Wagen. Es darf heute nicht Auto gefahren werden."

Sie waren früh zu Bett gegangen und früh aufgestanden, um gleich zu Oliver fahren zu können. Über der Hotelanlage, die am Vorabend so belebt gewesen war, lag unheimliche Stille. Keine Gamelan-Musik in der Lobby, keine Pop-Musik in den Restaurants oder am Pool. Der Himmel war aschgrau, nur über dem Meereshorizont dünnte er milchig aus. Stimmen und Bewegungen der Hotelgäste waren gedämpft, die Kinder führte man an der Hand. Es gab kein Laufen, Lachen, Plantschen, Kreischen, nicht einmal SMS-Töne. Sogar die bunten Vögel verhielten sich stiller, saßen herum und murmelten nur. Die fröhliche Ferienanlage schien über Nacht ein Schatten-Kurort geworden zu sein, an dem die Gespenster von Kranken umgingen.

Es war Nyepi. Der „Tag der Stille", der Neujahrstag nach dem balinesischen Mondphasenkalender. Der Tag, an dem Lydia und Rebecca nach elf Jahren Oliver wiedersehen wollten, war ausgerechnet der Tag, an dem die Straßen der Insel leer bleiben mussten. Nicht einmal auf der Straße gehen durfte man. Die einzigen Fahrzeuge, die erlaubt waren, waren Rettungswagen. Beim Frühstück waren auf allen Tischen Informationsblätter gelegen. Man durfte nicht an den Strand. Man durfte nicht feiern, lärmen oder tanzen. Radio- und Fernsehstationen sendeten nicht, es landeten und starteten keine Flugzeuge. Wenn es dunkel werden würde, durfte man kein Licht machen. In den Restaurants würde es eine spezielle Notbeleuchtung geben, aber die Außenbereiche der Anlage würden finster bleiben. An der Rezeption konnte sich jeder eine kleine Taschenlampe abholen, um sich bei der Suche nach dem eigenen Bungalow nicht zu verirren.

„Aber warum?", fragten Lydia und Rebecca den Rezeptionisten, den sie zu überreden suchten, ihnen dennoch einen Wagen und einen Fahrer zu organisieren. „Warum? Warum?"

„Es ziehen böse Geister und Dämonen über die Insel", antwortete er unbewegt, „sie sollen denken, dass sie unbewohnt ist."

Es war ein furchtbarer Tag, der die vergangenen elf Jahre untätiger Hilflosigkeit noch krönte. Sie versuchten zu lesen, aber wer konnte sich da konzentrieren. Sie gingen herum und belauschten die in der Stille plötzlich überdeutlich hörbaren Gespräche der anderen Hotelgäste.

„Haben Sie gehört – in Kintamani sollen ein paar Touristen verprügelt worden sein, die besoffen durch die Straßen zogen." „Da gibt es doch nur eine Straße?" „Dann war es eben auf der einen Straße. Jedenfalls waren sie besoffen und grölten und dadurch haben sie die Regeln verletzt." „Aber deswegen gleich verprügeln?" „Ich versteh das, für die Balinesen bedeutet es furchtbares Unglück, die bösen Geister auf die Insel aufmerksam zu machen. Es kann zu

Krankheit und Tod führen. Die Touristen fahren wieder weg, aber die Einheimischen müssen die Folgen tragen."

„Es ist so genial, ich bin so froh, dass wir das erleben!" „Unglaublich, wie ursprünglich diese Kultur noch ist!" „Eigentlich dürfte das Personal heute gar nicht arbeiten, das ist ohnehin schon ein Kompromiss mit dem Tourismus." „Hoffentlich werden die nicht irgendwann missioniert und glauben ans Christentum oder so einen Scheiß."

„In Kuta soll es ein paar Puffs geben, die offen haben." „Die Frage ist nur, wie wir dorthin kommen."

Die Sonne kam nicht hervor, die Vögel hielten den Atem an, der Wind stellte sich schlafend. Es war bereits lange nach Mittag, als Lydia endlich eine Idee hatte.

„Ich möchte *Das Dschungelbuch* lesen", sagte sie und lud es sich gleich auf den Kindle herunter. Während ihre Mutter jammerte: „Und was soll ich machen?" und auf der Veranda ihres Bungalows hin- und herlief, vertiefte sich Lydia in die Geschichte von dem kleinen Jungen, der ohne Menschen aufwuchs, von Wölfen großgezogen und von einem Bären und einem Panther beschützt wurde. Seit Jahren hatte sie nicht mehr so gelesen, die Welt um sich vergessend, von Bildern in ihrem Innern gebannt. Es gab Gerechtigkeit in dem Buch, Loyalität, Freundschaft und Mut. Die Tiere hatten ihre eigenen Gesetze, sie lebten nicht nur vor sich hin. Es gab tödliche Gefahr, Schlingpflanzen, Schlangen, und den Tiger, der über einem in den Baumkronen lauerte, wenn man glaubte, alleine zu sein. Der Junge Mowgli zerbrach nicht daran, er lernte, wuchs, er kam mit den fremden Gebräuchen zurecht.

Als es finster wurde, waren endlich auch Rebecca und Lydia froh, an jenem Tag auf der Insel zu sein, denn eine solche Finsternis hatten sie noch nie gesehen und würden sie nie wieder sehen. Es gab weder Sterne noch Mond. Es gab keine Positionslichter von Schiffen, keine Lichterketten von umliegenden Inseln. Von der schwarzen Landmasse ging keinerlei Beleuchtung aus. Sie verschmolz mit dem schwarzen Meer, dessen seufzenden Atem man hörte. Während sich anderswo die Augen an das Dunkel gewöhnten und nach und nach Umrisse wahrnehmen konnten, half ihnen hier das lange Starren in die Finsternis nichts.

„So muss es auf der Erde gewesen sein, bevor die Menschen das Feuer entdeckten“, sagte Rebecca. Mit Hilfe ihrer kleinen Taschenlampen tasteten sie sich über die mäandrierenden Pfade zu dem Restaurant, in dem das Abendessen serviert wurde. Im Gebüsch sah man die Glühwürmchen anderer Taschenlampen, hörte man das Geflüster von Menschen, die es in der Dunkelheit nicht wagten, laut zu sprechen. Im Restaurant war die Notbeleuchtung so schwach, dass sie kaum erkannten, was sie sich auf die Teller luden. Nach dem Essen gab es nichts zu tun, als zurück zum Bungalow zu gehen. Während ihre Mutter sich im finsteren Bad fluchend die Zähne putzte, entdeckte Lydia im Schein der Taschenlampe einen Gecko, der behände über die Zimmerdecke lief. Sie war froh, dass Rebecca, die sich vor allem Getier entsetzte, je mehr, je kleiner und schneller es war, nicht wusste, dass sich in ihrem Zimmer ein Eindringling befand, und es heute wohl auch nicht mehr entdecken würde.

Im Bett las Lydia am beleuchteten Display weiter. Rebecca jammerte und fürchtete sich.

„Eine ideale Nacht für Verbrecher“, sagte sie.

7.

Später dann, als sie die Hotelanlage verlassen hatten und in das Pfahlhäuschen im Dschungel gezogen waren, erinnerte sich Lydia an die ersten Begegnungen mit ihrem

Sohn nur mehr in Blitzen. Ihr Gedächtnis war ein dunkler Raum, in dem ab und zu jemand eine Kamera hochhob, blitzte und eine kleine Szene erhellte. Dazwischen waren schwarze Lücken, in denen ihr etwas fehlte, erschütternd viel, als hätte sie Vollräusche oder Kopfverletzungen hinter sich. Die Szenen, die sie gespeichert hatte, waren dagegen einprägsam, wie Fotos konnte sie sie immer wieder ansehen. Die Blitze halbwegs chronologisch zu ordnen, gelang ihr nur für den ersten Tag, die folgenden Tage und Wochen hatten keinen linearen Ablauf mehr. Im dunklen Raum ihres Gedächtnisses drehte sie sich im Kreis und ein Zufallsgenerator zeigte ihr die Blitze – kurz und drastisch wie in einer Geisterbahn.

Die steile Schlammstraße, die in die Caldera hinunterführte. Bambuswälder mit armdicken Stangen, die im Wind aneinanderklimperten. Wie Menschenknochen, dachte sie, hohl und mit Gelenken, nur dass diese nicht beweglich waren. Oben standen die dreieckigen Blätter waagrecht wie Wimpeln und raschelten dazu. Straßenstücke, die durch den Regen abgerutscht waren, tiefe, senkrechte Löcher. Der Fahrer, der fluchte und umkehren wollte. Sie und ihre Mutter, deren Köpfe immer wieder gegen das Wagendach schlugen. Wie sie versuchten, dabei nicht zu schreien, um den Fahrer nicht zu beunruhigen. Wie sie endgültig steckenblieben, die Reifen durchdrehten, der spritzende Schlamm. Einige Männer in Sarongs und mit Blumen hinter beiden Ohren, die halfen, den Wagen wieder zu befreien. Eine alte Frau mit vom Betel rot verfärbten Zähnen, die zusah und Anweisungen gab. Der Fahrer, der mehr denn je umkehren wollte. Wie sie ihm den doppelten Preis versprachen, wenn er weiterfuhr. Wie er weiterfuhr. Eine sehr alte Frau, die mit nacktem Oberkörper die Straße entlang ging. Ihre braunen, wie ausgeleert wirkenden Brüste. Der Fahrer, der erklärte, dass früher alle

Frauen auf Bali ihre Brüste nicht bedeckt hatten. Rebecca, die sagte: „Alles klar. Deshalb dachten die europäischen Männer, hier sei das Paradies." Wie die Straße dann ebener, breiter und besser wurde. Am Straßenrand kleine Buden mit Kitsch, Rattanmöbeln, auf alt gemachten Skulpturen aus Sandstein.

Blitz: Die Frau, die in ihrer offenen Werkstatt an einem Webstuhl saß und einen sehr schäbigen Ikat webte. Die Stapel von weit schöneren Ikats, die hinter ihr lagen. Rebecca, die schrie: „Ist sie das? Ist sie das?" Sie selbst, die sofort wusste, dass sie das war: die Frau, die ihren Sohn Oliver aufgezogen hatte. Ni Luh Alit Yasmin Asih. Ein Name, den sie auswendig gelernt hatte und im Inneren ihres Mundes immer wieder wiederholte, die Zungenspitze direkt hinter die oberen Schneidezähne drückend für das N, sie eingerollt an den Gaumen legend für das L, den hinteren Zungenrücken wie ein Dach wölbend für das Y, ihre kleine orale Droge, ihr Zauberspruch.

Blitz: Am Grund der Caldera der Schwefelgeruch. Die schneeweißen Dampfströme dort, wo die kochende Erde aufbrach. Bläulich-schwarze Schleppen erkalteter Lava, zerbröckelnde Schlackenhalden.

Blitz: Oliver, der in einem Hinterzimmer im Schneidersitz am Fußboden saß und mit einer Rasierklinge die „Made in China"-Schildchen aus den schönen Ikats trennte. Den wiederzuerkennen sie immer sicher gewesen war, den sie aber nicht wiedererkannt hätte. Die Suche nach seinen alten Gesichtszügen in den neuen. Wie sie die Schuhe auszogen, bevor sie hineingingen. Das Zerplatzen der so lange genährten Hoffnung, er würde einer von den Sechzehnjährigen sein, die noch wie dreizehn aussehen. Das Zerplatzen der Hoffnung, er würde sie vielleicht doch umarmen. Der Anblick eines jungen Mannes, an dem nichts mehr bubenhaft war. Oliver, der wie zwanzig aussah. Groß, muskulös, mit kantigen Gesichtszügen und dem Schatten eines Bartes, der schon lange wuchs. Das Zerplatzen der Hoffnung, er würde auf Deutsch antworten, wenn sie zu ihm sagte: „Oliver, ich bin deine Mama!“ Wie er den Kopf schüttelte und höflich zurückgab: „I'm sorry. I don't speak German at all.“ Wie er sich zur Begrüßung vor ihnen verneigte. Wie Rebecca, die versprochen hatte, nicht zu weinen, in Tränen ausbrach.

8.

Die Fotogalerie auf dem rotlackierten Schränkchen im Wohnraum. Sofort erkannte sie Christophs Handschrift, er liebte es, Schnappschüsse zu rahmen und aufzustellen, die Fotogalerie war sein Werk. Hier waren sie alle auf einmal, die Bilder, die ihr gefehlt hatten: Oliver mit sieben, Oliver mit zehn, Oliver mit dreizehn. Oliver in Schuluniform, mit einem riesigen Fisch an der Angel, auf dem Rücken eines Elefanten, im traditionellen Festkleid aus Goldbrokat mit goldenem Kopfschmuck. Oliver mit Christoph, Oliver mit Ni Luh Alit, Oliver mit beiden. Es tröstete Lydia ein wenig, dass Christoph gezeichnet aussah, frühzeitig gealtert – die Rache hatte wohl auch für ihn ihren Preis gehabt. Seine Glatze war riesig geworden, der Haarsaum schneeweiß. Von seinem trainierten Körper war nichts übriggeblieben, er hatte die Figur alter Biertrinker: dicker Bauch und dünne Ärmchen. Die eine Gesichtshälfte schien verzogen, als hätte er einen Schlaganfall gehabt. Daheim hatte Lydia noch die Bilder, auf denen sie mit Christoph und Oliver zu sehen war. Die Dreier-Porträts, die hier standen, waren ähnlich, nur die Frau war ausgetauscht. Sie wunderte sich, dass Ni Luh Alit und Christoph keine weiteren Kinder bekommen hatten. Oder waren sie nur nicht auf den Fotos zu sehen?

„So you did go to school, Oliver? Thank God!“

„Yeah, we used to live in Denpasar, there's lots of schools there. But then Ni Luh Alit wanted to move back here. She was born and raised here.“

Die zerlesenen Bücher in seinem Zimmer, viele davon auf Englisch, eine Menge Stephen King.

„Aren't you too young for such terrible books?“

„A few years ago I would have been scared. In a few years I won't be interested in them any more. So right now I'm the perfect age.“

Hinter der Werkstatt gruppierten sich die anderen Räume um einen Hof. Kleine Kinder kamen dorthin, um zu spielen oder um auf Olivers Knie zu sitzen, während er für sie aus Bambus Tierfigürchen schnitzte. Lydia fragte, ob dies Ni Luh Alits Kinder seien. Nein, sagte Oliver, das seien die Kinder von Brüdern und Schwestern, Cousins und Cousinen Ni Luh Alits, und dann erzählte er ihre Geschichte. Sie hatte als junges Mädchen geheiratet, doch als sie auch nach drei Jahren noch kein Kind geboren hatte, ließ sich ihr Mann von ihr scheiden. Sie hatte keine Chance, jemals wieder zu heiraten. Die Begegnung mit Christoph und Oliver war für sie der Beweis, dass die Götter ihre unzähligen Opfergaben angenommen und ihre Gebete erhört hatten. Sie hatte nun einen Mann und einen Sohn, sie war glücklich.

Die langen Minuten des Schweigens, in denen Lydia zu platzen und Rebecca platzen zu hören glaubte, in denen sie aber nicht wagten, etwas zu sagen.

Rebecca, die sich den Schal vom Hals riss und Oliver aufforderte, daran zu riechen – vielleicht würde er sich dann an sie erinnern! Die versteinerten Gesichter von Oliver und Ni Luh Alit, die entsetzten Augen darin.

Ni Luh Alit, die im Hof auf drei glühenden Kohlen Saté-Spießchen briet und im Mörser Erdnüsse mit Tamarinde zu einem Brei rieb. Wie sie alle schweigend aßen.

Wie Lydia Tag um Tag darauf wartete, dass Oliver ihre Kette mit dem Yang-Symbol auffiel. Wie sie sie immer deutlicher zur Schau stellte und immer demonstrativer damit spielte. Wie Oliver nicht die geringste Erinnerung daran zu haben schien. Wie sie die Kette schließlich abnahm und ihm in die Hand legte, wie sie ihn beschwor, doch zurückzudenken. Er war fünf gewesen! Da erinnerte man sich doch! Wie er sagte: „I'm really terribly sorry, but I don't remember anything from before I was six."

Ni Luh Alit, die aus Bananenblättern flink quadratische Schachteln fertigte und mit Opfergaben füllte. Die mehrmals am Tag ging, um an den heiligen Orten, deren es viele gab, die Opfer darzubringen. Wie Lydia auffiel, dass Oliver bei allem half, nur bei den Opfern nicht.

„Why don't you help with the sacrifices?"

„Oh no, this is the women's job."

„But wouldn't they be glad to get some help from the men?"

„They'd be as glad as Catholic priests would be if women said Mass."

Wie sie Dr. Hasi mitbrachten. Dr. Hasi war ein Eisbär und Olivers Lieblingskuscheltier gewesen. Er hatte ihn einmal nach einem Arztbesuch als Belohnung dafür bekommen, dass er bei der Impfung stillgehalten hatte, daher der Doktortitel. Hasi war die Bezeichnung, die Oliver für alle Säugetiere verwendete, als er noch sehr klein war, und so hieß der Eisbär eben Hasi. Zu den Dingen, die Lydia in den schlaflosen Nächten nach Olivers Entführung am meisten quälten, gehörte der Gedanke, dass er seinen Dr. Hasi nicht bei sich hatte. Er war noch nie länger als ein paar Tage von ihm getrennt gewesen. Wenn sie sich wiedersahen, musste Dr. Hasi beim Essen mit am Tisch sitzen, beim Fahrradfahren wurde er in den Gepäckträger geklemmt, beim Fernsehen guckte er aus Olivers T-Shirt heraus. Er nahm Dr. Hasi nicht in den Kindergarten mit, weil die anderen Kinder sich einen Spaß daraus machten, ihn zu verstecken und Oliver beim Weinen zuzusehen. Und so hatte er ihn nicht dabei gehabt, als er für immer fortgebracht wurde.

Dr. Hasi war keine Schönheit mehr, er sah wie ein oft gebrauchtes Papiertaschentuch aus. Und genauso sah Oliver drein, als sie ihm Dr. Hasi reichte: Als hätte sie ihm ein oft gebrauchtes Papiertaschentuch zugesteckt. Wie sie Dr. Hasi beschämt wieder in ihrer Handtasche verschwinden ließ. Wie sie ihn abends auf die Veranda ihres Bungalows setzte und er traurig auf das Meer hinauszuschauen schien. Wie sie es nicht fassen konnte, dass etwas, das eine solche Bedeutung gehabt hatte, nun vollkommen bedeutungslos war.

Ni Luh Alit, die die durchsichtige und von weißen Fettäderchen durchzogene Haut von Schweinemägen über kleine Schirmgerüste aus Bambus spannte. Die Schirme sollten Teil einer mehrere Meter hohen Skulptur aus Reis und Schweinefleisch werden, die anlässlich eines Festes am Muttertempel Pura Besakih aufgestellt werden würde. Kunstwerke, die streng rochen.

Wie Oliver und Ni Luh Alit sich mit Blicken verständigten. Das ohnmächtige Gefühl von Eifersucht und Wut.

Wie Oliver, als sie schon die Hoffnung aufgegeben hatten, sich doch noch an deutsche Wörter erinnerte: „Omi!“, sagte er zu Rebecca, „you are Omi, aren’t you?“ Wie Rebecca sich auf ihn stürzte und halb zerquetschte vor Begeisterung. Wie sie alle lachten, sogar Ni Luh Alit.

Wie sie das Hotel am Meer verließen, weil es ihnen zu teuer und die Anreise zu Oliver zu mühsam geworden war. Wie sie das Pfahlhäuschen im Landesinneren mieteten, von wo es nicht weit zu Ni Luh Alits Haus war. Wie das Gefühl der Distanz dennoch unverändert blieb.

Die Stille unter den Bäumen, als Oliver sagte: „My father told me that you didn't want him anymore, and that you didn't want me either." Wie ihr das Atmen schwerfiel, als sie die Wahrheit erzählte. Immer und immer wieder. Wie Oliver ihr nicht glaubte. „You left us both. You didn't want to have anything to do with us anymore."

Ni Luh Alit, die mit einem Reisigbündel Olivers Zimmer fegte. Barfuß, schlank in ihrem Sarong und der eng anliegenden Spitzenbluse, fegte sie mit gestreckten Beinen und im spitzen Winkel nach unten geklapptem Oberkörper, elastisch wie eine Turnerin.

Wie Oliver sich weigerte, mit ihnen nach Hause zu kommen. Wie Lydia wütend beim Außenamt anrief und fragte: „Kann ich ihn zwingen?"

„Technisch gesehen ja, er ist noch nicht volljährig. Aber ..."

„Aber was?"

„Aber in der Praxis dürfte das doch etwas schwierig sein. Er ist sechzehn, was, wenn er sich wehrt? Möchten Sie, dass er von der Polizei zum Flugzeug gebracht und dort mit Handschellen angekettet wird?"

Ni Luh Alit, die Reis giftgrün, kobaltblau und phosphorgelb einfärbte.

Wie Oliver sagte: „Oh, by the way – would you mind giving me this Dr. Hasi thing? Just for a couple of days, will you?"

Wie Oliver sagte: „You know what I remember? Leibenfrostgasse sechs Strich achtzehn, zehnvierzig Wien!" Seine Kindheitsadresse, die sie ihn auswendig lernen hatte lassen, für den Fall, dass er verlorenging.

Wie Oliver sagte: „I believe you. I remember now that I was very upset when we drove to the airport without having said goodbye to you. I didn't believe that you left us at the time." Das Aufatmen. Das Weinen auf der Veranda des Pfahlhäuschens, weil sie mittlerweile wusste, dass es unter Balinesen als unmöglich galt, vor anderen zu weinen.

Wie Rebecca, als sie keine Hoffnung mehr hatte, dass Oliver mit ihnen nach Hause fahren würde, den ganzen Tag lang zu schlafen begann.

Ni Luh Alit, die eines von Olivers kurzärmeligen Hemden flickte. Wie Lydia plötzlich ein Satz herausrutschte, den sie nie gedacht hatte oder denken wollte, der aber nun auf einmal gesagt worden war: „Thank you for taking such good care of my son." Wie Ni Luh Alit ihr einen kurzen Blick zuwarf, überrascht und verlegen. Wie sie die Näharbeit sinken ließ, die Hände vor der Brust faltete und sich vor ihr verneigte.

Wie Oliver Lydia bei der Hand nahm und in den Dschungel hineinführte. Was für ein seltsames Gefühl es war, seine Hand zu spüren, die eine Männerhand geworden war. Wie er in der anderen Hand einen kleinen Spaten trug. Wie er vor einem riesigen Baum Halt machte und zwischen zwei aufragenden Wurzeln zu graben begann. Wie er eine völlig verfaulte Rattanschatulle aus der Erde holte, sie aufbröselte und etwas Schwarzes herausnahm. Wie er das Ding an seinem T-Shirt reinigte und polierte, bis sie erkannte, was es war: die Kette mit dem Yin-Symbol. Wie er es in das Yang an ihrem Hals legte, sodass ein perfekter Kreis entstand. Wie er sagte: „Listen, I won't be able to wear this. Ni Luh Alit would be devastated if I did. But we both know it exists." Wie er die Kette in der Hosentasche seiner Shorts verschwinden ließ und dass sie sie von da an nie wieder sah.

9.

Es gab so etwas wie ein Frauchen, das vorbeikam und die Haufen wegräumte, den Boden abspritzte, Futter und Wasser in die Näpfe gab, spielte, streichelte und redete. Aber eigentlich war es kein richtiges Frauchen, denn man wohnte nicht bei ihr, und abends ging sie weg. Manchmal kamen auch andere Frauchen und Herrchen, die auch keine richtigen waren. Das Hauptfrauchen Carina kraulte Berti am Steiß, wo er es am liebsten hatte, und Giselle hinter den Ohren, wo sie es am liebsten hatte. Sie ließ die Hunde kleine Übungen machen, Sitz, Platz, Bleib, Pfotegeben, und belohnte sie dafür.

Die Frauchen und Herrchen, die keine waren, erkannte man an ihren Cargo-Hosen, in deren Oberschenkeltaschen sie Handys, Bürsten oder andere nützliche Dinge mit sich trugen, vor allem aber viele Leckerlis. Manchmal bekamen die Hunde eine Piñata, in denen Leckerlis versteckt waren und die sie zerfetzen durften. Die meiste Zeit aber war es langweilig. Einmal am Tag durfte Berti aus dem Zwinger, dann sah er die anderen Hunde, die gegen das Gitter sprangen, wenn er vorbeiging. Carina machte mit ihm einen kurzen Spaziergang über das Gelände, hinunter zu dem ölverseuchten Rinnsal, an dem hypertrophe Schierlinge wuchsen, die nun zu bizarrer Stroharchitektur abgestorben waren, und ein einsamer Graureiher saß, der freiwillig hierhergezogen war und auch im Winter blieb. Zum Abschluss durfte Berti in einem kleinen Freigehege rennen, und er rannte und rannte im Kreis, zehn, zwanzig, dreißig Kreise lang, aber es war nie genug.

An den Vergabetagen zwei Mal die Woche kamen sehr viele Menschen. Sie gingen an dem Zwinger vorbei, schnalzten mit der Zunge, pfiffen, riefen „Sitz!“ oder „Gib Pfote!“, was durch das Gitter hindurch wirklich nicht machbar war. Sie lasen die Namen ab, die über dem Zwinger auf Schildern mit Fotos der Hunde standen, und riefen: „Zorro! Zorro!" „Giselle! Giselle!" Alles in allem waren diese kurzen Begegnungen zwar unterhaltsam, aber doch recht undurchschaubar, was ihre tiefere Bedeutung betraf.

An einem besonders kalten Tag gab es für jeden ein getrocknetes Schweineohr und einen Ochsenziemer, das war der Heilige Abend, aber davon wusste Berti nichts.

Für Bertis Vergabe war es notwendig, sein Profil zu erstellen, und kastriert werden sollte er auch. Es gab zu viele Menschen da draußen, die Hunde „züchten" wollten, nur um weiteren Nachschub für die Tierheime zu produzieren. Da man über Berti nichts wusste, machte man mit ihm ein paar Tests. Man ließ Menschen mit Stöcken und Männer mit Bärten an ihm vorbeigehen, ein Anblick, der vielen Hunden unheimlich erschien, doch Berti blieb gelassen. Man ließ eine Menschenkette auf ihn zugehen, auch das erschreckte ihn nicht. Man spannte einen Regenschirm direkt neben ihm auf, er blieb ruhig. Wie es aussah, war er großstadttauglich. Nun führte man andere Hunde verschiedenster Rassen an ihm vorbei, Hündinnen sowie unkastrierte und kastrierte Rüden. Da weder Möpse noch Chihuahuas darunter waren, blieb er entspannt und man machte in seinem Profil den Eintrag: „Verträglich mit anderen Hunden." Tief in seinem Inneren aber wusste Berti, dass er andere unkastrierte Rüden nicht mehr lange tolerieren würde können, egal welcher Rasse sie angehörten. Es gab nur Platz für einen, das wurde ihm langsam klar, auch wenn er sich nach außen hin noch ruhig verhielt.

Ein stoischer Kater wurde in einer gut gesicherten Transportbox gebracht und vor Berti hingestellt. Höflich schnüffelte er das Gras vor der Box ab, um den Menschen eine Freude zu machen, während ihn der Kater bedrohlich fixierte. Berti erinnerte sich nur zu gut an die unglückliche Begegnung mit der Katze, die er mit Frau Michalek getroffen hatte. Besser, sich einem Vertreter dieser permanent starrenden Spezies gegenüber als vollkommen unauffällig zu positionieren. Für den Fall, dass die Gittertür der Transportbox geöffnet werden sollte, sandte er einige Beschwichtungssignale in Richtung des potentiellen Gegners. Er leckte sich über die Nase, ließ den Blick schweifen, blinzelte und setzte sich halb abgewandt hin. „Verträglich mit Katzen", schrieb man in sein Profil.

Auch ein paar Kinder waren schnell aufgetrieben. Carinas zwölfjährige Zwillingsschwestern hatten in Hundetests Erfahrung und stellten sich gerne zur Verfügung. Berti war begeistert. Sie spielten den halben Nachmittag mit ihm – als sie wieder gingen, winselte er noch lange. „Sehr gut verträglich mit älteren Kindern" stand nun in seinem Profil. Experimente mit Babys verboten sich aus ethischen Gründen.

10.

„Armes Ding", sagte Lydia Prinz und deutete mit dem Kinn auf Giselle.

„Ja, es ist ein Jammer", sagte Carina, „wir hoffen immer noch, dass wir sie auf einem Gnadenhof unterbringen können, damit sie es etwas schöner hat. In einer Wohnung müsste sie Windeln tragen, das ist natürlich nicht jedermanns Sache." Dabei sah sie Lydia hoffnungsvoll an. Diese schüttelte den Kopf, um klarzustellen, dass das auch ihre Sache nicht war.

„Aber der kleine Zorro hat es auch nicht leicht", fuhr Carina fort, „sein Besitzer ist verstorben. Ein Diabetiker. Ist an so einem diabetischen Schock gestorben. Die Polizei hat uns erzählt, dass der Hund stundenlang vorher gebellt hat, weil er wusste, das was nicht stimmte. Der Notarzt soll sich sehr aufgeregt haben, weil keiner der Nachbarn was unternommen hat. Aber natürlich ruft man nicht gleich die Rettung, nur weil irgendwo ein Hund bellt. Auf jeden Fall, nur manche Hunde können es riechen, wenn mit einem Diabetiker was nicht stimmt, also das kann er. Haben Sie Diabetes?“

Wieder schüttelte Lydia den Kopf. „Zorro – was ist das denn für ein blöder Name ...“

„Sie können ihn ja umbenennen“, sagte Carina, „nach einiger Zeit erst, natürlich. Damit er sich mal an die neue Umgebung gewöhnt, und dann an den neuen Namen. Ist kein Problem. Bei einem jungen Hund wie ihm dauert die Umstellung nur ein paar Wochen. Wenn Sie viel trainieren, auch kürzer.“

„Wirklich?“, sagte Lydia, „davon hab ich noch nie gehört.“

„Doch doch. Zorro ist auch schon ein paar Mal umbenannt worden, wir können das an seinem Impfpass sehen. Die Polizei hat ihn in einer Lade gefunden, als sie nach Hinweisen auf Verwandte des verstorbenen Besitzers suchte. Der Mann hatte auch eine Tante, aber die wollte den Hund nicht haben.“

„Armes Tier.“

„Ja. Und dann ist er auch noch schwarz. Wir sehen bei der Vergabe, dass schwarze Hunde am schlechtesten gehen. Nicht ganz so schlecht wie Listenhunde, aber immer sehr schlecht. Schwarz und langhaarig ist noch besser, am besten schwarz mit langen Locken, aber schwarz und kurzhaarig ist sehr schlecht.“

„Aber warum?“, fragte Lydia.

„Man vermutet, weil schwarz für die meisten Menschen mit ‚böse‘ verknüpft ist. Es gibt Studien, die zeigen, dass schwarze Hunde potentiell als gefährlicher eingestuft werden. Man kann die Leute vor einen hochbissigen blondgelockten Wuschel setzen und sie werden denken, dass der total lieb ist. Aber kaum ist der Hund schwarz – Angst. Man nennt das Black Dog Syndrome."

„Er ist wirklich sehr schwarz. Komplett schwarz."

„Nicht komplett. Schauen Sie mal, er hat acht weiße Haare an seinem linken Knie!"

Lydia bückte sich, um nachzuschauen. „Tatsächlich! Heißt das, er ist schon alt?"

„Nein nein, er ist noch nicht mal ein Jahr alt. Wahrscheinlich war ein Weißhaariger unter seinen Vorfahren."

„Also ich finde, der sieht lieb aus."

Carina schmunzelte – endlich hatte die Frau angebissen. „Und er ist es auch!", rief sie. „Er hat mit meinen kleinen Schwestern gespielt! Wirklich ein ganz feiner, braver Hund."

„Ich kann mir nicht vorstellen, dass irgendjemand Angst vor dem hat."

„Naja", gab Carina zu, „sein Glück ist natürlich, dass er klein ist. Am meisten Angst haben die Leute vor großen, schwarzen, kurzhaarigen Hunden."

Sie tat es schon wieder. Sie führte ein Verkaufsgespräch. Bevor sie Tierpflegerin geworden war, hatte sie in einem Power-Plate-Studio als Trainerin gearbeitet. Das wirkliche Geschäft machte man dort aber nicht mit den Mitgliedsbeiträgen, sondern mit dem Verkauf von Basenpulver und Eiweißdrinks. Für die Trainerinnen schauten schöne Provisionen heraus, und sie wurden regelmäßig in Verkaufstechniken geschult. Schwächen herausarbeiten, niemals lockerlassen. Kundin ist dick – Basenpulver zum Abnehmen. Kundin ist dünn – Basenpulver zur Entgiftung. Beide Eiweißshakes zum Muskelaufbau. Kundin sagt Nein –

nachhaken, nachhaken, nachhaken. Während die Frauen auf den Power Plates geschwitzt hatten, war Carina danebengestanden und hatte sie mit Fragen bombardiert.

„Ist Ihr Ziel Gewichtsreduktion? Haben Sie Ihr Ziel schon erreicht?“ Lautete die Antwort: „Ja und nein“, setzte sie nach: „Sie müssen unbedingt entgiften! Ohne Entgiftung keine Gewichtsreduktion! Ihr Körper ist übersäuert, die Säuren lagern sich im Bindegewebe ab. Das sieht man dann an den Schenkeln, dem Bauch, dem Po, den Oberarmen. Alles wird schlaff und wabbelig. Das Basenpulver wird Ihren Körper effizient von allen Schlacken befreien.“ Die Dünnen, die in der Minderzahl waren, mussten entgiften, weil man die im Bindegewebe eingelagerten Säuren zwar nicht sah, aber fühlte: „Müde? Ausgelaugt? Ständig erschöpft? Das sind die Säuren.“ Schreckten die Frauen vor dem Preis des Wundermittels zurück, wurden sie mit einer besonders schmerzhaften Bauchmuskelübung motiviert.

„Und weiter!“, rief Carina. „Wofür geben Sie denn sonst so Ihr Geld aus? Für Klamotten, die dann ungetragen im Schrank hängen? Für Süßigkeiten und Alkohol? Haben Sie ein Auto? Wie viel Geld buttern Sie eigentlich in Ihr Auto? Reparaturen, Lackpflege, Innenraumspray ... Für Zigaretten? Im Ernst? Gerade dann sollten Sie unbedingt entgiften. Wenn Sie Geld für Zigaretten haben, also ich bitte Sie, dann können Sie doch auch mal in etwas investieren, was Ihrem Körper richtig gut tut!“ Carina hatte auf alles eine Antwort. Wenn eine behauptete, sie sei gegen Nahrungsergänzungsmittel, sagte sie: „Aber das ist doch kein Nahrungsergänzungsmittel. Das sind nur Mineralstoffe und Spurenelemente!“

Einmal hatte eine besonders Schlaue erklärt, wenn sie auch nur eine einzige Kartoffel esse, nehme sie mehr Mineralstoffe zu sich, als in so einem Basenpulverdrink enthalten wären. Sie bekam eine Trizepsübung, die ihr den beklagenswerten Zustand ihres Körpers eindrucksvoll vor Augen führte.

„Kartoffel?", rief Carina, während die Frau vor Anstrengung stöhnte, „Sie essen lieber eine Kartoffel? Das ist pure Stärke! Schlechte Kohlenhydrate, die Ihren Blutzuckerspiegel vollkommen durcheinanderbringen! Und Ihren Insulinhaushalt! Böse Kohlenhydrate! Und das wollen Sie mit Basenpulver vergleichen?" Natürlich kamen ihr die Kundinnen auch bei den Eiweißshakes mit Steaks und Tofu als vermeintlichen Alternativen.

„Haben Sie jetzt etwa ein Steak bei der Hand?", konterte Carina, „Haben Sie ein hartgekochtes Ei bei der Hand? Nein, das Einzige, was Sie jetzt bei der Hand haben, ist dieser Eiweißshake. Und den müssen Sie jetzt trinken, unmittelbar nach dem Training. Es bringt nichts mehr, wenn Sie in zwei Stunden ein Lachsfilet essen. Der Muskelaufbau ist dann schon erledigt. Sie sollten sich auch nicht allzu lange Zeit lassen mit Ihrer Entscheidung. Ihr Körper braucht das Eiweiß jetzt in dieser Sekunde. Geben Sie mir Ihr Okay?"

Sie war gut gewesen, die Beste. Sie konnte einem Norweger Schnee verkaufen, einem Griechen Oliven und Palmen an Hawaii. Doch dann hatte sie eines Tages an einer Autobahnraststätte zwischen PET-Flaschen und Eispapieren einen Welpen im Gebüsch gefunden. Er saß in einer schönen Geschenkschachtel, der Deckel mit der aufgeklebten Masche lag daneben. Jemand hatte an diesem Geschenk wohl keinen Gefallen gefunden. Der Welpe blieb bei Carina, und dieser kamen Trizepsübungen plötzlich belanglos vor. So war sie Tierpflegerin geworden. Die alten Gewohnheiten saßen jedoch tief, ihr Ehrgeiz, möglichst viele Tiere zu vermitteln, war groß. Aber man sagte ihr: „Wir machen das hier nicht so. Wir drehen den Leuten nichts an. Im Gegenteil. Wir fragen: Haben Sie auch wirklich genug Zeit? Genug Platz? Genug Geld? Sind Sie sich sicher, dass Sie sich das antun wollen?" Und es leuchtete ja auch ein. Hier sollte der Kunde seine Entscheidung auf keinen Fall bereuen.

„Ich habe was mitgebracht", sagte Lydia Prinz und holte ein in weißes Papier gewickeltes Päckchen aus ihrer Handtasche. Selbst Menschen konnten riechen, was das war: Parmaschinken. Sorgfältig faltete sie das Päckchen auf: „Darf ich das den Hunden geben?" Längst hatten Berti und Giselle sich am Gitter ihres Zwingers aufgerichtet und gaben durch Fiepen und Schwanzpeitschen ihre Meinung dazu kund.

Carina nahm die dunkelroten, hauchdünnen Scheiben in Augenschein. „Sehr wenig Fett. Ansonsten reines Muskelfleisch, pures Eiweiß, hervorragend für den Muskelaufbau. Allerdings hoher Salzgehalt", analysierte sie. Gespannt wartete Lydia auf das Urteil.

„Kann ich auch ein Blatt haben?", fragte Carina. Lydia lachte und sie teilten den Schinken zu viert unter sich auf.

„Ich war mal Ernährungsberaterin", übertrieb Carina ein wenig. „Es gibt wirklich nichts Wichtigeres als hochwertiges Eiweiß, für Mensch und Tier."

„Und das Salz?", fragte Lydia. „Ist das nicht schädlich?"

Carina winkte ab. „Auch Hunde brauchen ein gewisses Maß an Salz. Wie jedes Lebewesen."

„Dieser Zorro ist wirklich ganz süß", sagte Lydia, die die braunen Augen desselben sehnsüchtig auf sich ruhen fühlte. Sie streckte drei Finger durch das Gitter, um ihn an seinem Bärtchen zu kraulen. Wohlig hob er das Kinn, dann leckte er Lydias Finger gründlich ab.

„Beliebt gemacht haben Sie sich ja schon", lächelte Carina.

„Aber ich weiß nicht“, sagte Lydia, „der Hund soll hauptsächlich für meinen Mann sein. Er ist Trafikant und da wird man ja öfter mal überfallen. Es ist immer gut, wenn ein Hund in einer Trafik ist, da gibt es dann doch eine gewisse Hemmschwelle. Und der kleine Zorro da wirkt mir nicht sehr bedrohlich.“

„In einer Trafik?“, sagte Carina. „So eine Trafik ist ja meistens recht klein. Nur ein paar Quadratmeter. Soll der Hund den ganzen Tag da liegen?“

Lydia schüttelte den Kopf. „Der Vorteil am eigenen Geschäft ist ja, dass man es jederzeit kurz schließen kann. Man hängt ein Schild an die Tür, auf dem ‚Komme gleich‘ steht, und dreht eine Runde mit dem Hund.“

„Wie groß ist Ihre Wohnung?“

„Neunzig Quadratmeter.“

„Das geht. Haben Sie andere Haustiere?“

„Nein nein, das wäre unser erstes.“

„Also keine Hundeerfahrung?“

„Noch nicht, aber wir würden ja in eine Hundeschule gehen. Das versteht sich doch.“

„Der Vorteil mit der Trafik wäre natürlich, dass der Hund nicht allein bleiben müsste“, meinte Carina.

„Das ist wahr. Er wäre niemals allein.“

„Als Anfängerhund würde ich Ihnen keinen größeren empfehlen. Einen Vierzig-Kilo-Hund zu handeln ist nicht leicht.“

„Wissen Sie was – ich nehme den kleinen Zorro“, sagte Lydia Prinz.

11.

„Da schau, was ich mit diesem Kastrationsgutschein mache!“, rief Lydia, sobald ihr Wagen an der ersten Ampel zum Stehen gekommen war, und zerfetzte den Schein in tausend Stücke. Berti, der neben ihr am Beifahrersitz saß, schnupperte interessiert an den Konfetti, die sie triumphierend auf ihn hinabregnen ließ. „Eines kann ich dir versprechen: Deiner Männlichkeit wirst du bei mir sicher nicht beraubt!“

Sie war überzeugt davon, im Gesicht des Hundes blankes Entsetzen gesehen zu haben, als Carina ihr in unsensibelster Weise vor ihm den Gutschein ausgehändigt hatte: „Sie können jederzeit bei unserer Tierärztin einen Termin ausmachen und das kostenlos erledigen lassen!“ Der Hund hatte regelrecht geschlottert vor Angst, während Lydia gezwungen war, gute Miene zum bösen Spiel zu machen: „Natürlich, das werden wir, das ist ja nur vernünftig.“

Man konnte das nicht früh genug richtigstellen, je länger der Hund einen für einen sexuell gewalttätigen Entführer hielt, desto schlimmer. Mit dem Zerfetzen des Kastrationsgutscheins hatte er sich sichtbar entspannt. An der nächsten Ampel nahm Lydia sich den EU-Pass vor.

„Zorro. Ricky. Robert Pattinson“, entzifferte sie die hingekrakelten und teilweise durchgestrichenen Buchstaben. „Keiner davon ist dein richtiger Name. Wenn man jemanden wirklich versteht, hat man auch den richtigen Namen für ihn.“ Sie kraulte Berti wieder am Kinn, betastete seine Pfoten, die noch immer viel zu groß waren, obwohl er längst kein Welpe mehr war, tätschelte seinen muskulösen Oberschenkel. Dann wurde es grün.

„Ich glaube, du bist ein Beschützer-Typ“, sagte Lydia. „Ein hochintelligenter, geheimnisvoller schwarzer Beschützer. Ich glaube, dein Name ist Bagheera.“ An der nächsten Ampel beugte sie sich zu ihm hinüber, sah ihn durchdringend an und sagte: „Bagheera.“ Berti, dem es stets unangenehm war, angestarrt zu werden, öffnete infolge seiner Bedrängnis, gewissermaßen als Notlösung, das Maul zu einem großen Gähnen, das er mit dem für ihn charakteristischen Quietschen versah.

„Das war ein Ja!“, jubelte Lydia. „Ich habe den richtigen Namen gefunden. Bagheera. Bagheera.“ Wieder eine Ampel weiter trug sie den Namen in den Pass ein. Große Schneeflocken begannen zu fallen, aufgeregt richtete Berti sich am Seitenfenster auf und guckte hinaus.

„Siehst du, Bagheera“, sagte Lydia, „es schneit. Die Natur sagt uns, dass wir uns für den richtigen Namen entschieden haben.“

Zu Hause angekommen, machte sie sich daran, Berti einer gründlichen Reinigung zu unterziehen.

„Du siehst aus, als wärest du seit Monaten nicht mehr gebadet worden!“ Er war seit Monaten nicht mehr gebadet worden. Weder in den neun Wochen, die er bei Marcel, noch in den zehn, die er im Tierheim verbracht hatte. Im Grunde war das das Beste an seiner jüngeren Vergangenheit gewesen.

Lydia stellte Berti in die Badewanne, und wie er es schon von Frau Michalek kannte, wurde er mit dem Duschkopf abgespült, aus dem erst eiskaltes und dann heißer und heißer werdendes Wasser herauskam. Der zwischen seinen haarigen Zehen festgebackene Schlamm löste sich, vier braune Rinnsale liefen in den Abfluss. Lydia seifte Berti mit ihrem Duschgel ein, das „Crazy Tropic Love“ hieß und roch, als ob vierzig verschiedene Früchte in einem Zuckerbad eingekocht worden wären. Als sie es wieder herausgespült hatte, kam ihr der Gedanke, dass angesichts der Haarigkeit ihres Klienten ein Shampoo vielleicht doch das angemessenere Produkt wäre, und sie schäumte Berti mit ihrem „Chocolate Dream Mousse Shampoo“ ein. In der Hoffnung, sein drahtiges Haar etwas geschmeidiger zu machen, ließ sie anschließend eine beträchtliche Menge „Magic Honey & Sage Silk Conditioner" auf ihm einwirken. Zum dritten Mal spülte sie ihn ab, er sprang aus der Wanne, lief in den Flur und schüttelte sich. Sie wischte den Flur auf und die Wände ab, Berti schüttelte sich wieder. Es war wohl besser, ihn erst trocken zu kriegen.

Als sie den heißen und lauten Luftstrahl des Föhns auf ihn richtete, rannte er davon und versteckte sich unter dem Sofa. Lydia legte sich davor auf den Bauch und erklärte: „Es tut mir so leid, Bagheera, ich hätte dir das nicht antun dürfen. Der böse Föhn ist schon weg. Bitte komm heraus, damit ich dich abtrocknen kann, sonst verkühlst du dich noch." Als das nicht half, holte sie ein wenig Schwarzwälder Schinken aus dem Kühlschrank.

„Schau", sagte sie, „allerfeinstes Eiweiß, genau was du brauchst." Noch ehe sie weitere Argumente anführen konnte, war Berti unter dem Sofa hervorgekrochen und hatte den Schinken verschluckt. Lydia warf ein Badetuch über ihn und begann ihn zu rubbeln.

„Das gefällt dir, was, Bagheera, ja, das tut gut ..." Sie rubbelte und rubbelte. Gestresst von all den Gerüchen, die an ihm hafteten, von Wasser, Föhn und Rubbelei, schachtete Berti seinen rosaroten Penis aus.

„Oh!", rief Lydia, „dass es dir *so* gut gefällt – wer hätte das gedacht!" Dann tränkte sie Wattepads mit „Deep Cleansing Mint and Rose Tonic" und wischte ihm damit die Ohren aus.

12.

Es war alles perfekt, als Gennaio Prinz – er hatte bei der Heirat mit Lydia deren Namen angenommen, was ihm nur recht war, da seine Ex-Frau den anderen behalten hatte –

am Abend seines siebenundvierzigsten Geburtstages voller Vorfreude nach Hause kam.

Der piekfeine Hund saß mit einer hellblauen Geschenkschleife um den Hals auf einem Stuhl am gedeckten Tisch und hatte, um die Niedlichkeit seines Anblicks noch zu erhöhen, einen Teller vor sich. Platz-Sets aus Reisstroh. Ein aus Teakholz geschnitzter Teelichthalter in Gestalt einer Echse. Eine Vase mit grünen Lotos-Schoten und einer Heliconie mit sechs leuchtend orangen Zacken. Dunkelgrüne Stoffservietten mit eingewebten Pflanzenornamenten, in Teakholzringe gefasst. Neben der Pfanne lagen die Steaks und die in Speckscheiben gewickelten Bündel von blanchierten Prinzessbohnen. Im Rohr karamellisierte eine Mischung aus Meersalz, Chili und braunem Zucker auf den Wedges. Im Kühlschrank wartete die mit Mokka-Fondant aufwendig dekorierte Cognac-Torte. Ja, es war alles perfekt. Aber Gennaio reagierte nicht wie erwartet.

„Nein", sagte er, in der Küchentüre stehend, und ballte die Fäuste. „Nein. Nein. Du machst das nicht wieder mit mir. Nicht dieses Mal."

„Was meinst du?", sagte Lydia, die neben Berti am Tisch saß, „möchtest du deinen Geburtstag nicht mehr feiern? Ja woher soll ich denn das wissen?"

„Du weißt genau, was ich meine. Stell dich doch nicht blöd!"

„Ich habe dir liebevoll ... und jetzt ... nennst du mich blöd?"

„Was ist das, Lydia? Was ist das?", rief Gennaio und richtete seinen Zeigefinger auf Berti, der von seinem Stuhl gesprungen war, um an dem Neuankömmling zu schnuppern.

„Dein Geburtstagsgeschenk! Das siehst du doch an der Masche! Ein Hund, der die perfekte Größe für die Trafik hat! Der dich verteidigen wird! Vor Raubüberfällen! Er heißt Bagheera!"

„Du bringst den Hund sofort zurück, wo auch immer du ihn herhast! Sofort!“ Gennaios Stimme war nun wirklich laut und er machte einige drohende Schritte auf Lydia zu. Berti sah sich gezwungen einzugreifen. Er schnitt ihm den Weg ab und bellte ihn ein Mal warnend an. Gennaio hielt kurz inne, ignorierte dann aber den Hund. Er sagte: „Lydia! Du kannst ...“ Dabei hob er die Hand in einer wütenden Geste. In diesem Moment sprang Berti an ihm hoch und fasste nach seinem Arm. Es war kein Beißen, eher ein Festhalten, als wollte er den Arm an seiner bedrohlichen Führung zu Lydia hin hindern. Dann hatte er ihn auch schon wieder losgelassen und sich quer zwischen die beiden Menschen gestellt. Wieder bellte er Gennaio an, zwei Mal.

„Oh mein Gott“, hauchte Lydia ergriffen, „Bagheera kennt mich erst seit ein paar Stunden, und er verteidigt mich schon!“

Auch Gennaio war beeindruckt. „Er will nicht, dass wir streiten! Unglaublich, dass ein Tier Streit schlichtet. Sowas hab ich noch nie gehört.“

„Was heißt Streit!“, rief Lydia, „ich hab gar nichts gemacht! Ich hab nicht gestritten!“

„Du weißt genau ... Worum es hier ...“

„Du bist auf mich losgegangen! Du hast mich attackiert, weil ich dir wie jede normale Ehefrau ein Geburtstagsessen vorbereitet habe! Du bist ...“ Lydia sprang von ihrem Stuhl auf, der mit einem schmerzhaften Kreischen über die Bodenfliesen fuhr. Doch ehe sie auf Gennaio zustürmen konnte, schnitt Berti nun ihr den Weg ab und bellte sie an. Ein Mal. Ein „Wau“, das wie „Stopp“ klang. Die Menschen erstarrten.

„Ich glaube, du hast recht“, sagte Lydia so ruhig und leise wie möglich. „Er will nicht, dass wir streiten. Ist das nicht wunderbar. Er wird unsere Beziehung regulieren.“

„Oh nein", erwiderte Gennaio im sanftesten Tonfall, „das wird er bestimmt nicht. Er wird nämlich von hier verschwinden. Jetzt werde ich mal unsere Beziehung regulieren."

„Pssst!", machte Lydia, „wir wissen nicht, was er alles versteht! Wenn er hört, wie du über ihn redest, ist das wirklich sehr unangenehm für ihn!"

„Du spinnst doch!", flüsterte Gennaio. „Wie soll er uns denn verstehen! Das ist ein Hund, kein Germanistikprofessor!" In diesem Moment spitzte Berti die Ohren und schaute Gennaio aufmerksam an. Der hochinteressierte Blick, die buschigen, in kritisch wirkender Weise abwechselnd hochgezogenen Brauen – er sah tatsächlich wie ein reinkarnierter Professor aus.

„Siehst du! Siehst du!", zischelte Lydia, „was hab ich gesagt!"

„Okay", sagte Gennaio, „das ist echt unheimlich."

Ja, Berti hatte etwas verstanden, und zwar das Wort „Hund". Er wusste, dass „Hund" einer von den vielen Namen war, mit denen er bezeichnet wurde, deshalb horchte er auf und wartete darauf, dass diesem Wort eine Interaktion folgte. Was aber nicht geschah. Die Menschen wuschen sich die Hände, salzten und pfefferten die Steaks, gossen Öl in eine Pfanne. Wie es schien, hatten sie sich beruhigt und man konnte die Überwachung ein wenig lockern. In kreiselnden Bewegungen versuchte Berti, die Schleife an seinem Hals zu fassen zu kriegen, um sie zu entfernen.

Seine Berufung zum Friedensstifter hatte er gerade neu entdeckt. Ja, er wollte Ruhe. Aber keineswegs, weil ihm eine höhere Macht eine Schrifttafel mit den Zehn Geboten zugestellt hätte, oder weil er eine internationale Ehrung für pazifistisches Engagement anstrebte, sondern weil Zoff ein Hundeprivileg war. Es ging nicht nur um die Menschen – er hätte genauso raufende Waschbären oder zankende Stockenten getrennt. Krieg, Kampf, Schlacht, Prügelei, Drohen, Rempeln, Rangeln, Jagen, Maßregeln, Anschnauzen, Schütteln, Beuteln, Dögeln, Vermöbeln, Aufmischen, Fertigmachen und Vernichten war Hundesache. So wurde die Welt von Hunden geregelt und kontrolliert. Bei jeder anderen Spezies war ein solches Verhalten jedoch befremdlich, verfehlt und unangebracht.

Während Berti die Schleife endlich lösen konnte und darin ging, sie zu zerschreddern, brieten Lydia und Gennaio Prinz ihre Steaks und die Fisolenbündel. Sie holten die etwas angekohlten Wedges aus dem Ofen, riefen den Hund zu seinem Platz am Tisch und begannen zu essen. Sie unterhielten sich sotto voce. Die Fettränder ihrer Steaks schnitten sie klein und legten sie Berti auf den Teller.

„Jedes Mal", sagte Gennaio, „beginnt es damit, dass du mir ein Tier schenkst."

„Aber du magst doch Tiere?"

„Ja. Im Wald, im Meer und in der Kalahari."

Lydia schluchzte unterdrückt, aber nicht zu sehr, um den Hund nicht aufzuregen.

„Und", fuhr Gennaio fort, „du schenkst mir immer etwas, was du selber willst. Nämlich ein Viech. Das ist deine Masche. Du schleppst einen Vogel an, und um zu verhindern, dass ich mich wehre, gibst du ihn mir als Geschenk." Das Wort „Geschenk" rahmte er durch zwei mit Mittel- und Zeigefingern in die Luft gestrichelte Anführungszeichen ein.

„Aber ...", stammelte Lydia, „du hast doch ..." Sie merkte, dass ihr Tränen die Wangen hinunterliefen und ihre Stimme kippte. Schnell schnitt sie ein Stück von ihrem Steak ab, nicht vom Fett, sondern vom Fleisch, und legte es dem Hund auf den Teller. „Da, Bagheera, schau, es ist alles in Ordnung. Wir haben uns lieb, wir essen und reden ein bisschen ..."

„Und dann“, unterbrach sie Gennaio, „dann braucht der Vogel auf einmal einen Partner, weil er sonst einsam ist, und dann brauchen die beiden Vögel andere Vögel, weil sie nur in der Gruppe glücklich sind, und dann brauchen sie eine größere Gruppe, weil das ist in der Natur auch so, und dann müssen wir auch noch andere Vogelarten haben, weil es denen im Tierheim ja auch nicht so gut geht ...“ Es fiel Gennaio nicht leicht, all das in einem zuckersüßen Tonfall zu sagen. Unter dem wachsamen Blick des haarigen kleinen Friedensapostels an seinem Tisch bemühte er sich sogar, beim Schneiden mehr streichelnde als säbelnde Bewegungen zu machen. „Hast du eigentlich eine Ahnung, wie viele Vögel wir mittlerweile haben? Du hast ja gar keinen Überblick mehr!“ Beide stellten sie unwillkürlich das Kauen ein und lauschten. In der Wohnung zwitscherte, krächzte und keckerte es. Es tschilpte, gurrte, pfiff und trällerte. Gennaio hatte recht. Lydia hatte keine Ahnung, wie viele Sittiche, Kanarienvögel und Zwergpapageien es tatsächlich gab. Sie hatten zwei große Volieren, eine im Wohnzimmer und eine in dem Zimmer, das Oliver gehören hätte sollen, dazu unzählige Käfige. Einige der Vögel hatten bereits Nester gebaut und sich erfolgreich vermehrt.

„Aber nicht genug“, fuhr Gennaio fort, „dann willst du auf einmal eine Bartagame. Und damit ich nicht Nein sagen kann, schenkst du sie wieder mir! Da! Eine Bartagame! Was für ein tolles, tolles Geschenk!“

Lydia gab es auf, die ihre Wangen hinunterlaufenden Tränen mit der Serviette abzutupfen, und ließ sie Striche über ihr Gesicht ziehen. „In deinem ersten Brief“, sagte sie, „in deinem allerersten Brief hast du geschrieben: Genauso wie du liebe ich Pflanzen, Tiere und die gesamte Natur.“

Gennaio musste sich zurückhalten, ihr nicht beruhigend die Hand zu drücken. Zu oft schon hatte er eingelenkt, und dann war alles weitergegangen wie bisher. „Ja, das habe ich geschrieben. Ich dachte, wir würden gemeinsam wandern gehen und auf Discovery Channel Tierdokus anschauen. Ich dachte nicht, dass sich Discovery Channel bei uns in der Wohnung abspielen würde."

„Man kann eine Bartagame auf Dauer nicht alleine halten", erwiderte sie trotzig.

„Wie viele Bartagamen haben wir, Lydia?" Wieder lauschten sie. Nicht weil die Bartagamen allzu viele Laute von sich gaben. Aber ihre Nahrung gab Laute von sich. Hunderte Heimchen, die Lydia auf Eierkartons in Olivers nie benutztem Zimmer hielt, mit Obst, Faschiertem und Haferflocken mästete, und die zirpten, zirpten, zirpten. Vielleicht auch Tausende. Ihr monotones, hypnotisierendes Konzert bildete den Teppich, auf den die Vögel ihre bunten Klanggirlanden warfen. Wie viele Bartagamen es gab, wusste sie nicht. Auch sie hatten sich vermehrt, was ja nur bedeuten konnte, dass sie sich überaus wohlfühlten. Ein Gelege konnte zwanzig oder dreißig Eier enthalten, und Lydia gab keines der Babys fort. Sie hatten große und kleine Terrarien in allen Zimmern, sogar im Schlafzimmer und in der Küche.

„Und jetzt", sagte Gennaio und sah ihr dabei fest in die Augen, „fängst du an mit einem Hund. Es gibt genau zwei Möglichkeiten, Lydia. Entweder der Hund geht, oder ich."

13.

In Bali war Gennaio nicht mit dabei gewesen. Sie hatten es sich lange überlegt und immer wieder die beiden großen, einander widersprechenden Theorien diskutiert: A) Gennaio sollte unbedingt mitkommen, um seinem zukünftigen Stiefsohn – und nicht zu vergessen: Mitbewohner –

sein Interesse und seine Zuneigung zu demonstrieren. B) Gennaio sollte auf gar keinen Fall mitkommen, um Oliver nicht zu überfordern – schließlich würde er genug damit zu tun haben, sich wieder an seine Mutter und seine Großmutter zu gewöhnen. Am Ende war Gennaio zu Hause geblieben, was auf jeden Fall billiger war und ihm überdies Zeit ließ, Olivers Zimmer den letzten Schliff zu verleihen.

Sie hatten das Zimmer so dezent und neutral wie möglich eingerichtet. Schlichte Möbel, weiße Wände, dunkelblaue Vorhänge und moderne Chromlampen. Lydia hatte allerdings darauf bestanden, das Schachtelkrokodil auf der Kommode aufzustellen – so konnte sich Oliver gleich bei seinem Eintreten an seine glückliche Kindheit erinnern. Nachdem Lydia abgereist war, baute Gennaio noch den Schreibtischstuhl zusammen, putzte die Fenster, zog an Bett und Schrank die Schrauben nach, montierte ein LED-System und besorgte eine große Palme, die er in der Hoffnung aufstellte, sein unbekannter Stiefsohn würde sich darüber freuen, da sie ihn an Bali erinnerte. Als das Zimmer dann leer blieb, wusste Gennaio nicht so genau, ob er enttäuscht oder erleichtert sein sollte.

Kennengelernt hatten sie sich über eine Fernsehsendung, die „Liebesglück und Herzerltraum“ hieß und partnersuchende Singles in heiteren Kurzporträts vorstellte. Lydia reizten daran zwei Dinge: Erstens die Reichweite der Sendung und damit Effizienz einer Teilnahme, denn angeblich erreichten durchschnittlich zweihundert Zuschriften die Suchenden. Und zweitens die Tatsache, dass sie bereits Kameraerfahrung hatte. Nach Olivers Verschwinden hatte sie bei mehreren Pressekonferenzen eindringliche Appelle an die Fernsehzuschauer gerichtet, die Polizei bei der Suche zu unterstützen. Durch die Verzweiflung mit einem Schlag aus ihrer privaten Anonymität gerissen, hatte sie gelernt, ihre Stimme zu kontrollieren, ihre Formulierungen abzuwägen und sich preiszugeben, ohne an der Scham daran zu ersticken. Ihre Auftritte waren insofern ein Erfolg gewesen, als die Hinweise, die bei der Polizei eingegangen waren, von beachtlicher Zahl waren. Oliver wurde an einem Hotelpool in Gran Canaria gesichtet, bei „Pirates of the Carribean" in Disneyland, in einer Teppichfabrik in Antalya, in einem Park in Berlin-Charlottenburg, bei den Amish in Pennsylvania, bei dem seit Langem als gruselig bekannten Nachbarn einer Dame in Dornbirn, an der Hand einer Romafrau in Bulgarien, an der Hand eines schwarzhaarigen Hünen mit Nickelbrille in einem Einkaufszentrum in Ontario, in Gesellschaft eines merkwürdig wirkenden italienischen Pärchens in La Réunion. Er wurde in Peru, Bolivien, Chile und Argentinien entdeckt, und allein vierzehn Mal in Paraguay. Dorthin war Christoph mit ihm von Wien aus geflogen, so viel hatte die Polizei noch feststellen können. Hunderte Hinweise, und jeder Einzelne davon eine Sackgasse. Olivers Doppelgänger. Aber auch Kinder, die Oliver nicht einmal ähnlich sahen oder Mädchen waren oder deutlich älter als fünf.

Für die Aufnahmen für „Liebesglück und Herzerltraum" hatte Lydia die winzige Single-Wohnung, in der sie damals lebte, auf Hochglanz gebracht. Sie wusste, dass die Kamera gerne auf Staubflusen in der Ecke oder Fettspritzern auf den Küchenfliesen ruhte, und man diese Bilder mit Musik aus den schrecklichsten Szenen von „Der weiße Hai" oder „Psycho" unterlegte. Sie hatte jeden einzelnen ihrer zahllosen Vögel poliert. Die Vögel, mit denen sie damals lebte, waren aus Glas, Holz, Metall, Keramik oder Kunststoff. Britta Schwind, die Regisseurin, war begeistert. Sofort holte sie etliche Exemplare aus ihren Vitrinen heraus und stellte sie dort auf, wo sie normalerweise nicht standen: Auf den Herd, den Sofatisch, die Duschablage, den Fußboden. Sie wies ihre beiden Kameramänner an, die Vögel aus verschiedenen Perspektiven und von einem gleißenden Schweinwerfer bestrahlt zu filmen. Lydia wusste, dass der Nippes der in „Liebesglück und Herzerltraum" Porträtierten ein heikles Sujet war. Die Kamera hielt auf unschuldigen Gegenständen stets jenen Tick zu lange drauf, der dazu führte, dass der Eindruck kippte und sie geschmacklos und lächerlich wirkten. Dass dies mit ihren wunderschönen Vögeln möglich sein könnte, hielt sie für ausgeschlossen. Doch da täuschte sie sich. Als sie die Sendung später sah, musste sie feststellen, dass ihre Sammlung wie Schrott aus dem Ein-Euro-Shop wirkte.

Bevor mit dem Interview begonnen werden konnte, nahm sich Britta Schwind Lydias Äußeres vor. Diese hatte einen dunkelgrauen Business-Anzug angezogen, wie sie ihn gerne im Büro trug, und von dem sie meinte, er würde ihre nüchterne No-Nonsense-Bilanzbuchhalterpersönlichkeit hervorragend ausdrücken. Britta Schwind aber gefiel er gar nicht. Sie quetschte mit Daumen und Zeigefinger ihre Oberlippe zusammen und schüttelte den Kopf, wobei die gequetschte Oberlippe still gehalten wurde, was aussah, als würde die Regisseurin sich vor Unglück über Lydias Anblick selbst große Schmerzen zufügen.

„Das geht gar nicht. Sie sehen ja aus, als würden Sie zu einem Vorstellungsgespräch gehen." Sie forderte Lydia auf, ihren Kleiderschrank zu öffnen: „Da werden wir doch etwas finden, das besser passt." Zunächst sah es nicht danach aus. Lydia bevorzugte klare, männliche Schnitte und gedeckte Farben. Ein dunkles Bordeaux erschien ihr bereits als Inbegriff des Übermuts.

„Njet, njet, njet", sagte Britta Schwind, während sie einen Kleiderbügel nach dem anderen zur Seite schob. Da alle Welt in ihrer Branche begonnen hatte, ständig ins

Englische zu verfallen, grenzte sie sich durch unmotivierten Einsatz von russischen Versatzstücken ab. Dazu befähigt fühlte sie sich, seit sie ein Russland-Special ihrer Sendung gedreht hatte. Dabei hatte sie heiratswillige russische Frauen vorgestellt, die hofften, in Österreich einen wohlerzogenen und dem Alkohol nicht übermäßig zugeneigten Mann zu finden, und die von einer bitteren Enttäuschung in die nächste taumelten. Obwohl sie sich wirklich Mühe gegeben hatte, war es ihr nicht gelungen, einen russischen Mann aufzutreiben, der sich nach einer österreichischen Ehefrau sehnte: Das Gerücht ging um, österreichische Frauen würden von ihren Männern allen Ernstes verlangen, die Hälfte der Hausarbeit zu übernehmen.

„Klassno!", rief Britta Schwind plötzlich und zog ein Teil aus den Tiefen des Schrankes, wo es lange Zeit vergessen worden war. Lydia hatte es einmal gekauft, nachdem sie fast drei Stunden lang im Wartezimmer ihres Zahnarztes gesessen und Modezeitschriften gelesen hatte. Sie hatte es einerseits erworben, um sich für die erlittenen Qualen zu belohnen, und andererseits, da die vielen Bilder von Models in exzentrischen Outfits in ihr den Irrglauben geweckt hatten, auch in ihrem Alltag gäbe es Gelegenheit für modische Mutproben. Es handelte sich um eine flatternde Tunika mit Fledermausärmeln in einem elektrisierenden orange-goldenen Muster, auf das goldene Plastiknuggets appliziert waren, die von der Ferne wie echtes Gold aussahen, was dem Ding eine gewisse Gangsta-Protzigkeit verlieh. Das Schlimmste aber war das Dekolletee: Es war so tief, dass es das Anlegen eines entsprechend herzeigbaren BHs erforderte. Ein Fehlkauf, der mindestens drei Jahre lang aufgehoben werden musste, um die beträchtliche Ausgabe zu rechtfertigen, wonach er dann endlich in den Altkleidercontainer dürfen würde. Britta Schwind war so entzückt, dass sie ins Du verfiel: „Das ziehst du an, mein Schatz, das ist ganz bezaubernd! Wir müssen doch den Männern was bieten!"

Die Visagistin stimmte zu: „Vor der Kamera wird das ganz toll aussehen!"

Die jungen Männer der Crew nickten zustimmend und murmelten: „Absolut super, ja genau!" – die beiden Kameramänner, der Tontechniker, der Beleuchter und ein besonders attraktiver Kerl, dessen Hauptfunktion darin zu bestehen schien, Britta Schwinds persönlicher „Herzerltraum" zu sein, ihr Handy zu verwalten, ihr Getränke zuzutragen und sie durch das Zuwerfen von schmachtenden Blicken bei Laune zu halten.

Als Lydia sich selbst schließlich im Fernsehen sah, erkannte sie sich kaum wieder. Wie war es der Visagistin nur gelungen, ihr Haar mittels elektrischer Lockenwickler in die Form einer billigen Perücke zu bringen? Welche Absicht war dahinter gestanden, ihrem Gesicht durch purpurnen Lidschatten den Anschein fortgeschrittener Rekonvaleszenz nach einer Prügelattacke zu verleihen? Und wie hatte Britta Schwind – die selbst in der ganzen Sendung weder zu sehen noch zu hören war, obwohl sie in Wahrheit unentwegt redete, befahl und Dinge im Zimmer manipulierte – wie hatte sie es nur geschafft, aus Lydia Sätze herauszulocken wie: „Bei meinen Bilanzen bin ich ordentlich und korrekt, aber das heißt nicht, dass ich nicht auch zügellos sein kann."?

Nach der Sendung war Lydia überzeugt davon gewesen, dass sich nur extrem wahnsinnige und umnachtete Bewerber bei ihr melden würden. Gemessen am Anteil extrem Wahnsinniger und Umnachteter an der Gesamtbevölkerung würde sie etwa vier Zuschriften bekommen.

Am Ende waren es einhundertachtundzwanzig Männer, die Briefe, Fotos und gepresste Blümchen schickten.

„Na, zufrieden?“, triumphierte Britta Schwind. „Ich hab dir gesagt, die Tunika ist der Hammer!“

„Ich dachte, man bekommt so um die zweihundert Zuschriften“, erwiderte Lydia, um von ihrer Verblüffung abzulenken.

„Ja, mein Schatz, das mit den zweihundert Zuschriften kommt schon vor, aber nur bei Blondinen.“

„Ernsthaft?“

„Ja, versteh das aber nicht falsch, mein Schatz – die Masse steht auf Blondinen, die mit Klasse auf Brünette“, erklärte Britta Schwind, die selbstredend dunkelhaarig war. Lydia musste an ihre Mutter denken. Rebecca, die eine Naturblondine war – zumindest bis zu einem unbekannten Zeitpunkt in ihren Dreißigern. Die die haselnussbraunen Haare ihrer Tochter nach ihrem eigenen Ebenbild blond gefärbt hatte, als diese sechs Jahre alt war.

„Blondinen haben mehr Spaß!“, hatte sie behauptet, um Lydia die drastische Veränderung schmackhaft zu machen. Aber Lydia hatte nicht mehr Spaß. Es war sogar außerordentlich unspaßig, als sie in die Schule kam und ihre Klassenkameraden „Voll nuttig!“ kreischten (nicht, dass sie wussten, was das bedeutete, aber sie wussten, dass man es zu Blondinen sagte). Als die Lehrerin hereinkam, sie nicht erkannte und sagte: „Wie ich sehe, haben wir eine neue Schülerin. Möchtest du dich nicht vorstellen?“ Als die anderen Kinder vor Lachen von den Stühlen fielen und sich wie die Irren am Boden wälzten.

14.

Nach Bali hatten sich Rebecca und Lydia einander entfremdet. Eigentlich war es schon auf Bali geschehen, als Rebecca begonnen hatte, gar nicht mehr aus dem Bett aufzustehen, was Lydia als demonstratives Desinteresse an ihrem, Lydias, verkorksten und gescheiterten Leben interpretierte. Wieder zu Hause vollzog sich Rebeccas Transformation von der leidenden Großmutter zur lustigen Witwe schnell. Sie habe genug gelitten, erklärte sie, sie habe sich genug eingeschränkt, sie habe die Lebenslust allzu oft auf eine Zukunft vertagt, die dann niemals eintrat. Sie werde, sagte Rebecca, auf der Stelle mit der Lebenslust beginnen, ihr bleibe nicht mehr viel Zeit.

Sie begann, in großen Gruppen von aufgetakelten Freundinnen auszugehen. Sie begann Sport zu treiben, ihr Geld zu verprassen und im Anbaggern von Männern noch mehr Schamlosigkeit an den Tag zu legen als zuvor. Schließlich zog sie mit drei anderen am Vulkan der Endlichkeit tanzenden Damen in ein Haus in Südfrankreich. Und mit einem Mann.

„Wir sind eine Raubtier-WG", sagte Rebecca, „vier Pumas und ein grauer Panther."

„Und, Mutter, wenn ich fragen darf – schlafen die vier Pumas alle mit dem grauen Panther?", fragte Lydia.

Rebecca lachte. „Leider nicht. Leider leider leider nicht. Er sieht nämlich wirklich gut aus. Aber er ist schwul. Wie haben dasselbe Beuteschema und gehen gemeinsam auf die Jagd."

Lydia fand, dass ihre Mutter, die genau wusste, wie sehr sie darunter litt, dass Oliver weit weg im Ausland lebte, einen unverkennbar sadistischen Zug an den Tag legte, indem sie nun ebenfalls in ein anderes Land zog. Sie fand, dass ihre Mutter bei ihrer Weigerung, weiter um Oliver zu trauern, wie bei allem maßlos übertrieb. Und sie hätte es eleganter gefunden, wenn ihre Mutter sich entschlossen hätte, in Würde zu altern, das heißt asexuell. Ganz konnte sie ihr im letzten Punkt das Verständnis aber nicht verweigern, hatte sie doch selbst einmal eine, wenngleich kurze, „wilde Phase“ gehabt.

Nach der Ausstrahlung von „Liebesglück und Herzerltraum“ mit Lydia, Tunika und Dekovögeln begann eine aufregende Zeit. Unter den einhundertachtundzwanzig Zuschriften waren zwar deutlich mehr als vier von extrem Wahnsinnigen und Umnachteten, was ein neues Licht auf den Zustand der Gesamtbevölkerung warf. Es waren aber auch zwölf Kandidaten dabei, die Lydia sicher kennenlernen wollte, wozu noch eine Backupliste von zweiundzwanzig weiteren kam, die sie eventuell auch treffen würde. Viele Männer gleichzeitig zu daten gab ihr das herrliche Empfinden, verrucht zu sein. Dazu fühlte sie sich in vollem Ausmaß berechtigt, schließlich hatte sie genug durchgemacht. Wenn sie die karge Bürowelt mit ihrem grauen Teppichboden, den klappernden Jalousien und den plastikhaften Hydrokultur-Fici verließ, verwandelte sie sich wie Catwoman und begann ihr Leben als Femme fatale.

Gennaio war die Nummer zwanzig auf der Liste der eventuell auch zu Treffenden, also eigentlich in aussichtsloser Position. Das lag daran, dass er angegeben hatte, frisch geschieden zu sein und vier Töchter zu haben. Vier! Lydia stellte sich quälend lange Besuchswochenenden vor, an denen sie damit beschäftigt wäre, Gennaios Neugeborene zu wickeln, die Zweijährige von Steckdosen und Giftstoffen fernzuhalten, die Vierjährige ruhig und gefasst durch stundenlange Trotzanfälle zu geleiten und der Sechsjährigen bei den Hausaufgaben zu helfen. Nein danke! Sie hatte ihn nur auf die Liste gesetzt, weil sein Foto irgendwie nett aussah. Und weil sein Brief irgendwie nett klang. Unvorstellbar, dass sie ihm beinahe nicht geantwortet hätte. Er kam nur deshalb noch ins Spiel, weil von den anderen Kandidaten der Lack mehr oder weniger schnell ab war. Einer war sogar beim vierten Date (und mehreren Küssen) mit der Information herausgerückt, dass er verheiratet war, aber seine Frau gerne betrügen würde.

Wie sich herausstellte, war Gennaio früh Vater geworden, sodass drei seiner Töchter bereits studierten. Die vierte, Anna, war zwei Monate älter als Oliver. Lydia spürte einen Stich des Neides, als sie das hörte, und als sie mit Gennaio zusammengekommen war, hatte sie anfangs Sorge, dem Mädchen infolge dieses Neides eine schlechte Patchworkmutter zu sein. Aber alles lief gut, es fiel ihr leicht, Anna ins Herz zu schließen, da sie Gennaio so ähnlich war. Ja, er hatte etwas, das Lydia fehlte, aber durch ihn hatte sie irgendwie auch etwas davon. Eine Teilzeitersatztochter. Sie zogen zusammen, und Anna kam regelmäßig zu Besuch. Sie schlief in dem Zimmer, das Olivers Zimmer werden sollte, wenn er wieder auftauchte. Lydia überlegte ständig, wo sie in diesem Fall – der ja jederzeit und plötzlich eintreten konnte – Anna unterbringen würden. Sie im Wohnzimmer auf der Couch schlafen zu lassen, wäre ihr ungerecht vorgekommen, beide Kinder sollten gleich behandelt werden. Aber wo ein weiteres Zimmer hernehmen? Oder sollte Oliver auf die Couch ziehen, wenn seine Stiefschwester zu Besuch war? Wäre es psychologisch ratsam, ihn nach seiner jahrelangen Odyssee erneut sporadisch zu entwurzeln?

Gennaio sagte: „Das sehen wir dann, wenn es so weit ist.“ Doch Oliver sollte sein Zimmer nie kennenlernen. Als sie ihn gefunden hatten, war Anna gerade auf ihrem Auslandsschuljahr in Australien. Und als sie wieder zurückkam, war das Zimmer zwar neu eingerichtet, aber immer noch frei.

15.

Auch wenn am Ende ihrer Ehe mit Christoph nichts davon übrig war, hatte Lydia die ersten Jahre mit ihm als ihr sexuelles Goldenes Zeitalter betrachtet. Damals hatte er verkündet, er habe sie „für alle anderen Männer verdorben", und lange hatte sie befürchtet, das würde sich für immer bewahrheiten. Als sie Gennaio näher kam, sah sie, dass da noch deutlich Luft nach oben war. Manchmal genügte es, dass er ihr in den Nacken hauchte, damit etwas durch ihren Körper schoss, das sich wie kochendes Blut anfühlte, aber vermutlich ein Dopamincocktail war.

„Du bist ein Genie", sagte sie, „ich kann nicht fassen, dass deine Ex dich abserviert hat."

„Ich fürchte, sie hat mich nicht für soooo extrem genial gehalten", sagte Gennaio.

„Aber das gibt's doch nicht. Was ist los mit der Frau? Du bist fantastisch!"

„Es liegt nicht an mir, Lydia. Es liegt an uns. Wir passen gut zusammen. Wir sind die Deckel-Topf-Geschichte."

Der große Schock kam, als sie beide einen Aids-Test durchführen ließen, erfolgreich ein negatives Ergebnis erhielten und daraufhin beschlossen, die Kondome wegzulassen.

„Also dann werde ich", sagte Lydia, „für's Erste mal die Pille nehmen." Das „für's Erste mal" hatte sie mit einem Augenaufschlag versehen, der zart genug war, um Gennaio nicht unter Druck zu setzen, und deutlich genug, um als Wink mit dem Zaunpfahl zu dienen. Gennaio aber sah weder Wink noch Pfahl.

„Oh nein nein", sagte er, „das wird nicht nötig sein – ich bin zum Glück sterilisiert."

„Was?!"

„Ja, auf Wunsch meiner Exfrau. Sie meinte nach vier Kindern, es sei genug."

„Sie hat von dir verlangt, dass du dich sterilisieren lässt, und dann hat sie dich abserviert?"

„Naja, ja – das war ja nicht am selben Tag. Oder im selben Jahr. Das war viel später."

„Ich hätte gedacht, wenn man von seinem Mann eine Sterilisation verlangt, dann sei es das Mindeste, dass man für immer mit ihm zusammen bleibt!", rief Lydia.

„Hab ich auch gedacht. Deshalb hab ich es ja machen lassen."

„Ich könnte sie umbringen. Könntest du sie nicht umbringen?"

„Es ist doch gut, dass sie mich abserviert hat, sonst hätten wir uns nie kennengelernt. Ich wäre mit ihr vor dem Fernseher gesessen, als ‚Liebesglück und Herzerltraum' lief, und hätte mir gedacht: Was ist das nur für eine süße kleine Person in ihrer total irren ägyptischen Tunika, aus der die Möpse raushängen. Wie die ihre Glasvögelchen herzt, als wären sie lebendig, und wie sie dann auch noch in aller Unschuld sagt, sie suche einen Mann, der einfach nur normal ist, sie träume von einem ganz normalen Mann. Also wenn ich Single wäre, hätte ich mir gedacht, ich würde mich bei der melden."

„Es war keine ägyptische Tunika, es war eine Gangsta-Tunika", sagte Lydia.

„Wir müssen uns bei Britta Schwind bedanken", meinte Gennaio.

„Ihr komischer Assistent-Schrägstrich-Lover hat schon ein paar Mal angerufen, um zu fragen, ob sich was ergeben hat. Ich hab gesagt, es ist alles noch in der Schwebe."

„Wieso Schwebe?"

„Na hör mal, wir kennen uns ja kaum. Gerade erst habe ich erfahren, dass du unfruchtbar bist."

„Tut mir leid. Ich hätte das vielleicht früher erwähnen sollen."

„Hättest du. Aber man kann das doch rückgängig machen?"

„Theoretisch ja. Aber ich schlage vor, wir vertagen das Thema. Wir kennen uns wirklich noch nicht sehr gut."

Als Mann dachte Gennaio natürlich, dass ein vertagtes Thema ein erledigtes Thema war, doch ein paar Monate später fing Lydia wieder damit an.

„Du verstehst doch, dass ich noch ein Kind möchte?"

„Versteh ich. Und du wirst sicher verstehen, dass es für mich genug ist. Ich hab schon vier. Ich bin zufrieden mit der Sterilisation."

„Aber du hast doch gesagt, du würdest auch Oliver als deinen Stiefsohn akzeptieren, wenn er zurückkäme?"

„Absolut. Aber bei ihm kann man davon ausgehen, dass er in der Lage ist, Besteck und Toilette selbstständig zu benutzen. Ich will mir diese ganze Baby-und-Kleinkind-Sache nicht noch einmal antun. Ich hab das in einem Alter erlebt, in dem ich mich amüsieren hätte sollen. Jetzt will ich mich amüsieren."

Lydia ließ nicht locker, bis Gennaio mit ihr zum Arzt ging.

„In achtzig bis neunzig Prozent der Fälle ist eine Vasektomie reversibel", sagte der Arzt.

„Was denn nun, achtzig oder neunzig?", fragte Lydia.

„Je nach Studie. Aber die Chancen stehen generell sehr gut."

Gennaio sträubte sich. Lydia überlegte sich, ihn zu verlassen. Die Zeit verging und sie verstanden sich wieder so gut, dass Lydia beschloss, noch zuzuwarten. Gennaio machte ihr einen Antrag. Sie sagte: Ja – unter der Bedingung, dass du deine Samenleiter zusammenflicken lässt.

Sie heirateten und er ließ den Eingriff machen. Wie sich herausstellte, blieb er folgenlos. Gennaio gehörte zu den zehn bis zwanzig Prozent, bei denen die Medizin ihr Werk nicht ungeschehen machen konnte.

16.

Berti schlief nun endlich wieder so, wie es vom Gott der Hunde vorgesehen war: im Bett eines Menschen. Wie ein glühend heißer Ziegel presste er sich an Lydia, die die schlaflosen Stunden dazu nutzte, sich über Biologie Gedanken zu machen: Hatte ein Wirbeltier möglicherweise eine umso höhere Körpertemperatur, je kleiner es war? War das nicht logisch angesichts dessen, dass kleinere Körper schneller auskühlten? Aber müssten dann ihre Sperlingspapageien nicht bei etwa sechzig Grad liegen?

Das Bett war einen Meter achtzig breit – breit genug, um zwei Erwachsenen einen entspannten Schlaf zu bieten, aber nicht so breit, dass man den Partner verlor. Berti war nicht zu verlieren. Mindestens einen Meter Breite beanspruchte er für sich. Mit seinen kräftigen, krallenbewehrten Beinchen stemmte er sich gegen Lydia, wenn sie zu weit in die Mitte des Bettes rutschte. Manchmal setzte er auch seine muskulösen Schultern ein, um sie zurück an die Wand zu drängen. Trotz dieser Unannehmlichkeiten war Lydia froh, den Hund bei sich zu haben – denn Gennaio war fort.

Nach einer Nacht auf dem Wohnzimmersofa hatte er zwei große Koffer gepackt, die schon darauf hindeuteten, dass er nicht nur an eine kurze Absenz dachte. Lydia hatte ihn ignoriert, in der Annahme, dass das die pädagogisch zielführendste Taktik sei. Erst, als er in der Tür gestanden war, hatte sie ihm nachgerufen: „Wo kann ich dich erreichen?“

„Ich bin im Garten“, hatte er gesagt.

Der Begriff „Garten“ bezeichnete ein kleines Grundstück in einer Schrebergartensiedlung, das auch ein winziges Häuschen umfasste. Es war ein Puppenhaus: eine Schlafkammer und ein Bad im ersten Stock, eine Wohnküche und ein Klo im Erdgeschoß, dazu ein Minibalkon mit Blumenkästen und eine glyzinienüberwucherte Veranda. Bei seiner Scheidung hatte Gennaio auf so manches verzichtet, nur bei seinem Garten gab es keine Diskussion. Er hatte das Miniatur-Idyll, in dem seine Familie mütterlicherseits in zwei Weltkriegen Kartoffeln und Rüben angebaut hatte, geerbt und betrachtete es auch als seine bedeutendste Erbschaft. Es war sein Quell der Kontinuität, hier fühlte er sich mit seinen Vorfahren verbunden. Dies war für ihn umso wichtiger, als er von seinen italienischen Verwandten väterlicherseits kaum etwas wusste. Wohl infolge einer Familienfehde hatte sein Vater alle Brücken hinter sich abgebrochen. Alles, was Gennaio von dieser Herkunft blieb, war sein Vorname, der „Jänner“ bedeutete, und den er erhalten hatte, weil er im Jänner geboren worden war. Der Name symbolisierte das rätselhafte Schweigen seines Vaters, der ihm kein weiteres italienisches Wort beigebracht hatte. Der Garten dagegen enthielt Myriaden von Geschichten, deren Protagonistinnen mindestens so originell waren wie Torbergs Tante Jolesch.

Lydia hatte Geduld. Sie würde nicht wanken. An dem Tag, an dem er endlich zur Einsicht kam, würde sie nicht triumphieren, sondern großmütig Gras aussäen, das schnellstens über die Sache wachsen konnte. Sie hatte einen sehr, sehr langen Atem, jeder Opernsänger hätte sie darum beneidet. Dazu kam, dass sie moralisch im Recht war. Ein Tier, für das man einmal die Verantwortung übernommen hatte, gab man nicht wieder zurück. Fertig. Debatte beendet.

Mit dem Hund ging Lydia so oft wie möglich an der Trafik vorbei, in der Gennaio in seinem Trotz schmorte. Da er sowohl früher zu arbeiten anfing, als auch später aufhörte als sie, hatte sie zwei Mal am Tag Gelegenheit dazu. Sie achtete darauf, für ihn, der durch die Glastür den Gehsteig im Auge behielt, gut sichtbar zu sein und in möglichst lange Gespräche mit Bekannten und Passanten zu verfallen, was angesichts ihrer charmanten Begleitung nicht schwerfiel. Die Leute bewunderten und streichelten den Hund. Lydia lachte laut und perlend. Es lag ihr viel daran, ihrem Mann in seiner muffigen Trafikantenhöhle zu demonstrieren, wie überaus, überaus glücklich sie war.

Als sie ihre Hochzeit geplant hatten, hatte Britta Schwind „von Anfang an dabei sein" wollen. Was bedeutete, dass Visagistin, Kameramänner, Tontechniker, Beleuchter und Assistent-Schrägstrich-Lover ebenfalls dabei sein würden. Keine angenehme Vorstellung, wenn man Brautkleider für Size-Zero-Models anprobierte oder sich mit seinem Zukünftigen über die Menüfolge stritt. Britta Schwind war gierig nach Hochzeiten, sie waren ihr bestes Aushängeschild. Wenn sie als Kupplerin der Nation ein Paar zusammengebracht hatte, dann war es doch das Mindeste, dass man sie am Finale des von ihr gestifteten Herzerltraums teilhaben ließ! Für den Fall, dass Lydia noch mehr Motivation brauchte, bot sie sogar an, das Brautkleid zu bezahlen. Doch Lydia hatte die dunkle Ahnung, dass es dann ein ganz anderes Brautkleid werden würde, als sie sich vorstellte. Gennaio hatte nichts gegen eine filmische Verwertung der Hochzeit einzuwenden, war er doch der Ansicht, „dass wir vermutlich der größte Erfolg sind, den diese Sendung je hatte." Am Ende einigte man sich darauf, dass das Filmteam vor dem Standesamt warten und nach dem Herauskommen der Brautgesellschaft kurze Interviews machen durfte.

„Ich glaube, wir sind der größte Erfolg, den ‚Liebesglück und Herzerltraum' je hatte!", sagte Gennaio. „Ich kann mir nicht vorstellen, dass es ein glücklicheres Paar gibt als uns." Die Kameras hatten auf Rebeccas viel zu vollem Dekolletee geruht, das von einer allzu nervösen Rasur geschundene Kinn des Bräutigams in Szene gesetzt, es so hingekriegt, dass der Brautstrauß wie aus Plastik aussah und Gennaios Töchter wie Aschenputtels böse Stiefschwestern. Allein Lydia blieb verschont, wenigstens vor einer Braut hatte Britta Schwind Respekt, oder sie hatte das Gefühl, sie müsse nach der Sache mit der Tunika etwas wiedergutmachen.

„Ich hätte nie gedacht, dass ich das einmal sagen würde", sagte Lydia in die Kamera, in der Hoffnung, dass der süffisante Unterton bei der Regisseurin ankommen würde, „aber ich bin dieser Sendung wirklich sehr dankbar." Und sie war es noch. Gennaio war großartig und er würde es auch wieder sein, wenn er sich aus seiner vorübergehenden Verantwortungslosigkeit befreit haben würde. Ein Tier wieder ins Tierheim zurückbringen! Hörte er eigentlich selbst, was er da sagte?

Ab und zu ging sie in die Trafik hinein, um ihm gut zuzureden. Sie war kein Unmensch, sie gab ihm die Möglichkeit, sein Gesicht zu wahren, indem sie ihn bat, nach Hause zu kommen.

„Komm nach Hause", sagte sie, „Bagheera und ich wünschen uns nichts mehr, als dass du endlich nach Hause kommst." Und tatsächlich wäre es Gennaio schwer gefallen zu entscheiden, wer von den beiden ihn flehentlicher ansah.

17.

„Wie geht es Gréta?"

„Sie hat sich in ihrem Zimmer einen Marienaltar gebaut und betet jetzt die ganze Zeit davor, damit die Muttergottes ihr den Hund zurückbringt. Sie sagt, die Muttergottes ist eine bessere Mutter als ich."

„Oje. Was den Hund betrifft – deshalb rufe ich an."

„Okay?"

„Ich hab dir doch erzählt, dass der Hund von zwei Frauen abgeholt worden ist, die ihn aber nicht selbst behalten wollten, sondern ihn einem Verwandten weitergegeben haben."

„Ja?"

„Er war der Neffe von der Älteren, sie heißt Monika Kraeutler."

„Und?"

„Also es hat mir einfach keine Ruhe gelassen, ich meine, nachdem Gréta hier bei uns aufgetaucht ist und nachdem du ja auch gesagt hast, du würdest den Hund jetzt, wo Oszkár tot ist, doch nehmen wollen ..."

„Ja, das hab ich gesagt. Ich habe einen Fehler gemacht. Ich habe übersehen, dass Gréta diesen Hund von Anfang an auf eine ganz andere Weise liebte als die anderen. Es war für sie ein besonderer Hund, etwas ..."

„Hör zu. Also es hat mir keine Ruhe gelassen und ich denk mir: Mein Gott, wir haben uns so gut verstanden, sogar geduzt haben wir uns, was ist denn schon dabei, wenn ich mal anrufe und frage, wie es geht, und heute geb ich mir einen Ruck und ruf bei der Frau an. Monika Kraeutler. Die den Hund ihrem Neffen gegeben hat."

„Robert Pattinson."

„Ja. Den wir Ricky genannt haben. Entschuldige Alex, aber deine Hollywoodnamen ... Jedenfalls, ich so: Hallo, wie geht's, lange nichts gehört, und sie schon ganz komisch und verklemmt. Ich denk mir: Seltsam, seltsam, da ist doch was faul, gut, dass ich angerufen hab. Ich also weiter: Aber eigentlich wollte ich ja fragen, wie es deinem Neffen so geht. Und seinem Hund! Haben sich die beiden schon aneinander gewöhnt? Verstehen sie sich gut?"

„Und? Was hat sie gesagt?"

„Ja, da war Totenstille am anderen Ende der Leitung. Dann hat sie ein bisschen geschnüffelt. Ich dachte schon, der komische Neffe hat es geschafft, auch seinen zweiten Hund überfahren zu lassen. Der erste war nämlich überfahren worden. Aber jedenfalls ..."

„Ja? Was?"

„Sagt sie plötzlich: Es tut mir so leid, Gabriele, ich hätte dich anrufen sollen. Ich hab es mir wirklich oft überlegt, aber dann war ich ja auch selbst so belastet. Jedenfalls, mein Neffe ist tot."

„Wo ist der Hund?!"

„Genau! Wo ist der Hund!, hab ich sofort geschrien, und sie: Im Tierheim, soviel ich weiß. Wieso denn im Tierheim, wieso hast du ihn mir nicht zurückgebracht?, hab ich geschrien. Und sie: Ja, das war so eine ganz blöde Geschichte. Ihr Neffe ist an einem diabetischen Schock gestorben und die Feuerwehr hat die Türe aufgebrochen. Ricky hat stundenlang gebellt, anscheinend hat er gerochen, dass was nicht stimmte, jedenfalls, als der Notarzt da war, war es schon zu spät. Und da die Polizei nicht wusste, wohin mit dem Hund, hat sie ihn ins Tierheim gebracht."

„Welches Tierheim?"

„Naja, der Neffe hat in Wien gewohnt, also haben sie Ricky sicher ins Wiener Tierschutzhaus gebracht. Hör zu, Alex, das Komische ist, ich hab da schon angerufen, und sie haben keinen Ricky gefunden, auf den die Beschreibung passt."

„Was? Dann ist er in einem anderen Tierheim!"

„Kann ich mir nicht vorstellen. Warum sollte die Polizei nach Niederösterreich oder ins Burgenland fahren?"

„Platzprobleme vielleicht? Aber bist du sicher, dass er nicht in Wien ist?"

„Sie hatten alle möglichen Rickys, aber die waren Doggen oder Staffs oder Deutsch-Drahthaar oder Labis oder sonst was für Mischlinge, kein schwarzer Dackel-Schnauzer-Terrier. Ich versteh das nicht."

„Danke trotzdem, dass du es versucht hast. Und danke, dass du mich angerufen hast."

„Gern geschehen. Ich drück euch die Daumen."

„Warte – wann war denn das? Wann ist dieser Neffe gestorben?"

„Am 28. Oktober."

„Das heißt, Robert Pattinson ist jetzt seit ... ungefähr elf Wochen im Tierheim. In welchem auch immer. Vielleicht ist er noch nicht vergeben. Um die Weihnachtszeit werden ja immer mehr Tiere gebracht als geholt."

„Oh, ich wünsch es mir so sehr für Gréta, dass ihr ihn findet!"

„Danke nochmal, ich sag es ihr gleich, das ist wirklich ... fast ein Glück, dass der arme Mann gestorben ist, ich meine ... Oh Gott ..."

„Was denn?"

„Es ist unheimlich, dass sie gebetet hat. Ich hoffe, sie hat nicht dafür gebetet, dass er stirbt."

„Nein nein, das hat sie bestimmt nicht getan. Außerdem, so funktioniert das doch nicht. Es ist nur ein Wink des Schicksals. Niemand hat ihm etwas Böses gewünscht."

„Ja ... danke nochmal ... danke ..."

18.

Es war für Berti nicht ganz einfach, in einer Wohnung mit so vielen Vögeln zu leben. Vögel waren Beute. Sie rochen wie Beute, sie bewegten sich wie Beute, sie machten Geräusche wie Beute. All das Flattern und Hüpfen, das Tschirpen und Kreischen versetzte ihn in einen Zustand ständiger Nervosität. Angespannt vor Jagdlust stand er vor der großen Voliere im Wohnzimmer und winselte und fiepte, immer steifer wurde sein Körper, die Hinterbeine zitterten. Bei seinem allerersten Eintreten, oder vielmehr: Hineinrasen in diese Beutehöhle war es ihm gelungen, auf eine Kommode zu springen und einen der Käfige herunterzustoßen. Die Vögel hatten geschrien, Lydia hatte geschrien, der Käfig war auf den Boden geknallt und der Sand hatte sich über das Parkett verteilt. Lydia hatte Berti im Bad eingesperrt und die Vögel wieder eingefangen. Er hatte einen langen Vortrag bekommen und war dabei festgehalten worden. Lydia hatte ihn auf den Arm genommen und war mit ihm durch das Wohnzimmer gegangen, an all den Käfigen und Vögeln vorbei, und auch in das andere, kleinere Zimmer, an der zweiten Voliere und weiteren Vögeln vorbei.

„Ganz ruhig“, hatte sie gesagt und ihn gedrückt und gestreichelt, „das sind unsere Freunde.“ Immerhin hatte er aus dem Vorfall die Erkenntnis mitgenommen, dass er die Beute zwar anschauen, aber aus unerfindlichen Gründen nicht anrühren durfte. Er gab sich Mühe. Er tat sein Bestes, die ständigen Provokationen der kleinen Flatterer zu ignorieren. Doch manchmal überwältigte ihn der Trieb, der ihn für alles andere taub und blind werden ließ, und er witterte und versteifte sich vor den Vögeln und heulte wie ein Wolf. Lydia, die überzeugt davon war, dass er nicht nur ihre Worte verstehen, sondern auch ihre Gedanken lesen konnte, wenn er nur wollte, redete dann auf ihn ein. „Hör auf, Bagheera. Dein großer Namensvetter hat den kleinen Jungen Mowgli nicht gefressen, er hat ihn beschützt. Du kannst das auch. Du kannst ein ganz großes Raubtier sein, eines, das es nicht nötig hat zu töten. Du bist nicht hungrig. Bist du hungrig? Nein, du bekommst den ganzen Tag Schinken. Wir leben mit diesen Vögeln und diese Vögel sind unsere Brüder.“ Wenn alles nichts half, sperrte sie ihn ins Schlafzimmer oder in die Küche, wo es keine Vögel gab. Die Bartagamen ließen ihn vergleichsweise kalt. Sie bewegten sich gemessen und hatten einen dumpfen, holzähnlichen Geruch.

Lydia stellte fest, dass ihr Traum vom Dschungel weniger dem richtigen Dschungel entsprach, wo ein Tier das andere fraß, sondern vielmehr dem biblischen Paradies, wo Raub- und Beutetiere friedlich miteinander spielten. Als sie gerade eingezogen waren, hatten einmal zwei Frauen an der Türe geläutet und sie regelrecht angefleht, mit ihr über Gott sprechen zu dürfen. Da sie Angst hatte, die beiden könnten sich das Leben nehmen, wenn sie ihnen diesen Wunsch verweigerte, hatte Lydia sie hereingebeten. Sie hatten ein Heftchen dagelassen, in dem es ein solches Bild gab: Auf Löwen kletterten Kaninchen herum, auf Wölfen saßen Spatzen. Das alles vor einem schimmernd pinken Sonnenuntergang, eingerahmt von bunten Blumen. So stellte sie sich das vor, und sie versuchte, das Bild dem Hund telepathisch zu übermitteln.

Auch auf der Straße zeigte sich Berti nicht immer von seiner friedlichen Seite. Er war nun ein ausgewachsener Rüde und er hatte seine Bedürfnisse. Die Tatsache, dass er mit seinen großen Kulleraugen und den tapsigen Pfoten noch immer wie ein Welpe aussah, führte zu Missverständnissen auf Seiten der anderen Hundebesitzer, und freudestrahlend kamen sie mit ihren Hunden auf ihn zu.

Handelte es sich um einen unkastrierten Rüden, ging Berti sofort zum Angriff über. War es eine Hündin, versuchte er auf ihr aufzureiten, egal, wie groß sie war, und egal, ob sie läufig war oder nicht. Kastrierte Rüden kamen mit einem Knurren davon. Bertis Hoden glänzten prall wie Auberginen und erweckten den Eindruck, als müssten sie gleich platzen.

Lydia verstand, dass er unbedingt Sex brauchte, und führte lange Gespräche mit ihm über die furchtbare Tatsache, dass der Mensch dem Hund Sex in den allermeisten Fällen verweigerte. Wie sollte ein Wesen ein Leben lang ohne Sex existieren? Wie sollte man nur an eine läufige Hündin herankommen, die dem armen Kerl nicht sofort entzogen wurde? Lydia begann, zu einer Notlüge zu greifen. Rief ihr ein anderer Hundebesitzer die Frage zu: „Ist der kastriert?", antwortete sie: „Jaja!" Hieß es dann: „Meine ist nämlich läufig, nicht, dass da was passiert!", beruhigte sie: „Keine Sorge, da kann gar nichts passieren!" Sie führte Berti zu der Hündin, ließ ihn aufspringen und hoffte, dass er schnell zum Zug kam. Unweigerlich riss der andere Mensch dann die Hündin weg, rief: „Also mir schaut der nicht kastriert aus!" und deutete auf die Auberginen. Manchmal wurden sogar Drohungen ausgesprochen: „Ich warne Sie, wenn meine Luna trächtig wird, zahlen Sie die Abtreibung!" Auch die Hündinnen mussten ständig läufig sein, ohne jemals trächtig zu werden. War das etwa artgerecht, oder auch nur gerecht? Es würde sich auf Dauer wohl nicht vermeiden lassen, dass sie sich selbst eine Hündin dazunahm.

Am Wochenende fuhr Lydia mit Berti in den Wald, wo sie ihn frei laufen ließ. Sie suchte nach möglichst unzugänglichen, wenig bewanderten Stellen. Orte, von denen die Natur nie vertrieben worden war oder die sie sich zurückerobert hatte wie versunkene Städte im Dschungel oder in der Sperrzone von Tschernobyl. Die Natur machte menschliche Bauwerke brüchig, sprengte sie, höhlte sie aus. Das Aufgeschichtete wurde zu Schutt, das Geformte zur Ruine, das Dach zur Gefahr von oben. Alles, was wachsen konnte, wuchs, brütete, baute, belebte. Aus geradlinigen, rechtwinkligen Konstruktionen wurden einsturzgefährdete Trümmer, in und um sie schmiegten sich Tunnel, Höhlen, Nester, Kokons. Nichts erfüllte Lydia mit größerer Freude als eine verfallene Mauer, ein entkerntes Hausgerippe, ein Straßen- oder Schienenrest, der im Erdreich versank.

Berti rannte und rannte. Manchmal verschwand er für zehn oder fünfzehn Minuten im Gestrüpp. Dann blieb Lydia wie angewurzelt stehen, damit er sie wiederfand, wenn er zurückkam. Sie schaute hinauf in das winterfingrige Geäst der Bäume, das bleiche, feuchte Licht dahinter. Sie träumte davon, dass Berti unterwegs Gelegenheit fand, sich zu paaren, vielleicht sogar mit einer Wölfin. Kamen doch einmal Menschen vorbei, sagte sie: „Grüß Gott“, als wäre sie auf einem einsamen Steig im Hochgebirge, und nicht im Umkreis der Großstadt. Berti hielt sich an Amseln und Meisen für die zu Hause erlittene Schmach schadlos. Nicht, dass er je eine erwischt hätte, aber aufstöbern und ankläffen lassen mussten sie sich doch. Nur vor den Krähen hatte er Respekt, die im Schwarm auf den Waldboden sanken, um Bucheckern zu fressen. Sie stoben nicht in Panik auf, wenn er sich ihnen näherte, geruhsam stakesten sie weiter, von Raubtier zu Raubtier sahen sie ihn an.

19.

„Wenn du mich Robert Pattinson gleich behalten hättest lassen, müssten wir das jetzt alles nicht machen“, hielt

Gréta fest, was schwerlich von der Hand zu weisen war. Alexandra Székely tat so, als hätte sie nichts gehört. Der Wind riss an dem Auto wie ein Tornado, sie hatte alle Mühe gegenzusteuern. In Schwällen peitschte Regen gegen die Windschutzscheibe, die Scheibenwischer vermochten kaum, all das Wasser wegzuschieben. Es war nicht unbedingt der perfekte Tag, um mit seiner Tochter nach Wien zu fahren, um einen Hund zu suchen, und trotzdem machte der Ausflug ihr Spaß. Sie unternahmen etwas gemeinsam. Sie redeten miteinander, auch wenn nicht immer Worte gesagt wurden, die angenehm waren.

An dem Tag, an dem Gréta verschwunden und ihr dann von Gabriele Michalek zurückgebracht worden war, hatte sich einiges geändert. Binnen weniger Stunden war Alexandra von völliger Verzweiflung zu fürchterlicher Wut zu unendlicher Erleichterung zu nüchterner Erkenntnis gelangt. Sie war so bedacht darauf gewesen, als Mutter alles richtig zu machen, dass sie dabei irgendwie den Kontakt zu Gréta verloren hatte. Was ja dann vermutlich bedeutete, dass sie alles falsch gemacht hatte.

„Aber du kannst mir doch alles sagen!", hatte sie gesagt. „Wie kommst du denn auf die Idee, etwas hinter meinem Rücken zu tun!"

„Na klar", hatte Gréta gehöhnt, „wenn ich dir gesagt hätte, dass ich den Hund suchen will, hättest du gesagt: Aber natürlich, Schatz, lass uns gemeinsam zu Gabi fahren!" Daraufhin hatte Alexandra geschwiegen, notgedrungen.

„Und außerdem", war Gréta fortgefahren, „du machst auch alles Mögliche hinter meinem Rücken. Glaubst du, ich bin blöd? Glaubst du, ich weiß nicht, was du so treibst? Mit wem du was hast? Warum sagst du mir das nicht?"

Alexandra hatte spüren können, wie ihr Gesicht erst ganz weiß wurde und wie sich dann auf den Wangenknochen Röte sammelte. Was wusste Gréta? Wusste sie es? „Was meinst du?“, hatte sie vorsichtig gefragt.

„Du hast was mit dem Tierarzt!“, hatte ihr Gréta entgegengeschleudert und sie war so erleichtert gewesen, dass sie in Lachen ausbrach.

„Mit dem Tierarzt? Du weißt, dass er verheiratet ist.“

„Als ob dich das davon abhalten würde, mit einem Mann was anzufangen!“ Natürlich hatte Gréta recht. Alexandra Székelys Ehrfurcht vor anderer Leute Ehen hielt sich in Grenzen. Vor ihrer Ehe hatte schließlich auch niemand Ehrfurcht gehabt.

„Ich kann dir hoch und heilig schwören“, – und das konnte sie wirklich – „dass mit dem Tierarzt nichts läuft. Nicht das Geringste. Wir sind befreundet, wir haben wegen der Hunde viel miteinander zu tun, das ist alles.“

„Schwörst du’s auf die Bibel?“

„Du weißt, dass mir die Bibel nichts bedeutet.“

„Dann kannst du ja auf die Bibel schwören.“ Gréta hatte ihre Bibel geholt, und Alexandra hatte darauf geschworen, dass sie mit dem Tierarzt nichts hatte. So groß war ihre Erleichterung gewesen, dass ihre Tochter nicht hinter ihr Geheimnis gekommen war. Tatsächlich hatte sie nämlich gerade eine Affäre beendet. Mit ihrem Ex-Mann, Grétas Vater, der mit ihr nun seine zweite Frau betrogen hatte, die gerade mit dem dritten Kind von ihm schwanger war. Die Liaison hatte mehrere Wochen lang den vollen Reiz des Verbotenen, Absurden, Beschämenden, Geschmack- und Sinnlosen gehabt und sich dann, als man sich wieder aneinander zu erinnern begann, wieder verflüchtigt. Aber auch hier hatte Gréta recht: Sie tat Dinge hinter ihrem Rücken. Das musste sich ändern. Sie mussten ehrlich zueinander sein. Nicht, was die Vergangenheit betraf, aber in Zukunft.

„Schau dir diese entzückenden Welpen an“, hatte sie gesagt und auf den Wurf Magyar Vizsla-Mischlinge gezeigt, der in einer Mülltonne gefunden worden war und nun in der alten Kinder-Gehschule in ihrem Wohnzimmer spielte. „Willst du dir nicht einen von denen aussuchen?“

„Robert Pattinson ist nicht ersetzbar“, hatte Gréta erklärt, „er ist einzigartig und er gehört zu mir. Was hättest du gesagt, wenn man von dir verlangt hätte, Oszkár einfach gegen einen anderen Hund auszutauschen? Schau mal, wie süß! Nimm einen von denen! Vergiss Oszkár! Was hättest du gesagt?“ Angestrengt hatte Alexandra nachgedacht. Natürlich hätte sie Oszkár nicht hergegeben. Aber das war doch etwas anderes! War es etwas anderes? Ab welchem Zeitpunkt hätte sie ihn nicht mehr hergegeben? Nach einer Woche? Nach drei Wochen? Die Wahrheit war: zu keinem Zeitpunkt. Der Unterschied war: Sie war erwachsen. Sie hatte die Entscheidung treffen können, Oszkár zu behalten, und diese Entscheidung war unumstößlich gewesen.

„Robert Pattinson ist vergeben“, hatte sie gesagt, „es tut mir leid. Es war vielleicht falsch von mir, ihn wegzugeben, angesichts dessen, dass Oszkár schon so alt war.“

„Vielleicht? Es war *vielleicht* falsch?“

„Es war falsch. Es tut mir leid.“

Und dann, Wochen später, aus dem Nichts heraus, war Gabriele Michaleks Anruf gekommen und sie hatten erfahren, dass Robert Pattinson wieder frei war. Sie hatten im Internet recherchiert und sich unzählige Hundefotos angesehen, sie hatten in allen in Frage kommenden Tierheimen angerufen und nach Rickys gefragt. Ricky! Was für ein Allerweltshundename! Sie hatten die Michaleks verflucht, die den Hund umbenannt hatten. Es gab Rickys wie Sand am Meer! Hätte der Hund Robert Pattinson geheißen, wäre die Suche viel einfacher gewesen. Robert Pattinson gab es nur einen. Schließlich waren sie auf die Idee gekommen, das Ganze umzukehren: Sie suchten nach einem schwarzen Dackel-Schnauzer-Terrier-Mix. Auch die gab es wie Sand am Meer. Am Ende hatte Alexandra wieder im Wiener Tierschutzhaus angerufen.

„Ein schwarzer Dackel-Mix? Davon haben wir etliche da. Am besten kommen Sie vorbei und sehen sie sich an."

20.

Bevor sie aus dem Auto ausstiegen, nahm Gréta das ab, was sie „Snapback Cap" nannte und in den Augen ihrer Mutter eine völlig überteuerte Kopfbedeckung war, die sie aber der Wiederannäherung halber dennoch gekauft hatte.

„Setz sie wieder auf!", sagte Alexandra, die ihren Friesennerz überzog. „Du wirst doch sonst ganz nass!"

„Bist du verrückt?", sagte Gréta. „Besser ich werde nass als die Kappe!" Sie betraten das Gebäude, das auf einer Anhöhe stand, sodass man die Stiegen hinuntersteigen musste, um zu den tiefer gelegenen Tiergehegen zu gelangen. Es war nicht ihr erster Besuch in diesem Tierheim, so wie sie mit allen Tierheimen und Gnadenhöfen in einem 500-km-Radius von ihrem Heimatort vertraut waren. Sie steuerten direkt auf den Kaffeeautomaten im untersten Stockwerk zu.

„Heiße Schokolade?", fragte Alexandra.

„Ich bin zu alt für heiße Schokolade. Ich will endlich Kaffee trinken", sagte Gréta. Ihre Mutter fragte sich, ob es rechtlich, gesundheitlich und moralisch in Ordnung war, wenn Dreizehnjährige Kaffee tranken, kam zu dem Schluss: „Ach was soll's" und drückte zwei Cappuccini heraus. Die Hände an den Plastikbechern wärmend gingen sie nach draußen. Alexandra spürte, dass sie aufgeregt war, hellwach, lampenfiebrig, und erkannte daran, dass es ihr mittlerweile selbst wichtig geworden war, Robert Pattinson zu finden. Gréta stürzte ihren Cappuccino hinunter und schleuderte den Becher in einen Mistkübel. Sie erreichten den ersten Hundezwinger. Ein Rottweiler schoss auf sie zu, sprang gegen das Gitter und bellte, als hätte er ein bedeutendes Anwesen zu verteidigen.

Sie hatten befürchtet, dass sich wegen des schlechten Wetters nur wenige Hunde in den Außenzwingern aufhalten würden – die Innenräume waren nur mit Sondergenehmigung zugänglich –, aber die meisten kamen heraus, sobald sie sie hörten. Hund um Hund kam auf sie zu, manche in territorialer Abwehr, manche hoffnungsvoll, viele schwarz, und viele in anderen Farben, Mischlinge, denen man die Ausgangsrassen sofort ansah, und solche, bei denen man sie herausfiltern musste wie die Noten eines komplexen Weines.

„Was denkst du, wie er jetzt aussieht?", fragte Gréta. „Könnte er so groß wie der da geworden sein?"

„Nein", sagte Alexandra, die mit dem Tierarzt darüber gesprochen hatte, „er wird maximal acht bis zehn Kilo haben und nicht mehr allzu viel gewachsen sein."

Nach zwei Stunden hatten sie alle Zwinger durch. Mehrfach hatte eine von ihnen geschrien: „Das ist er! Das ist er!", und sie waren auf einen schwarzen kleinen Hund zugelaufen, der bei näherer Betrachtung dann doch ganz anders aussah als Robert Pattinson. Die Sonne kam heraus. Ratlos standen sie herum.

„Wir müssen noch einmal von vorne anfangen!", sagte Gréta, „bestimmt haben wir einen übersehen."

„Ich weiß nicht. Vielleicht ist er irgendwo drinnen. Wir sollten jemanden fragen", sagte Alexandra. Als aus einer

Tür eine Tierpflegerin mit einem Kübel Futterkroketten kam, gingen sie auf sie zu.

„Kann ich Ihnen helfen?“, fragte Carina und stellte den Kübel ab.

„Ja bitte“, sagte Alexandra, „wir suchen einen schwarzen Hund.“

„Das ist ja toll!“, sagte Carina, „dass jemand mal einen schwarzen Hund will! Kommt nicht oft vor.“

„Nein nein“, erklärte Alexandra, „wir suchen einen *bestimmten* schwarzen Hund. Einen schwarzen Dackel-Schnauzer-Terrier-Mischling. Er heißt vielleicht Ricky. Oder Robert Pattinson.“

Carina überlegte. „Wir haben wirklich so viele schwarze Mischlinge …“ Dann sah sie Grétas verzweifelten Gesichtsausdruck. „Wissen Sie was – ich zeige Ihnen alle, die in Frage kommen könnten.“ Diesmal gingen sie im Zickzack über das schlammige Terrain, von schwarzem Hund zu schwarzem Hund. Die meisten hatten sie schon gesehen, unter denen, die sie übersehen hatten, war Robert Pattinson auch nicht. Am Ende zeigte ihnen Carina noch zwei Hunde in der Quarantänestation, die nur sehr entfernt mit seiner Beschreibung in Zusammenhang gebracht werden konnten.

„Tut mir leid“, sagte Carina, „das waren jetzt wirklich alle.“

Da fiel Gréta etwas ein: „Er hat acht weiße Haare auf dem linken Knie!“, sagte sie zu ihrer Mutter, die als Dolmetscherin fungierte. „Sag ihr das! Acht weiße Haare auf dem linken Knie!“

Obwohl es ihr ein bisschen peinlich war, übersetzte Alexandra. Carina riss die Augen auf und lachte. „Ach den meinen Sie! Der heißt Zorro. Ja, der war hier. Dackelmischling, pechschwarz, acht weiße Haare auf dem linken Knie. Aber leider ist der schon vergeben.“ Alexandra schwieg. Sie wollte das Gréta nicht übersetzen. Aber diese las alles in ihrem Gesicht.

„Nein!“, schrie Gréta, „er war hier! Er ist weg!“

„Wann?“, fragte Alexandra Carina, „wann wurde er vergeben?“

„Ist noch nicht lange her. Zehn Tage vielleicht. Eine wirklich sehr nette Frau hat ihn genommen, dem geht es bestimmt gut!“

„Vor zehn Tagen“, rechnete Gréta, als sie wieder im Auto saßen, „ist Robert Pattinson vergeben worden. Vor acht hat uns Gabi angerufen, nachdem sie diese Frau Kraeutler angerufen hat. Das heißt, selbst, wenn wir noch am selben Tag losgefahren wären, um ihn hier zu suchen, wären wir zu spät gekommen.“

„Das ist doch immerhin beruhigend“, meinte Alexandra hilflos. „Wenigstens müssen wir uns keine Vorwürfe machen.“

„Aber Gabi müssen wir Vorwürfe machen. Sie ist schuld. Sie hat zu lange mit ihrem Anruf gewartet. Hätte sie früher nachgefragt, wie es Robert Pattinson geht, hätten wir ihn ohne Probleme abholen können. Abgesehen davon, dass du an allem schuld bist, ist sie am meisten schuld“, erklärte Gréta und zog ihre Kappe tief ins Gesicht.

21.

Manchmal ließ Lydia den Hund zu Hause und fuhr nach dem Abendessen noch hinaus zu Gennaios Garten. Als sie das erste Mal unerwartet vor seiner Tür gestanden war, hatte er genau gewusst, was sie wollte, und dass sie wusste, dass er es wusste. Dennoch hatte er gefragt: „Ist der Hund weg? Kann ich wieder nach Hause kommen?“

Ohne zu antworten hatte sie ihn hart auf den Mund geküsst und ihm gleichzeitig sanft mit beiden Händen in den Schritt gefasst. Hart und sanft zugleich, das war wie Crème brûlée, durch deren splitternde Karamellschicht man nach unten in die weiche Eiercreme brach. Er hatte ihr mit einer Hand ins Haar gegriffen, ihren Kopf zurückgebogen und sie in den Ausschnitt geküsst.

Das Arrangement war archaisch und traf zunächst den Kern seiner Bedürfnisse. Komplexe Staatenbildung, vielschichtige Diplomatie, Gewaltentrennung, Wahlarithmetik, Gipfeltreffen, Friedensverhandlungen und Vertragsfeinheiten wurden ausgesetzt zugunsten der einzigen Interaktion, die für beide Seiten zielführend und befriedigend war. Man verließ den Schützengraben, traf sich im Niemandsland, händigte dem Gegner Geschenke aus und ließ sich dabei nicht lumpen. Anschließend kehrte man in die jeweiligen Stellungen zurück und stellte sicher, dass der Stacheldraht wieder lückenlos ausgerollt war.

Die Kleingartenanlage war einem steilen Hang abgerungen worden und bot einen schönen Ausblick auf gegenüberliegende Wälder. Eine jähe Stiege führte schnurgerade auf den Gipfel. Links und rechts lagen die Parzellen, die Puppenhäuschen, die in winzige Flecken terrassierten Gärten. Ein bisschen erinnerten sie an die Reisterrassen im Hochland von Bali. Auch die Stiege erinnerte ein bisschen an Bali, an einen dieser Tempel, zu dem man sich Stufe um Stufe hocharbeiten musste. War es der Besakih gewesen, wo Lydia die meterhohe pinke und giftgelbe Skulptur aus Reis und Schweinefleisch bewundert hatte, zu der Ni Luh Alit ihre Fettschirmchen beigesteuert hatte? Es war schon zu lange her und sie war nie wieder dort gewesen.

Oliver schrieb ihr regelmäßig, höflich und ausführlich, in angemessenen Abständen lud er sie ein, ihn doch zu besuchen. Er war wieder nach Denpasar gezogen, wo er einen Handel mit aus Wurzelstöcken gefertigten Möbeln betrieb. Ni Luh Alit war untröstlich gewesen, als er weggegangen war, hatte aber mittlerweile wieder einen Mann gefunden: einen Amerikaner, dem es ganz recht war, dass sie keine Kinder bekommen konnte. Oliver hatte geheiratet, eine Frau, die halb Javanerin, halb Australierin war und eine Tauchschule führte. Lydia war auch zur Hochzeit nicht gekommen – das war Ni Luh Alits große Show. Hätte sie dort etwa als die „andere Mutter" auftauchen sollen? Außerdem war sie verstimmt, weil er kein einziges Mal nach Österreich gekommen war. Nicht ein Mal! Erst brauchte ihn seine Pflegemutter im Geschäft, dann brauchte ihn sein eigenes Geschäft, dann brauchte ihn seine Freundin – Verlobte – Frau, die wiederum von ihrem Geschäft gebraucht wurde. Wollte er denn nicht das Land kennenlernen, aus dem er stammte? Sicher, irgendwann einmal bestimmt, vertröstete er sie. Jüngst war seine Frau schwanger geworden, damit war der Besuch vertagt auf den weit entfernten Zeitpunkt, „wenn die Kinder größer sind."

Aber auch Lydia zog es vor, etwas von der fremden Welt in ihrer Fantasie weiterzuspinnen, das durch keinen Kontakt mit der Wirklichkeit kontaminiert werden sollte. Sie hatte Bali in ihrem Kopf, so wie sie ihren Sohn im Kopf hatte. Die Insel war für immer wild und exotisch, Oliver ein strahlender fünfjähriger Bub.

22.

Gennaio hatte von Anfang an hinsichtlich des Arrangements ein schlechtes Gefühl gehabt. Natürlich hatte er während der Waffenstillstandsstunden ein gutes Gefühl, manchmal sogar die euphorische Vorstellung, dass eine ideale Zwischenlösung gefunden sei, doch jedes Mal, wenn Lydia den Garten wieder verließ und die Stiege hinunter verschwand – sie blieb nie über Nacht –, erfasste ihn Katerstimmung. Sie trickste ihn aus. Sie gab keinen Millimeter nach, was sein Ultimatum betraf, sie weigerte sich sogar, darüber zu sprechen. Aber warum sollte sie auch nachgeben, sie konnte ja jederzeit vorbeikommen, um sich die Rosinen aus dem Kuchen zu picken! Auch wenn sie ihrerseits Rosinen mitbrachte, die er zu schätzen wusste, wollte er doch langfristig den ganzen Kuchen wiederhaben. Er war ein Mensch, der das ganz alltägliche Eheleben genoss. Die Absprachen („Holst du noch Dosentomaten, bevor du nach Hause gehst?"), der ständig fließende und für die Weltgeschichte wenig, für die Geborgenheit der eigenen Existenz aber höchst bedeutsame Dialog („Hast du eine Ahnung, wo der dicke rote Kreuzschraubenzieher ist?"), das gemeinsame Kochen, Ablästern, Fernsehen, Samstagsshoppen. Er wollte all das wiederhaben. Mal ganz abgesehen davon, dass das Bett im Puppenhaus unbequem war. Es würde sich wohl nicht vermeiden lassen, dass er das Arrangement beendete.

Als Lydia das nächste Mal auftauchte, erhitzt vom Stiegensteigen und ausgehungert von seiner Abwesenheit, wich Gennaio vor ihr zurück.

„Nein", sagte er, „wir machen das nicht mehr."

„Wir machen was nicht mehr?"

„Miteinander schlafen, obwohl wir eigentlich getrennt sind."

„Wir sind getrennt?", fragte Lydia entsetzt.

„Nein ... ja ... vorübergehend getrennt, bis ... Hör zu, Lydia, ich will nach Hause. Und ich hab nachgedacht. Ich möchte dir einen Kompromiss anbieten. Du kannst den Hund behalten ..."

Sie fiel ihm um den Hals und küsste ihn immer wieder. „Du bist der Beste ... na endlich ... ich wusste, dass du nicht ewig böse sein kannst ..."

Gennaio schob sie von sich fort: „Moment. Also ... ist der Hund kastriert?"

„Nein, natürlich nicht."

„Er muss kastriert werden."

„Was? Und das sagst du als Mann?"

„Ich sage das als *dein* Mann. Ich kenne dich: Wenn der Hund nicht kastriert ist, ist die Versuchung für dich zu groß. Über kurz oder lang wirst du mit einer Hündin ankommen, und schwuppdiwupp sind zehn Welpen da. Das wäre ja noch nicht mal so ein Problem, aber du wirst die Welpen nicht weggeben können, in einem Jahr sind sie erwachsen, jeder paart sich mit jedem, und schon sind fünfzig Hunde da ..."

„Wir könnten ein paar von ihnen im Garten unterbringen", schlug Lydia vor.

„Nein!", schrie Gennaio, „nein! Es wird keine Fortpflanzung geben! Der Hund muss kastriert werden, das ist meine Bedingung. Das ist aber noch nicht alles."

„Soso. Der Kompromiss sieht viele Bedingungen vor."

„Zwei Bedingungen. Einmal die Kastration. Und zweitens müssen die Vögel und Echsen reduziert werden. Hast du eine Ahnung, was das alles kostet? Futter, Sand, Spielsachen, Wärmelampen, UV-Lampen, Terrarien, Käfige, Futternäpfe, Trinknäpfe, Badenäpfe, Sisalschaukeln, Schulpe, Korkröhren, Mangrovenwurzeln – um Gottes Willen, Lydia, wir haben FUTTERPINZETTEN!"

„Soviel ich weiß, haben wir keine finanziellen Probleme."

„Nein. Wir haben ja auch kaum Freizeit, um Geld auszugeben, da wir die ganze Zeit als Zoopfleger beschäftigt sind. Weißt du, wie viele Tonnen Vogelkacke ich schon entsorgt habe? Aber das Allerschlimmste ist das Geschrei, dieses ständige ohrenbetäubende Gekreische. Und das Gezirpe."

„Weißt du was, ich finde, wir sollten Britta Schwind sagen, was aus uns geworden ist. Vielleicht dreht sie ja mal ein Special über uns. Von wegen der größte Erfolg, den ihre Sendung je hatte!"

„Du kannst zwei Vögel behalten und zwei Bartagamen. Alle anderen müssen weg. Und! Die Behaltenen müssen dasselbe Geschlecht haben."

„Du bist verrückt. Wo soll ich die denn alle hingeben?"

„Verschenk sie, verkauf sie, was weiß ich."

„Wenn die Menschheit so viel Interesse an den Tieren hätte, hätte ich sie nicht aus den Tierheimen holen müssen."

Einen Moment lang schwieg Gennaio, um die Information zu verarbeiten, die hier en passant durch einen Plural offenbart worden war.

„Tierheim*en*? In wie vielen warst du denn?"

„In einigen."

„Und warum nicht nur in einem?"

„Weil ich ... eine breite Streuung der geretteten Tiere haben wollte", sagte Lydia.

„Was heißt gerettet? Wenn sie im Tierheim sind, muss man sie doch nicht retten, oder?"

„Ein Tierheim ist ein Gefängnis, kein Zuhause."

„Aber was heißt breite Streuung? Wolltest du auch burgenländische und oberösterreichische Vögel haben?"

„Ganz genau."

„Weißt du was, ich glaub dir das nicht. Mir geht ein Licht auf! Was war ich doch für ein blinder Trottel! Du warst anfangs durchaus immer in ein- und demselben Tierheim, aber irgendwann hat man gesagt: Frau Prinz, es ist genug. Sie haben zehn Vögel und fünf Bartagamen, das reicht. Hab ich recht?"

„Hast du nicht! Die sind doch gerade froh, ihre Tiere einem Profi zu geben, der sich schon auskennt! Ich wollte eine breite Streuung!"

„Ich fass es nicht. Und den Hund hat man dir auf der Basis gegeben, dass du bereits eine unbekannte, aber deutlich über fünfzig liegende Zahl von Vögeln, und eine unbekannte, aber deutlich über fünfzig liegende Zahl von Bartagamen hast?"

„Natürlich. Das eine hat ja mit dem anderen nichts zu tun."

„Ich glaub dir das nicht. Lydia, ich hab Angst. Jetzt hab ich richtig Angst. Ich glaube, du bist süchtig und ich … bin coabhängig."

Lydia lachte, so herzlich es ging angesichts dessen, dass der geplante romantische Abend wohl endgültig ins Wasser gefallen war: „Du bist paranoid! Wenn wir hier schon Diagnosen stellen!"

Plötzlich wurde Gennaio ganz ruhig. „Du hast zwei Möglichkeiten, Lydia. Variante A: Der Hund geht. Variante B: Der Hund wird kastriert und von den anderen gehen alle bis auf je zwei desselben Geschlechts. Wenn du soweit bist, kannst du mich anrufen. Bis dahin komm nicht mehr hier vorbei."

Lydia fühlte sich geohrfeigt. Sie wollte ohrfeigen. Wortlos sprang sie auf, packte ihre Jacke, rannte aus dem Haus. Nachdem sie die Türe hinter sich zugeknallt hatte, schrie sie derselben zu: „Dann stirb doch allein!" Der Satz hallte durch die abendliche, gerade erst den Frühjahrsbetrieb aufnehmende Kleingartenanlage, in der abseits der Wegbeleuchtung nur wenige Lichter brannten.

23.

Lydia musste zugeben, dass es ein hartes Stück Arbeit war, die Tiere ohne Gennaios Hilfe zu versorgen. Streng genommen schaffte sie es nicht. Immer öfter blieben Wassernäpfe ungefüllt, schimmelte Obst, sammelte sich Kot. Sie sah sich außerstande, in jedem Terrarium mehrmals täglich Temperatur und Luftfeuchtigkeit zu überprüfen und den Überblick zu bewahren, welche der Bartagamen schon ein Heimchen bekommen hatte und welche nicht. Käfiggitter verdreckten, Federn klebten überall, einige der Vögel bekamen kahle Stellen und Lydia wusste nicht, ob sie in der Mauser waren oder krank. Der Hund forderte ein Minimum von zwei Stunden Auslauf täglich, ohne die er es kaum schaffte, sich in Gegenwart der Vögel halbwegs ruhig zu verhalten. Manchmal nahm Lydia ihn in die Arbeit mit, wo er winselte, weil ihm langweilig war, manchmal ließ sie ihn zu Hause im Schlafzimmer eingesperrt, wo er kläffte, weil ihm ebenfalls langweilig war.

Der aus weißen und braunen Elementen zusammengesetzte Vogelkot sammelte sich auf Ästen, Stangen, Näpfen, Käfigböden. Manche der Vögel hatten dreckige Klauen und sahen ungepflegt aus. In den Terrarien gingen die ersten Pflanzen ein, da Lydia nicht mehr die Zeit fand, sie im korrekten Rhythmus zu gießen. Einige Heimchen waren entwischt, versteckten sich in allen Zimmern und zirpten schriller denn je. Die Vögel stritten und kämpften. Lydia hatte den Eindruck, dass manche von ihnen desorientiert oder selbstzerstörerisch gegen die Käfiggitter flogen und deshalb so viele Federn verloren. Einige der Bartagamen dagegen schienen sich überhaupt nicht mehr zu bewegen. Der Hund hatte plötzlich eine wunde Stelle am rechten Hinterlauf, die er leckte und leckte, bis sie blutig war. Auf mehreren Eierkartons waren eines Morgens alle

Heimchen tot. Die in der Wohnung versteckten schienen dagegen mehr zu werden.

Lydia wusste, dass sie etwas ändern musste. Immer, wenn der Mensch die Natur zu beherrschen suchte, ging das langfristig schief. In der Natur gab es Ökosysteme, Biotope, Kreisläufe, Nahrungsketten, Symbiosen, Anpassung, Kooperation, Selektion, Evolution. Die Natur regelte sich ganz von allein. Vielleicht musste man aus der Not eine Tugend machen. Die Abwesenheit Gennaios bot schließlich auch eine Menge neuer Freiheiten.

Sie ging nicht mehr zu ihm in den Garten. Sie ging auch nicht mehr in seine Trafik, sondern machte einen großen Bogen darum. Sie rief ihn nicht an, und er rief sie nicht an. Bald konnte sie sich gar nicht mehr richtig erinnern, wie er eigentlich aussah.

Ihr Traum vom Dschungel wuchs. Sie fuhr in den Gartengroßmarkt und kaufte exotische Pflanzen. Farne, Orchideen, Bromelien, Passionsblumen. Die größten Palmen, Flaschen-, Drachen- und Kakaobäume, die sie alleine gerade noch tragen konnte. Sie kaufte einen riesigen Zimmerbrunnen fürs Wohnzimmer, der dort den ganzen Tag plätscherte, dann einen weiteren fürs Schlafzimmer, da sie annahm, dass man bei dem Geräusch gut schlief. Sie kaufte Luftbefeuchter für jeden Raum. Sie kaufte zusätzliche Wärmelampen und UV-Strahler, die sie in der ganzen Wohnung platzierte. Sie drehte die Heizung an, obwohl es draußen immer wärmer wurde. Die Wohnung wurde grüner und schwüler. Alles entwickelte sich gut. Und dann eines Tages öffnete sie die Volieren, die Käfige und die Terrarien. Obwohl sie Angst davor hatte, dass die Heimchen über das Bett laufen würden, riss sie sich zusammen und öffnete auch die Eierkartons.

24.

Ein Leben im Dschungel war nichts für schwache Gemüter. Es erforderte Mut, Hingabe und Opferbereitschaft. Die Vögel waren klug genug, das Unterholz zu meiden, in dem sich der schwarze Räuber aufhielt. Sie saßen auf Schränken, Türen, Lampen, Regalen und Bäumen. Wenn sie aufflatterten, ließen sie mitten im Flug ihre Kotbatzen fallen. Sie waren nicht klug genug, um nicht immer wieder gegen die geschlossenen Scheiben zu fliegen, sodass Lydia durchsichtige grüne Vorhänge besorgte, in die Blattranken eingewebt waren.

Die Bartagamen blühten auf. Waren sie sonst die meiste Zeit reglos unter ihren Wärmelampen gesessen, liefen und kletterten sie nun erstaunlich schnell. Wagte es Berti, an einer von ihnen zu schnüffeln, richtete sie drohend ihren stacheligen Kehlbart auf, fauchte mit weitaufgerissenem Maul und schlug mit dem Schwanz. Zog er sich nicht schnell genug zurück, stieß sie zu, sodass er winselte. Auch untereinander kämpften sie, wild wie urzeitliche Drachen. Ihr Kehlsack färbte sich schwarz, sie umkreisten einander, drohten durch Kopfnicken, Liegestützwippen, Stachelaufstellen, dann bissen sie einander in den Hals, verkeilten sich, eine schleppte die andere davon. Lydia griff niemals ein. Sie griff auch nicht mehr ein, wenn Berti jagte, sprang, kläffte oder schnappte. Anfangs regte es ihn auf, wenn Vögel auf Lydias Kopf oder Schultern flogen, aber nach und nach gewöhnte er sich daran.

Alles war gut. Alles regelte sich von allein. Die Zimmerbrunnen plätscherten, die Luftbefeuchter dampften, die Pflanzen verloren Blätter und Blütenstaub. In vielen Schüsseln faulte das Obst. Die Spelzen der Hirsekörner, die die Vögel fraßen, flogen durch die Luft. Sand, Kot und Federn malten Muster auf Möbel und Parkett. Dass die

Natur die Zügel in die Hand nahm und das neu geschaffene Ökosystem funktionierte, erkannte Lydia daran, dass neue Spezies zuwanderten. Käfer, Ameisen, Fruchtfliegen und Silberfischchen traten in Massen auf, Spinnen webten ihre Netze, um reiche Beute zu machen. Und dann geschah das herrlichste Wunder: Winzige braune Mäuschen kamen hinter der Heizung hervor.

Im Büro war alles beim Alten, die Arbeit lief wie am Schnürchen. Das Schattentheater der Zivilisation. Die Hydrokultur-Fici taten Lydia zunehmend leid. Keine Erde. Eingekerkert in braune Kunststoffschalen, die Wurzeln überhäuft von Kügelchen aus Blähton, in denen ein Wasserstandsanzeiger steckte – was ungefähr so gesund wirkte wie ein Mensch, dem ein Fieberthermometer aus dem Hintern ragte. Aber vor allem: keine Erde. Keine Möglichkeit, die Wurzeln in einem natürlichen Umfeld zu strecken und zu bewegen. Wie Zehen, die in Nylons und Schuhen gefangen waren, anstatt in Sand oder Schlamm ihre Existenz zu empfinden.

Lydia begann, in ihrer Freizeit barfuß zu gehen, auch wenn sie sich im Wald Verletzungen zuzog und es sie in der Wohnung wegen des Vogelkotes Überwindung kostete. Im Büro blieb sie die Alte. Blusen und Business-Anzüge kamen aus der Reinigung und blieben unter ihren Plastikhüllen vor den Vögeln geschützt. Mitten im Urwald verwandelte sie sich in einen Büromenschen. Sie zog die Nylons an, die schmalen Pumps, nahm ihre Handtasche und fuhr in die Arbeit. Sie betrat den grauen Teppichboden, der jede Nacht von einer illegalen Putzfrau aus Moldawien gesaugt wurde, und war froh, dass sie zu Hause Parkett hatte, denn das war doch immerhin Holz und damit sowas wie Wald. Auf dem Schreibtisch hatte sie schon lange keine Fotografien mehr stehen. Seit sie Christophs gefälschte Familienbilder in Bali gesehen hatte, konnte sie die Verlogenheit solcher Inszenierungen nicht mehr ertragen. Olivers Kinderfoto hatte sie entfernt, und ein Bild von Oliver als Mann wäre ihr weniger vertraut vorgekommen als eines des Briefträgers, der jeden Morgen die Post brachte. Und Gennaio? Er hätte es gerne gesehen, hätte sie ein Hochzeitsfoto aufgestellt. Aber was waren Hochzeitsfotos anderes als Kostümschinken, die mit aller Macht den Keim zukünftiger Zerwürfnisse zu verbergen suchten? Nun hatte sein Gesicht sich aufgelöst, war überwuchert worden von anderen, wichtigeren Gedanken.

Sie ordnete Belege mit farblich sortierten Trennblättern. Sie heftete und lochte. Sie tippte Beträge in ihren Tischrechner, so schnell, dass man ihren Fingern kaum folgen konnte. Klienten brachten Schachteln, in denen die Finanzgebarung eines Jahres wild durcheinander lag, und Lydia vermochte all das zerknüllte, essensfleckige Papier in durchschaubare Zusammenhänge zu ordnen. Sie entsorgte das Überflüssige und erkannte das Nützliche. Sie füllte Formulare so sauber aus, dass jedes Wort und jede Zahl exakt auf den vorgedruckten Zeilen standen. Sie übersah keine Frist, keinen Paragrafen und keinen Cent.

Nach dem Büro ging sie einkaufen und stieg dabei zunehmend auf Lebensmittel um, die nicht zubereitet werden mussten. Die Küche zu reinigen glich einer Sisyphusarbeit. Wenn sie etwas gekocht hatte, kamen die Bartagamen auf den Herd, um sich an den erhitzten Metallteilen zu wärmen. Heimchen liefen über die Arbeitsflächen, Vögel suchten nach Bröseln. Die Lösung war im Grunde offensichtlich und lautete: Schinken. Genauer gesagt: Rohschinken. Rohschinken war roh, also natürlich. Das Salz, das er enthielt, stammte aus den Tiefen der Berge oder Meere und war daher ebenso natürlich. Eiweiß war das Lebenselixier, aus dem sich alle Körper zusammensetzten, das Fleisch, das wiederum anderes Fleisch ermöglichte. Es gab keinen Grund, irgendetwas anderes zu essen, für niemanden. Für den Hund war es das Beste, für die Heimchen, die Bartagamen und für die Vögel ebenso. Natürlich war Rohschinken in großen Mengen teuer, aber wenn man sonst nichts kaufte, ging das schon. Am meisten zierten sich die Vögel, doch als Obst und Hirse zu Ende gegangen waren, nahmen auch sie den Schinken an.

Berti war anfangs von der Ernährungsumstellung begeistert. Von früh bis spät Schinken! Doch schon nach wenigen Tagen sehnte er sich nach Abwechslung. Nach zwei Wochen konnte er den Schinkengeruch kaum noch ertragen. Und nach drei Wochen erlegte er ein paar Jungsittiche, die gerade ihre ersten Flugübungen machten, und die er unter dem ohrenbetäubenden Gekreisch ihrer Eltern verschlang.

25.

Es war in der Mittagspause, als Gennaio hereinstürmte. Wie immer hatten die Kollegen und Kolleginnen das Büro verlassen, während Lydia ihren Schinken auspackte und alleine am Schreibtisch aß. Im Moment von Gennaios Auftritt war sie gerade damit befasst gewesen, den Hund zur Nahrungsaufnahme zu überreden – in letzter Zeit legte er eine bedenkliche Appetitlosigkeit an den Tag. Was war nur los mit einem Hund, der keinen Schinken mehr mochte?

Gennaio war bleich, aufgewühlt, in einem Zustand, der wohl am besten mit dem Wort „hysterisch“ zu umschreiben war. Lydia war überrascht, dass sie ihn doch noch erkannte.

„Gott sei Dank“, keuchte er, „wenigstens siehst du noch halbwegs normal aus.“

„Wie sollte ich denn sonst aussehen?", fragte Lydia befremdet.

„Ich war in der Wohnung", sagte Gennaio, „die, wenn ich dich erinnern darf, auch *meine* Wohnung ist. Bist du wahnsinnig geworden? Ist dir klar, wie du dort haust? Wie kannst du in so einem Schweinestall existieren?"

„Es ist kein Schweinestall, es ist ein Ökosystem."

„Lydia, ich habe vier tote Bartagamenbabys gefunden. Sie liegen mitten im Müll." Lydia schwieg. Ihr waren keine toten Bartagamen aufgefallen.

„Wie kommst du überhaupt dazu, in meiner Abwesenheit in die Wohnung zu gehen?", fragte sie.

„Lenk nicht ab", sagte er, „ich kann meine Wohnung betreten, wann ich will."

„Aber was hast du dort gesucht? Das darf ich ja wohl noch fragen. Wolltest du etwas machen, das ich nicht wissen darf?"

„Ich wollte meinen Reisepass holen. Ich hatte geplant, eine Woche auf Urlaub zu fahren."

„Auf Urlaub? Wohin denn?"

„Nach Griechenland. Ich wollte ein bisschen aufs Meer schauen und mir über Dinge klarwerden. Seit wir die Tiere haben, hab ich das Meer nicht mehr gesehen."

„Natürlich nicht. Ein Bauer kann auch nicht nach Griechenland fahren und aufs Meer schauen, wenn ihn daheim die Tiere brauchen."

„Egal, es ist jetzt hinfällig. Mir ist alles klar. Ich bleibe da."

„Du kannst ruhig fahren. Urlaub alleine ist bestimmt schön."

„Ich fahre ganz bestimmt nicht, solange Gefahr im Verzug ist. Lydia, hör zu. Ich stelle dir jetzt ein Ultimatum."

„Schon wieder?", antwortete sie spöttisch.

„Ja. Aber diesmal ist es ernst. Ich lasse dich einweisen. Du hast eine Woche – okay, zwei Wochen, ich will nicht unrealistisch sein. Du hast zwei Wochen, um die Wohnung in Ordnung zu bringen. Du fängst alle Tiere ein und bringst sie irgendwo unter. Mir egal wo. Inseriere sie, bring sie ins Tierheim, es gibt genug Möglichkeiten. Du putzt die Wohnung, aber gründlich. Du entsorgst den Müll, die Scheiße, die Leichen und die Kakerlaken. Wenn in zwei Wochen noch Heimchen da sind, hol ich den Kammerjäger." In diesem Moment trat er vor und seine Stimme überschritt die für Berti zulässige Lautstärke. Der Hund sprang auf, stellte sich ihm entgegen und wies ihn mit einem „Wau" in die Schranken.

„Und der da", sagte Gennaio, „muss auch weg."

„Wie kommst du darauf, dass du mir Befehle geben kannst?", fragte Lydia verblüfft.

Er griff nach ihren Händen, was Berti beunruhigte, sodass Gennaio unter seinem Bellen weitersprach: „Du hast eine Grenze überschritten. Ich weiß nicht, was passiert ist, aber du bist ... Ich lasse dich einweisen und jeder Amtstierarzt wird bestätigen, dass du zur Tierhaltung nicht geeignet bist. Nimm mich bloß ernst. In zwei Wochen ist der Wahnsinn beendet, oder du bekommst ihn offiziell diagnostiziert."

An der Türe wandte er sich noch einmal um: „Abgemagert bist du auch. Iss was Vernünftiges." Dann war er verschwunden und Lydia mit den Hydrokultur-Fici, dem grauen Teppichboden, den summenden Computern, dem bellenden Hund und dem verschmähten Schinken allein.

26.

Sie fuhr ganz tief in die Wildnis hinein. Das Geflecht an Forststraßen, das dem Besucher durch keine Wegweiser erläutert wurde, war ihr von vielen Erkundungstouren vertraut. Sie war mit dem Hund oft hier spazieren gegangen, nun aber versuchte sie, eine verwirrende Route zu nehmen, damit sie ihm nicht vertraut vorkam. Er durfte auf keinen Fall den Weg zurück zur Bundesstraße finden. Sie fuhr lange Umwege, setzte auch ein paar Mal zurück, um dann doch woanders abzubiegen. Das Ziel allerdings hatte sie klar vor Augen: eine schöne große Wiese am Rand eines felsigen Abhangs, der vielleicht einmal ein Steinbruch gewesen war. Hier gab es alles: Gras, Blumen, Sand, Schotter, Steine und dahinter tiefen, dichten Mischwald. Ein Rinnsal träufelte über die Felswand hinab und färbte sie rötlich, vermutlich, weil es eisenhaltig war. Es war nicht gerade ein Wasserfall, aber am Fuß der Wand sammelte es sich zu einem schmalen Bächlein.

Als sie endlich angekommen waren, öffnete Lydia die Beifahrertür und Berti sprang heraus. Dann ging sie um das Auto herum und öffnete die Heckklappe, während Berti durch das hohe Gras lief, das ihn dreifach überragte, sodass nur die schnell wandernde Lücke in der Grasdecke anzeigte, wo er seine Kreise zog. Eine nach der anderen holte Lydia die Transportboxen heraus, ebenso wie die Schachteln und Kisten, in die Luftlöcher eingestochen waren, und stellte sie auf den Boden. Sie nahm ein Stanley-Messer und schnitt das Paketband auf, mit dem die provisorischeren Behältnisse gesichert waren.

Die ersten Tage nach Gennaios zweitem Ultimatum war sie wütend gewesen, trotzig, entschlossen sich durchzusetzen. Sie war erwachsen! Wie konnte er es wagen, sie zu bevormunden? Ja, die Hälfte der Wohnung durfte er beanspruchen, er stand mit ihr gemeinsam im Mietvertrag. Aber das würde sich ändern lassen, wenn er denn langfristig der Überzeugung war, ihren Lebensstil nicht teilen zu wollen. Ja, er hatte recht gehabt in dem Punkt, dass sie nach schlechten Erfahrungen mit uneinsichtigen Tierheimangestellten begonnen hatte, ihren bereits vorhandenen Tierbestand zu verleugnen. Aber hätte er als ihr Ehemann nicht hinter ihr stehen müssen, wenn es galt, möglichst vielen Tieren ein Zuhause zu geben? Hatte er denn noch nie einen Zollbeamten angeschwindelt, um Waren auf nicht ganz legale Weise aus dem Ausland einzuführen? Und war das nicht aus purem Egoismus und Materialismus geschehen, während ihr Motiv immerhin Selbstlosigkeit war?

Schnell war eine Woche um gewesen und sie hatte feststellen müssen, dass ihr Fundament in dieser Zeit von Angst unterspült worden war. Konnte er ihr wirklich etwas anhaben? Würde man ihn ernst nehmen, wenn er vor Ärzten und Behörden behauptete, dass sie wahnsinnig sei? War ihm ein solcher Verrat zuzutrauen? Er hatte sehr hysterisch gewirkt. Und auf die Intelligenz der Menschheit konnte man sich im Allgemeinen nicht verlassen.

Lydia hatte sich umgesehen und die große Aufgabe, all die Tiere einzufangen, als gleichwertig mit sämtlichen zwölf Arbeiten des Herakles erkannt. Wie sollte sie das nur schaffen? Manche der Vögel waren zahm und flogen ihr auf den Arm, wenn sie sie lockte. Aber auch von diesen gab es viel zu viele, vielleicht waren es schon Hunderte. Auch wenn sie einen nach dem anderen in eine Voliere bugsierte, würde sie damit nie fertig werden. Andere waren ohnehin vollkommen verwildert, ließen sich nicht anfassen oder aus der Hand füttern und flohen, wenn sie nur in ihre Nähe kam. Die Tage vergingen. Sie hatte rund dreißig Vögel eingefangen, dazu etliche Bartagamen, die sich gut zu verstecken wussten. Und die Heimchen? Wie um alles in der Welt sollte sie die alle erwischen? Dann hatte sie die Aussichtslosigkeit des Unterfangens eingesehen. Wohin sollte sie mit den Tieren? Das eine oder andere konnte sie vielleicht über das Internet verschenken, aber niemals alle. Und zurück ins Tierheim? Auf gar keinen Fall. Nicht einmal über ihre Leiche.

Einen Tag vor Ablauf des Ultimatums war die Lösung glasklar in ihrem Kopf gewesen. Es war die einzig mögliche, die einzig richtige. Eine Verzweiflungstat, gewiss, aber eine, die man auch positiv sehen konnte. Im Endeffekt war es der letzte logische Schritt auf dem Weg, den sie schon lange eingeschlagen hatte – Gennaio hatte ihn nur beschleunigt.

Am Morgen hatte sie zunächst nach dem Wetter gesehen. Es war perfekt, der fünfte T-Shirt-Tag in Folge. Die Sonne strahlte, am Himmel waren nur die Kondensspuren der Flugzeuge zu sehen. Die Eisheiligen waren längst vorüber, es würde nun mit den Temperaturen stetig aufwärts gehen. Zum ersten Mal, seit sie den Tieren in der Wohnung die Freiheit geschenkt hatte, hatte sie die Fenster geöffnet. Eines nach dem anderen, Zimmer für Zimmer. Endlich konnten die Vögel dorthin fliegen, wo sie bisher von einer Glasscheibe jäh aufgehalten worden waren, doch nun trauten sie sich nicht mehr. Die unsichtbare Barriere hatte sich in ihren Köpfen verankert, die Häuser und Bäume da draußen, der Himmel und der weit entfernte grüne Hügel im Hintergrund waren tabu. Es war richtig, das zu ändern, die Welt dieser Tiere zu öffnen.

„Fliegt!“, hatte Lydia gerufen, „fliegt hinaus und entdeckt das wirkliche Leben, ihr seid frei!“ Mit rudernden Armen war sie durch die Wohnung gelaufen, mit dem Besen hatte sie die Vögel von ihren Hochsitzen aufgescheucht. Einige begriffen schneller, andere zögerten vor dem ungewohnten frischen Wind, der durch die geöffneten Fenster hereinkam. Manche flogen hoch hinaus und schnell außer Sichtweite, aber die meisten ließen sich gleich im nächsten Baum und auf den gegenüberliegenden Dachrinnen nieder und starrten zurück zu der Wohnung, die ihre Voliere gewesen war.

„Hilfst du mir, Bagheera?“, sagte Lydia zu dem Hund, der seinen Wiesenlauf beendet hatte und gekommen war um nachzuschauen, weshalb sie mit ihren Behältnissen die Landschaft veränderte. Er schätzte es nicht, wenn Landschaften verändert wurden. Einmal hatte er auf einer innerstädtischen Wiese einen Liegestuhl angekläfft, den dort jemand zurückgelassen hatte, einmal hatte ihn ein plötzlich errichteter Schneemann empört, dessen er nur Herr werden konnte, indem er ihn rundherum anpinkelte.

Lydia öffnete die Gitter der Transportboxen, die Deckel der Kisten, die Kartonklappen der Schachteln. Nur einige der Bartagamenbabys liefen heraus, um an der frischen Luft gleich wieder zu erstarren. Die größeren Tiere musste sie herauskippen und -ziehen, eine ebenso langwierige Arbeit, wie es das Fertigmachen für den Transport gewesen war. Es waren wirklich unglaublich viele Bartagamen, ein sensationeller Zuchterfolg, wie sie stolz vermerkte. Einigen streichelte sie noch einmal über den Rücken, der weich wie Waschleder war. Endlich begannen die ersten, Felsbrocken zu erklimmen und sich zu sonnen. Sie sahen glücklich aus.

27.

Feierlich nahm sie dem Hund das Halsband ab. Das Zeichen seiner Domestikation, ja: Gefangenschaft. Sie setzte sich auf einen der Felsbrocken und schaute ihm in die Augen. Sie sahen aus wie glänzende Seifenblasen, in denen zwei braune Sterne gefangen waren.

„Hör gut zu, Bagheera. Wir werden jetzt voneinander Abschied nehmen. Du wirst frei sein als das, was du bist, nämlich ein Wolf. Nie wieder wird dich jemand in eine Badewanne setzen und abduschen. Nie wieder wird dich jemand an der Leine führen. Es tut mir leid, dass ich all das gemacht habe, es war deiner nicht würdig. Hier ist es schön, du hast zu trinken und dein Fressen wirst du dir selbst erjagen. Ich weiß, du kannst das, dein Jagdinstinkt ist sehr ausgeprägt. Und mit der Zeit wirst du andere Hunde finden, vielleicht sogar Wölfe. Ich bin stolz auf dich, Bagheera, du bist ein guter Hund."

Berti hörte: „Blablah Bagheera. Blablablah blablah blablah. Bla bla Badewanne bla duschen. Blablah Leine. Blablablah blah blah trinken bla Fressen. Blahblablah Hunde bla blah. Blablah Bagheera blah guter Hund." „Badewanne" und „duschen" waren schreckliche Worte, bei denen Berti sich normalerweise sofort unter das Sofa verzog. Allerdings war ihm klar, dass sie hier im Wald schwerlich zu den dazugehörigen schrecklichen Taten führen konnten, man durfte sie also wohl ignorieren. „Trinken", „fressen" und „guter Hund" waren hingegen angenehme Worte. Die Lage insgesamt war also unklar. Aufmerksam sah er Lydia an. Aus ihrer Handtasche holte sie ein in weißes Papier gewickeltes Päckchen.

„Tiroler Schinkenspeck", sagte sie. Sie öffnete das Päckchen sorgsam wie in Watte gewickelten Familienschmuck. „Ganz mager. Das Edelste, was Österreich zu bieten hat. Damit du für den Anfang was zu essen hast und die Umstellung nicht so groß ist. Hier, Bagheera." Berti tat ihr den Gefallen, daran zu schnüffeln, rümpfte aber sofort angewidert die Nase. Er konnte Rohschinken nicht mehr sehen, riechen und schon gar nicht schmecken. Vor die Wahl gestellt, zu verhungern oder Rohschinken zu fressen, hätte er Ersteres mit Freuden vorgezogen.

„Tschüss Bagheera. Sei ein Wolf", sagte Lydia. Sie nahm ihre Handtasche und ging zum Auto. Da sie angenommen hatte, dass der Hund ihre Worte nicht nur verstand, sondern auch in jeder Hinsicht begrüßte, überraschte es sie, dass er ihr folgte. Ganz selbstverständlich ging er zur Beifahrertür und wartete, dass sie ihm geöffnet würde.

„Hast du nicht verstanden, Bagheera? Du bist frei!" Berti wedelte ein wenig, um Bravheit zu demonstrieren.

„Geh weg!", schrie Lydia. Dieses Kommando kannte Berti, angesichts seiner Unsinnigkeit in der aktuellen Situation erlaubte er sich allerdings punktuelle Befehlsverweigerung. Lydia stieg in das Auto ein und fuhr los. Sie war wütend. Auf Gennaio, der sie nicht verstand. Auf den Hund, der sie nicht verstand. Auf eine Gesellschaft, die ein Dschungelparadies in der Wohnung nicht verstand. Auf Bevormundung und Intoleranz, die dem Einzelnen selbst in seinen eigenen vier Wänden entgegengebracht wurden. Auf Britta Schwind, die an allem schuld war.

Ein zufälliger Blick in den Rückspiegel enthüllte ihr etwas Verstörendes. Der Hund lief hinter dem Auto her. Er schien sich nicht einmal besonders anzustrengen. Er lief im Galopp, aber noch lange nicht in seiner Spitzengeschwindigkeit. Lydia sah auf den Tacho: 30 km/h. Schade, dass sie nicht früher auf diese Möglichkeit gekommen war, dem Hund Bewegung zu verschaffen, sie hätte nicht stundenlang selbst durch die Gegend laufen müssen. Jetzt aber konnte sie dieses Verhalten nicht gebrauchen. Der Hund sollte im Wald bleiben, nicht ihr auf die Bundesstraße folgen. Sie hielt an und stieg aus. Freudig lief Berti zu ihr.

„Geh weg, Bagheera! Geh weg! Geh weg!", schrie sie. Berti vermutete, dass er auf die andere Seite des Autos gehen sollte und schlich hinüber zur Beifahrertür. Lydia erkannte, dass sie ihre Taktik ändern musste. Sie öffnete dem Hund die Tür. Flink nahm er seinen gewohnten Platz ein und machte sich bereit, die bevorstehende Fahrt mit spannenden Beobachtungen aus dem Fenster zu genießen. Lydia stieg ein, fuhr bis zur nächsten Kehre und wendete dann. Sie fuhr den ganzen Weg zurück bis zum Steinbruch. Ein großer Schwarm Krähen zerfetzte etwas und einen Moment lang befürchtete sie, dass sie über die Bartagamen hergefallen waren, dann aber sah sie, dass es das Schinkenpaket war.

„Das hast du jetzt davon!", sagte sie zu dem Hund. Sie ließ ihn aussteigen und führte ihn an eine Stelle in gebührendem Abstand vom Auto. Von den Bartagamen waren nur mehr zwei zu sehen, die anderen erkundeten wohl das Terrain oder hatten sich in Verstecke zurückgezogen.

„Bagheera, sitz!", sagte Lydia, und Berti machte Sitz.

„Und bleib!", fügte sie hinzu. Berti blieb sitzen. Rückwärts ging Lydia zum Auto zurück und sah ihn dabei streng an. Er blieb, wo er war. Das Bleib-Kommando war eines seiner besten. Frau Michalek hatte es ihm beigebracht und auch Carina im Tierheim hatte es oft mit ihm geübt. Er konnte problemlos zehn oder fünfzehn Minuten sitzen bleiben und warten, bis der Mensch zurückkam. Irgendwann kam der Mensch nämlich immer zurück und jubelte und lobte ihn und überhäufte ihn mit Köstlichkeiten. Dass der Mensch sich in einem Auto entfernte, war eine neue Variante des Spieles. Aber der Schwierigkeitsgrad einer Übung wurde ja immer gesteigert, das war er gewöhnt. Das Auto mit Lydia fuhr weg und verschwand im Wald. Die Krähen hatten den Schinken unter sich aufgeteilt und flogen davon. Es wurde stiller, nur der Wind raschelte im Gras und ein paar Meisen tschirpten. Irgendwann kam der Mensch immer zurück. Nur dieses Mal kam er nicht.

Berti

1.

Jonas Schabetsberger kannte die Gegend sehr gut. Seit seiner Geburt war Mama mit ihm dorthin gefahren, noch bevor seine Schwester Emily auf die Welt gekommen war. An die Zeit konnte er sich aber nicht erinnern. Mit drei hatte er hier einmal eine Gruppe sehr kleiner Zwerge gesehen, ungefähr doppelt so groß wie seine Hand, mit roten Zipfelmützen wie Gartenzwerge, auch die Frauen. Er hatte ihnen eine Rindenschale voller Heidelbeeren gebracht, die in ihrer Welt wohl so etwas waren wie Wassermelonen. Sie hatten sich sehr gefreut und winzige Löcher in die Heidelbeeren gebissen. Nun war er fünf und hatte sie schon lange nicht mehr gesehen. Vielleicht zeigten sie sich älteren Kindern nicht, so wie sie sich ja auch Erwachsenen nicht zeigten. Emily hatte sie aber auch nie gesehen. Meistens ging sie mit ihm auf Erkundungstour und ließ sich alles von ihm zeigen. Heute war sie aber müde, weil sie die halbe Nacht durchgeschrien hatte. Sie lag bei Mama auf der Decke und schlief. Mama hatte wie üblich das Notebook mit und sagte, sie müsse arbeiten, aber wenn man auf den Bildschirm sah, war sie meistens auf Facebook.

Jonas durfte nicht außer Sichtweite gehen, das bedeutete, er musste sich immer umdrehen und nachschauen, ob er die Decke mit Mama und Emily noch sah. Manchmal ging er trotzdem zwei oder drei Schritte weiter, sodass die Decke verschwand und er das Gefühl hatte, allein auf der Welt zu sein, das war schön und unheimlich zugleich.

Mama arbeitete an dem, was sie „Die Kolumne" nannte. „Die Kolumne" war ein nicht allzu großer Bereich in der Sonntagszeitung, über dem ein kleines Foto von Mama zu sehen war. Eigentlich war es eine viel jüngere und schönere Frau als Mama. Jonas hätte sie auf dem Bild nicht erkannt, aber Mama schwor, dass sie das war. Als sie ihm

„Die Kolumne“ zum ersten Mal gezeigt hatte, hatte er gesagt: „Aber das bist doch nicht du. Die ist doch viel jünger als du.“ Mama hatte sehr laut und lange gelacht und zu Papa gesagt: „So viel zum Thema Photoshop.“ Papa hatte erklärt, dass das Bild nur ein ganz kleines bisschen bearbeitet worden sei, aber dass man keinen Unterschied zur wirklichen Mama erkennen könne. Außerdem stand Mamas Name neben dem Foto. Das war aber nicht ihr richtiger Name, sondern ein erfundener. Also ein falsches Bild mit einem falschen Namen, sehr merkwürdig. „Die Kolumne“ hieß „Mami-Momente“ und es ging darin um „die Freuden der Mutterschaft“, sagte Mama. Jonas konnte sie nicht lesen, da er generell nicht lesen konnte beziehungsweise wollte. Er hasste es, wenn ihm seine Eltern Buchstaben erklärten oder verlangten, dass er welche schrieb. Er konnte seinen Namen schreiben und das reichte. J-O-N-A-S. Wenn Mama Freude an der Mutterschaft hatte, umso besser. Deswegen musste er noch lange nicht lesen lernen. Er konnte Dinge aus Lego bauen, die sie nicht konnte, und im Memory war er viel besser als sie. Jeder hatte eben so seine Stärken.

Jedenfalls durfte man sie nicht ansprechen, wenn sie an „Der Kolumne“ schrieb, auch dann nicht, wenn sie auf Facebook war. Tatsächlich dachte sie nämlich über „Die Kolumne“ nach, während sie auf Facebook lustige Katzenvideos anklickte, sagte sie. Sehr interessant. Wahrscheinlich schrieb sie viel über Katzen. Sie behauptete zwar, dass sie viel über Kinder schrieb, aber da fehlte ihr sicherlich die Erfahrung. Kinder ignorierte sie die meiste Zeit, also worüber hätte sie da schreiben sollen? Sie sah nicht mal her, wenn man am Spielplatz Stunts auf der Rutsche vollführte, sondern sagte: „Beschäftigt euch allein.“

Auf die ganz großen Felsbrocken durfte Jonas nicht klettern, auch nicht die Wand des Steinbruchs hinauf.

Auf Bäume auch nicht. Nur weil er einmal eine Gehirnerschütterung gehabt hatte, nachdem er im Hallenbad ausgerutscht war, durfte er jetzt gar nichts mehr. Er durfte ohne Aufsicht keine Pflanzen essen, nicht einmal Heidelbeeren. „Es könnte sein, dass du aus Versehen eine giftige Beere pflückst und dann bist du tot!" Kein Gras, keine Blumen, keine Pilze. Nur weil er einmal weiße kleine Würmer in der Kacke gehabt hatte. „Hast du vielleicht draußen irgendwas in den Mund gesteckt? Diese Würmer werden über den Kot von Tieren übertragen. Sie scheiden ihn aus, die Wurmeier kleben am Gras, und der nächste, der es frisst, hat sie dann im Darm." Natürlich hatte er alles auf der Wiese gekostet. Das hintere Ende von Blütenblättern schmeckte süß, da war der Honig drin. Die Milch von Wolfsmilch schmeckte bitter und klebte lang auf der Zunge. Löwenzahnblätter waren auch bitter, die ganz hellen Kleeblätter sauer, Harz war noch bitterer und klebriger als Wolfsmilch. Und wie Heidelbeeren aussahen, das wusste er ja wohl, das hatten ihm auch die Zwerge bestätigt.

Im Grunde durfte man gar nichts, weil die Welt so gefährlich war. Man durfte nur dastehen und in die Luft schauen. Nichts anfassen. Nichts essen. Nicht außer Sichtweite gehen. Nichts besteigen, das höher als Kniehöhe war. Kein Wasser aus dem Bach trinken, denn da könnte Pipi von irgendjemandem drin sein. Nicht die Schuhe ausziehen, weil man könnte barfuß auf eine Biene steigen und einen allergischen Schock bekommen. Den Dornen fernbleiben, den Ameisen, den Brennnesseln und den weißen Blumen, die „Schierlingsgewächse" waren. Die Frage war: Wozu ging man eigentlich in die Natur? Und wieso durfte man seinen Nintendo nicht mitnehmen?

Heute aber war die Gegend wieder interessant. Zum ersten Mal seit Jonas' Begegnung mit den Zwergen hatte sie richtig was zu bieten. Es begann damit, dass er einen

Saurier sah. Der Saurier saß im Wald auf einem sonnenbeschienenen Baumstumpf. Zwar war er bei Weitem nicht so groß wie die Saurier im Naturhistorischen Museum, aber dafür war er lebendig. Er bewegte seinen Kopf und die schwabbelige, stachelige Haut an seinem Hals wackelte dabei. Sehr prächtig. Dann hob er die linke Vorderpfote, so, als ob er gleich losgehen würde, aber er hielt sie einfach nur so in der Luft. Und gerade, als Jonas zu Mama laufen und ihr sagen wollte, dass er einen echten Saurier entdeckt hatte, sah er, dass da noch jemand war. Im Unterholz saß ein kleiner schwarzer Schatten mit glänzenden Augen. Erst dachte Jonas, dass es ein Kobold war, aber dann trat der Schatten heraus ans Licht und verwandelte sich in einen kleinen Hund. Als er bei Jonas angekommen war, schnüffelte er an seinem T-Shirt. Die Nasenspitze des Hundes, die noch schwärzer war als der Rest von ihm, bewegte sich dabei lustig in alle Richtungen. Dann setzte er sich hin und hielt den Kopf schief. Jonas ging in die Hocke, um mit dem Hund auf gleicher Augenhöhe zu sein, lächelte ihn an und sagte: „Hallo Berti."

2.

Lizzy Biggs war klar, dass sie damit aufhören musste. Früher oder später. Spätestens, wenn die Kinder aus dem Haus waren. Die Saat des Zweifels hatte natürlich ihr Mann gesät, der von Anfang an Vorbehalte gegenüber der Kolumne gehabt hatte.

„Schreibst du dann über unsere privatesten Familienangelegenheiten, damit die ganze Nation in unser Wohnzimmer schauen kann?", hatte Felix gesagt, als sie ihm einige Monate vor Jonas' Geburt ihren Plan, eine Kolumne über den Elternalltag zu schreiben, unterbreitet hatte.

„Nein nein“, hatte sie ihn zu beruhigen versucht, „natürlich schreibe ich nichts, was nicht an die Öffentlichkeit gehört. Wenn du vorkommst, nenne ich dich ‚Der Vater‘.“

„‚Der Vater‘?“

„Ja. Mich nenne ich ‚Die Mutter‘, und das Kind ‚Das Kind‘. Ganz neutral. Dadurch wird alles auf eine allgemeinere Ebene gehoben.“

„Und da steht dann: ‚Wie immer war der Vater zu blöd, die Windel korrekt zu verschließen.‘?“

„Niemals. Ich schreibe nur Dinge wie: ‚In beispielloser Solidarität übernahm der Vater die gesamte Nachtschicht.‘“

„Ich soll also durch die Kolumne subtil unter Druck gesetzt werden?“

„Nicht subtil. Beinhart.“

„Und wenn wir ein zweites Kind bekommen? Wie nennst du das dann?“

„Das habe ich mir schon überlegt. Die Kinder heißen dann Kind 1 und Kind 2. Oder Sohn 1 und Sohn 2. Oder Sohn und Tochter, gegebenenfalls.“

Als Journalistin, die die meiste Zeit ihres Berufsalltags auf Recherche verbracht hatte, war ihr klar gewesen, dass diese Form der Arbeit mit einem Baby schwierig werden würde. Vor allem dann nicht, wenn man sich um besagtes Baby selbst kümmern wollte. Was lag also näher, als den eigenen Alltag zur Recherche zu nutzen? Eine Kolumne über „die Freuden der Mutterschaft“, Ironie inklusive, mit luziden Schilderungen aus der Parallelwelt derer, die sich mit Kinderwagen und Wickeltaschen herumschlagen mussten und dabei mit verständnislosen Mitmenschen kollidierten, gewürzt mit reichlich feministischer Einsicht. Eine Kolumne, die anderen Eltern Mut machte, mit der sie sich identifizieren konnten und die endlich mal aussprach, was sie dachten. Aber auch eine Kolumne, die das gesamtgesellschaftliche Verständnis für Kinder und ihre Erziehungsberechtigten zu verbessern vermochte. Das Private war politisch!

Das war es zumindest, was Lizzy Biggs ihrem Chefredakteur erklärte, als sie ihm die Idee für „Mami-Momente" schmackhaft machte. Der Chefredakteur hatte selbst einen vierjährigen Sohn und wusste sofort eine Anekdote beizusteuern, über die er sich die verbleibende Zeit der Besprechung ausließ: Im Kindergarten seines Sohnes war man zu VEGANER ERNÄHRUNG übergegangen! Die Kinder bekamen keinen Kakao mehr, keine Palatschinken, keine Knacker mit Butterpüree! Fragte man warum, wurde behauptet, alle Kinder hätten eine LAKTOSEALLERGIE! Fragte man, woher diese Diagnose käme, wurde behauptet, man sähe es ihnen an! Gab man seinem Kind ein Packerl Kakao mit, wurde einem das Wort „Missbrauch" um die Ohren geschleudert! Am Ende, als er Lizzy schon zur Tür geleitete, klopfte ihr der Chefredakteur auf die Schulter und sagte: „Es wird Zeit, dass über diese Dinge geschrieben wird. Brillante Idee. Machen wir."

Lizzy war nach Hause gegangen, hatte ihrem Mann die freudige Nachricht überbracht, dass sie eine Möglichkeit gefunden hatte, sofort nach der Entbindung wieder zu arbeiten – wahrscheinlich sogar WÄHREND der Entbindung! –, und was hatte er dazu gesagt?

„Ich weiß nicht. Damit all meine Kollegen in der Firma es erfahren, wenn wir über die Zubereitung des Fläschchens gestritten haben?" Felix war auch derjenige gewesen, der verlangt hatte, dass sie die Kolumne unter Pseudonym schrieb. Lizzy Biggs statt Elisabeth Schabetsberger. Um die Privatheit zu wahren, die Persönlichkeitsrechte zu schützen und Anonymität herzustellen. Natürlich war es in Wien völlig unsinnig, unter Pseudonym zu schreiben. Jeder wusste ja, wer man war. In ganz Österreich wusste man es. Österreich war ein Dorf und Wien das Wirtshaus darin. Schon nach dem Erscheinen der ersten „Mami-Momente" war Felix die Rechnung präsentiert worden: Jeder nannte ihn nur mehr „Mr. Biggs". Den Namen Biggs hatte Elisabeth Schabetsberger in Erinnerung an den von ihr hochverehrten Postzugräuber Ronnie Biggs gewählt, und „Lizzy" war schon immer ihr Spitzname gewesen. Sie fand, dass das Pseudonym verwegen, modern und multikulturell klang. Eigentlich ohnehin viel besser als ihr richtiger Name.

Mit den ersten Kolumnen ging alles gut und Felix' Zweifel zerstreuten sich. Natürlich lag Lizzy an seiner Zustimmung. Wenn er die „Mami-Momente" las, beobachtete sie ihn genau. Runzelte sich seine Stirn? Zogen sich seine Mundwinkel zu einem amüsierten Grinsen nach oben? Und dann kam der Tag, an dem seine Reaktion folgende war:

„Oh mein Gott", sagte er.

„Was?", fragte Lizzy.

„Oh. Mein. Gott."

„Was ist denn? Ist irgendein furchtbarer Rechtschreibfehler drin? Ich bring diese Praktikantentussis um!"

Felix schüttelte den Kopf: „‚Sein winzig kleiner Pillermann.' Ja bist du denn wahnsinnig. Du kannst doch nicht ‚sein winzig kleiner Pillermann' schreiben."

Lizzy hatte geschildert, wie ihr zwei Monate alter Sohn ihr beim Windelwechseln ins Gesicht gepinkelt hatte. Der inkriminierte Satz lautete: „Ein heißer Strahl schießt aus seinem winzig kleinen Pillermann der Mutter direkt ins Gesicht."

„Was stört dich denn daran?", fragte Lizzy verblüfft. „Ist doch witzig?"

„WINZIG KLEINER PILLERMANN?", wiederholte Felix, „das tust du deinem eigenen Sohn an?"

„Er ist ein Baby. Sein Pillermann *ist* winzig klein. Ist doch süß."

„Ja. Vor allem, wenn Jonas einmal fünfzehn Jahre alt sein wird und ohnehin obsessiv mit der Größe seines Pillermanns befasst. Dann liest er die alten Kolumnen seiner Mutter und da steht es: winzig kleiner Pillermann. Um Gottes Willen, wird er denken, von Anfang an war er viel zu klein, und es wurde auch noch aller Welt mitgeteilt."

„Geh bitte. Er wird darüber lachen. Außerdem wird er stolz sein, dass er Protagonist einer erfolgreichen Zeitungsserie, und bis dahin wahrscheinlich auch Buchpublikation ist."

Aber die Saat des Zweifels war gesät, und es räkelten sich Keime darin. Lizzy musste zugeben, dass eine Szene, die Nacktheit, Körperfunktionen und Geschlechtsteile involvierte, vielleicht ein wenig intim war. Vergleichbar womöglich sogar den unsäglichen Nackerbatzi-Fotos und -Super 8-Filmen, mit denen ihre Kindheit entwürdigt worden war.

Die Geschichte war ihr eine Lehre gewesen und sie hatte von da an aufgepasst. Jonas würde im Herbst in die Schule kommen und lesen lernen, ob er wollte oder nicht. Nach und nach würde er beginnen, sich mit den „Mami-Momenten" zu befassen. Er würde vielleicht von der Lehrerin darauf angesprochen werden, von den Schulkollegen und deren Eltern. Dieselbe Entwicklung würde sich bei Emily abspielen. Mädchen waren ja besonders empfindlich, was ihre Verschämtheiten betraf. Lizzy Biggs würde noch viel vorsichtiger werden müssen. Aber aufhören wollte sie noch nicht.

3.

Als Jonas zur Picknickdecke zurückkam und dabei von einem rabenschwarzen, struppigen und völlig verdreckten Hund verfolgt wurde, blieb Lizzy für einen Moment das Herz stehen. Instinktiv zog sie Emily an sich. Der Hund allerdings interessierte sich nicht für Emily, sondern steuerte direkt auf die Käsesemmeln zu. In Sekundenschnelle hatte er die Semmelhälften auseinandergenommen, die Käsescheiben verschlungen und die Butter abgeleckt.

„Hau ab!“, schrie Lizzy, „verschwinde!“, wagte es aber nicht, sich dabei zu bewegen. Jonas lachte und warf sich auf die Decke. Der Hund riss die Semmelhälften in Stücke und schluckte diese ohne zu kauen hinunter. Anschließend nahm er sich noch einen Reiscracker mit Joghurtüberzug, schleckte ohne allzu große Überzeugung über einen Apfel und erfrischte sich aus einem Becher mit Buttermilch. Er trug kein Halsband oder sonst irgendeinen Hinweis darauf, dass er einen Besitzer hatte. War er ausgesetzt worden? Entlaufen? Verwildert?

„Das ist Berti“, erklärte Jonas.

„Woher willst du denn wissen, dass er Berti heißt?“

„Das weiß ich halt.“

„Ja aber woher? Hast du seinen Besitzer gesehen?“

„Berti hat keinen Besitzer. Er wohnt hier im Wald.“

„Ja, er sieht verwahrlost aus. Du weißt, dass es sehr unvorsichtig war, einfach zu einem fremden Hund hinzugehen?“

„Aber der ist nicht gefährlich.“

„Das weiß man nie“, sagte Lizzy und sah dem Hund dabei zu, wie er sich nach beendeter Mahlzeit gemütlich auf der Decke niederließ und hinter dem Ohr kratzte. Womöglich hatte er Flöhe. Emily war aufgewacht und streckte die Hand nach ihm aus.

„Warte!“, rief Lizzy, „nicht streicheln! Wir wissen nicht, ob er das mag!“

„Er mag das“, erklärte Jonas und kraulte ihm das Kinn. Der Hund schloss die Augen und reckte den Hals, damit die zu kraulenden Stellen besser zugänglich waren. Sein Bärtchen glänzte speckig von der gestohlenen Butter, an den Haarspitzen hingen Buttermilchtropfen. Dann ließ er sich auf den Rücken fallen und wälzte sich wohlig hin und her, während Jonas ihm die Brust tätschelte.

„Ich auch!“, rief Emily und streichelte das Fell des Hundes brav mit dem Strich, wie sie es bei den Streichelzooziegen gelernt hatte. Lizzy ging davon aus, dass die Rückenlage beim Hund keine Angriffsposition war, und hoffte, dass sie damit recht hatte. Sie würde die Kinder mit Lysoform abschrubben müssen. Immerhin schien der Überraschungsgast menschenfreundlich zu sein. Und irgendwie sah er ja ganz süß aus, wenn man sich die Schlammkrusten wegdachte. Doch was tun mit dem kleinen Kerl? Einfach hierlassen ging ja wohl nicht. Sie würde ihn ins Tierheim bringen müssen. Aber wie, ohne Halsband und Leine? Was für eine Mühsal. Als ob man nicht schon genug damit zu tun hätte, zwei kleine Kinder sicher durch die Gegend zu transportieren. Als ob man nicht eine Kolumne schreiben müsste, für die einem schon wieder nichts einfiel und, wie zu befürchten war, auch in den verbleibenden vier Tagen bis zur Abgabe nichts einfallen würde. Es gab Phasen, wo die Mami-Momente nichts Spektakuläreres hergaben als Erschöpfungsberichte, und die hatte sie in den vergangenen fünf Jahren mehrfach und ausführlich geliefert. Worüber noch schreiben? Dass Kind 2 die halbe Nacht wegen eines kratzigen Halses und der damit verbundenen Unzufriedenheit gebrüllt hatte? Solche Szenen hatte sie bereits beschrieben, neue Erkenntnisse waren daraus nicht zu gewinnen. Und wie sollte sie sich auf das Streben nach

Mami-Einsichten konzentrieren, wenn sie sich um ein Tier zu kümmern hatte?

Die Erleuchtung kam mit einem Adrenalinschub: Das *war* ein Mami-Moment! Der Sohn, der einen Streuner anschleppte, der Streuner, der das Picknick raubte, die Tochter, die sich begeistert in das Dreckfell wühlte, die heldenhafte Mutter, die die Situation zum Wohle von Kindern und Tier zu handeln versuchte! Genial. Alltagsreportage vom Feinsten. Sie würde den Hund nicht ins Tierheim bringen, nicht gleich. Erst würde sie selbst nach dem Besitzer fahnden. Das gab noch mehr Stoff und die Kinder konnten was dabei lernen.

„Wisst ihr was?", sagte sie, „wir werden jetzt zusammenpacken. Mal sehen, ob der Hund mit uns mitkommen will."

„Heißt das, wir dürfen Berti behalten? Juhu, wir dürfen Berti behalten!", rief Jonas und begann einen Freudentanz, bei dem Emily gleich mitmachte.

„Halt halt halt", versuchte Lizzy das Missverständnis aufzuklären, „wir werden seinen Besitzer suchen. Vielleicht ist er davongelaufen und sein Herrchen oder Frauchen ist schon ganz verzweifelt. Vielleicht gehört er sogar einem Kind und das weint jede Nacht!" Die Kinder, die beide schon den ungeheuren Schmerz gefühlt hatten, wenn ein geliebtes Stofftier unterwegs verlorengegangen war, bedachten diese Möglichkeit.

„Es muss schrecklich sein, einen Berti zu verlieren", sagte Jonas.

Lizzy räumte die Kühltasche ein, rollte die Decke zusammen, packte Notebook und Spielsachen in ihre Riesentragetasche. Plötzlich rief Jonas: „Warte Mami, wir sollten vielleicht auch noch den Saurier mitnehmen!"

„Hast du einen Saurier mitgehabt? Ich hab gar keinen gesehen."

„Nein, kein Plastiksaurier! Im Wald sitzt ein echter!"

„Wirklich?“

„Ich schwör’s! Er hat einen stacheligen Hals!“

„Ein Styracosaurus?“

„Nein, der hat doch die Stacheln oben am Kopf! Es ist ein ganz kleiner, den ich noch nie gesehen habe.“

„Eine Eidechse?“

„Bitte Mami, es stimmt wirklich. Eine Eidechse ist wuzi. Der Saurier ist so!“ Er deutete mit den Händen eine Länge, die in etwa jener des Hundes entsprach.

„Das ist ja ein Mini-Saurier. Vielleicht gehört er zu deinen Zwergen und beschützt ihren Schatz?“, sagte Lizzy.

„Ich glaub, er ist ein Freund von Berti“, sagte Jonas. „Wir müssen den Saurier auch mitnehmen!“

„Oh nein nein, der Saurier ist sehr viel glücklicher hier im Wald. Ein Hund ist ein Haustier, um den muss man sich kümmern. Aber ein Saurier braucht seine Freiheit, okay?“

Sie gingen zum Auto und die Kinder riefen: „Komm Berti! Komm mit!“ Dabei lockten sie ihn mit ausgestreckten Händen, die sie so hielten, als wären zwischen den Fingern Leckerlis versteckt. Vermutlich wäre das gar nicht nötig gewesen, denn wie es schien, war der Hund ohnehin der Ansicht, dass er ab sofort zur Familie gehörte. Er lief voraus zur Beifahrertür, setzte sich davor hin und wartete, dass man sie ihm öffnete. Lizzy schnallte die Kinder hinten in ihre Sitze, dann machte sie dem Hund die Vordertür auf. Selbstverständlich war sie davon ausgegangen, dass er rücksichtsvollerweise in den Fußraum springen würde, er jedoch zog den erst am Wochenende sorgfältig gereinigten Sitz vor. Schlammige Streifen liefen über den beigen Bezug, Erdkrümel bröselten darüber.

„Ursüß!“, schrien die Kinder von hinten, denen es gefiel, dass der Hund wie ein Mensch aus dem Fenster schauen wollte. Lizzy arbeitete in Gedanken bereits an allgemeinen Überlegungen: „Bei Mensch wie Hund erntet man stets die Früchte der Erziehungstätigkeit eines anderen. Wenn dem Hund nicht beigebracht wurde, automatisch in den Fußraum zu springen, muss jeder, der mit ihm später zu tun hat, darunter leiden. Nicht anders ist es bei Menschen, die nie gelernt haben, sich zu benehmen ..." Etc. etc.

Während der Fahrt überlegte sie, was sie als Leinenprovisorium verwenden konnte, um den Hund sicher in die Wohnung zu bringen. Emily offerierte das Stoffband, mit dem ihr Bilderbuch am Kinderwagen befestigt werden konnte, Jonas die Kopfhörer, mit denen er auf dem iPod jene gesanglichen Exzesse SpongeBobs hören konnte, von denen seine Mutter behauptete, sie würden ihre Fähigkeit Auto zu fahren unterminieren. Beides war viel zu kurz. Es würde sich wohl nicht vermeiden lassen, dass Lizzy ihren Schal opferte und ihn von ihrem eigenen gepflegten, duftenden Hals auf den dreckigen, hundelnden Bertis transferierte. Und damit auf etwaige Flöhe, Milben und Zecken.

Natürlich fand sie keinen Parkplatz in akzeptabler Nähe ihres Wohnhauses, sondern nur einen am anderen Ende des Bezirks, unzählige zu überquerende Straßen entfernt. Bevor sie ausstieg, band sie den mit orangen Blüten bedruckten Schal um den Hals des Hundes. Er sah damit ein bisschen aus wie Conchita Wurst: elegant und mit einem schwarzen Bart.

„Fesch!", rief Jonas.

„Ursüß!", sekundierte Emily.

Lizzy sagte: „Alle bleiben sitzen!", worin der Hund inkludiert war. Dann stieg sie aus, öffnete die gehsteignahe Hintertür, schnallte die Kinder ab und ließ sie aus dem Wagen klettern. Sie öffnete die Beifahrertür und schnappte sich schnell das Ende des Schales, bevor der Hund heraussprang. Sofort begann er wie wild an seiner provisorischen Leine zu ziehen. Lizzy schlang sich das Schalende mehrfach ums Handgelenk, das durch die mangelnde Blutzufuhr schnell abzusterben schien. Sie öffnete den Kofferraum und holte Kühltasche, Riesentragetasche und Decke heraus. Sie hängte sich die Tragetasche um, nahm die Kühltasche in die rechte Hand, um die auch der Schal gewickelt war, klemmte sich die zusammengerollte Decke unter die linke Achsel und nahm Emily an die linke Hand. Jonas sollte vor ihnen gehen, damit sie ihn im Auge behalten und etwaigen rücksichtslosen Autofahrern signalisieren konnte, dass er unter ihrem Schutz stand.

Schon nach wenigen Schritten spürte Lizzy vielfältige Schmerzen in allen Körperteilen. Schweiß brach ihr aus. Mami-Momente, dachte sie, das sind Mami-Momente. Sie musste endlich einen verdammten Garagenplatz zum Mieten finden, irgendwo in den verdammten Nachbarhäusern, selbst wenn es alles verschlang, was sie mit der Kolumne verdiente. Die nächste Tiefgarage war viel zu weit weg und die normalen Parkplätze waren nur dazu da, um schon beparkt zu sein.

Endlich standen sie vor ihrem Wohnhaus. Lizzy ließ Emilys Hand los und holte die Schlüssel aus ihrer Hosentasche. Mit der Schulter drückte sie die Tür auf und schob alles und alle ins Haus. Vor dem Lift konnte sie endlich die beiden Taschen abstellen. Da stieß Emily einen schrillen Schrei aus und deutete auf etwas an Lizzys Seite. Der Schal, der mit dem einen Ende um ihr fühllos gewordenes Handgelenk gewickelt war, hatte an seinem anderen Ende eine leere Schlinge. Der Hund musste den Kopf herausgezogen und sich irgendwo unterwegs aus dem Staub gemacht haben. Jonas warf sich bitterlich schluchzend auf den Boden. Emily holte tief Luft, um ihren Schrei fortzusetzen. Hausbewohner in den oberen Stockwerken rissen ihre Türen auf und knallten sie wieder zu, wodurch sie auszudrücken pflegten, dass ihnen das Kindergeschrei auf die Nerven ging. Lizzys Gedanken rasten, so wie es in Mami-Momenten üblich war. Sie konnte nicht mit Sack und Pack und zwei Kindern den Hund suchen gehen. Sie konnte auch nicht Sack, Pack und Kinder in die Wohnung bringen und dann den Hund suchen gehen. Felix war noch nicht zu Hause, sie konnte die Kinder nicht allein lassen. Also war der Hund auf sich gestellt. Die Vorwürfe betreffend der Tatsache, dass sie ihn aus dem sicheren Wald mitgenommen hatte, um ihn mitten in der Großstadt entwischen zu lassen, würde sie sich später machen. Moment, sie hatte etwas übersehen. Sie konnte die Sachen in die Wohnung bringen und dann mit den Kindern suchen gehen, was ein Heidenspaß werden würde, da diese vermutlich noch weniger auf den Verkehr achten würden als sonst. Aber was, wenn der Hund dann schon überfahren worden war und sie seinen blutigen Kadaver fanden? Das konnte sie den Kindern nicht zumuten. Aber gar nichts tun konnte sie auch nicht. Wenn es einen blutigen Kadaver gab und dem Hund nicht mehr zu helfen war, würde sie ihn hoffentlich zuerst sehen und die Kinder schnell wegbringen können, bevor sie ihn ebenfalls sahen.

„Also ...", sagte sie, „Jonas, Emily, hört auf zu schreien! Bitte hört mir zu! Wir bringen jetzt die Sachen nach oben und dann gehen wir den Hund suchen, okay?"

„Da!", rief Jonas plötzlich und deutete mit dem Zeigefinger zur Eingangstür. Durch die Milchglasscheibe hindurch erkannte man einen kleinen schwarzen Fleck auf dem Gehsteig. Alle drei rannten sie zur Tür, Lizzy riss sie auf. Der Hund saß davor, geduldig darauf wartend, dass er eingelassen wurde.

4.

Lizzy Biggs hatte noch nie einen Hund besessen. Das Einzige, was sie über Hunde wusste, war, dass man seine Kinder tunlichst dazu anhielt, erst den Besitzer zu fragen, ehe man einen streichelte. Genau genommen mochte sie Hunde nicht einmal besonders. Hunde waren eine hygienische Katastrophe: Sie verpesteten den öffentlichen Raum. Solange man keine Kinder hatte, war einem das gar nicht so bewusst. Ja, man stieg bisweilen in Scheiße und ärgerte sich über die Menschen, die sie nicht aufgehoben hatten. Man war fassungslos angesichts von Hundebesitzern, die ungerührt dabei zusahen, wie ihre Tiere gegen geparkte Motorräder oder auf die Küchenkräuter vor einem Blumenladen pinkelten. Aber erst, wenn man kleine Kinder hatte, die der Welt der Fäkalien unterhalb der Erwachsenenkniehöhe nicht nur viel näher waren, sondern sie auch mit Händen und Mündern zu erforschen trachteten, erkannte man das ganze Ausmaß des Problems. Hauswände waren bepinkelt, Mäuerchen, Stufen und Gehsteigkanten waren bepinkelt, selbst schöne Blumenwiesen waren bepinkelt und bekackt. Weshalb eigentlich, hatte sich Lizzy bisweilen gefragt, war die Menschheit überhaupt bereit, eine solche Sauerei zuzulassen? Weshalb waren Hunde jenseits von Privatgrundstücken nicht schlicht und einfach verboten?

Und nun hatte sie eine solche hygienische Katastrophe in ihrer eigenen Wohnung. Der Hund lief ohne Umschweife in Jonas' Zimmer, sprang auf das Bett und bröselte Dreck auf die Bettwäsche. Allein an seinen Füßen waren vermutlich so viele Coli-Bakterien, dass sie sich, unter dem Mikroskop betrachtet, zu ganzen Landschaften formierten. Er musste dringend geduscht werden, bevor Pest und Cholera ausbrachen. Doch wie duschte man einen Hund?

Wie brachte man ihn dazu, in eine Badewanne zu klettern? Wie groß war die Wahrscheinlichkeit, dass er einen biss, wenn man in seiner Unwissenheit eine falsche Bewegung machte?

Damit die Kinder ein eventuelles Blutbad nicht mitansehen mussten, platzierte Lizzy sie vor dem Fernseher. Sie öffnete den Kühlschrank, um nach etwas zu suchen, was dem Hund reizvoll erscheinen musste. Serranoschinken! Sie nahm eine Scheibe, rollte sie auf und hielt Berti das Röllchen vor die Nase. Gleichzeitig bewegte sie sich mit lockenden Gurrlauten im Rückwärtsgang Richtung Badezimmer. Der Hund sollte den Schinken erst bekommen, wenn er in die Wanne gesprungen war. Seltsamerweise war seine Begeisterung für die Geruchsspur verhalten. Er folgte Lizzy zwar, machte aber keinerlei Anstalten, ihr den Schinken aus der Hand zu reißen. Als sie das Bad erreicht hatten und er die Wanne sah, blieb er in der Tür stehen. Lizzy hielt ihm den Schinken direkt unter die Nase. Berti wandte sich angewidert ab. Das konnte wohl nur eines bedeuten: Der Schinken war verdorben! Was unfassbar war, denn sie hatte ihn erst heute Morgen gekauft. Aber wenn der Hund ihn nicht mochte, musste er wohl sehr, sehr verdorben sein. Schließlich fraßen Hunde ja auch Müll und nicht ganz frische Essensreste, soweit sie wusste. Sie schnüffelte selbst an dem Schinkenröllchen, konnte aber nichts Verdächtiges entdecken. Natürlich roch so ein Hund Fäulnis und Verwesung lange bevor sie einem Menschen auffielen. Oder waren es etwa Chemikalien, Zusatzstoffe, Geschmacksverstärker, die den Hund abstießen? Der Schinken konnte jedenfalls für den menschlichen Verzehr kaum geeignet sein, wenn er einen Hund dermaßen abstieß.

Lizzy warf das Schinkenröllchen in den Müll und versuchte, Berti mit aufmunternden Zurufen und Gesten dazu zu bewegen, in die Wanne zu springen. Er rührte sich nicht von der Stelle. Sollte sie es wagen, ihn einfach hochzuheben? Allzu schwer konnte er nicht sein. Vorsichtig umfasste sie mit beiden Händen Bertis Leib und hob ihn in die Wanne. Er strampelte ein wenig, als sie ihn aufsetzte, dann stand er stocksteif da. In seinem Blick spiegelte sich der ganze Jammer des Lammes, das auf die Schlachtbank geführt wurde.

„Braves Hundi", sagte Lizzy mit ihrer Hypnotiseursstimme, mit der sie auch auf die Kinder in ihren hyperaktiven Phasen einwirkte. „Keine Angst, tut gar nicht weh ..." Sie drehte das Wasser auf und ließ es in ihre Hand fließen, bis es warm wurde. Der Hund schien mit seinem Leben abgeschlossen zu haben und ein letztes Gebet zum Hundehimmel zu senden. Lizzy prüfte die Wassertemperatur, so wie sie es für die Bäder der Kinder machte: mit dem Ellbogen. Perfekt. Nach und nach ließ sie Wasser über den Hund fließen, dann schäumte sie mit sanft massierenden Bewegungen Babyshampoo in sein Fell. Braune Brühe rann aus ihm heraus und sammelte sich im Ausguss. Da riss sich der Hund plötzlich los und sprang aus der Wanne. Er schüttelte sich direkt neben Lizzy, die aufschrie. Dann rannte er zur Wohnungstür und begann wie wild zu kläffen.

Sie war von oben bis unten nass. Auf den schneeweißen Bodenfliesen standen Pfützen aus Wasser, Dreck und Schaum. Der Hund kläffte, als stünden feindliche Truppen vor der Tür. War es ein Einbrecher? Sie hatte gar nichts gehört, alle Geräusche waren vom Plätschern des Wassers übertönt gewesen. Vorsichtig watete sie durch den nassen Flur zur Wohnungstür. Noch immer war nichts zu hören außer dem Bellen des aufgebrachten Hundes. Lizzy näherte ihr Gesicht dem Türspion, öffnete ihn möglichst lautlos, kniff ihr linkes Auge zu und schaute mit dem rechten hinaus. Sie blickte direkt in das erschrockene Gesicht ihres Mannes. Da fiel es ihr wieder ein. Er hatte eine leichte Hundephobie. Eigentlich hatte er eine ziemlich massive Hundephobie. Er war als Kind einmal von einem Hund umgeworfen worden und hatte sich nie wieder davon erholt.

„Hallo Schatz!“, rief Lizzy durch die geschlossene Tür, „bitte schreck dich nicht, wir haben einen Hund da!“

„Danke für die Info“, erwiderte Felix trocken. „Was wird er machen, wenn ich die Tür öffne?“

„Keine Ahnung, ehrlich gesagt, aber er ist wirklich ganz klein!“

„Kannst du ihn irgendwo einsperren, damit ich sicher die Wohnung betreten kann?“

„Du darfst dich nicht fürchten, er riecht deine Angst! – Kinder! Geht sofort zurück ins Wohnzimmer! Es ist ganz nass hier und ihr könnt ausrutschen!“

„Lizzy?“, fragte Felix die Tür, „bist du noch da?“

„Jaja“, sagte sie, dann machte sie die Tür einfach auf. Felix sah drein, als rechnete er mit dem sofortigen Verlust seiner Hosenbeine, wenn nicht Beine. Der Hund jedoch beruhigte sich auf der Stelle. Offenbar betrachtete er einen vermeintlichen Eindringling, sobald man ihm die Tür geöffnet hatte, als willkommenen Gast: Er begrüßte Felix mit Umschmeicheln und Anschmiegen, dann richtete er sich an dessen Beinen auf und sah ihn bewundernd an.

„Ach du Schande“, sagte Felix, „der ist auch noch waschelnass.“

Als Lizzy später in die Küche kam, saß ihr Mann allein am Tisch und aß ein Schinkensandwich.

„Du solltest den Schinken nicht essen“, sagte sie, „der ist wahrscheinlich schlecht.“

„Schmeckt aber einwandfrei. Wieso soll der schlecht sein?“

„Der Hund hat ihn nicht gefressen. Er hat dran gerochen und angewidert geschaut."

„Komisch", sagte Felix, kaute noch zwei, drei Mal prüfend, dann schob er den Teller mit dem Sandwich weg.

„Also", sagte sie und setzte sich zu ihm, „hast du eine Idee, wie ich den Besitzer des Hundes eruieren kann?"

„Das ist ganz einfach", erklärte ihr Mann, „bring ihn zu Semir aufs Veterinäramt. Die haben ein Chiplesegerät und können herausfinden, auf wen der Hund angemeldet ist. Vorausgesetzt, er *ist* angemeldet und gechipt." An Semir, Felix' alten Schulfreund, den sie vom Snookerspielen und von Grillpartys kannte, hatte sie gar nicht gedacht. Natürlich wusste sie, dass er Tierarzt war, aber dass er mit Chiplesegeräten zu tun hatte, war nie wirklich zur Sprache gekommen.

„Du bist ein Genie", sagte Lizzy, „auf die Idee wäre ich gar nicht gekommen."

„Du kannst den Hund auch dort lassen, sie bringen ihn dann im Tierschutzhaus unter."

„Also ... nein, das wäre doch ..."

„Du weißt, dass das Ganze ein Drama wird mit den Kindern. Je mehr sie sich an den Hund gewöhnen, desto fürchterlicher wird die Heulerei, wenn er wieder wegmuss."

„Ja, du hast recht. Es ist ja nur für eine Nacht, vorläufig. Ich fahr morgen zu Semir und dann ..." Aus einem der Kinderzimmer kam lautes Geschrei. Jonas und Emily, die in nicht allzu großem Abstand voneinander gezeugt worden waren, damit sie „gut miteinander spielen" konnten, stritten sich schon wieder. Üblicherweise handelte es sich um Eigentumsrechte, über die es unterschiedliche Auffassungen gab, oder um die Tatsache, dass einer die Anweisungen des anderen nicht schnell und zufriedenstellend genug befolgte.

„Ahhhhh!", schrie Emily.

„Das gehört mir, du blöde Schweinebacke!“, schrie Jonas. Plötzlich hörte man den Hund laut kläffen, dann wurde es totenstill. Lizzy und Felix sahen einander an.

„Hoffentlich hat er jetzt nicht die Kinder gefressen“, sagte Felix. Sie sprangen auf und liefen zu den Kinderzimmern. Die Tür von Jonas’ Zimmer stand offen. Drinnen spielten die Kinder friedlich mit Playmobil. Der Hund saß daneben und sah zu.

„Was war denn?“, fragte Felix, „wieso hat der Hund gebellt?“

„Berti will nicht, dass wir streiten“, erklärte Jonas.

„Was? Woher wisst ihr das?“, fragte Lizzy.

„Er hat gesagt: Aufhören zu streiten!“, sagte Emily.

„Er hat sich zwischen uns gestellt und gebellt“, ergänzte Jonas. „Und wie wir wieder ruhig waren, hat er sich auch beruhigt.“

„Ich bin etwas gekränkt“, sagte Felix, „dass der Hund mit einmal Bellen mehr erreicht hat als wir mit jahrelangen Diskussionen!“

„Er ist halt süßer als ihr zwei“, sagte Emily lächelnd.

„Und viel strenger ist er auch“, fügte Jonas hinzu.

5.

„Das ist ja der Bagheera! Den hab ich schon lang nicht mehr gesehen!“, rief die Frau, die gerade aus dem Haustor kam, als Lizzy Biggs bei dem Namensschild „Prinz“ anläuten wollte.

Der Besuch bei Semir am Veterinäramt hatte ergeben, dass der Hund gechipt und auf eine Frau Lydia Prinz angemeldet war. Dies deutete darauf hin, dass er entlaufen war, obwohl es merkwürdig erschien, dass er kein Halsband oder Geschirr trug. Aber manche Leute, so Semir, waren eben überzeugte Nudisten. Sie zogen sich an die wildesten Orte der Hauptstadt und ihrer Umgebung zurück, um dort ihre vermeintlich eingeengten Körper von jeglicher Bekleidung zu befreien. In der Lobau und am Wienerberg, auf der Donauinsel und selbst im Gspöttgraben, der so nahe am Wohngebiet lag, konnte man kaum mehr einen Schritt tun, ohne dass einem Nackerte ihre primären und sekundären Geschlechtsmerkmale entgegenschlenkerten. Und diese Leute waren natürlich der Ansicht, dass ihren Hunden dieselben Freuden zuteil werden mussten: keine Leine, kein Halsband, kein Geschirr, kein Beißkorb – nichts als unendliche Freiheit auf Kosten derer, die nicht von wilden, freien Hunden belästigt werden wollten. Oder von Leuten, die für sich das Recht beanspruchten, anderen ihre Geschlechtsteile zu zeigen. Es war natürlich auch möglich, dass der Hund ausgesetzt worden war. Menschen in psychischen Ausnahmezuständen oder solche von bemerkenswerter Blödheit übersahen gelegentlich die Tatsache, dass es sehr, sehr wenig Sinn machte, einen Hund auszusetzen, der gechipt und auf den eigenen Namen angemeldet war.

Die freundliche Frau hielt ihnen das Tor auf und sie betraten ein schönes Jugendstil-Stiegenhaus. Sieht nicht danach aus, als würden hier Leute wohnen, die ihre Hunde aussetzen, dachte Lizzy.

„Hast du gehört? Er heißt Bagheera!“, sagte sie zu ihrem Sohn.

Jonas blieb unbeeindruckt. „Er heißt Berti.“

„Meinetwegen, dann bleiben wir bei Berti. Schau, er weiß, wo er hinmuss!“ Der Hund zog sie unmissverständlich zu einem weiteren Tor, das in einen Innenhof führte und über diesen zur Zweierstiege. Emily raunzte und jammerte an Lizzys Hand. Sie wollte den Hund nicht zurückbringen.

„Wenn dir dein Hund weggelaufen wäre, dann würdest du doch auch wollen, dass man ihn dir zurückbringt?", versuchte Lizzy es zum wiederholten Mal mit empathieinduzierender Argumentation. Emily setzte sich auf den Boden und schrie: „Nein nein nein nein nein nein nein nein nein!" Sie zerrte an Lizzys linker Hand, während der Hund, mittlerweile mit Halsband und Leine ausgestattet, an ihrer rechten zerrte. Lizzy war froh, ihn endlich abgeben zu können, auch wenn er ihr ein kleines bisschen ans Herz gewachsen war. Heute Morgen hatte sie unzählige Fotos gemacht, nachdem sie ihn und Jonas dabei ertappt hatte, wie sie eng aneinandergeschmiegt im Bett lagen. Es gab vermutlich kein besseres Schlaf-Kuscheltier als diesen zufrieden seufzenden Caniden, um den Jonas seine Arme geschlungen hatte – und keine größere hygienische Katastrophe.

Wortlos hob sie Emily auf. Sie war kurz vor dem Ziel, die letzten Meter mussten noch durchgestanden werden. Sie betraten die Zweierstiege und gingen zu Fuß mehrere Stockwerke hinauf. Der Hund führte sie direkt zur richtigen Tür. Neben der Klingel war ein silbernes Schildchen angebracht.

„Lydia & Gennaio Prinz", las Lizzy vor. „Scheint ein Ehepaar zu sein." Sie lauschten. Der Hund tänzelte aufgeregt hin und her. Jonas presste das Ohr an die Tür.

„Jonas!", zischte Lizzy und läutete. Eine Weile lang hörte man nichts.

„Sind das echte Prinzen?", fragte Emily. Schritte näherten sich der Tür, zögerlich wurde der Spion geöffnet. Lizzy lächelte in das kleine Loch hinein. Die Tür ging auf. Ein Mann stand da, der für Sekundenbruchteile zurücklächelte. Dann fiel sein Blick auf den Hund, das Lächeln erstarb und er wich einen Schritt nach hinten.

„Ach du gute Güte“, sagte er, woraus Lizzy schloss, dass der Mistkerl das Tier ausgesetzt hatte. Auch Berti legte keine allzu große Wiedersehensfreude an den Tag. Er spürte wohl, dass er nicht willkommen war.

„Sagen Sie bloß, Sie wollen ihn zurückgeben?“, fragte der Mann.

„Nun ja“, erwiderte Lizzy und legte eine entsprechende Dosis Gift in ihre Stimme, „wenn einem ein Hund mitten im Wald zuläuft und es sich dann herausstellt, dass dieser Hund gechipt ist und eine Besitzerin hat, dann besteht ja zumindest die Möglichkeit, dass er entlaufen ist und die Besitzerin sich freut, ihn wiederzusehen. Oder der Mann der Besitzerin. Ich nehme doch an, Sie sind der Gatte von Frau Prinz?“

„Ach du gute Güte“, sagte der Mann wieder und wich noch einen Schritt zurück, „im Wald? Ich hatte gedacht ... Ja, mein Name ist Prinz, Gennaio Prinz, Lydia ist meine Frau. Das ist ihr Hund. Bagheera. Wir hatten vereinbart, dass sie ihn weggeben würde. Natürlich an einen guten Platz. Ich habe keine Ahnung, wie er in den Wald kommt. Vielleicht war es doch nicht so ein guter Platz. Hören Sie, wir können den Hund nicht wieder zurücknehmen. Meine Frau ist ... sehr krank. Wirklich sehr krank. Können Sie ihn nicht behalten? Er ist ein ganz Lieber. Es liegt ja nicht an ihm. Sondern an unserer Lebenssituation. Bitte nehmen Sie ihn wieder mit. Ihre Kinder – gell, ihr mögt den kleinen Bagheera? Warten Sie eine Sekunde!“ Er schloss die Tür, seine Schritte entfernten sich.

„Juhu!“, schrie Emily.

„High Five!“, schrie Jonas und hielt Berti die Hand hin. Ohne zu zögern legte dieser seine Pfote darauf. Das Kunststück hatte ihm Gréta beigebracht.

„Hast du das gesehen, Mama? Hast du das gesehen? Hast du das gesehen?“, schrie Jonas. Die Tür ging wieder auf, aber nur einen Spalt. Der Mann steckte ein kleines blaues Heftchen heraus.

„Das gehört dem Hund. Es tut mir so leid. Meine Frau ist wirklich sehr krank.“ Die Tür ging wieder zu.

Európai Unió
Magyar Köztársaság

European Union
Republic of Hungary

stand auf dem blauen Heft. Und darunter:

ÁLLATÚTLEVÉL
PET PASSPORT

„Wie es aussieht, ist Berti Ungar“, sagte Lizzy.

6.

Lizzy Biggs' Mami-Momente

Mütter neigen dazu, ihre Kinder zu idealisieren. Das ist auch ganz okay so, denn jeder sollte mal erlebt haben, wie es ist, für rundherum wunderbar gehalten zu werden. Und Kinder sind wunderbar. Sie sagen Dinge, die oft von so erstaunlicher Weisheit sind, dass man gar nicht anders kann, als ihnen besondere Fähigkeiten zuzuschreiben. Manchmal sogar Dinge, die man persönlich eigentlich für unmöglich hält, wie Telepathie und Hellseherei.

So geschehen beim Familienpicknick auf unserer streng geheimen Paradieswiese. Da kommt der Sohn auf einmal mit einem völlig verdreckten kleinen schwarzen Hund daher, den er im

Wald aufgegabelt hat, und stellt ihn vor mit den Worten: „Das ist Berti." „Woher weißt du, dass er Berti heißt?", fragt die erstaunte Mutter, denn der Hund trägt kein Halsband, geschweige denn Namensschild, und Besitzer ist keiner in Sicht. „Ich weiß es halt", erwidert der Sohn. Hm. Der Hund, muss die Mutter zugeben, sieht tatsächlich wie ein Berti aus. Berti ist eindeutig der perfekte Name für diesen Hund, der etwas Dackelartiges an sich hat und etwas Struppiges und etwas liebenswürdig Bubenhaftes und auch ein bisschen Freches. Ein Bärtchen hat er auch. Die Mutter beginnt das Undenkbare zu denken: Was, wenn der fünfjährige Sohn (der übrigens auch behauptet, auf der Paradieswiese bereits mit Zwergen Kontakt gehabt zu haben) intuitiv auf den richtigen Namen des Hundes gekommen ist?

Der Hund ist offensichtlich mutterseelenallein in diesem Wald, entlaufen oder ausgesetzt, und so nimmt man ihn mit. Ein Freund am Veterinäramt hilft bei der Suche nach dem Besitzer, die sich überraschend einfach gestaltet, denn der Hund ist gechipt und angemeldet. Man will ihn also der Besitzerin zurückbringen. Die Kinder nimmt man mit, auf dass sie die Erfahrung machen, dass man Dinge (und Lebewesen), die man gefunden hat, nicht einfach behalten darf. Auch dann nicht, wenn sie einem sehr gut gefallen – egal, ob es nun Hunde sind oder Geldkoffer mit Millionen in unnummerierten Scheinen. Die Besitzerin wird sich über die Maßen freuen, erwartet man, und das wird eine schöne und wertvolle Erfahrung für die Kinder sein.

Doch es kommt anders, als man denkt. Man erfährt vom Mann der Besitzerin, dass diese schwer krank ist. Er weiß nicht, wie der Hund in den Wald geraten ist, eigentlich hat seine Frau ihn an einen guten Platz vermitteln wollen. Die Situation scheint schwierig zu sein, er kann den Hund auf keinen Fall zurücknehmen. Und: Der Hund heißt Bagheera. Naja, denkt die Mutter, da hat der Sohn doch immerhin den Anfangsbuchstaben richtig erraten! Aber halt – vielleicht hat der Hund früher einmal einen anderen Besitzer und einen anderen Namen gehabt?

Der Mann tut einem leid, seine Frau tut einem leid, der Hund tut einem leid, also nimmt man Letzteren nolens volens wieder mit. Man bekommt noch seinen „Pet Passport“ in die Hand gedrückt, eine Art Reise- und Impfpass in einem. Und darin entdeckt man sie, alle Namen, die der Hund in seinem kurzen und instabilen Leben bereits hatte: Robert Pattinson (sic!). Ricky. Zorro. Und Bagheera. „Berti“ ist nicht dabei.

Nun ist es amtlich: Der Sohn hat kein Talent zur Hellseherei. Ihm war „Berti“ beim Anblick des Hundes schlicht und einfach spontan in den Sinn gekommen. Und das, sagt man sich als Mutter, ist eigentlich auch wunderbar genug.

7.

Sehr geehrte Frau Biggs,

seit Jahren bin ich eine begeisterte Leserin Ihrer Kolumne „Mami-Momente“, die für mich zum Fixpunkt jeden Wochenendes gehört. Ich habe selbst vier Söhne, die schon lange groß und aus dem Haus sind, aber immer noch lese ich gerne Geschichten von kleinen Kindern. Ihre Kolumne weckt viele Erinnerungen! Darüber hinaus ist Ihr Humor einfach unübertrefflich.

Heute wende ich mich aber in einer ganz besonderen Angelegenheit an Sie. In den aktuellen „Mami-Momenten" schreiben Sie von einem schwarzen kleinen Hund, den Sie im Wald gefunden haben. Die Sache ist die: Ich kenne diesen Hund nicht nur, ich suche ihn auch verzweifelt!

Lassen Sie mich ein wenig ausholen. Mein Mann und ich arbeiten seit vielen Jahren für den Tierschutz. Wir übernehmen Hunde, die in Ungarn herrenlos aufgefunden wurden oder aus Tötungsstationen stammen, und vermitteln sie in Österreich an gute Plätze. Vor über einem Jahr bekam meine ungarische Kollegin Frau Alexandra Székely einen schwarzen Welpen, der allein auf einem Feld gefunden worden war. Es handelte sich um einen Dackel-Schnauzer-Mischling, vermutlich mit einem guten Schuss Jack Russell oder Parson Russell darin. Er müsste jetzt acht bis zehn Kilo haben. Frau Székely nannte diesen Hund ROBERT PATTINSON. Schließlich kam er zu uns und da uns der Name zu lang war, nannten wir ihn RICKY. Ich vermittelte ihn an einen Herrn in Wien, der aber bedauerlicherweise kurz darauf verstarb. Der Hund kam ins Tierschutzhaus und wurde wieder vermittelt.

Der Grund, weshalb ich bzw. wir ihn schon lange suchen, ist der: Die dreizehnjährige Tochter von Frau Székely, Gréta, hat eine sehr enge Bindung zu Robert Pattinson aufgebaut. Sie durfte ihn damals nicht behalten, da bereits ein anderer Hund im Haus war, der aber mittlerweile verstorben ist. Das heißt, nun dürfte sie ihn haben, wenn er noch zu haben ist! Es ist wirklich keine Laune dieses Mädchens, denn sie sucht schon seit vielen Monaten nach ihm und ist dafür sogar einmal von zu Hause ausgerissen. Als wir erfuhren, dass der erste Besitzer verstorben war, war die Hoffnung groß. Frau Székely fuhr mit ihrer Tochter ins Tierschutzhaus, aber da war der Hund gerade wieder vergeben.

Aus Ihrer Kolumne geht nicht direkt hervor, ob Sie den Hund behalten oder weitergeben wollen, aber eigentlich tippe ich eher auf weitergeben. Ich möchte Sie daher inständig bitten, die Familie Székely in Betracht zu ziehen, es wäre ein wirklich sehr guter Platz und das Mädchen wäre überglücklich. Aber auch, wenn Sie ihn behalten möchten, wäre es ganz wunderbar, wenn sie den Hund noch einmal wiedersehen dürfte und sich so selbst davon überzeugen könnte, dass er ein schönes Zuhause gefunden hat – ich meine, das wäre psychologisch sehr gut, damit sie sich von ihm lösen kann.

Mit allerherzlichsten Grüßen
Gabriele Michalek

P.S.: Der Hund, von dem ich rede, hat 8 weiße Haare auf dem linken Vorderfußwurzelgelenk. Dort, wo der Mensch ein Knie sieht.

8.

„Michalek?"

„Grüß Gott, hier spricht Lizzy Biggs."

„Oh! Danke, dass Sie sich melden, vielen Dank!"

„Ja. Also wegen Ihres Briefs. Es sieht tatsächlich so aus, als ob der Hund, den sie meinen, bei uns wäre."

„Er ist noch bei Ihnen? Gott sei Dank."

„Ja. Erst war ich mir ja nicht sicher … Ich meine, ich bekomme auch sehr viele verrückte Zuschriften. Nichts für ungut."

„Ja klar. Natürlich."

„Es gibt Leute, die alles Mögliche behaupten, um mit mir in Kontakt treten zu können: Sie seien alte Schulfreunde von mir oder entfernte Verwandte …"

„Sowas. Nein nein, ich bin nicht verrückt."

„Ich bin dann sozusagen kriminalistisch vorgegangen und habe mich gefragt, was Sie nicht wissen konnten, weil es nicht in der Kolumne stand …"

„Aha?"

„Ich meine, die Namen standen ja in der Kolumne, und auch die Farbe des Hundes, und dass er etwas von einem Dackel hat …"

„Stimmt."

„Aber das Alter stand nicht dort, oder dass er aus Ungarn stammt, und erst recht nicht das mit den weißen Haaren an seinem linken Vorderfußdings …"

„Wurzelgelenk. Vorderfußwurzelgelenk."

„Ja, die hat er wirklich. Also hören Sie, es ist so, dass mein Mann und ich uns noch nicht endgültig entschieden haben. Ob wir ihn behalten oder nicht."

„Oh."

„Die Kinder hängen natürlich schon an ihm und wir überlegen auch … Ein Hund soll ja einen sehr positiven Einfluss auf die soziale Entwicklung von Kindern haben …"

„Absolut. Absolut. Auch auf die soziale Entwicklung von Erwachsenen."

„Also wie gesagt, meinen Sie, dass dieses Mädchen …?"

„Gréta."

„Meinen Sie, dass sie es verkraften würde, den Hund zu sehen und ihn dann vielleicht doch nicht zu bekommen?"

„Wir denken schon. Grétas Mutter und ich haben darüber diskutiert. Es würde ihr die Möglichkeit geben, diese Geschichte abzuschließen. Es würde sie beruhigen, die Leute zu kennen, bei denen er lebt. Sie hat Schuldgefühle, weil sie denkt, dass sie nicht genug um ihn gekämpft hat. Dadurch ist er in eine Odyssee geraten ...“

„Es könnte ja auch sein, dass das Mädchen dann den Hund sieht und ihn gar nicht mehr so toll findet. Kinder sind ja öfters von etwas besessen, und wenn sie es dann haben, ist es nicht mehr interessant ...“

„Ja. Stimmt.“

„Ich meine, so wie wir eine alte Jugendliebe wiedersehen und uns fragen: Wieso haben wir uns damals so in diesen Flaschenkopf verliebt?“

„Aha. Absolut.“

„Alles klar. Ich melde mich dann wieder wegen eines Termins.“

„Vielen vielen Dank. Gréta wird außer sich sein vor Freude.“

9.

„Schatz?“

„Hm?“

„Wir haben uns noch immer nicht entschieden.“

„Ich weiß.“

„Morgen kommen diese Leute aus Ungarn und wir müssen ihnen doch sagen, ob wir den Hund jetzt behalten wollen oder nicht ...“

„Also dann entscheiden wir uns.“

„Pro ist, die Kinder lieben ihn. Sie wären natürlich dafür, ihn zu behalten.“

„Ja, aber die Kinder sind fünf und drei. Sie würden auch für eine Elefantenherde auf der Terrasse optieren.“

„*Wir* treffen die Entscheidungen, nicht die Kinder."

„Würde ich auch so sehen."

„Das heißt aber nicht, dass sich unsere Entscheidungen mit den Wünschen der Kinder nicht decken dürfen."

„Sag doch einfach, dass du den Hund willst. Er hat volles Kindchenschema und appelliert an deine Mutterinstinkte."

„Das stimmt ja gar nicht. Ich will nur nichts Unüberlegtes tun. Es ist wirklich sehr mühsam, einen Kinderwagen zu schieben, wenn dieses Vieh daran hängt und in alle Richtungen zieht."

„Na eben."

„Und ich habe null Zeit, mich mit ihm auch noch zu beschäftigen und ihn zu trainieren oder sowas."

„Ich auch nicht."

„Fürchtest du dich noch vor ihm?"

„Nein. Das ist nicht der Punkt. Er stinkt und haart."

„Wahrlich. Und das bedeutet: erheblich mehr Kosten für die Putzfrau. Hygienisch fragwürdige Zustände."

„Ich meine, das Laufen mit ihm in der Früh ist ganz nett. Nachdem ich ja sowieso Laufen gehe, ist es auch kein Problem, ihn da mitzunehmen ..."

„Dann hat er schon mal Bewegung gehabt ..."

„Es ist allerdings etwas nervig, dass man immer wieder stehenbleiben muss, damit er seine diversen Eingeweide entleeren kann ..."

„Oh Gott, die Eingeweide. Gestern hab ich sein Gackerl aufgehoben und in diesem Moment klingelte das Handy. Dann hab ich versehentlich die Hand mit dem vollen Gackerlsackerl an mein Ohr gehalten."

„Wäh, widerlich."

„Wir sollten allerdings nicht außer Acht lassen, dass die Kinder viel weniger streiten."

„Also wenn ich da bin, streiten sie so gut wie überhaupt nicht mehr."

„Stimmt, zu Hause ist eigentlich alles friedlich. Sie streiten nur mehr im Kindergarten, wenn der Hund nicht dabei ist."

„Aber die Frage ist ... Hast du dir die Kosten überlegt? Futter, Tierarzt, Zubehör – einen Hundetrainer wird man früher oder später vielleicht auch noch brauchen ..."

„Ich glaub, dass das auch schon egal ist. Wenn man bedenkt, was uns das Leben so schon kostet ..."

„Es macht natürlich schon Spaß, dem Hund ein Frisbee zu werfen. Der kann das stundenlang. Sonst hat niemand in der Familie so ein sportliches Durchhaltevermögen."

„Tut mir leid, dass ich mich für Frisbee nicht begeistern kann."

„Also was machen wir?"

„Was meinst du?"

„Lassen wir doch den Hund entscheiden. Wir wissen ja gar nicht, ob er diese Gréta überhaupt erkennt. Können sich Hunde so lange an jemanden erinnern?"

„Keine Ahnung. Warte, da gab es doch diesen Film von diesem japanischen Hund, der zehn Jahre lang jeden Tag am Bahnhof auf seinen Besitzer gewartet hat, obwohl der schon tot war ..."

„Stimmt. Na gut. Aber Berti hat jetzt auch schon eine Beziehung zu uns aufgebaut."

„Er hat wirklich genug durchgemacht. Er sollte jetzt dort bleiben, wo er sich am wohlsten fühlt."

„Ja. Und wenn er mit den Székelys mitwill, auch gut."

„Moment mal. Wir haben gesagt, wir lassen die Kinder solche Entscheidungen nicht treffen, und jetzt lassen wir sie den Hund treffen?"

„Ja, aber die Entscheidung der Kinder ist von vornherein klar, die des Hundes nicht."

„Das ist kein Argument."

„Dann triff doch du endlich die Entscheidung, damit wir schlafen können."

„Nein. Ich kann das nicht. Wir werden uns genau ansehen, was morgen passiert, und zu wem sich der Hund zugehörig fühlt."

„Okay."

„Okay."

„Dann schlaf gut."

„Natürlich hab ich die Hauptarbeit, wenn der Hund bei uns bleiben will ..."

„Sollen wir sagen, wir geben ihn auf jeden Fall ab?"

„Nein. Ich weiß nicht."

„Wir lassen den Hund entscheiden."

„Es muss aber eindeutig sein. Er muss eindeutig zu diesem Mädchen hinrennen und irgendwie zeigen, dass er ..."

„Ist klar."

10.

„Du darfst auf keinen Fall enttäuscht sein, wenn dich der Hund nicht mehr erkennt!", sagte Frau Michalek und beugte sich nach hinten zu Gréta, die auf der Rückbank saß. Das Mädchen hatte ein Gesicht aufgesetzt, dass sie „bitchy resting face" nannte, was, wie sie ihrer Mutter erklärt hatte, einen traurig-übellaunigen Ausdruck beschrieb, für den man nichts konnte, den sie aber tatsächlich geübt hatte. Frau Michalek war aufgeregt. Es war zwar ein absoluter Nebenschauplatz in diesem Hunde-Teenager-Drama, aber sie war doch gespannt, ob der Hund auch sie noch erkennen würde. Sie war froh, nicht selbst fahren zu müssen. Obwohl auch Alexandra ihre gewohnte ruhige

Hand vermissen ließ. Sie fuhr abwechselnd zu langsam und zu schnell.

„Hast du gehört, Gréta?"

„Jaja", sagte Gréta.

"Wenn ich so zurückdenke", fuhr Frau Michalek fort, „würde ich sagen, dass etwa zwanzig Prozent der Hunde mich sehr gut wiedererkennen. Selbst wenn ein paar Jahre vergangen sind, flippen sie völlig aus, wenn sie mir zufällig auf der Straße begegnen."

„Aber nicht alle", wandte Alexandra ein.

„Bei Weitem nicht. Manche erkennen einen zwar, aber tun so, als ob sie mit einem abgeschlossen hätten."

„Verstehst du, Gréta, das kann auch passieren! Dass er abgeschlossen hat", sagte Alexandra und bremste scharf an einer Kreuzung.

„Jaja", sagte Gréta.

„Und dann gibt es auch sehr viele, die einen null erkennen. Null!", erklärte Frau Michalek.

„Das tut dann schon irgendwie weh. Auch wenn man froh ist, dass sie sich so gut an ihre neuen Besitzer gebunden haben", fügte Alexandra hinzu.

„Obwohl man natürlich nicht weiß", sagte Frau Michalek, „– kannst du bitte etwas ruhiger fahren, mir ist schon ganz schlecht!"

„Sorry. Ich hab diese Kurven nicht gebaut."

„Ja, aber so reinlegen muss man sich auch nicht."

„Okay, okay. Was weiß man nicht?"

„Obwohl man natürlich nicht weiß, ob die Hunde, die einen nicht zu erkennen scheinen, einen nicht doch erkennen."

„Ich hab diesen Verdacht auch immer", sagte Alexandra, „dass sie nur so tun, als würden sie einen nicht erkennen. So, als wären sie beleidigt, dass man sie weggegeben hat. Als würden sie schmollen."

„Ja", meinte Frau Michalek, „aber es könnte auch Loyalität zum neuen Besitzer sein. Damit der nicht eifersüchtig wird."

„Wir hatten mal einen Fall, wo ein Hund fünf volle Jahre bei seinem Besitzer war. Vom Welpenalter an. Dann ist er ausgerissen und verwildert. Nach einem Jahr hat man ihn hundert Kilometer von seinem Zuhause entfernt entdeckt. Kannst du dich erinnern, Gréta?"

„Jaja", sagte Gréta.

„Er hat in den Feldern und im Wald gelebt und ließ überhaupt keinen Menschen mehr an sich heran. Naja, und dann kam sein Besitzer und rief: Iszkiri! Iszkiri! Aber der Hund ließ auch ihn nicht heran."

„Das muss hart sein", sagte Frau Michalek.

„Fahr schneller, Mama", sagte Gréta.

„Und dann wissen wir auch noch nicht", sagte Alexandra, „ob die Leute den Hund nicht doch behalten wollen. Ich muss mich darauf verlassen können, dass du dich wie eine Erwachsene verhältst, Gréta. Du bist kein kleines Kind mehr, du kannst nicht einfach durchdrehen, wenn du nicht bekommst, was du willst."

„Die Familie Biggs bietet ein erstklassiges Zuhause für einen Hund. Ich lese die Kolumne dieser Frau seit Jahren, das ist alles außerordentlich sympathisch. Wenn sie den Hund behalten, dann geht es ihm dort richtig, richtig gut", sagte Frau Michalek.

„Kann ich mich auf dich verlassen?", fragte Alexandra.

„Jaja", sagte Gréta.

Das „Jaja" verhallte unheilvoll. Die beiden Erwachsenen dachten an das Telefonat, das sie am Vorabend geführt hatten:

„Machen wir einen Fehler, Gabi?"

„Es gibt jetzt kein Zurück, Alex. Wir müssen das durchziehen."

„Du hast recht. Ich könnte ihr nicht sagen, dass der Besuch abgeblasen ist."

„Wir müssen es riskieren. Vielleicht ist es ja wirklich so, dass sie der Hund gar nicht mehr interessiert, wenn sie ihn erst sieht."

„Es interessiert sie ja jetzt auch Robert Pattinson nicht mehr. Ich meine den Schauspieler. ‚Robert Pattinson ist total uncool, seit er nicht mehr mit Kristen Stewart zusammen ist.' So schnell kann ein großes Idol uncool werden."

„Die sind nicht mehr zusammen?"

„Nein, sie ist jetzt lesbisch oder so. Also ich frage Gréta: ‚Und wie nennen wir dann den Hund, wenn wir ihn doch bekommen?' Und sie: 'Berti natürlich. Das ist ein super Name.'"

„Damit hast du ihr aber wieder Hoffnung gemacht."

„Nein nein. Ich hab ihr immer wieder gesagt, dass die Leute Berti vielleicht behalten werden. Dass es nur eine Fünfzig-zu-fünfzig-Chance gibt."

„Hast du ihr gesagt, dass es auch verständlich ist, wenn die Familie Biggs ihn genauso ins Herz geschlossen hat wie sie selbst?"

„Genau. Das hab ich ihr auch gesagt. Aber weißt du ..."

„Was?"

„Sie tut so vernünftig und ruhig. Irgendwie trau ich dem Frieden nicht."

„Oje."

„Ich habe so dunkle Visionen. Dass sie den Hund einfach entführt und mit ihm in irgendeine ferne Großstadt flüchtet, Stockholm oder Madrid oder so, und dann mit ihm auf der Straße lebt."

„Das traust du ihr zu?"

„Sie ist wirklich extrem ruhig. Als führte sie etwas im Schilde."

„Vielleicht ist sie einfach erwachsener geworden."
„Ja, wahrscheinlich hast du recht."

11.

Das Café-Restaurant „Oktogon" war auf dem Plateau eines künstlich aufgeschütteten kleinen Hügels errichtet und bot Lizzy Biggs und Felix „Mr. Biggs" Schabetsberger eine ausgezeichnete Sicht. Unten in der Tiefebene lag die Stadt Wien, die wie eine rauchgraue Formation von Kristallen aussah, die in einer Höhle gewachsen waren. Von hier oben betrachtet war sie mehr interessant als schön. Man sah keine krummen mittelalterlichen Gassen, keine barocken Palais, keine selbstbewussten Ringstraßengebäude. Keine floralen Jugendstilmuster, keinen gotischen Zierrat, keine Statuen, Denkmäler oder Brunnen. Nur idiomorphe Quader und Zacken, anorganisch und wuchernd zugleich. Die graue Farbe schien aus ihnen zu entweichen und sich als Schleier zwischen sie zu legen. Hoch konnte dieser allerdings nicht ziehen, am Horizont verlief er ins Weiße und ein strahlend blauer Himmel stieg auf.

„Am Himmel" hieß die Flanke des Kahlenbergs, auf der das „Oktogon" stand, was den Kindern gut gefiel. „Wir fahren auf den Himmel", erzählten sie ihren Freunden stolz, als besäßen sie einen fliegenden Teppich.

Dem Horizont gegenüber war der Blick auf die Stadt von dunkelgrüner Waldmasse begrenzt. Daraus stieg, immer noch abschüssig, ein Weingarten auf. Zwischen die akkuraten Rebenreihen hatte man rote und purpurne Rosen gepflanzt. Der Weingarten war mit grünem Maschendraht von dem Kiesweg abgetrennt, dessen Abzweigung den kleinen Hügel hinauf zu dem achteckigen Glasbau des Café-Restaurants „Oktogon" führte. Niemand saß drinnen.

Davor erweiterte sich der Pfad zu einer breiten Kiesfläche, auf der Tische und Stühle aufgestellt waren. Auch diese waren nicht voll besetzt, es war noch zu früh für das Mittagsgeschäft.

„Der Mensch ist ein Augentier“, hatte Lizzy Biggs in ihr Notebook getippt, aber schon eine Weile nicht mehr darauf geschaut. Sie schaute auf die Wange ihres Mannes, der den Samstag mit Bartstoppeln feierte, und küsste sie in Gedanken. Sie schaute auf den langen Löffel, der in der Mitte ihres Latte-Glases stand, von der Milchschaumdecke gehalten. Sie beobachtete Felix, wie er die Sonnenbrille prüfend auf- und wieder absetzte. Wahrscheinlich, dachte sie, sehen wir wie ein leicht verkatertes Bobo-Pärchen aus, und das, obwohl wir nur ganz normal unausgeschlafen sind und mit Guerrilla Gardening nichts am Hut haben.

Auf der Wiese spielten die Kinder mit dem Hund. Jonas warf ihm das Frisbee und Emily ein Bällchen. Sie hatten vereinbart, abwechselnd zu werfen, aber das gelang nicht immer. Insbesondere Emilys Handgelenk zuckte des Öfteren im Wurfreflex, noch ehe das Frisbee zurückgebracht war. Der Hund war im Strebermodus und hochkonzentriert. Er tänzelte, er sprang, er schlug Haken, seine Blicke schossen hin und her. Zur Not rannte er mit dem Frisbee im Maul dem Bällchen nach und versuchte es aufzuheben, ohne Ersteres zu verlieren. Als es ihm schließlich gelang und er mit schwer beladenem Fang dastand, kreischten die Kinder vor Begeisterung und Lizzy und Felix applaudierten. Da ließ er Frisbee und Bällchen fallen, um zu bellen, so, als wollte er mitapplaudieren.

Berti witterte. Er hob die Nase, öffnete das Maul einen Spalt weit und sog in schnellen Zügen die Duftinformationen ein: Fft, fft, fft, fft, fft. Wie ein Radarschirm bewegte sich sein Nasenspiegel im Kreis. Die Grundierung des Duftbildes war grasig, von Süden sandten die Rosen ihre Wünsche aus, zu deren Erfüllung Bienen und Schmetterlinge herankommen sollten. Der ringsum liegende Wald brachte kühle Noten von Laub, Nadeln, Harzen und Schwämmen. Mäuse, Kaninchen und Vögel hatten Marken gesetzt. Der Küchenabzug des Restaurants berichtete von der Zubereitung eines Gulaschs sowie eines Rinderfonds mit Piment und Lorbeer. Von den Tischen kam hauptsächlich Kaffeegeruch, vereinzelt auch Zigarettenrauch. Die Menschen rochen in ihren Grundnoten wie Milch in verschiedenen Stadien der Fermentierung: Joghurt, Topfen, Hartkäse. Jeder hatte eine eigene Duftkombination, die ihn erkennbar machte: eine Geruchsidentität. Zur Überlagerung hatten viele an ihren Körpern starke Aromen aufgebracht. Die Frauen Jasmin, Veilchen und Bergamotte, die Männer Zedernholz, Eichenmoos und Wacholder. Aber auch einige der Hunde in der Umgebung hatten sich parfümiert: Einer hatte sich in den Pferdeäpfeln am Reiterpfad gewälzt, ein anderer im zertretenen Kadaver einer Erdkröte. Es war ein schönes Geruchsbild, vielseitig und interessant, ohne überlastet zu sein.

Dann kam eine neue Information. Eine, die Erinnerungen weckte. Ein warmer, leichter, nussiger Geruch, wie der von frisch aus der Blüte gebrochenen Sonnenblumenkernen. Berti rannte los. Hinter ihm her rannten die schreienden Kinder, hinter diesen ihre schreienden Eltern, und hinter jenen der schreiende Kellner, der eine Zechprellerei befürchtete. Schon konnte Berti sehen, wen er gerochen hatte: Gréta. Sie war größer geworden und ihre Haare länger, aber ihr Gang und ihre Gesten waren noch gleich. Neben ihr dufteten zwei weitere Bekannte: Alexandra Székely und Gabriele Michalek. Berti rannte schneller. In großen Sprüngen setzte er über die Wiese, die rosa Zunge hing seitlich aus seinem Maul und wurde vom Gegenwind nach hinten gedrückt. Auch seine Hängeohren waren nach hinten geklappt und gaben die rosige, gekräuselte Innenseite frei. Nun hatte Gréta ihn entdeckt und schrie und rannte los. Hinter ihr her rannten die beiden Frauen. Bertis Pfoten stießen sich so schnell vom Boden ab, dass man es gar nicht mitbekam. Es sah aus, als würde er fliegen. Gréta warf sich auf die Knie. Durch den Schwung des Laufens rutschte sie auf den Knien noch weiter. Dann breitete sie die Arme aus, und Berti sprang hinein.

Danksagung

Ich danke meinem Hund Monti aka Bubi – und natürlich wurde dieser Dank in einer gebührenden Zahl an getrockneten Schweineohren und Ochsenziemern ausgedrückt –, der mich vieles gelehrt hat, vor allem über uns Menschen.

Bettina Balàka
Kassiopeia
Roman
360 Seiten, € 12.95
HAYMONtaschenbuch 162
ISBN 978-3-85218-962-8

Judit Kalman und Markus Bachgraben sind ein Traumpaar – zumindest, wenn es nach ihr geht. Judit hat sich in den Kopf gesetzt, mit dem jungen Erfolgsautor nochmals ganz von vorne zu beginnen. Und sie ist es gewöhnt zu bekommen, was sie will. In Venedig verbringt das Paar einen romantischen Abend, der ein unerwartetes Ende findet ...

Auf der Bühne der Lagunenstadt inszeniert Bettina Balàka die ganze Tragikomödie der Beziehungen zwischen Mann und Frau – doppelbödig, mit viel Witz und großem Unterhaltungswert.

„ein wirklich grandioses Buch"
FALTER, Julia Kospach

www.haymonverlag.at